PENLLECHWEDD

ISBN 978-1-917006-23-1

Cyhoeddwyd gyda chymorth ariannol Cyngor Llyfrau Cymru.

Cyhoeddwyd gan:
Gwasg y Bwthyn, 36 Y Maes, Caernarfon,
Gwynedd LL55 2NN
post@gwasgybwthyn.cymru
www.gwasgybwthyn.cymru
01558 821275

PENLLECHWEDD

RHIANNON THOMAS

*Er cof annwyl am y diweddar
Gareth Miles a wnaeth i mi
gredu y gallwn i sgwennu.*

PENNOD 1

Pentre bach digon diarffordd oedd Penllechwedd. Dewisodd llawer o deuluoedd symud yno o'r trefi cyfagos am ei fod o'n ddistaw, yn lle braf i fagu plant ymhell o demtasiynau'r dref. Ond doedd o ddim yn bentre distaw heddiw. Roedd faniau a cheir am a welech chi wedi eu parcio ar y pafin ac ar draws giatiau nifer o'r tai – oedd yn ddigon i wylltio'r rhan fwya o'r trigolion.

Ar wahân i faniau a cheir yr heddlu a faniau pobl y cyfryngau roedd yna ddigonedd o geir a faniau'n perthyn i'r cyhoedd yno hefyd, pobl nad oedd ganddyn nhw reswm yn y byd dros fod ym Mhenllechwedd heblaw eu bod nhw'n fusneslyd. Ddim eu bod nhw wedi teithio'n bell nac wedi mynd yno'n unswydd, dim ond newid dipyn ar eu siwrnai er mwyn mynd drwy'r pentre yn hytrach na rasio heibio ar yr A55 yn ôl eu harfer.

Roedd y cwbl wedi dechrau efo hen wreigan fach yn mynd

â'i chi am dro. Roedd Meira Preis yn benderfynol o beidio ag ildio i anhwylderau henaint. Yn groes i'r hen goel, fod pobl yn edrych fel eu cŵn, doedd Meira'n ddim byd tebyg i'w chi. Roedd Pero yn fychan ac yn dwt efo wyneb bach main, a hithau'n ddynes eitha trwm a heglog efo wyneb mawr crwn. Er ei bod hi dros ei phedwar ugain roedd hi'n mynnu cerdded o leia milltir bob dydd a doedd gan Pero ddim dewis ond mynd efo hi. A bod yn deg, dim ond i lawr at y neuadd goffa y byddai o'n gorfod mynd ar ei goesau bach byr yn y boreau, a chyn mynd i'w fasged ddiwedd y nos doedd dim gofyn iddo fo fynd dim pellach na'r gornel wrth gapel Bethania. Ond bob prynhawn, boed law neu hindda neu genllysg neu gorwynt, mi fynnai Meira Preis fynd â fo am filltir o dro.

Roedd Pero a Mrs Preis yn byw yn Nhyddyn Newydd, hen dŷ bach clyd yn ymyl y groesffordd ger pen ucha'r pentre. Roedd ganddyn nhw felly bedwar dewis wrth benderfynu pa ffordd i fynd am dro yn y prynhawn, un drwy'r pentre a thair arall allan i'r wlad. Roedd y lôn fach hyfryd ar hyd yr afon yn wlyb dan draed ar ôl glaw, a'r ffordd i fyny'r bryn gyferbyn yn rhy serth i Meira pan oedd y cricmala'n ddrwg fel roedd o'r diwrnod hwnnw.

Yr unig ddewis oedd ganddi hi felly ar gyfer ei thro y prynhawn hwnnw oedd troi i'r dde o giât ei chartre a dilyn y ffordd allan o'r pentre, y ffordd oedd yn y pen draw yn mynd â hi i'r pentre nesa, sef Glanrafon. Doedd 'na ddim nant na choed cysgodol na golygfeydd hyfryd y ffordd honno; ddim ers iddyn nhw 'wella'r' ffordd ddwy flynedd yn ôl. Penderfynwyd bod rhaid gwneud rhywbeth oherwydd y llifogydd cyson costus, ac roedd y cyngor wedi gwneud 'gwelliannau sylweddol' trwy newid cwrs y ffordd nes ei bod yn uwch ar ochr y cwm nag o'r blaen. Achosodd blwyddyn gyfan o waith lawer o strach i bobl Penllechwedd gan mai'r ffordd drwy Lanrafon oedd y ffordd y byddai'r rhan fwyaf o'r trigolion yn ei defnyddio i fynd a dod i gyrraedd eu gwaith a'u siopau a'u hysgolion.

Fel rhan o'r 'gwelliannau' roedd nifer sylweddol o draeniau wedi eu gosod yn y darn llydan newydd o'r ffordd fel na feiddiai hi fynd dan lifogydd fyth eto, cynhesu byd-eang neu beidio. Byddai Meira Preis wastad yn chwerthin wrthi ei hun wrth fynd heibio'r traeniau hynny oherwydd gwrthodai Pero gerdded drostyn nhw.

"Yli, Pero," meddai hi wrth ei chi un tro, "mae'r grid 'ma'n gry. Dw i'n sefyll ar bob un a does 'na ddim peryg y gwna i syrthio i mewn. A dw i'n llawer iawn trymach na ti."

Gwnaeth hyd yn oed stori fawr o neidio i fyny ac i lawr ar glawr un traen i ddangos i Pero pa mor gry oedd o. Ond, na, cerdded yn sidêt ac yn ofalus rownd ymyl y caead a wnâi'r ci bach yn ddi-ffael. Roedd o'n medru gweld y gagendor dwfn drwy'r bylchau yn y caead a doedd o ddim yn mynd i fentro sefyll uwch ben hwnnw.

Ond daliodd Meira Preis i wneud ati i droedio'n gadarn ar gaead bob un traen. Tan heddiw. Dyna pryd y camodd hi ar un o'r traeniau tua hanner ffordd yn ôl o'i thro prynhawn a gweld rhywbeth glas i lawr yn y traen – nid dair troedfedd i lawr yn y gwaelod lle'r oedd y dŵr yn hel ar ôl cawod ond yn agos at y caead. Rhoddodd blwc sydyn ar dennyn Pero i'w dynnu'n nes ati a phlygodd rhyw ychydig i weld yn well – doedd fiw iddi blygu'n rhy isel rhag ofn na allai hi godi'n ei hôl. Doedd golwg Meira Preis ddim cystal ag y buo fo ond erbyn craffu gwelodd mai hosan oedd y peth glas oedd wedi denu ei sylw hi. Ac yna gwelodd fod yna droed yn yr hosan. Rhoddodd yr hen wreigan sgrech wnaeth ddychryn yr enaid allan o Pero druan, cyn iddi gychwyn yn ôl i gyfeiriad y pentre yn gynt nag yr oedd hi wedi cerdded ers degawd a mwy! Prin y gallai Pero gadw i fyny efo hi!

♦

Eistedd ar y soffa yn yfed paned ac yn edrych ar-lein am bajamas newydd roedd Annest Rhys pan ganodd ei ffôn. Mi wnaeth hi nabod y llais o'r ebwch cynta.

"Prynhawn da, Annest. Edwin Halliday sy yma. Dw i'n gwybod dydy eich gardening leave ddim yn gorffen tan Dydd Llun ond needs must..."

Y Dirprwy Brif Gwnstabl Edwin Halliday oedd yn trio cofio hynny o Gymraeg oedd gynno fo ar ôl blynyddoedd yn plismona dros Glawdd Offa. A dyna oedd yn rhyfedd. Doedd o byth yn mynd i drafferth i drio siarad Cymraeg efo Annest fel arfer. Doedd o ddim wedi defnyddio'r un gair o Gymraeg pan wnaeth o ei hel hi adre ar ei 'gardening leave' na chwaith wedi galw Annest arni hi. Be oedd hwn isio rŵan?

"Oes 'na rywbeth 'di digwydd, syr?" gofynnodd Annest, gan sgrolio i lawr rhesi o bajamas efo lluniau tedis a thylwyth teg arnyn nhw. Siawns bod yna bâr o bajamas yn rhywle fyddai'n addas ar gyfer dynes yn ei hoed a'i hamser? Mi fasai Mam wrth ei bodd tasai Annest wedi bod yn eneth fach siwgwrllyd fasai'n gwerthfawrogi pajamas felly; yn ferch fasai'n gwirioni ar bopeth pinc a fflyffi. Ond toedd rheswm yn deud y basai geneth fach efo pump o frodyr mawr yn sicr o geisio bod mor debyg â phosib i'r brodyr hynny? Daliodd Annest ati i sgrolio. Yn ystod ei mis o 'gardening leave' roedd byw a bod yn ei phajamas wedi peri traul go ddifrifol ar y ddau bâr oedd ganddi hi.

10

"Suspicious fatality, Annest," meddai Halliday ar ôl tua phum munud o gyfiawnhau ei resymau dros ei galw'n ei hôl i'r gwaith yn fuan. "Lle o enw Penllechwedd. Dach chi'n gwybod lle mae o?"

"Ydw, syr. Nabod y lle'n iawn."

"Ie, wrth gwrs bod chi! Wel, mae Willard a Thompson a Fentley i gyd yn brysur efo Operation Black Grouse a mae pethau yn tricky iawn rŵan efo'r operation yma. A dw i'n meddwl bod o'n syniad da i cael rhywun yn siarad Cymraeg ar y case yma. Dach chi'n medru mynd i Penllechwedd asap? Mae *uniform* yna wrth gwrs a dw i wedi gofyn i Hefin Rowlands dŵad yna i'ch cyfarfod chi."

"Wrth gwrs, syr!" atebodd Annest gan glicio ar bajamas glas. Byddai'n rhaid iddyn nhw wneud y tro – wedi'r cwbl, doedd 'na neb arall byth yn mynd i'w gweld hi'n mynd i'w gwely efo lluniau Donald Duck hyd drowsus ei phajamas. "Mi fedra i fod yna mewn llai nag awr, syr."

"Da iawn. Dewch yma i'r Pencadlys i neud verbal report pan dach chi yn gorffen yn Penllechwedd. Diolch, Annest. Much appreciated."

Diffoddod Annest yr alwad, penderfynodd gael dau bâr yr un fath a dechreuodd dyrchu yn ei bag am ei cherdyn banc i dalu am y pajamas. Wel, wel. Efallai nad oedd ei gyrfa ddisglair efo Heddlu Gogledd Cymru ar ben wedi'r cwbl.

Gorffennodd roi ei manylion i mewn i'r ffurflen dalu, pwysodd 'Anfon' ac aeth am gawod gan ohirio'r foment pan y byddai hi'n gwisgo un o'i siwtiau gwaith amdani ac yn siŵr o ddarganfod faint o bwysau roedd hi wedi eu hennill mewn mis o eistedd ar y soffa'n bwyta creision a chacennau siop.

♦

Pan fyddai pobl yn edrych ar Gronw Henglawdd Ucha, bydden nhw'n gweld crymffast o hogyn bochgoch yn ei oferôls yn eistedd fel arfer ar ei dractor ac yn fodlon ei fyd. Fydden nhw ddim yn gweld fod yna ochr ddigon sensitif i'r hen Ronw. A'r ochr honno oedd wedi dod i'r brig y prynhawn Iau hwnnw o Fai. Roedd o'n dal i deimlo'n sâl wrth feddwl am yr hyn roedd o wedi ei weld ac wedi gorfod ei wneud y prynhawn hwnnw ac roedd o wedi encilio i gab ei dractor fel na welai neb y dagrau'n cronni'n ei lygaid ac yn powlio i lawr ei wyneb.

Dechreuodd y cwbl pan ganodd y ffôn amser brecwast. Roedd Gronw yn eistedd wrth y bwrdd brecwast ac ar ei gythlwng a doedd 'na ddim tamaid o fwyd ar y bwrdd. Byddai'n rhaid i Gronw a'i fam ddisgwyl i'w dad ddod i'r tŷ ar ôl godro. Nid fel y byddai godro'n digwydd ers talwm; roedd y fuches odro wedi ei gwerthu ers pymtheng mlynedd, cryn bum mlynedd ar ôl iddyn nhw sylweddoli mai cynhyrchu llaeth ar eu colled oedden nhw yn yr Henglawdd; ac roedd y parlwr godro bellach yn gwt i gadw'r biniau ailgylchu.

Ond roedden nhw wedi cadw un fuwch i'w godro iddyn nhw gael llaeth go iawn yn y tŷ, a dyna orchwyl Dad bob bore. A hyd yn oed ers iddo gael gwasgfa ar ei galon dair blynedd yn ôl roedd hi'n orchwyl roedd o'n dal yn ei gwneud yn feunyddiol. Ond roedd o fymryn yn ara deg yn godro'r dyddiau hyn a Gronw druan, oedd eisoes wedi bod rownd y caeau i gyd i gael golwg ar y defaid a rownd y siediau i gyd i edrych ar y bustych, braidd yn llwglyd.

Roedd ei fam wedi mynd drwodd i'r sbriws pan ganodd y ffôn.

"Alli di ateb hwnna, Gron? Mae 'nwylo i'n flawd i gyd."

Aeth Gronw drwodd i'r cyntedd mawr oer wrth y drws

ffrynt – y drws nad oedd neb byth bron yn ei ddefnyddio – i ateb y ffôn. A phwy oedd yno ond Barbara Oldcastle o Glwt y Briallu. Wel, dyna oedd o i deulu'r Henglawdd Ucha er bod Mrs Oldcastle a'i gŵr wedi ei ailenwi o'n Primrose Cottage ers wyth mlynedd bellach. A fuo fo erioed yn fwthyn chwaith. Roedd o'n dŷ reit sylweddol oedd â therfyn ei erddi eang yn cefnu ar gae Parc Isa', y cae pella o'r tŷ o holl gaeau'r Henglawdd. Byddai Mrs Oldcastle yn ffonio'n aml i ddweud bod yna ddafad yn y cae heb symud ers awr neu bod twrch daear wedi tyrchu ei ffordd o'r cae i'w gardd hi neu rywbeth tebyg. Heddiw, roedd yna goeden wedi dod i lawr yn y gwynt a'r glaw dros nos.

"... and it hasn't fully fallen, you see, and I'm afraid that when it does it will destroy our trellis fencing near the barbecue area..."

"I'll come over as soon as I can, Mrs Oldcastle," atebodd Gronw gan roi'r ffôn i lawr yn frysiog gan ei fod o wedi clywed llais ei dad yn dod o'r gegin.

"Pwy oedd ar y ffôn?" gofynnodd ei fam wrth i Gronw setlo wrth y bwrdd yn fwy na pharod ar gyfer ei frecwast.

"Y ddynes Hen Gastell 'na," meddai. "Mae 'na goeden i lawr. A i yno nes ymlaen i'w sortio hi."

"Pwy? Mrs Oldcastle?" gofynnodd ei fam.

"Naci. Y goeden."

Ers i John Huws Henglawdd Ucha orfod rhoi'r gorau i bron bob gwaith corfforol yn dilyn ei wasgfa, y drefn oedd ei fod o'n paratoi rhestr o orchwylion ar gyfer ei feibion ar ddechrau pob dydd. Byddai Llew, ei ail fab, oedd wedi priodi'r llynedd ac wedi symud i fyw i fyngalo bach twt yn y pentre, yn dod draw erbyn diwedd brecwast bob dydd i drafod tasgau'r dydd dros baned cyn i bawb ddechrau ar eu gwaith.

Ac roedd y rhestr a gafodd Llew a Gronw y diwrnod hwnnw'n un go faith. Roedden nhw'n dal lai na hanner ffordd i lawr y rhestr honno pan wnaeth Marged, eu mam, eu galw i'r tŷ ar gyfer eu cinio. A thrwy'r pryd hwnnw roedd Gronw'n hanner disgwyl i'r ffôn ganu eto wrth i Barbara Oldcastle alw i ofyn lle'r oedd o. Mi gytunon nhw felly y byddai Llew yn dechrau'r dasg nesa o drwsio twll yn y clawdd ym mhen ucha'r buarth tra yr âi Gronw i lawr i Barc Isa' efo tractor a threlyr i dorri'r goeden a dod â'r pren adre.

O ganlyniad, roedd hi'n tynnu am ddau erbyn i Gronw gychwyn o'r buarth. Doedd gweld Meira Preis a'i chi ar y ffordd ddim yn annisgwyl. Byddai'n eu gweld nhw'n aml yn y prynhawniau ac os digwyddai hynny ar ran gul o'r ffordd byddai'r hen wreigan yn codi'r ci yn ei breichiau ac yn ei gwasgu ei hun yn dynn yn erbyn y clawdd i wneud lle i'r tractor fynd heibio. Ond dim heddiw. Mi safodd hi ar ganol y ffordd a chwifio ei breichiau fel rhywun o'i go'. Roedd hi'n amlwg ei bod hi'n gweiddi rhywbeth hefyd felly diffoddodd Gronw'r radio yn y cab ac agorodd ei ddrws.

"Yn y traen! Un o'r rhai newydd! Mae 'na rywun efo sanau glas!" gwaeddodd Mrs Preis.

Doedd hynny'n gwneud dim synnwyr i Gronw ond roedd hi'n amlwg fod yr hen greadures wedi cynhyrfu felly mi aeth o i lawr o'r cab i geisio ei chael i ymbwyllo.

"Be sy, Mrs Preis bach?"

"Y traenie newydd. Ar y darn newydd o'r ffordd. Fan'cw!"

"Ie, wn i amdanyn nhw."

"Wel, mae rhywun wedi cael ei stwffio mewn i un ohonyn nhw! Ti'n medru gweld eu sanau nhw."

Deallodd Gronw'n syth fod y sefyllfa'n un ddifrifol. Neidiodd yn ei ôl i fyny i'r cab ac estynnodd law at Meira

Preis iddi hithau allu ei ddilyn.

"Gronw bach," meddai'r hen wreigan, "mae gen i gymaint o jans o gysgu ar y lleuad ag sy gen i o ddringo i fyny i fa'na. Dos di yn dy flaen ac mi ddaw Pero a minnau ar d'ôl di wrth ein pwysau."

Rhyw dri chan llath oedd yna i'r darn newydd o'r ffordd a buan iawn y daeth Gronw o hyd i'r traen cywir. Fel Meira Preis o'i flaen gwelodd yr hosan las a chan fod ei olwg o gryn dipyn yn well nag un Mrs Preis sylwodd o ar wynder y ffêr uwchben yr hosan a gweld heibio'r droed a'r ffêr at drowsus glas a rhywbeth gwyn yn y dŵr a sgleiniai ymhellach i lawr y traen. Ac roedd o'n draen mor gul nad oedd hi'n bosib iddo fod yn berson mawr iawn. Ofnai Gronw mai corff plentyn oedd o a throdd yn sydyn rhag gweld mwy. Teimlai ei fod ar fin chwydu ei berfedd ond llwyddodd i lyncu ei boer fel y brysiodd Meira Preis tuag ato fo.

"Wel, paid â jest sefyll yna!" gwaeddodd hi. "Coda'r grid i'w cael nhw allan! Siawns dy fod ti'n ddigon cry i'w godi o – wnes i ddim trio achos ro'n i'n gwybod nad oedd gen i mo'r nerth."

"Wel, ydw, Mrs Preis, mi ydw i'n gallu codi'r grid. Dw i 'di codi caead traeniau llawer mwy na hwn. Ond dw i ddim yn meddwl y dylen ni gyffwrdd mewn dim byd. Dyna maen nhw'n ei ddeud ar y rhaglenni ditectif, yntê? Peidio cyffwrdd â dim byd tan ddaw'r heddlu."

"Ond be tasen nhw'n dal yn fyw?" gofynnodd yr hen wreigan, wedi cynhyrfu'n lân.

"Dim gobaith o hynny, Mrs Preis. Hyd yn oed tasen nhw'n fyw pan aethon nhw i mewn, mae'r dŵr hanner ffordd i fyny'r traen ar ôl glaw neithiwr – mi fydd pen a sgwyddau'r creadur yma dan y dŵr."

Estynnodd Gronw ei ffôn o'i boced.

♦

Roedd y Gwnstabl Mari Pritchard ar y ffôn efo rhywun o heddlu Manceinion pan ddaeth Sarjant Arwel Roberts â phaned iddi, gan ei gosod yn ofalus ar gornel ei desg yn ddigon pell oddi wrth y domen o waith papur roedd hi'n benderfynol o'i glirio cyn diwedd y dydd.

"It's Mari Pritchard," meddai hi wrth y dyn ar ben draw'r lein.

"Like the biscuit?" oedd yr ymateb.

"Yes, but without the 'e'," atebodd Mari fel y gwnâi bob tro y derbyniai hi'r cwestiwn hwnnw.

"Diolch am y baned, Sarj," meddai hi wedi iddi ddarfod yr alwad.

Ar ôl cydweithio efo fo am bron i ddwy flynedd roedd hi'n nabod Sarjant Roberts yn dda iawn. A hithau'n ddigon uchelgeisiol i fod yn anelu am ddyrchafiad o'r cychwyn, doedd hi ddim yn deall pam roedd o'n fodlon bod yn sarjant ar ôl cyhyd yn ei waith, ond roedd o'n ddyn clên, hawdd gweithio efo fo er gwaetha ei chwaeth erchyll mewn cerddoriaeth.

Roedd 'na rywbeth yn braf am fedru sgwrsio yn Gymraeg am unwaith. Cafodd dros hanner y criw arferai weithio allan o'u gorsaf nhw eu recriwtio i gymryd rhan ym mhenllanw Operation Black Grouse rywle ar hyd yr A55 ac roedd Brendan a Karina allan yn y car yn rhywle yn holi pobl ynglŷn â digwyddiad yn Llaneurgain y noson gynt. Felly, am unwaith, doedd dim angen sgwrsio yn yr iaith fain heddiw gan mai dim ond y ddau ohonyn nhw oedd yno – a Glyn Jones ar y ddesg flaen, wrth gwrs.

Prin fod Mari wedi yfed dau lwnc o'r baned pan ddaeth pen Glyn rownd cil y drws.

"Fedrwch chi eich dau fynd i Benllechwedd?" holodd. "Mae angen ymateb go handi ac mae Brendan a Karina yn dal i fod ochre'r Wyddgrug 'cw. Os ewch chi'ch dau allan mi geith y ddau ohonyn nhw ddod yn ôl i fama i edrych ar ôl y siop pan fyddan nhw wedi gorffen."

"Penllechwedd? Agos at dy ardal di, tydi, Mari?" gofynnodd Arwel gan estyn am ei siaced oddi ar gefn ei gadair.

"Mae gen i deulu ym Mhenllechwedd," cytunodd hithau gan dynnu'r domen bapurau at ei gilydd yn dwt, diffodd ei chyfrifiadur a chodi'n barod i fynd. Ond roedd Arwel yn dal i fustachu efo'r siaced oedd erbyn hyn yn hynod o dynn ar draws y bol cwrw oedd wedi tyfu'n arw yn ystod y misoedd ers i'w wraig ei adael. Roedd Mari'n gwaredu rhag iddo fo ddechrau unwaith eto ar ei druth yn erbyn y siacedi cyfoes efo'u pocedi helaeth ar gyfer eu hoffer – heb sôn am ei gasineb at y cap oedd yn peri i'w ben moel chwysu pan oedd hi'n gynnes ac yn hynod o anghysurus ar y moelni hwnnw pan oedd o'n wlyb. Ond, am unwaith, wnaeth o gadw ei sylwadau iddo'i hun a throi at sarjant y ddesg.

"Be di'r brys, ta, Glyn?" gofynnodd Arwel.

"'Di ffeindio corff i lawr rhyw draen. Mae 'na faint fynnir o griw ar eu ffordd o'r HQ ond fyddan nhw ddim yno am hanner awr arall o leia."

"Lle ym Mhenllechwedd?" holodd Mari.

"Ar y ffordd gefn rhwng Penllechwedd a Glanrafon ddeudodd y boi ffoniodd i mewn. Ydi hynny'n neud synnwyr?"

Ymhen pum munud roedden nhw yn y car. Bron na fu i Mari ddifaru nad oedd hi efo un o'i chyd-weithwyr di-Gymraeg pan sylweddolodd hi y byddai'n rhaid iddi wrando ar John ac Alun wrth deithio efo Arwel ond doedd 'na ddim amser i fwy na phedair cân cyn iddyn nhw gyrraedd pen eu taith.

Roedden nhw wedi dod drwy Lanrafon felly mi gyrhaeddon nhw'r locws cyn cyrraedd Penllechwedd ac mi welon nhw dractor mawr gwyrdd yn llenwi'r lôn.

"Reit. Dyna'r joban gynta," meddai Arwel cyn agor drws y car. "Cau'r lôn a sortio gwyriad ar gyfer traffig. Fedri di alw'r Pencadlys i ddeud hynny?"

"Iawn, Sarj," atebodd Mari a gwnaeth hi'r alwad cyn dilyn Arwel drwy'r adwy fechan rhwng y tractor a'r gwrych. Roedd camu drwy'r bwlch dipyn yn haws iddi hi nag y bu i'r Sarjant boliog, ac o fewn eiliadau roedd hi'n gallu gweld pwy oedd yno, sef Mrs Preis Tyddyn Newydd a'i chi bach yn ei breichiau, er nad oedd hi'n amlwg pwy oedd yn cysuro pwy. Nesaf ati roedd Gronw Huws Henglawdd Ucha – perchennog y tractor, mwy na thebyg. Roedd Mari'n eu nabod nhw i gyd, er nad yn dda.

Roedd Arwel wedi cerdded i edrych i lawr y traen a gwelodd Mari ei fod wedi gwelwi'n arw. Edrychodd Mari a thebyg iddi hithau welwi hefyd. Y droed fach bathetig dan gaead y traen. Doedd bosib mai plentyn oedd yno? Un ai hynny neu oedolyn bychan iawn – doedd yna fawr o le yn y traen. Roedd pwy bynnag oedden nhw wedi gorfod cael eu gwthio'n o arw i'w cael i mewn fel roedd ongl ryfedd y droed fach yna'n awgrymu.

"Mi fydd angen cyfarpar arbennig i'w cael nhw allan," meddai Arwel, a nodiodd Mari. Symudodd o draw fymryn ymhellach oddi wrthyn nhw a dechrau siarad ar ei ffôn.

Byddai'n well iddi hi ddechrau holi'r ddau o'i blaen fel y gallen nhw fynd adre. Roedd golwg dila iawn ar Meira Preis a doedd Gronw'n edrych fawr gwell. Estynnodd Mari ei llyfr nodiadau.

"Pwy ddaeth o hyd i'r corff?" holodd.

"Fi," atebodd Mrs Preis gan geisio cadw ei llais rhag gwegian. "Mae Pero a fi'n mynd am dro ar ôl cinio bob dydd."

"Faint o'r gloch wnaethoch chi ffeindio'r corff, Mrs Preis?"

"Mi fasa hi rhyw ugain munud ar ôl i mi gychwyn o'r tŷ, tua pum munud i ddau, falle?"

"A be wnaethoch chi pan welsoch chi be oedd yma? Wnaethoch chi gyffwrdd yn unrhyw beth?"

"Naddo. Mae Gronw yn deud na ddylen ni gyffwrdd unrhyw beth nes i chi gyrraedd."

"Da iawn chi, Gronw," meddai Mari gan wenu ar y dyn ifanc. "A sut ddaethoch chi i mewn i'r stori?"

"Wel, mi ddois i lawr y ffordd a gweld Mrs Preis yn brysio tuag ata i, wedi cynhyrfu. Mi yrres i yma ar y tractor a gweld hyn." Amneidiodd tuag at y traen. "Ac mi wnes i ffonio 999."

"A lle…"

"Cwnstabl!" galwodd Arwel, efo'r ffôn yn dynn wrth ei glust. "Faint fasech chi'n ddeud ydi maint y grid ar ben y traen 'na?"

"Pedwar cant ac ugain centimedr wrth bedwar cant ac ugain centimedr, Sarj."

"Argol! Manwl iawn!"

"Mae o'n deud ar y caead haearn, Sarj."

Gwenodd Arwel am ennyd ond wnaeth hynny ddim para; roedd y sefyllfa'n rhy ddifrifol. Rhoddodd ei sylw unwaith eto i'r alwad ffôn.

Trodd Mari hithau'n ôl at ei llygad-dystion.

"Sut ddaethoch chi i sylwi fod 'na rywbeth i lawr yn y traen 'ma, Mrs Preis?" gofynnodd, ond erbyn iddi orffen ei chwestiwn sylweddolodd ei bod mewn peryg o golli un o'i llygad-dystion. Nid dim ond llais Meira Preis oedd yn gwegian rŵan. Prin y gallai sefyll ar ei thraed wrth iddi siglo o ochr i ochr yn ei hunfan gan wasgu'r ci bach yn beryglus o dynn.

"Ylwch, Mrs Preis," dywedodd Mari'n ddistaw, gan roi ei llaw ar ei braich. "Be am i ni adael gweddill y cwestiynau tan y byddwch chi 'di cael paned a dod atoch eich hun rywfaint?"

Amneidiodd Meira Preis eto. Roedd siarad yn drech na hi.

"Sarj! Ga i'ch caniatâd i ddanfon Mrs Preis adre?" gofynnodd i Arwel, gan stumio efo'i hwyneb a'i llygaid i awgrymu ei phryder dros gyflwr ei thyst. Wnaeth o ddim oedi yn ei alwad, ond mi estynnodd oriadau'r car iddi.

Gan fod y ffordd mor gul a'r tractor yn ei llenwi, bu raid i Mari yrru wysg ei chefn at y giât fferm agosa ac yna mynd rownd y ffordd ucha i gyrraedd y pentre. Erbyn cyrraedd Tyddyn Newydd, roedd Meira Preis wedi dod ati hi hun fymryn o gael eistedd yn y car a gwrthododd gynnig Mari i bwyso ar ei braich ar ei ffordd o'r giât at y tŷ.

Yn wir, roedd hi'n gyndyn i Mari ddod i mewn o gwbl ond chafodd hi fawr o ddewis. O fewn ychydig funudau roedd hi wedi cael ei sodro yn ei hoff gadair wrth y tân efo paned o de a photel ddŵr poeth a Pero ar fraich ei chadair yn ôl ei arfer.

"Mi fydd rhaid i ni ofyn mwy o gwestiynau i chi, mae gen i ofn, Mrs Preis," meddai Mari wrthi. "Ond mi rown ni chydig o amser i chi orffwys gynta. Oes 'na rywun fedra i alw i ddod i gadw cwmni i chi? Dw i'm yn siŵr ddylech chi fod ar ben eich hun ar ôl y fath ddychryn."

Ceisiodd Mari gofio rywbeth am deulu'r hen ledi. Toedd ganddi hi fab yn rhywle?

"Dw i 'di bod ar ben 'yn hun ers cyn i ti gael dy eni, Mari Pritchard," meddai Meira Preis yn swta. Roedd dychwelyd i'w chynefin yn amlwg wedi gwneud byd o les iddi hi. "Mi fydda i'n berffaith iawn. Dos di i wneud dy waith."

♦

Baciodd Cat Murray ei char drwy giât ei chartre yn ofalus. Diffoddodd yr injan a thynnodd ei gwregys. Eisteddodd am ennyd i gael ei gwynt ati. Doedd ganddi mo'r nerth i agor y drws a cherdded y ddwy neu dair llathen at ei drws ffrynt.

Roedd hi wedi bod yn gythraul o shifft. Dau glaf newydd sbon, tri o'r hen ffyddloniaid yn ailymweld â nhw ac un ffyddloniad hen iawn wedi marw jest ar ôl cinio. Teimlai Cat fel cadach wedi ei wasgu nes ei fod yn gwbl sych.

Byddai pobl yn edrych yn od arni hi pan fyddai hi'n dweud ei bod yn mwynhau ei gwaith. Doedden nhw ddim yn medru dychmygu sut y gallai neb fwynhau gweithio o ddydd i ddydd ar ward cancr yng nghanol pobl oedd yn marw. Ond roedd yna fuddugoliaethau bach yn erbyn yr C fawr ac ambell fuddugoliaeth fawr. Ac roedd hi'n anorfod fod y staff yn magu perthynas glòs efo'r cleifion oedd yn brwydro mor galed yn erbyn y gelyn ffiaidd. Ond wedyn roedd hynny'n golygu fod dyddiau fel heddiw pan roedd brwydrau'n cael eu colli yn anoddach dygymod â nhw.

Rhoddodd sgŵd fach iddi ei hun a chamodd o'r car ac i'r tŷ. Aeth yn syth i'r gegin a phwyso'r botwm i danio'r tecell. Tynnodd ei hesgidiau a theimlodd ryddhad enfawr. Gwthiodd ei thraed i bâr o fflachod go flêr a gadwai hi wrth y drws cefn. Fel nyrs roedd hi wedi gweld digon o bobl, ac nid rhai hen yn unig, wedi cael eu hanafu trwy lithro mewn slipars felly wnâi hi byth wisgo pâr o'r rheiny – yr hen esgidiau traeth blêr yma oedd ei slipars hi i bob pwrpas.

Edrychodd ar y cloc ar y stof. Ugain munud arall cyn y byddai Manon a'r genod yn cyrraedd. Amser i gael paned a hoe fach cyn newid o'i hiwnifform a dechrau hulio swper.

Roedd hi wedi cario ei phaned drwodd i'r stafell fyw ac ar fin eistedd ar y soffa pan ganodd cloch y drws. Pwy oedd yno ond Mari, ei nith, merch ei brawd.

Drwy un o'r rhyfeddodau genetig yna oedd yn digwydd mewn teuluoedd, roedd Mari mor debyg i Cat nes y gallai dyn gredu eu bod yn fam a merch. Y ddwy yn fain ac yn dwt ac yn bryd golau. Ar y llaw arall, roedd merch Cat, Manon, yn bryd tywyll ac yn llond ei chroen, yn debycach i'w thad.

"Sori, Anti Cat," meddai Mari gan gamu i'r tŷ. "Wnes i weld eich car chi a dw i jest 'di picio i mewn i ofyn ffafr."

Edrychodd ei modryb arni braidd yn syn felly brysiodd Mari i esbonio rhywfaint.

"Yma wrth 'y ngwaith ydw i," dechreuodd. Ond roedd hynny'n amlwg, erbyn meddwl, gan ei bod hi yn ei hiwnifform.

"Wrth 'y modd yn dy weld di beth bynnag 'di'r rheswm," torrodd Cat ar ei thraws. "Gymri di baned, Mari fach?"

Diolchodd Mari i'w modryb a'i dilyn i'r gegin gan ddechrau egluro byrdwn ei hymweliad annisgwyl.

"I lawr y ffordd 'cw am Lanrafon, mae corff rhywun wedi cael ei wthio i mewn i un o'r traeniau. Wrth reswm, cha i ddim deud y cwbl wrthoch chi ond mi fydd pawb yn y pentre'n gwybod y prif ffeithie erbyn heno."

"Argian annwyl! Pwy ydi o? Neu hi?" gofynnodd Cat yn syn.

"Dim syniad eto, Anti Cat. Dal heb allu eu cael nhw allan i weld. Mrs Preis ddoth o hyd i'r corff ac mae hi wedi ypsetio'n fwy nag mae hi'n gyfadde, a meddwl o'n i ella y basech chi'n gallu picio draw ati hi nes ymlaen i neud yn siŵr ei bod hi'n iawn?"

"Cha i ddim croeso, wrth gwrs, ond mi wna i alw draw."

"Dach chi'n gweld dipyn arni hi, Anti Cat?"

"Wel, dw i'n mynd â hi efo fi i nôl neges bob nos Wener. A phan dw i'n cael dydd Sul heb shifft a phan dw i'n llwyddo i fynd am yr eglwys ar fore Sul, mi fydda i'n ei gweld hi'n dod yn ôl o'r capel fel dw i'n brysio am yr eglwys felly does 'na fawr o amser i sgwrsio."

"Ond mae'n rhaid eich bod chi'n cael sgwrs efo hi pan dach chi'n siopa efo'ch gilydd," meddai Mari wrth dderbyn paned o law ei modryb.

"Wel, ydan a nac ydan. Mae hi'n mynnu cerdded yma am chwech bob nos Wener er mod i wedyn yn mynd heibio ei thŷ hi yn y car. Sgynni hi byth lawer i'w ddeud. Ti'n gwybod sut un ydi hi – dydi hi ddim yn berson pobol, nac ydi? Ond dw i'n gofyn ambell gwestiwn ac mae hi'n ateb. Ac wedyn pan dan ni'n cyrraedd y dre, dan ni'n mynd i mewn i'r siop ac mae hi'n mynd i ffwrdd efo'i throli hi a minne efo nhroli inne. Gan ei bod hi'n prynu cyn lleied, mae hi 'di gorffen hydion o mlaen i ac mae hi wedyn yn iste fel sowldiwr ar y fainc wrth y tile nes mod i 'di gorffen. Dw i 'di trio dwyn perswâd arni hi i fynd i'r caffi i aros amdana i ond wneith hi ddim gwario. Mi fydda i'n rhuthro rownd y siop fel chwyrligwgan rhag i mi ei chadw hi'n disgwyl, a hanner yr amser dw i wedyn yn anghofio rhywbeth yn 'y mrys!"

"Dydi o'm yn swnio'n llawer o hwyl i chi!"

"Wel, dw i'n cyrraedd adre'n gynt nag y baswn i taswn i'n mynd rownd yn hamddenol. Wneith hi ddim hyd yn oed adael i mi ei helpu hi i fynd â'i neges i'r tŷ. Dw i'n eistedd wth y tân efo paned cyn hanner awr wedi saith!"

"Mae gynni hi fab, toes? Fasai hi'n syniad ffonio hwnnw?" gofynnodd Mari.

"Mae gynni hi ddau," atebodd Cat. "Er mai prin mae hi'n sôn am yr un ohonyn nhw. Mae Gwyndaf, y fenga, yn byw ochre Wrecsam yn rhywle. Mae o'r un oed â dy dad – dw i'm yn ame iddyn nhw fod yn yr un dosbarth yn rysgol ers talwm. Ond wn i ddim be ydi hanes Ithel. Roedd o gryn dipyn yn hŷn – mi fasa fo'n nes at bum deg oed erbyn hyn."

"Sgynnoch chi fodd i gysylltu efo Gwyndaf?"

"Wst ti be? Dw i'n meddwl mod i wedi ffonio fo pan gafodd hi'r godwm 'na tu allan i'r neuadd goffa chydig o flynyddoedd yn ôl. Debyg bod y rhif gen i yn rhywle..."

Dechreuodd Cat fustachu mewn drôr.

"Well i mi fynd yn ôl," meddai Mari, gan osod ei chwpan wag ar gornel y bwrdd. "Os gewch chi hyd i'r rhif, wnewch chi ei decstio fo ata i?"

"Wna i siŵr. A phaid â phoeni am Meira Preis – mi wna i gadw golwg arni hi."

"Diolch, Anti Cat. Mi alwa i eto."

Ac i ffwrdd â hi. O fewn eiliadau clywodd Cat sŵn injan car ei nith yn tanio.

A dim ond eiliadau ar ôl hynny daeth sŵn car arall. Roedd y genod adre. Fyddai 'na ddim hoe i'w gael rŵan tan yn hwyr y nos.

PENNOD 2

Erbyn i Annest gyrraedd Penllechwedd o gyfeiriad Glanrafon roedd y ffordd wedi ei chau. Llwyddodd hi, serch hynny, i wasgu ei char heibio i'r arwydd heb orfod camu allan i'w symud. Wrth barhau ar hyd y ffordd sylwodd ar y traeniau oedd yn digwydd bob rhyw ugain llath ar hyd y rhan newydd o'r ffordd. Wrth yrru heibio mewn car, yr oll a welech chi oedd wynebau'r gridiau. Er mwyn gweld i lawr i mewn iddyn nhw, byddai'n rhaid i chi fod reit uwch eu pennau nhw.

Daeth Annest rownd y gornel a gweld rhesi o geir a faniau wedi eu parcio blith draphlith hyd y ffordd. Ychwanegodd ei char hithau atyn nhw gan wneud yn siŵr ei bod yn bacio i mewn i ofod fel y gallai hi yrru allan yn hawdd. Agorodd y drws ond cyn iddi allu camu o'r car roedd plismon ifanc yn dod tuag ati.

"Excuse me, madam, you can't..." cychwynnodd ar ei druth. Ond roedd Annest eisoes wedi estyn ei cherdyn gwarant ac mi dawodd wedyn. Brasgamodd hithau heibio iddo ac i gyfeiriad yr adwy yn y tâp plastig glas a gwyn oedd yn siglo yn yr awel. Wrth yr adwy roedd 'na fan â'i chefn ar agor er mwyn i bawb allu helpu eu hunain i droswisgoedd a gorchuddion traed a menyg. Roedd pawb yr ochr draw i'r tâp wedi eu gwisgo yn y siwtiau gwyn, y gorchuddion traed glas a'r menyg porffor. Wrth gefn y fan safai swyddog roedd Annest yn ei led-nabod yn dal y clipfwrdd roedd rhaid i bawb ei arwyddo cyn croesi'r tâp i leoliad y drosedd. Gwenodd Annest arno'n gyfeillgar cyn dechrau ymgodymu efo'r siwt wen.

Wrth iddi arwyddo'r daflen ar y clipfwrdd daeth hi'n ymwybodol iawn o'r clwstwr o bobl oedd ganllath a hanner i fyny'r ffordd o'r llinell dâp, y rhan fwya ohonyn nhw'n aelodau o'r heddlu neu'n staff ategol. Doedd hi ddim yn medru clywed eu sibrydion ond roedd hi'n gallu eu teimlo nhw.

"Ia, dyna hi! Hon'na ydi hi. Mi gafodd hi ei gwahardd o'i gwaith am fis am ymddygiad amhriodol efo swyddog o'r heddlu. Wnaethon nhw drio ei chael hi i symud i Ddyfed-Powys ond gwrthod wnaeth hi. Shagio'i bòs ac wedyn gwneud cythrel o ffradach pan wnaeth o orffen efo hi. Uffern o sterics o flaen pawb yn y Pencadlys 'cw."

Wrth gwrs, doedd dim gwahaniaethu rhwng dynion a merched i fod bellach ond roedd y gwahaniaeth i'w weld yn glir ar y wynebau oedd wedi eu troi tuag at Annest wrth iddi nesáu at y criw. Roedd gwawd ar wynebau'r dynion wrth edrych ar sopen wirion wnaeth beryglu ei gyrfa yn gwneud ffwdan am ddim byd. Ac roedd hi'n amlwg ar wynebau'r merched eu bod nhw'n teimlo bechod drosti. Roedd yn well gan Annest y gwawd na'r tosturi.

O leia fyddai dim rhaid iddi hi wynebu Bob. Roedd DCI Harris wedi mynd ar secondiad at heddlu Lerpwl i gynllunio a rheoli Operation Black Grouse – dipyn o bluen yn ei gap, a dweud y gwir. Wrth gwrs, doedd o ddim yn haeddu cosb. Doedd o ddim wedi gwneud dim byd o'i le. Doedd o ddim wedi gadael i'w fywyd personol amharu ar ei waith.

Wrth iddi ddod yn nes at y dorf fechan, daeth hi'n amlwg i Annest fod yna ryw fath o ffrae yn digwydd. Roedd 'na godi lleisiau a chwifio breichiau. Ond cyn iddi fynd yn ddigon agos i ddeall yr hyn oedd yn cael ei weiddi, roedd y Ditectif Sarjant Hefin Rowlands yn brysio tuag ati i'w chyfarch. Tasai hi'n unrhyw un ond Annest, debyg y byddai o wedi ei chofleidio hi. Yn sicr, roedd ei lygaid glas yn pefrio a gwên gynnes ar ei wyneb ifanc, brwdfrydig. Roedd rhywun yn falch o'i gweld hi'n ôl, beth bynnag!

"Croeso'n ôl, Bòs," meddai'n syth, ei wên siriol yn llwyddo bob amser i guddio ei ddeallusrwydd treiddgar. "Tydi hi ddim 'di bod 'run fath hebddoch chi."

"Diolch, Hefin. Be sgynnon ni yn fama? Dw i'n clywed swn anghydfod?"

"Mae'r bobol fforensics 'di cyrraedd ers rhyw ddeg munud ac, wrth gwrs, y peth cynta maen nhw'n neud bob amser pan mae 'na gorff ydi codi'r babell drosto fo. Ond mae'r sarjant o'r orsaf leol – fo oedd yma gynta – yn deud does 'na'm pwrpas codi'r babell oherwydd mi fydd raid iddyn nhw ei symud hi eto pan fyddan nhw'n dod â'r offer i godi'r corff o'r traen. Mae gynno fo bwynt ond mae Chris Dixon yn cau newid dim ar ei brotocol. Sa'n well i chi roi dyfarniad cyn i bethe fynd yn rhy boeth, dw i'n meddwl, Bòs."

Camodd Annest ar ei hunion i mewn i ganol y cylch o bobl gan amneidio ar ambell un i'w cyfarch. Roedd yna nifer o heddlu mewn iwnifform a chriw llawn o bobl fforensig efo'u bocsys offer a ffotograffydd efo'i gamera. Ar gyrion y grŵp roedd llanc mewn oferôls yn pwyso yn erbyn olwyn tractor ac yn edrych fel tasai o bron â marw isio dianc. Ac yn y canol roedd sarjant cydnerth yn ei bedwardegau hwyr yn taeru efo Chris Dixon, Dirprwy Bennaeth Adran Fforensig Heddlu Gogledd Cymru.

"Good afternoon, Dr Dixon," meddai Annest yn glên, gan gamu tuag atyn nhw. "I understand there's a disagreement. Can I be of use?"

"This gentleman," meddai Dixon, gan wneud i'r gair swnio fel rheg wrth amneidio at y sarjant, "is preventing us from carrying out the necessary crime scene protocol which demands the erection of a protective structure over the locus of a cadaver."

"I'm not preventing anything," meddai'r sarjant gydag acen Gymraeg ddigon tew i Annest allu bod yn sicr nad Saesneg oedd ei iaith gynta. "I just wanted to save them the trouble of putting up the tent just to take it down again."

"Diolch, Sarjant," meddai Annest a gwelodd ei fod o'n ddiolchgar ei bod wedi troi i'r Gymraeg. Trodd hi wedyn at Dixon eto. "I'm SIO on this case so perhaps you'd let me view the victim before dealing with minor matters of protocol."

Ildiodd Dixon ei le ac aeth Annest heibio iddo gyda Hefin y tu ôl iddi hi. Roedd y traen i'w weld yn glir ryw bedair llathen o'u blaenau, ac eto, doedd dim modd gweld beth oedd ynddo. Dim ond pan oedd hi bron iawn uwch ei ben y gwelodd Annest y droed yn yr hosan las rhyw droedfedd o dan y grid o haearn bwrw. A thu hwnt i hwnnw gwelai'r trowsus, a sglein y dŵr. Gallai hithau weld fod y corff wedi ei wthio i mewn i'r gofod ac na fyddai hi'n hawdd ei gael allan.

"Oes 'na rywun 'di cyffwrdd yn y grid?" gofynnodd i Hefin.

"Nac oes," atebodd. "O be dw i'n ddallt, mi wnaeth y boi

efo'r tractor ddeud wrth y ddynes ddoth o hyd i'r corff i adael pob dim heb ei gyffwrdd."

"Chwarae teg iddo fo. Lle mae'r ddynes ddoth o hyd i'r corff?"

"Mae'r Cwnstabl Mari Pritchard wedi ei danfon hi adre. Mae hi dros ei hwythdeg ac roedd hi 'di ypsetio yn ôl pob sôn. Dydi hi mond yn byw jest i fyny'r lôn ffordd 'cw.

Wnes i ofyn i Gronw, y boi efo'r tractor, aros, Bòs," ychwanegodd Hefin. "Meddwl ella y basa ei dractor o'n handi."

"Syniad da."

Edrychodd Annest ar yr awyr. Roedd hi'n argoeli i fod yn noson braf. Cerddodd hi'n ôl at y grŵp.

"It's a fine evening," meddai hi wrth Chris Dixon. "No chance of rain and very little breeze. I suggest we leave the tent for now and you and your team get on with your work. But the body must remain in situ until the pathologist gives his permission to move it. "

Dechreuodd pawb symud i gyfeiriad y traen, y ffotograffydd yn codi ei gamera ar ei ffordd.

"Dr Dixon," meddai Annest wrtho cyn iddo fynd. "Once you've had a good look, I'd appreciate your expertise in deciding what equipment we might need to remove the body with as little damage as possible. Once we've moved the body, I suggest you erect the tent to preserve any evidence."

"Of course, Inspector," atebodd a brysiodd at ei waith.

Trodd hi wedyn at y sarjant mewn iwnifform.

"Roeddech chi'n llygad eich lle, Sarjant...?"

"Roberts," atebodd hwnnw. "Arwel Roberts."

"Iawn, Sarjant Roberts. Mi fydd angen mynd o dŷ i dŷ yn y pentre i holi pawb – pwy sy wedi bod o gwmpas, pwy welodd

29

be ac ati. Y broblem ydi nad oes gynnon ni syniad eto pa mor hir mae'r corff 'di bod yn y traen felly ymholiadau digon penagored fydd rhaid iddyn nhw fod ar hyn o bryd."

"Dim ond fi ac un gwnstabl sy 'ma o'r ffôrs lleol ar hyn o bryd. Hi sy 'di mynd â'r hen ledi adre. Mae lot fawr o'n pobol ni 'di cael eu secondio i'r peth Black Grouse 'ma. Ond mae'r hanner dwsin cwnstabl y gwelwch chi yma 'di dod o'r Pencadlys. Dach chi'n meddwl y bydd angen mwy? Bydd rhaid cael un bob pen i'r safle i gadw pobol draw."

"Os wnewch chi adael y ddau sy'n gwarchod y safle, ewch chi â'r lleill sy gynnoch chi i ddechre cnocio dryse, mi wna i gysylltu efo'r Pencadlys i weld tybed allan nhw sbario mwy."

"Iawn, Inspector," atebodd. "Diolch. O, dyma hi Mari'n dod 'nôl rŵan," ychwanegodd gan amneidio at blismones fach fain, benfelen oedd yn dod i lawr y ffordd o gyfeiriad y pentre.

♦

Roedd Gronw wedi dechrau laru ar y sefyllian o gwmpas. Ond o leia roedd ei fol o wedi stopio teimlo fel tasai o ar reid yn Alton Towers. Doedd Gronw erioed wedi mwynhau'r reidiau hynny, er doedd wiw iddo fo gyfadde hynny wrth yr hogie. Iddyn nhw, y trip i Alton Towers ar ddiwedd blwyddyn ysgol oedd uchafbwynt y flwyddyn ac roedden nhw'n gwirioni ar y wefr o fynd ar y reidiau a'r hwyl o fwyta tri neu bedwar pryd McDonald's mewn diwrnod. Doedd Gronw ddim yn gallu gweld be oedd mor wefreiddiol am eistedd ar fws am dair awr nes bod ei ben-ôl yn sgwâr ac wedyn ciwio am ddwy awr er mwyn cael ei daflu o gwmpas fel wy mewn pot jam am ddau funud. Ac roedd yn llawer gwell ganddo fo lobsgows ei fam nag unrhyw fyrgyr. A phan wnaeth o gael dolur gwddw go hegar y noson cyn y trip ym Mlwyddyn un ar ddeg, roedd o'n hynod falch na fyddai raid iddo fyth fynd yno eto.

Roedd 'na ddynes bwysig yr olwg wedi cyrraedd a phawb yn brysio i ddeud eu deud wrthi hi. Un reit dal efo gwallt cyrliog du yn gwisgo siwt lwyd oedd braidd yn dynn amdani hi. Roedd rhyw olwg bochgoch iach arni hi oedd yn awgrymu ei bod hi'n hapusach allan yn yr awyr iach nag y tu ôl i ddesg.

Siaradodd hi am dipyn efo'r bobl oedd yn rhan o dîm yr heddlu ac wedyn aeth hi â chwpl o'r plismyn eraill drosodd at y traen i gael sbio i lawr ar y corff. Ar ôl dipyn mwy o siarad, mi gododd hi ei phen ac edrych yn syth ar Gronw druan. Gwenodd a dechrau cerdded tuag ato fo. Ymsythodd Gronw.

"Pnawn da, Mr Huws," meddai hi wrtho mewn Cymraeg naturiol lleol.

"Pnawn da," atebodd yntau, er ei fod o o'r farn y basai 'Noswaith dda' yn fwy addas. Hanner awr wedi pump oedd amser swper yn Henglawdd Ucha a thebyg ei bod hi'n nesáu at amser swper erbyn hynny. Swper am hanner awr wedi pump, gwely am hanner awr wedi naw a chodi am bump yn y bore – dyna oedd y drefn.

"Ditectif Inspector Annest Rhys dw i," meddai'r ddynes wrtho. Erbyn edrych arni hi'n nes, doedd hi ddim mor hen ag roedd Gronw wedi ei feddwl, dim ond tua chanol ei thridegau. "Fi 'di'r prif swyddog ar yr achos yma. Ga i'n gynta ddiolch i chi am eich amynedd. Dw i'n gwybod fod hongian o gwmpas fel hyn yn ddiflas iawn, yn enwedig pan mae gynnoch chi waith i'w neud."

A gwenodd hi arno fo eto. Roedd ganddi hi wên neis – cyfeillgar, mamol bron. Teimlai Gronw'i hun yn ymlacio rhyw ychydig.

Amneidiodd hi wedyn ar y dyn ifanc pryd golau oedd wrth ei phenelin ac estynnodd hwnnw lyfr nodiadau bach du o'i boced.

"Mae gen i ofn y bydd raid i ni gynnal cyfweliad ffurfiol efo chi rywbryd fory, Mr Huws, ond ella y gallwn ni ofyn un neu ddau o'r cwestiynau pwysica i chi rŵan. Chi wnaeth ffonio'r heddlu, os dw i'n dallt yn iawn?"

"Ia. Ar ôl gweld..." llyncodd ei boer ac amneidiodd i gyfeiriad y traen er na allai o bellach weld y peth ei hun gan fod cymaint o bobl mewn siwtiau plastig gwyn wedi tyrru o'i gwmpas o.

"Dw i'n siŵr ei fod o 'di bod yn dipyn o sioc i chi, Mr Huws. Ond ga i ofyn sut daethoch chi i fod yna i'w weld o? I le roeddech chi'n mynd?"

"I fan'cw," atebodd, gan bwyntio'i fys tuag at Primrose Cottage ym mhen pella'r cae. "Mae 'na goeden 'di dod i lawr neithiwr ac ro'n i'n mynd yno i'w thorri hi."

"O le roeddech chi'n dod?"

Pwyntiodd Gronw eto, y tro yma i'r cyfeiriad arall tuag at y clwstwr o goed ar y gorwel. Tu ôl i'r coed hynny y swatiai ei gartref.

"A faint o'r gloch adawoch chi'r fferm, Mr Huws?"

"Ychydig cyn dau."

"Oedd yna rywun arall yno i'ch gweld chi'n gadael?"

"Mi oedd Llew, 'y mrawd, yno a Nhad. Ro'n i i fod yn eu helpu nhw i drwsio clawdd ond mi benderfynes i bicio i dorri'r goeden gynta. Doeddwn i ddim yn disgwyl bod i ffwrdd yn hir..."

"A faint o amser fasai hi'n ei gymryd i chi yrru i fama, dach chi'n meddwl?"

"Rhyw bum munud go dda. Weles i ddim car na dim byd,

felly ddois i'n syth yma – wel, naddo, mi ddois i'n syth cyn belled â'r gornel acw ac wedyn mi weles i Meira Preis Tyddyn Newydd yn brysio i fyny'r lôn tuag ata i ac yn amlwg wedi cynhyrfu'n lân."

"Dach chi'n cofio be ddeudodd hi wrthoch chi?"

"Wel, roedd hi'n anodd ei dallt hi – roedd hi 'di ffwndro braidd. Rhywbeth am rywun i lawr y traen. A'r munud weles i be oedd yna ... wel ... roedd hi'n amlwg fod y dŵr hanner ffordd i fyny'r corff a hwnnw â'i ben isa felly roedd hi'n amlwg eu bod nhw 'di marw ac mi ddudes i wrth Mrs Preis am gadw draw ac mi wnes i ffonio 999."

"Wel, diolch i chi am hynny. Mi wneith o'n gwaith ni rywfaint haws. A rŵan, Mr Huws, dw i am ofyn ffafr arall. Ond yn gynta, ga i ofyn faint ydy'ch oed chi?"

Doedd Gronw ddim yn medru meddwl pam y byddai hi isio gwybod ei oed o ond mi atebodd o'n syth.

"Dw i'n bedair ar bymtheg."

"Diolch, Mr Huws – roedd yn rhaid i mi fod yn siŵr eich bod chi'n oedolyn cyn gofyn am eich help chi."

Wnaeth hynny ddim synnu Gronw. Er ei fod o'n fachgen tal, cydnerth roedd ganddo wyneb bachgennaidd ac roedd o wedi hen arfer gorfod profi i dafarnwyr ei fod o'n ddigon hen i yfed.

"Y peth ydi, Mr Huws," aeth y ddynes yn ei blaen, "mae'n rhaid i ni gael y corff allan o'r traen ac mi wnawn ni drio gwneud hynny unwaith bydd y swyddog meddygol wedi cael cyfle i'w weld o. Dan ni'n ei ddisgwyl o unrhyw funud."

Trodd hi i edrych i lawr y lôn i weld oedd yna fwy o gerbydau'n cyrraedd.

"Mae modd i ni ofyn am gyfarpar a pheiriannau arbenigol i geisio tynnu'r corff allan o'r twll ond mae hynny am gymryd cryn amser. Dach chi fel fi wedi gweld y sefyllfa a'r gwir ydi na fydd hi'n bosib cael y corff allan heb rywfaint o niwed – sgriffiadau ac ati. Os felly, ac os ydw i'n cael cydsyniad y swyddog meddygol a chaniatâd fy mòs, fasech chi'n fodlon ein helpu ni efo'ch tractor i gael y corff allan? Mi fasech chi'n gorfod tynnu'n ofnadwy o araf a gofalus, wrth gwrs, ond dw i'n cael yr argraff eich bod chi'n brofiadol iawn. Be dach chi'n feddwl?"

Llyncodd Gronw ei boer eto ac amneidiodd.

♦

Daeth car arall rownd y gornel ar wib a sgrialu i stop jest cyn taro'r rhwystrau oedd ar draws y ffordd. Camodd Mari yn ei blaen i gael gair efo'r gyrrwr. Hen Ffordyn digon blêr yr olwg oedd o a'r eiliad yr agorodd y gyrrwr ei ffenest llifodd arogl defaid allan. Ffermwr, penderfynodd Mari. Mentrodd ddechrau yn Gymraeg,

"Mae'n ddrwg gen i, syr, ond allwch chi ddim mynd y ffordd yma. Mae'r ffordd ar gau."

Gwgodd y gŵr canol oed tu ôl i'r llyw.

"Pam, 'lly?" gofynnodd.

"Mae 'na ymchwiliad a'r peiriannau ar draws y ffordd. Dydi hi ddim yn debygol y bydd y ffordd yn ailagor heno."

Ochneidiodd y dyn yn drwm a newidiodd gêr i facio'i gar. Ond daliodd Mari ei thir.

"Ga i'ch enw a'ch cyfeiriad chi, os gwelwch chi'n dda?" holodd efo gwên.

"Pam?" gofynnodd o eto.

"Dan ni'n cymryd manylion pawb sy'n defnyddio'r ffordd er mwyn i ni allu eu holi nhw ymhellach. Wrth gwrs, os ydi hi'n well gynnoch chi, mi allwch chi aros rŵan nes bydd un o'n ditectifs ..."

Rhoddodd ei enw a'i gyfeiriad yng Nglanrafon fymryn yn llai surbwch ond dim llawer. Yna baciodd i'r adwy gerllaw a throdd yn swnllyd – a mwdlyd – cyn diflannu'n ei ôl y ffordd y daeth.

"I've been sent to relieve you, Constable," meddai llais rhyw blismon dieithr o'r tu ôl iddi. "Your Sergeant wants you back up there."

Doedd hi ddim yn siŵr oedd hi i fod i roi ei nodiadau iddo fo er mwyn cadw manylion pawb efo'i gilydd. Doedd ganddo fo ddim syniad chwaith felly daliodd ei gafael yn ei llyfr a chytunodd y ddau i ddod at ei gilydd drannoeth i gysoni eu rhestrau. Wedi sortio hynny, cychwynnodd Mari ar ei ffordd i fyny'r allt.

Pasiodd y casgliad o geir a faniau rownd y gornel nesa – roedd mwy fyth yno erbyn hyn. Aeth rownd yr ail gornel ac roedd hi yng nghanol prysurdeb mawr. Roedd naw neu ddeg o blismyn a staff fforensig wedi ymgasglu'n glystyrau o gwmpas safle'r traen. Yn nes at y traen na'r gweddill, safai Dr Edwards y swyddog meddygol, efo Inspector Rhys, y ddynes oedd i weld yn rhedeg y sioe. Roedden nhw'n agos at ei gilydd â'u cefnau ati hi gydag Arwel Roberts gam neu ddau i'r chwith ohonyn nhw. Cerddodd Mari tuag ato.

"Oeddech chi f'isio i, Sarj?" gofynnodd, ond cyn iddi orffen ei chwestiwn, tawodd ei llais wrth iddi sylweddoli beth oedd yn mynd ymlaen.

Roedd rhaff yn arwain o gefn tractor Gronw Huws i lawr y traen. Penliniai tri o'r bobl fforensig o gwmpas y twll â'u breichiau'n ymestyn i lawr i geisio cyfeirio'r corff allan o'r twll. Tra oedd pawb arall fel tasen nhw'n dal eu gwynt, symudodd y tractor yn ei flaen ychydig fodfeddi, arhosodd, a bu dipyn o symud breichiau i lawr y twll cyn i un o berchnogion y breichiau weiddi, "And the same again, please!"

Symudodd y tractor ychydig fodfeddi eto. Mwy o ymestyn i lawr i'r twll, gwaedd arall, y symudiad lleia ymlaen. Roedd Mari'n gwybod digon am yrru tractor i sylweddoli fod Gronw'n dangos cryn grefft i symud mor drybeilig o araf. Ac yn berchen ar goesau cryfion ar y pedalau.

Ar hynny, daeth y traed yn y sanau glas i'r golwg, ac wedyn y trowsus a'r rhannau nad oedd neb wedi eu gweld cyn hyn, sef siwmper las golau ac ysgwyddau main a gwddf a gwallt tywyll, hir yn diferu dŵr mwdlyd a dail.

Roedd y tri fu'n penlinio bellach ar eu traed yn symud y corff yn hynod, hynod ofalus i wneud yn siŵr ei fod yn cael ei roi yn gyfangwbl ar y gorchudd plastig oedd wedi ei osod ar y llawr yn barod i'w dderbyn. Yn araf, araf aeth y traed i lawr, yna'r coesau a'r cefn ac, yn olaf, y pen nes y gorweddai'n daclus yn wynebu i fyny.

Nid plentyn oedd yna. Merch oedd hi. Merch fechan, fain a chymharol ifanc, ond nid plentyn. A'r peth cyntaf oedd yn amlwg oedd na fu hi â'i hwyneb yn y dŵr yn ddigon hir iddo achosi chwyddo. Roedd ei hwyneb hardd wedi cadw ei gymeriad. Camodd Dr Edwards ymlaen ar ei union i archwilio'r corff. Ond nid cyn i Gronw ddod i lawr o'r cab a gweld. Gwelwodd. Sigodd ei goesau oddi tano fel tasai o'n llo newydd ei eni yn hytrach na dyn ifanc cryf.

Roedd ei lais yn wannach na'i goesau. Dim ond rhyw hanner gwich ddaeth o'i enau wrth iddo ynganu ei henw yn un sillaf hirfaith, "Rhiiiii!"

Am hanner awr wedi pump bob gyda'r nos byddai Meira Preis yn bwydo Pero. Ac er ei bod yn dal i deimlo rhyw fymryn yn simsan, doedd hi ddim am newid ei threfn. Nid bai'r ci bach oedd o. Roedd hi wrthi'n gwagio'r bwyd o'r tun pan ddaeth cnoc ar y drws ffrynt a pheri i Pero ddechrau cyfarth fel rhywbeth o'i go'.

Roedd hyn ynddo'i hun yn beth anarferol. Ychydig iawn o ymwelwyr fyddai'n galw yn Nhyddyn Newydd. Roedd Meira Preis yn licio cadw iddi'i hun ac roedd trigolion y pentre'n gwybod hynny a'r rhan fwya ohonyn nhw'n parchu hynny. Am yr ychydig ymwelwyr fyddai'n mentro acw – y postmon, y gweinidog ac, o dro i dro, Cat Murray – wel, roedden nhw'n gwybod i ddod rownd ochr y tŷ at y drws cefn.

Doedd dim amheuaeth felly mai dieithryn oedd yno. A phan agorodd Meira'r drws, gwelodd ddynes gymharol ifanc mewn siwt lwyd oedd yn gythgam o dynn rownd ei phen-ôl ac roedd 'na ddyn lot fengach, hwnnw mewn siwt nefi-bliw ond fod honno'n hongian arno fo.

"Mrs Preis?" meddai'r ddynes gan estyn waled fechan o'i phoced a chwifio rhywbeth dan drwyn Meira. Roedd y sgwennu o dan y llun yn llawer rhy fân iddi hi fedru ei weld o.

"Yr Arolygydd Annest Rhys ydw i. O Heddlu Gogledd Cymru," meddai hi wedyn. "A dyma'r Sarjant Hefin Rowlands. Dan ni isio gair bach efo chi am be ddigwyddodd pnawn 'ma."

"Well i chi ddod i mewn, ta," atebodd Meira gan eu harwain o'r lobi i'r gegin gefn. Roedd hi'n gallu deud eu bod nhw'n falch o weld tanllwyth o dân yn y grât a hwythau wedi bod yn sefyllian tu allan wrth iddi ddechre oeri ddiwedd pnawn.

"Steddwch," meddai hi wrthyn nhw, ond wnaeth hi ddim cynnig paned. Doedd hi ddim isio iddyn nhw gael esgus i oedi.

Roedd hi'n berffaith amlwg o'r clustogau a'r flanced wedi ei thaenu i un ochr mai sedd Meira oedd y gadair nesa at y tân felly eisteddodd y ddynes ar y soffa gyferbyn ac aeth y llanc ifanc i eistedd ar gadair galed wrth ymyl y dresel ac estyn llyfr nodiadau bach du o'i boced.

"Mae'n ddrwg gen i darfu arnoch chi fel hyn, Mrs Preis," meddai'r ddynes wedyn. "Dw i'n sylweddoli eich bod chi wedi cael sioc go arw pnawn 'ma ond swn i'n licio cael gair efo chi tra mae'r peth dal yn fyw yn eich cof chi."

"Gredwch chi fi, mechan i," atebodd Meira, "dw i byth yn mynd i'w anghofio fo tra bydda i byw!"

"Dw i'n siŵr ei fod o wedi bod yn brofiad erchyll i chi, Mrs Preis," meddai hithau wedyn. "Ond er bod pobl yn cofio'r darlun mawr, mi fasech chi'n synnu pa mor sydyn mae'r manylion bach yna yn cilio o'r cof. A dan ni'r heddlu'n dibynnu lot fawr ar y manylion bach 'na.

"Ga i jest tsecio ychydig o ffeithie yn gynta. Meira Preis ydi'r enw, yntê?"

"Ie, Meira Elinor Preis."

"A dach chi'n byw yma ers faint?"

"Ers y trydydd o Awst 1968."

"Ew, dach chi'n cofio i'r diwrnod," rhyfeddodd.

"Diwrnod 'y mhriodas. Mi brodon ni am dri yng nghapel Bethania ac yna roedd 'na de pnawn yn y neuadd goffa am bedwar ac roedden ni adre yn fama erbyn hanner awr wedi pump. Dim ffys a lol fel sy mewn priodase'r dyddie yma!"

"A'ch gŵr?"

"'Di marw ers ugain mlynedd. Roedd Iorwerth

flynyddoedd yn hŷn na mi."

"Dach chi'n byw yma eich hun felly?"

"Ydw."

"A dach chi'n mynd â'r ci am dro yn aml ar hyd y ffordd i gyfeiriad Glanrafon, meddan nhw wrtha i."

"Wel, ydw, dw i'n mynd â Pero am dro bob dydd ond nac ydw, dw i ddim yn mynd ar hyd y ffordd am Lanrafon bob dydd. Mi fydda i'n amrywio pa ffordd dw i'n mynd – dibynnu ar y tywydd a sut dw i'n teimlo."

"Ond mi aethoch chi'r ffordd yna heddiw?"

"Do."

"Fedrwch chi ddeud wrtha i yn eich geiriau eich hun be ddigwyddodd a be welsoch chi, plis, Mrs Preis? Faint o'r gloch aethoch chi allan?"

"Fymryn ar ôl hanner awr wedi un. Dyna pryd fydda i'n mynd bob dydd. Cael hoe fach ar ôl cinio ac wedyn mynd am dro. A doedd heddiw ddim gwahanol i unrhyw ddiwrnod arall – wel, ddim ar y dechre, beth bynnag."

"Ac mi welsoch chi'r corff yn y traen wrth fynd i lawr y ffordd?"

"Naddo, weles i ddim byd arbennig ar fy ffordd i lawr. Mae 'na fwy o draffig na fasech chi'n feddwl ar y ffordd yma ond dim pafin felly mi fydda i'n gneud yn siŵr mod i'n cerdded i wynebu'r traffig. Felly ar fy ffordd i lawr ro'n i'n rhy bell o'r traeniau i fedru gweld i lawr i mewn iddyn nhw. Ar fy ffordd yn ôl es i dros y traeniau a gweld ..."

Oedodd Meira Preis. Er gwaetha popeth, daeth yr atgof brwnt yn ôl. Gwelodd eto'r mymryn glas.

Ar ôl sefydlu'r hyn a welodd Meira Preis, dyma ofyn, "Felly, pryd oedd y tro dwytha i chi gerdded dros y traeniau, Mrs Preis?"

"Gadwch chi i mi feddwl; es i at yr afon ddoe ac echdoe ac i fyny'r allt bnawn Sul, felly dydd Sadwrn oedd y tro dwytha i mi fynd y ffordd yna. A chyn i chi ofyn, doedd 'na ddim byd i lawr y traeniau bryd hynny. Mi faswn i wedi sylwi."

"Hyd yn oed tasai'r corff yn bellach i lawr yn y traen – hynny ydi, cyn i'r glaw ei godi fo?"

"Dw i'n weddol siŵr y baswn i wedi sylwi tasai 'na rywbeth yno yn y golwg, hyd yn oed tasai fo'n bellach i lawr."

"Diolch, Mrs Preis. Dach chi wedi bod o gymorth mawr i ni. Fyddwch chi'n gweld pobl eraill yn cerdded pan dach chi allan am dro efo'r ci. Fedrwch chi ddeud dipyn bach wrtha i amdanyn nhw?"

"Wel, mae 'na ddyn canol oed sy'n dod o Lanrafon ac yn cerdded i fyny yma i wylio adar. Dw i ddim yn gwybod be ydi ei enw fo ond mae o'n Gymro achos mae o wastad yn deud helô ac yn deud rhywbeth am y tywydd wrth basio."

"Rhywun arall?"

"Weithie mi fydd 'na bobl ddiarth yn cerdded heibio, pobl ddŵad, debyg. Mae 'na res o dai fisitors yn hen fferm yr Hendre yng Nglanrafon ac mi fydd pobl sy'n aros yno yn dod i grwydro. Ac yn ddiweddar dw i wedi gweld teulu gwallt potel o gwmpas. Y dair dynes newydd o Ellesmere House, mi fydda i'n eu gweld nhw'n cerdded efo'r horwth o gi mawr 'na sy gynnyn nhw. Mi fyddan nhw'n pasio'r ffenest 'ma reit aml ar bob awr o'r dydd, weithie un neu ddwy ohonyn nhw a weithie'r tair efo'i gilydd. Ond dw i erioed wedi torri gair efo nhw. Dan ni'n gorfod cadw'n ddigon pell oddi wrthyn nhw os dan ni'n pasio ar y ffordd – mae gan Pero ofn yr hen beth mawr 'na!"

"Ellesmere House?"

"Gyferbyn â'r neuadd goffa. Siop oedd hi ers talwm. Tŷ

reit nobl. Mae o wedi bod yn wag ers tro ac wedyn ychydig o fisoedd yn ôl mi ddechreuodd rhywun drwsio fo ac mae'r tair dynes – mam a dwy ferch, swn i'n ddeud – wedi symud i mewn ers rhyw fis rŵan. Y tair ohonyn nhw efo gwallt potel – dwy yn felyn ac un yn goch. Fel y deudes i, dw i erioed wedi torri gair efo nhw, na neb arall yn y pentre, hyd y gwn i. Fel lot o bobl ddŵad, dydyn nhw ddim isio cymysgu efo ni."

"Diolch, Mrs Preis. Un neu ddau o gwestiynau ar ôl ac mi wna i adael llonydd i chi. Dach chi'n nabod Rhian Dodd?"

"Rhian Dodd oedd yn arfer byw yn Nhyddyn Llan, merch Wil a Sioned Dodd?"

"Ie, dw i'n meddwl. Wnaethon nhw symud o'r pentre rhyw dair blynedd yn ôl."

"Do, Wil wedi cael cansar ac yn methu ffarmio ddim mwy. Mi symudon nhw i Llan ac mi fuo Wil farw cyn pen blwyddyn. Ac wedyn mi briododd Sioned foi arall o fewn dim a symud i ryw fferm yng nghanol nunlle. Gorfodi'r plant i symud eto fyth. Pam dach chi'n gofyn am Rhian?"

"Dydi o dim wedi ei gadarnhau'n swyddogol eto, Mrs Preis, ond mae lle i amau mai corff Rhian oedd yn y traen."

Anaml iawn y byddai Meira Preis yn brin o rywbeth i'w ddweud ond mi oedd hi'n syfrdan y tro yma. Agorodd ei cheg heb fedru yngan gair. Roedd ei phen yn llawn o luniau o'r eneth ifanc fain efo'r llygaid pefriog a'r gwallt du sgleiniog.

"Rhian?" llwyddodd i'w ddweud yn y diwedd. "O'r nefoedd!"

Cododd ei breichiau i gydio yn ei brest yn ei dychryn ond sylweddolodd o'r olwg ar wyneb y blismones fod honno'n poeni ei bod ar fin cael gwasgiad, felly rhoddodd ei dwylo'n eu holau yn ei chôl. Daeth dagrau i'w llygaid er gwaethaf pob ymdrech i'w hatal.

"Rhian!" meddai hi wedyn. "Geneth fach lyfli. Wastad mor rhadlon. Mae hi ... roedd hi'n gweithio efo'r Cyngor Sir. Mi fyddwn i'n ei gweld hi weithie ar nos Wener pan fyddwn i'n mynd i siopa. Fedra i ddim credu ... Dach chi'n siŵr mai hi ..."

"Mae'n ddrwg gen i ddwyn newyddion drwg, Mrs Preis. Ond roedd Gronw Huws i weld yn reit sicr."

"Wel, 'na fo, ta. Roedd Gronw wedi mopio efo Rhian. Dim gobaith iddo fo, wrth gwrs, roedd hi'n llawer rhy ddel a rhy glyfar i botsian efo lwmp fatha fo. Roedd hi bob amser yn glên efo fo fel efo pawb arall, cofiwch. Jest gadael iddo fo wybod nad oedd hi byth yn mynd i fod yn ddim byd ond ffrind iddo fo. Er, wn i ddim oedd Gronw wedi derbyn hynny ..."

"Dan ni'n ddiolchgar iawn i chi am eich parodrwydd i'n helpu ni. Os byddwch chi'n meddwl am rywbeth arall ..."

Tynnodd gerdyn bach a'i estyn i Meira. Gallai weld fod 'na sgwennu arno fo ond heb chwyddwydr doedd ganddi hi ddim gobaith mul o'i ddarllen o. Ond amneidiodd Meira arni hi a'i osod o y tu ôl i'r cloc ar y silff ben tân.

Cododd y ddau ymwelydd ar eu traed a chododd Meira hithau i'w danfon at y drws. Neidiodd Pero oddi ar fraich y gadair i ddod efo nhw i wneud yn siŵr fod y dieithriaid yn gadael.

"Un peth arall," meddai'r ddynes, gan droi'n ei hôl i edrych i lawr ar yr hen wreigan oedd yn agos at fod droedfedd yn fyrrach na hi. "Oes gynnoch chi deulu?"

"Mae gen i ddau fab hyd y byd yn rhywle."

"O?"

"Mae'r mab fenga, Gwyndaf, yn byw rhwng Caer a Wrecsam. Wn i ddim lle mae'r hyna erbyn hyn."

"Dach chi ddim mewn cyswllt efo nhw?

"Ydw a nacdw. Mae gen i gyfeiriad a rhif ffôn taswn i angen cysylltu efo Gwyndaf ond fydda i byth yn gneud. Ei wraig o sy'n ateb bob tro a sgynni hi fawr o fynedd efo fi. Mi fydd Gwyndaf yn dod i ngweld i o gwmpas y Dolig bob blwyddyn ac ar 'y mhen-blwydd, fo a'i ddwy ferch. Ond sgen yr un o'r ddwy air o Gymraeg felly mae sgwrsio'n ddigon chwithig."

"A'ch mab hyna?"

"Ithel? Mi fydd hwnnw'n anfon cerdyn Dolig a cherdyn pen-blwydd ond dw i heb ei weld o ers chwarter canrif a mwy."

"Ond mi fasai o'n nabod y ffyrdd yn yr ardal yma?"

"Wel, basai, debyg. Pam?"

"Dim ond cwestiynau rwtîn, Mrs Preis. Trio cofnodi pawb sy'n nabod yr ardal. Diolch i chi eto."

♦

O ffenest ei chegin gefn, gallai Cat Murray weld y giât oedd yn arwain i mewn i ardd ffrynt Tyddyn Newydd rhyw hanner canllath i fyny'r ffordd. Ugain mlynedd yn ôl mi fyddai hi'n gallu gweld y tŷ ei hun ond roedden nhw wedi adeiladu stad Gwêl y Foel yno ers hynny. Roedd hi'n plicio tatws wrth y sinc ac yn edrych drwy'r ffenest pan welodd hi gar du'n stopio tu allan i Dyddyn Newydd a dyn a dynes mewn siwtiau yn dod ohono. Yr heddlu, meddyliodd Cat. Ditectifs.

A phan roedd hi'n gwagio'r dŵr o'r sosban datws i'r sinc rhyw hanner awr wedyn mi welodd hi nhw'n gadael. Aethon nhw i mewn i'r car a gyrru heibio i gartre Cat ac ymlaen drwy'r pentre.

Stwnsiodd Cat y tatws a mynd â nhw drwodd i'r stafell fyw. Roedd Manon a'r genod yn eistedd wrth y bwrdd yn barod am eu swper. Roedd Ela a Mia'n brysur yn parablu a Manon yn syllu ar ei ffôn eto fyth. Ers iddyn nhw symud i fyw ati hi flwyddyn yn ôl roedd Cat wedi pwysleisio dro ar ôl tro wrth ei merch mor bwysig oedd hi i deulu sgwrsio efo'i gilydd, yn enwedig wrth y bwrdd bwyd. Ond dal i syllu ar sgrin ei ffôn wnâi Manon bob gafael.

Cariodd Cat weddill y bwyd at y bwrdd ac eisteddodd. Doedd dim pwynt iddi edliw i'w merch felly penderfynodd geisio dangos esiampl iddi sut i siarad efo plant.

"Wel, genod," dechreuodd. "Sut aeth hi'n yr ysgol 'cw heddiw? Ti gynta heno, Ela."

"Mi wnaeth Mrs Roberts ddangos ffilm i ni am blant yn Affrica oedd yn byw mewn cwt efo to gwellt," atebodd Ela, oedd yn hoffi dangos ei bod yn eneth fawr rŵan ei bod ym Mlwyddyn Tri ac yn yr Adran Iau. "Ac mi wnaethon ni sgwennu dyddiadur plentyn o Uganda. Ond dw i ddim wedi gorffen y sgwennu eto. Mae Miss yn deud ga i orffen fory a wedyn ga i neud llun i fynd efo fo."

"Waw! Uganda! Am ddiddorol!" meddai Cat gan drio cael Manon i rannu ei brwdfrydedd, heb lwyddiant. "A be amdanat ti, Mia? Be wnaethoch chi yn Blwyddyn Un heddiw?"

"Neud anifeiliaid clai," atebodd y fechan.

"Pa anifeiliaid wnest ti?"

"Wnes i neidr streipiog ac eliffant."

"Pa liw oedd yr eliffant?"

"Llwyd, siŵr, Nain!" daeth yr ateb. "Llwyd ydi eliffantod!"

Chwarddodd Cat a llwyddodd hynny i ddenu sylw Manon. Rhoddodd ei ffôn i lawr wrth ochr ei phlât ac estynnodd fwyd iddi ei hun. Cymerodd Cat fantais o gael ei sylw.

"Dw i am bicio i weld Meira Preis ar ôl swper," meddai hi. "Fydda i ddim yn hir. Dw i isio neud yn siŵr ei bod hi'n iawn.

Roedd yr heddlu yna jest rŵan."

"Chewch chi fawr o groeso gynni hi," atebodd Manon.

"Dw i'n gwybod. Ond faswn i ond yn poeni taswn i ddim yn galw draw yna."

"Dydi hi byth yn diolch am yr holl redeg dach chi'n neud iddi hi," meddai Manon wedyn.

"Dw i ddim isio diolch, siŵr," atebodd ei mam. "Mae isio i bawb fod yn gymdogion da i'w gilydd mewn lle fel hyn. Ac er ei bod hi'n swta ei ffordd, mae calon Meira Preis yn y lle iawn. Mi fuodd hi'n garedig iawn wrtha i ar ôl i dy dad ei heglu hi o 'ma a'n gadael ni. Wn i ddim be faswn i wedi'i neud hebddi hi i dy warchod di."

Ond chafodd Cat ddim mynd i Dyddyn Newydd tan fwy nag awr ar ôl swper. Roedd hi wrthi'n clirio'r bwrdd pan ganodd cloch y drws ffrynt ac yno roedd dau blismon ifanc mewn iwnifform.

"North Wales Police, madam," meddai'r tala o'r ddau, cochyn tenau efo dannedd cam. "PC Hillman and PC Jarvis."

"Cymraeg dach chi?" gofynnodd y llall, PC Jarvis, stwcyn bach pryd tywyll oedd yn amlwg yn trio tyfu mwstás. Pan gytunodd Cat, mi gymerodd o drosodd yr holi.

"Dan ni'n mynd o ddrws i ddrws yn y pentre i holi pawb lle oedden nhw dros y diwrnod neu ddau ddwytha. Dach chi 'di clywed am ...?" edrychodd ar y genod bach cyn gorffen ei frawddeg, "... be ddigwyddodd i lawr y ffordd?"

Roedd Cat yn ymwybodol o'r ddwy eneth fach yn syllu ar y ddau ddyn mawr efo'u llygaid fel soseri. "Be dach chi isio wybod?"

"Jest lle dach chi wedi bod dros y pedair awr ar hugain ddwytha 'ma, Mrs ...?"

"Murray. Catherine Murray."

"Dim ond chi sy'n byw yma, Mrs Murray?"

"Naci, dan ni i gyd yn byw yma. Dyma Manon, fy merch, a'i dwy ferch hithe."

"Manon Murray Davies," ychwanegodd Manon. "Ela a Mia ydi enwau'r genod."

"Diolch," meddai'r plismon gan sgwennu yn ei lyfr nodiadau. "Fedrwch chi ddeud wrtha i lle dach chi wedi bod ddoe a heddiw? Chi gynta, Mrs Murray?"

"Wel, dw i'n gweithio shifft saith tan dri yn yr ysbyty yn Llan," meddai hi gan nodio ei phen i gyfeiriad ei gweithle. "Dw i'n gadael chwarter wedi chwech yn y bore a dw i'n ôl tua hanner awr wedi tri os ydw i'n dod yn syth adre. Ac mi wnes i ddod yn syth adre ddoe a heddiw. A dydw i ddim wedi bod allan o'r tŷ neithiwr na heno."

"A'ch car chi ydi un o'r ddau tu allan, Mrs Murray?

"Ie, yr Astra glas."

Mae'n rhaid fod ei hwyneb wedi holi cwestiwn oherwydd mi wnaeth y plismon ateb.

"Mi fyddan nhw'n edrych ar geir yn mynd a dod o'r pentre ar y camerâu, dach chi'n gweld. Mi fydd o'n eu helpu nhw i wybod pa geir sy'n perthyn i bobl leol iddyn nhw fedru canolbwyntio ar y rhai dierth."

Gwenodd o ar Cat cyn holi mwy.

"Fuoch chi ddim i lawr y ffordd i gyfeiriad Glanrafon neithiwr na heno?"

"Do, dyna'r ffordd dw i'n mynd a dod i ngwaith."

"Diolch, Mrs Murray. A welsoch chi ddim byd anarferol?"

"Naddo, dim."

"A rŵan, Mrs Davies, ga i ofyn yr un cwestiynau i chithe? Dach chi'n gweithio?"

"Ydw," atebodd hithau. "Dw i'n gweithio mewn salon trin

gwallt i lawr yn y dre – Y Siswrn Glas. Mi fydda i'n mynd o 'ma tua chwarter wedi wyth bob bore ac yn mynd â'r genod i'r ysgol ar fy ffordd i'r gwaith ac wedyn dw i'n eu codi nhw am hanner awr wedi tri ac yn cyrraedd yn ôl yn fama tua pedwar. Felly dw i'n gyrru ar hyd y ffordd i Lanrafon ddwy waith pob dydd ond fydda i byth yn cerdded y ffordd yna."

"A chi biau'r Fiesta coch, felly, ie?"

"Ie."

"A welsoch chi ddim byd anarferol wrth fynd ar y ffordd yna ddoe na heddiw?"

"Naddo."

"A fuoch chi ddim allan gyda'r nos neithiwr na heno?"

"Naddo."

"Diolch, Mrs Davies. Os byddwch chi'n cofio rhywbeth yn nes ymlaen mi allwch chi gysylltu efo ni ar y rhif sy ar y cerdyn," ychwanegodd gan estyn cerdyn bach i Manon.

Stwffiodd Manon y cerdyn i'w phoced.

"Diolch i chi am eich cydweithrediad," meddai' PC Jarvis.

Caeodd Cat y drws ar eu holau a bu'n rhaid iddi sicrhau ei hwyresau nad oedd Nain na Mam yn debygol o fynd i'r carchar ac na allai Mia fynd am reid yng nghar yr heddlu. Roedd Manon wedi dychwelyd at sgrin ei ffôn.

"Dim mwy o'r holi 'ma!" meddai Cat wrth y genod. "I fyny'r grisie 'na am y bath."

Penderfynodd Cat eu cael nhw wedi eu setlo ar ôl cynnwrf yr ymweliad annisgwyl cyn iddi hi olchi'r llestri. A thebyg y byddai hi'n nesáu at amser gwely Meira Preis erbyn iddi hi gael cyfle i bicio yno. Ond mi fyddai'n rhaid iddi fynd er mwyn cael tawelwch meddwl.

Cychwynnodd hi felly i fyny'r grisiau ar ôl y ddwy fechan. Ond doedd hi ond hanner ffordd i fyny pan ddaeth sŵn rhyfedd o gyfeiriad Manon, rhywbeth rhwng sgrech a bloedd. Trodd Cat i edrych arni a gwelodd ei bod wedi gwelwi ac wedi gollwng ei ffôn ar lawr.

"Be sy, bach?" gofynnodd, gan droi ar ei sawdl a chamu i gyfeiriad ei merch.

"O, Mam," gwichiodd Manon. "Dw i newydd weld o ar Facebook. Wnewch chi byth gredu pwy oedd yn y traen 'na?"

"Pwy?"

"Rhian Dodd."

Tro Cat oedd hi i welwi rŵan. Roedd Ela a Mia wedi dod yn eu holau i lawr y grisiau ac yn edrych ar eu mam a'u nain mewn penbleth.

"Rhian?" meddai Cat. "Dim ond ddoe ro'n i'n siarad efo hi!"

PENNOD 3

Bu raid i Mari wrando ar ganu gwaeth fyth ar CD Arwel ar y ffordd nôl. Cafodd wybod mai Traed Wadin oedden nhw – ffefrynnau Arwel o'r wythdegau, mae'n debyg. Roedden nhw'n canu 'Mynd Fel Bom' ond roedd Arwel yn dreifio fel rhech.

Roedd hi'n dal yn eitha blin am ei bod hi wedi gobeithio cael bod yn rhan o'r tîm oedd yn holi o ddrws i ddrws ym Mhenllechwedd. Unwaith y deallodd DI Rhys fod ganddi hi berthnasau yn y pentre, doedd dim gobaith.

"Doedd gynni hi ddim dewis," ceisiodd Arwel ei ddarbwyllo. "Rhaid iddi hi feddwl am be allai ddigwydd ymhellach i lawr y lein. Be tasai 'na achos llys a'r amddiffyniad yn deud fod dy dystiolaeth di'n annerbyniol am dy fod ti'n perthyn i rywun oedd yn bwysig i'r ymchwiliad?"

"Dw i'n dallt hynny, Sarj," cytunodd Mari. "A dw i'n dallt na fasai hi'n iawn i mi gyfweld Anti Cat na Manon. Ond dim ond dwy ydyn nhw o drigolion y pentre. Pam na chawn i holi pobl eraill? Mae gan Brendan deulu yn Wrecsam ond does 'na neb 'di stopio fo rhag gweithio yn fanno."

"Chwarae teg, Mari," chwarddodd Arwel. "Rhaid i ti gyfadde bod Wrecsam yn dipyn bach mwy na Phenllechwedd!"

A bu raid i Mari chwerthin efo fo ac ildio i'w ffawd.

"Ro'n i'n gobeithio baswn i'n cael aros ar y tîm gan mod i'n siarad Cymraeg ..." dechreuodd wedyn ond roedd gan Arwel Roberts ateb parod.

"Mae DI Rhys 'di meddwl am hynny ac wedi neud yn siŵr fod un o bob pâr yn medru rhywfaint o Gymraeg," meddai, ac roedd ei edmygedd o'r DI yn amlwg yn ei lais. "A dim ond holi cwestiynau syml iawn sy isio iddyn nhw neud wrth fynd o ddrws i ddrws. Mae hi'n fwy pwysig cael dau o Gymry iawn ar gyfer ein joban ni."

Crychodd Mari ei thrwyn. Doedd hi ddim yn edrych ymlaen o gwbl at y dasg oedd o'u blaenau.

"Paid â phoeni, Mari," meddai Arwel wrthi'n dadol. "Mi wna i'r siarad."

"Dach chi 'di neud hyn droeon o'r blaen, yndo?" meddai Mari.

"Do, ond dydi o'n mynd dim haws. Os rhywbeth, mi fydd hi'n fwy anodd – mae gen i eneth tua'r un oed fy hun. Be sy'n neud y joban yn fwy anodd y dyddie yma ydi trio cyrraedd y teuluoedd efo'r newyddion drwg cyn i ryw ben rwdan roi'r peth i fyny ar Facebook neu Snapchat neu be bynnag mae pobl ifanc yn ddefnyddio rŵan."

Ymhen munudau roedden nhw'n troi oddi ar y ffordd gefn i ddilyn lôn gul, droellog i fyny trwy ddarn o goedwig ddaeth â nhw, yn y diwedd, at giât oedd yn dwyn yr enw 'Cefn Dolydd'. Dyna lle'r oedd rhaid i Mari ddod allan o'r car i agor y giât drom, rydlyd a'i llusgo at y gwrych er mwyn i

Arwel yrru drwodd a chau'r giât wedyn ar ei ôl. Doedd hynny
ddim yn hawdd gan nad oedd y bolltyn yn mynd i'w le heb
godi'r giât yn gorfforol ryw ddwy fodfedd yn uwch nag oedd
hi eisiau mynd. Ac ar ôl y frwydr efo'r giât roedd milltir dda
o ffordd dros gerrig a thrwy byllau dŵr cyn iddyn nhw weld
golau'r fferm o'u blaenau. Gyrrodd Arwel drwy adwy yn y
wal i mewn i fuarth eang efo adeiladau ar y pedair ochr, y
rhan fwya ohonyn nhw'n gytiau hynafol yr olwg. Ond ym
mhen pella'r buarth mawr safai dau dŷ'n wynebu ei gilydd a
goleuadau y tu ôl i lenni'r ddau.

Hyd yn oed yn y tywyllwch roedd hi'n amlwg pa un oedd
y ffermdy a pha un oedd cartre'r gwas. Parciodd Arwel y tu
ôl i Land Rover hynafol o flaen y mwyaf o'r ddau dŷ. Yr ochr
draw i'r Land Rover roedd Range Rover eitha newydd ac
Astra mwy newydd byth. Roedd ffermdy Cefn Dolydd yn dŷ
sylweddol, solet a safai ychydig ymhellach yn ôl o'r buarth
fel bod gofyn i Arwel a Mari agor giât fechan a chroesi gardd
flodau fach dwt cyn cyrraedd y drws.

Dyn tal pryd tywyll yn ei bedwardegau agorodd y drws
pan gnociodd Arwel. Roedd o'n amlwg newydd gael bath neu
gawod gan fod ei wallt yn dal yn wlyb a'i groen yn sgleinio.

"Mr Dodd?" holodd Arwel, gan wthio ei gerdyn gwarant
i'r golau iddo allu ei weld.

"Naci," meddai'r dyn. "Gerwyn Evans dw i."

"O, sori. Dan ni'n trio cysylltu efo teulu Rhian Dodd ..."

"Dach chi yn y lle iawn. Fy ngwraig i ydy mam Rhian."

"Gawn ni ddod i mewn i siarad efo chi, Mr Evans? Mae
gynnon ni newyddion drwg, mae gen i ofn."

Agorodd y dyn y drws yn llydan i'r ddau allu camu i'r tŷ.
Roedd o'n hen dŷ efo simnai fawr ac ynddi danllwyth o dân
er ei bod hi'n fis Mai. Roedden nhw wedi camu ar eu hunion

i mewn i'r stafell fyw ac roedd hi'n stafell hir efo nenfwd isel a'r grisiau i'r llofft yn dod i lawr i'r gornel bella.

"Ydi Mrs Evans adre?" holodd Arwel wedi i Gerwyn Evans eu cyfeirio i eistedd ar soffa fawr ger y tân.

"Ydi, mae hi'n golchi llestri ..."

Roedd golwg wedi ffwndro braidd ar Mr Evans a phenderfynodd Mari nad oedd y teulu yma o leia wedi derbyn y newyddion drwg drwy'r cyfryngau cymdeithasol. Diflannodd o trwy ddrws wrth waelod y grisiau. Daeth sŵn llais merch yn dweud, "Heddlu? Pam...?" ac yna daeth y ddau drwy'r drws.

Dynes fechan, fain oedd Sioned Evans. Roedd hi hefyd yn ddynes hardd iawn ac roedd hi'n amlwg fod Rhian yr un ffunud â'i mam. Roedd dwylo Sioned yn dal yn wlyb ac yn goch wrth iddi gerdded tuag atyn nhw â'i llygaid yn llawn pryder.

"Wnewch chi eistedd, os gwelwch yn dda, Mrs Evans?" gofynnodd Arwel ac eisteddodd hi ar gadair gyferbyn â'r soffa. Estynnodd ei gŵr gadair arall oedd wrth y bwrdd yn y gornel ac eisteddodd ar honno. Edrychodd Sioned yn ddisgwylgar ar y plismon a'r blismones.

"Mae gen i ofn nad oes unrhyw ffordd y galla i wneud fy newyddion yn llai poenus i chi," dechreuodd Arwel. "Mae gen i ofn fod Rhian wedi marw. Mi ffeindion ni ei chorff hi'r pnawn 'ma ger Penllechwedd."

Daeth sŵn o wddf Sioned Evans oedd yn swnio fel cri rhyw anifail yn cael ei larpio, ond mynd yn hollol wyn a llonydd wnaeth ei gŵr.

Yr ennyd hwnnw daeth bloedd a chlec o'r llofft, a sŵn drws yn agor a rhedodd bachgen yn ei arddegau cynnar i lawr y grisiau efo ffôn symudol yn ei law.

"Mam! Mae 'na rywun ar Instagram yn deud for Rhi ..."

Stopiodd yn stond ar ganol y grisiau wrth weld yr heddlu yn ei stafell fyw a sylweddoli arwyddocâd hynny. Ymddangosodd llanc ychydig yn hŷn y tu ôl iddo a syllodd y ddau ar eu mam.

Edrychodd Arwel a Mari ar ei gilydd. Cael a chael fuodd hi.

Rhuthrodd y bachgen fenga i lawr y grisiau a thaflodd ei hun ar fraich cadair ei fam a dechrau beichio wylo fel plentyn hanner ei oed. Daeth y llanc i sefyll y tu ôl i gadair ei fam gan syllu'n gyhuddgar ar Arwel a Mari.

Pan ostegodd y gwichian rhyw ychydig, gofynnodd Gerwyn, "Be ddigwyddodd, felly?"

Cliriodd Arwel ei wddf.

"Dan ni ddim yn hollol siŵr eto, Mr Evans," dechreuodd. "Mi fydd Swyddog Cyswllt yma gyda hyn ..."

"Swyddog ...?"

"Y Family Liaison Officer, i roi ei deitl cywir iddo fo – neu hi. Mi fyddan nhw'n gallu eich helpu chi i wneud synnwyr o'r holl bethau sy'n gorfod digwydd pan mae 'na farwolaeth annisgwyl..."

"Mae o'n deud fan hyn ei bod hi wedi cael ei stwffio i mewn i draen yn ymyl Penllechwedd. Ydi o'n wir?"

Roedd hynny'n fwy na digon i beri i'r fam ddechrau nadu fel mul ac i wylo'i mab fenga waethygu.

Edrychai Arwel yn hynod o anghyffrddus ond llwyddodd i gadw ei lais yn dawel a phwyllog.

"Mae hi'n wir mai mewn traen y cawson ni hyd iddi hi," meddai. "Ond dan ni ddim yn gwybod sut y daeth hi i fod yno."

Oedodd Arwel am ennyd. Roedd hi'n amlwg i Mari ei fod yn trio penderfynu a ddylai o fynd ymlaen. Ond mi wnaeth o.

"Mae gen i ofn y bydd raid i ni ofyn llawer o gwestiynau

fydd yn anodd i chi eu hateb – ond fyddwn ni'n gwneud hynny i'n helpu ni i ffeindio allan be ddigwyddodd i Rhian."

"Ond wneith o ddim dod â hi'n ôl, na wneith!" meddai'r llanc hyna yn ddigon ymosodol.

"Llion!" meddai ei lystad, yn dawel ond yn siarp. "Dan ni i gyd wedi cael sioc ond does dim isio ei gymryd o allan ar…"

"Dim problem, Mr Evans," brysiodd Arwel i'r adwy. "Dan ni ddim isio peri pryder i neb. Mi fydd ein bòs ni yn galw draw nes ymlaen i siarad efo chi ac mi gewch chi ddeud be sy angen ei ddeud wrthi hi. Yr unig beth faswn i'n licio gwybod gan bob un ohonoch chi rŵan ydi pryd welsoch chi Rhian ddwytha?"

Daeth hwrdd arall o wylo o'r soffa. Ond cadwodd Gerwyn Evans ei ben.

"Mae hynna'n ddigon syml, mi wnaethon ni i gyd weld Rhian bnawn dydd Sul yn fama. Mi ddaeth hi draw am ei chinio Sul, fel arfer."

"Doedd hi ddim yn byw yma efo chi?"

"Nac oedd, dim ers cyn Dolig. Roedd hi'n byw yn y dre efo'i chariad."

"Dach chi wedi bod mewn cysylltiad efo hi ers dydd Sul – sgwrs ar y ffôn neu neges tecst neu rywbeth?"

Cododd Sioned ei hwyneb dagreuol oddi ar ysgwydd ei mab.

"Mae Rhian yn fy ffonio i bob dydd," dechreuodd. Ac yna sylweddolodd ei bod wedi defnyddio "mae" ac edrychai fel tasai hi am ildio i wylo eto. Ond cafodd reolaeth arni ei hun ac ychwanegu, "Ac mi fyddai hi'n dod adre i aros dros nos ambell nos Wener neu nos Sadwrn pan oedd Ed yn mynd allan efo'i fêts."

"Mae hi a fi a Cai yn cysylltu o hyd ar WhatsApp,"

cynigiodd Llion, gan ddechrau edrych ar ffôn ei frawd eto. "Mae gynnon ni gyfri, jyst y tri ohonon ni."

Estynnodd y ffôn i gyfeiriad y ddau ar y soffa. Penderfynodd Mari na fyddai gan Arwel fawr o glem a chymerodd hi'r ffôn ac edrych ar y sgrin. Gwelodd fod y neges ddiwetha gan Rhian wedi ei anfon am bedwar o'r gloch y prynhawn cynt. Gwenodd ar y bachgen a rhoi'r ffôn yn ôl iddo.

"Be am i mi wneud paned i ni i gyd?" cynigiodd Mari. "Llion, faset ti'n gallu dangos i mi lle mae pob dim yn y gegin?"

Arweiniodd y bachgen y ffordd tua'r drws yng nghefn yr ystafell. Dechreuodd Mari ei ddilyn ac wedyn meddyliodd am rywbeth arall oedd angen ei ddweud, yn enwedig wrth y llanciau ifanc.

"Gyda llaw," meddai hi, "ga i'ch cynghori chi i gadw draw oddi wrth y ffôn am dipyn? Mi fydd pobl yn rhoi pob math o bethe cas iawn i fyny. Ar ôl chydig o ddyddie mi fyddan nhw wedi symud ymlaen i bigo ar rywun arall."

♦

Dim ond cwta dri chan llath o siwrnai oedd ganddyn nhw yng nghar Annest ond roedd Hefin bron â marw eisiau dweud wrthi hi mor falch oedd o o'i gweld hi'n ei hôl, ond wyddai o ddim sut i wneud hynny heb swnio fel tasai o'n ffalsio – neu'n waeth byth, fel tasai o'n trio tynnu sylw at y rheswm pam y bu hi i ffwrdd o'r gwaith.

Roedd y pnawn hwnnw, bron fis yn ôl erbyn hyn, wedi bod yn syndod mawr i Hefin. Doedd o na neb arall yn y pencadlys yn gwybod dim am berthynas Annest efo'r DCI. Ac roedd Hefin yn sicr yn ei chael hi'n anodd credu bod merch mor gall a chlyfar ag Annest wedi cael ei thynnu i mewn i berthynas efo dyn fel eu bòs nhw – hen ddiawl annifyr, os buo 'na un erioed. Felly pan wnaeth Annest golli arni ei hun y pnawn hwnnw a sgrechian fel gwrach ar ei bòs o flaen pawb, roedd Hefin wedi ei ddychryn yn fwy nag erioed o'r blaen. Ac roedd pawb arall wedi dychryn ac wedi eu siomi ac wedi teimlo drosti hi – pawb heblaw y DCI ei hun wnaeth ymddwyn fel tasai dim byd o gwbl wedi digwydd.

Roedd o jest yn dangos i chi na fedrech chi fyth ddweud sut y basai pobl yn ymddwyn. A dyna, wrth gwrs, oedd yn gwneud y gwaith mor ddiddorol. Pobl.

"Wyt ti wedi cael ateb o'r stesion am enwe'r bobl yma?" holodd Annest wrth iddi arafu a pharcio o flaen y neuadd goffa, adeilad brics coch digon hyll ar ganol y pentref. "Dw i ddim yn meddwl fedra i droi i fyny wrth y drws a gofyn ai nhw ydi Teulu Gwallt Potel."

Chwarddodd Hefin. Roedd hi mor braf bod yn ôl yn gweithio efo hi eto. Roedden nhw'n bartneriaeth dda a hynny am fod Annest wedi bod mor gefnogol iddo fo pan ddaeth o i weithio efo hi gynta dair blynedd yn ôl, yntau'n bump ar hugain oed ar y pryd, newydd ei ddyrchafu i CID ac yn ofnadwy o nerfus wrth wynebu'r bennod newydd yn ei fywyd.

Edrychodd ar ei ffôn.

"Hendricks ydi'r enw," dywedodd. "Stuart a Sandra. Maen nhw wedi'u cofrestru fel perchnogion y tŷ ers mis Mawrth. Wrth gwrs, dydi hynny ddim yn golygu eu bod nhw wedi symud i mewn yn syth."

"Newydd symud ddeudodd Meira Preis, ond mae hi'n gweld pawb sy'n symud yma fel tresmaswyr."

Ac eto roedd disgrifiad Meira Preis o'r newydd-ddyfodiaid wedi cael y fath argraff arnyn nhw fel eu bod yn paratoi eu hunain ar gyfer cyfweliad yn yr iaith fain ac felly fe'u synnwyd nhw pan wnaethon nhw gnocio ar ddrws Ellesmere House a chlywed rhywun yr ochr arall yn dweud, "Dos â'r ci drwodd i'r gegin, wnei di?"

Eiliadau yn ddiweddarach, agorodd y drws a safai dynes annaturiol o denau yno, dynes efo gwallt melyn potel.

"Mrs Sandra Hendricks?"

"Ia."

"Heddlu Gogledd Cymru," meddai gan estyn ei cherdyn gwarant tuag at y ddynes.

Estynnodd Hefin yntau ei gerdyn. Amneidiodd y ddynes. Ond wnaeth hi ddim symud i'w gadael i mewn i'w thŷ.

"Dan ni'n holi pawb yn y pentre am eu symudiadau yn ystod y deuddydd diwetha 'ma. Mae'n siŵr eich bod chi wedi clywed am y corff gafodd ei ddarganfod y pnawn 'ma."

"Corff? Naddo, wir. Wnes i sôn wrth y genod fod yna dipyn o geir plismyn o gwmpas ond do'n i ddim yn gwybod pam. Newydd symud yma dan ni. Dan ni ddim yn nabod neb yma i siarad efo nhw."

"Wel, mae 'na gorff merch ifanc wedi ei ddarganfod yn ymyl y pentre a dan ni'n holi pawb i drio gallu gweithio allan pa mor hir mae o wedi bod yna."

"Ie, wrth gwrs," meddai hi wedyn. "Well i chi ddŵad i mewn."

Camodd yn ei hôl a chamodd Annest i mewn i gyntedd eang, braf. Dilynodd Hefin y ddwy wedyn trwy ddrws yng nghefn y cyntedd i stafell fawr arall oedd yn amlwg yn cael ei defnyddio fel lolfa deuluol. Roedd dwy soffa fawr biws a dwy gadair freichiau fawr oren, i gyd yn wynebu'r wal dalcen uwchben yr hen le tân lle'r oedd teledu anferthol bellach yn crogi. Eisteddai dwy ddynes ifanc ar un o'r ddwy soffa; roedd gan un ohonyn nhw wallt golau oedd bron yn wyn a'r llall wallt oren llachar. Bron i Hefin wenu wrth iddo sylweddoli mor addas oedd disgrifiad Meira Preis ohonyn nhw.

Pan welodd hi ei mam yn arwain dau ddieithryn i'r stafell, pwysodd y ferch wallt golau fotwm ar y teclyn yn ei llaw a rhewodd y llun ar y teledu. O ganlyniad, bu raid i Hefin syllu am weddill eu hymweliad ar ddyn hanner noeth efo llawer gormod o ddannedd."

Gwenodd Annest yn gynnes ar y ddwy ar y soffa. "DI Annest Rhys dw i a dyma Sarjant Hefin Rowlands. Mae'n ddrwg gynnon ni darfu arnoch chi fel hyn."

"Steddwch," meddai Sandra Hendricks. "Sara a Lisa ydi'r ddwy yma."

Eisteddodd Annest ar y gadair freichiau oedd gyferbyn â'r soffa lle'r eisteddai'r merched. Roedd hynny'n golygu nad oedd raid iddi hi wylio'r dyn cyhyrog yn fflachio'r holl ddannedd. Eisteddodd Mrs Hendricks yn y gadair freichiau arall a chiliodd Hefin i gadair wrth y ffenest ac estynnodd ei lyfr nodiadau.

"Maen nhw 'di ffeindio corff hogan pnawn 'ma," esboniodd y fam wrth ei merched.

Ymatebodd y ddwy yr un modd efo rhyw ebychiad uchel ond heb ddweud dim.

"Roedden ni ar ddeall eich bod chi'n berchen ar y tŷ 'ma ers bron i dri mis," dechreuodd Annest ond roedd Mrs Hendricks wedi neidio i mewn cyn iddi fynd dim pellach.

"Dyna pryd wnaethon ni'i brynu fo," esboniodd. "Ond roedd 'na dipyn o newidiada isio'u gneud ac mi fuo'r bildars yma am bump wsnos a wedyn roedd 'na bobl yma'n peintio am bythefnos ar ôl hynny, felly chaethon ni ddim symud i mewn tan dair wsnos yn ôl."

"Dw i'n gweld." Gwenodd Annest eto. "Mae o'n ddel iawn gynnoch chi."

"Diolch." Roedd hi'n amlwg wedi ei phlesio. Doedd Hefin ddim yn argyhoeddiedig fod Annest yn dweud ei barn yn onest o edrych ar y lluniau anferth oren a phiws ar y waliau a'r carpedi bach blewog hyd y lle.

"Fel deudes i, dan ni'n holi pawb yn y pentre i drio cael syniad o lle oedd pawb ddoe a heddiw," meddai Annest yn dychwelyd at fusnes gan ei bod wedi rhedeg allan o sylwadau canmoladwy am y decor.

"O, wel, mae hwnna'n hawdd i ni. Dan ni ddim wedi bod i nunlle ers dydd Sadwrn. Aethon ni i Gaer bryd hynny i siopa am gyrtens i'r llofft sbâr a chydig o bethe erill. Ond ers hynny mae'r tair ohonon ni 'di bod adre."

Agorodd Annest ei cheg i ofyn cwestiwn arall ond doedd hi ddim digon sydyn.

"Dan ni 'di symud yma o Wrecsam, dach chi'n gweld. Mae'r tair ohonon ni 'di bod yn chwilio am waith ond tan gawn ni rwbath, dan ni adre drwy'r dydd bob dydd." Amneidiodd y ddwy ar y soffa i ddangos eu bod yn cytuno.

Roedd Annest yn fwy sydyn y tro yma.

"Dw i'n deall eich bod chi'n mynd â'r ci am dro yn eitha aml," dechreuodd.

"O, ydan!" meddai Mrs Hendricks cyn i Annest fedru gofyn mwy. "Mae Felix angen lot o gerdded. Dan ni'n mynd â fo o leia dair gwaith bob dydd."

"Pa ffordd fyddwch chi'n mynd?" holodd Annest, yn cyrraedd byrdwn ei stori o'r diwedd.

"Mae hi'n dibynnu, tydi, genod?" Amneidiodd y ddwy. Doedd yr un ohonyn nhw wedi yngan gair eto. "Mae o'n dibynnu ar y tywydd a'r amser o'r dydd a pha un ohonon ni sy'n mynd â ..."

Cymerodd Mrs Hendricks ei gwynt a bachodd Annest ar ei chyfle.

"Dach chi wedi bod am dro i lawr tuag at Lanrafon yn ddiweddar?" gofynnodd.

"W, dw i'm yn meddwl. Dan ni'n tueddu i fynd ffordd 'na pan dan ni'n mynd am dro hir ar bnawn Sul. Dw i ddim wedi bod â Felix y ffordd honno ers aethon ni i gyd wythnos yn ôl i bnawn Sul. Fanna oedd y corff 'ma, ie?"

"Ie, mae gen i ofn, Mrs Hendricks," meddai Annest. "Roedd y corff wedi ei roi yn un o'r traeniau yn y darn newydd o'r ffordd. Fasech chi ddim yn sylwi arno fo tasech chi mewn car, ond mi fasai rhywun ar droed yn ei weld o wrth basio'r traen."

Cododd un o'r ddwy ferch ei llais, yr un efo gwallt oren. Llais gwichlyd braidd oedd ganddi hi a thafodiaith oedd yn perthyn i rywun aeth i ysgol Gymraeg mewn ardal Seisnig.

"Mi es i â Felix ar hyd y ffordd yna y diwrnod cyn ddoe," meddai hi.

"Brynhawn Mawrth?" holodd Annest.

Amneidiodd yr eneth ac ysgrifennodd Hefin yn ei lyfr. Ond wyddai o ddim pa un oedd hi, Sara ta Lisa. Feiddiai o dorri ar draws i ofyn? Ei rôl o oedd eistedd yn ddistaw a pheidio â thynnu sylw ato'i hun fel ei fod o'n medru nodi beth oedd pobl yn ei ddweud a hefyd sut roedden nhw'n ymddwyn. Penderfynodd beidio â gofyn eto. A chafodd ei wobrwyo.

"Naci, Lisa," meddai ei chwaer, yr un efo gwallt melyn golau oedd bron yn wyn. Os oedd llais ei chwaer yn wichlyd, roedd llais hon yn llawer is. "Nid ti aeth â Felix bnawn dydd Mawrth. Fi aeth â fo ac mi aethon ni'r ffordd arall."

Gwnaeth ystum efo'i llaw i ddangos pa ffordd roedd hi a Felix wedi mynd a chafodd Hefin gyfle i ryfeddu at ei hewinedd hir, lliwgar a hefyd ar y nifer helaeth o fodrwyau ar ei dwylo a breichledau o gwmpas ei harddwrn a'i braich.

"Ti'n iawn, Sara," cytunodd ei mam. "Roeddet ti'n fy helpu i i godi'r cyrtens newydd bnawn Mawrth. Pnawn Llun est ti â Felix."

"O, ie. Sori," meddai Lisa.

"Ond welsoch chi ddim byd anarferol ar y ffordd bryd hynny?"

"O, naddo," atebodd, yn gwaredu at y fath syniad.

"Diolch yn fawr i chi eich tair," meddai Annest gan wneud osgo fel tasai hi am symud. Symudodd Hefin yr un cyhyr. Roedd o'n nabod triciau Annest erbyn hyn. Roedd o o'r farn ei bod hi wedi gwylio gormod o raglenni *Columbo* ers talwm.

"A Mr Hendricks? Ydi o yma? Ro'n i'n gweld ei fod o'n byw yma hefyd."

"Wel, ydi a nac ydi," atebodd Mrs Hendricks. "Fan hyn ydi ei gyfeiriad adre fo erbyn hyn, debyg, ond yn Hereford mae Stuart y rhan fwya o'r amser. Efo'r armi."

"Ydi o wedi bod yma o gwbl?" holodd Annest.

"Do, mi ddoth yma efo fi i weld y lle cyn i ni benderfynu prynu. Ond, a deud y gwir, doedd dim llawer o ots gynno fo achos fi a'r genod sy'n byw yma fwya. Fi oedd isio symud o'r dre yn ôl i'r wlad ac mae Stuart yn berffaith hapus efo hynny."

"Felly, dim ond unwaith mae Mr Hendricks wedi bod i Benllechwedd?" meddai Annest.

"O, na!" anghytunodd Mrs Hendricks. "Mi ddoth o adre am benwsnos o leia ddwywaith yn yr amser cyn i ni symud i mewn ac mi fynnodd o ddŵad yma'r ddwy waith i weld sut roedd y bildars a'r peintiwrs yn cael hwyl arni."

"Ac mi gafodd o chydig o ddyddie i ffwrdd i'n helpu efo'r symud tŷ, yndo, Mam?" cynigiodd Sara.

"Do, siŵr," cytunodd ei mam. "Fasen ni byth 'di llwyddo hebddo fo. Ac mae o'n gobeithio dŵad adre penwsnos nesa 'ma hefyd. Mae o fel arfer yn cael dŵad tua unwaith y mis – onibai fod 'na ryw operation pwysig yn ei gadw fo yn y gwaith, wrth gwrs."

Roedd hi'n amlwg fod Mrs Hendricks yn awyddus i greu argraff fod ei gŵr yn cyflawni rhyw waith pwysig iawn.

"Felly, pryd yn union oedd Mr Hendricks yma ym Mhenllechwedd?"

"Pythefnos yn ôl i nos Sul aeth o'n ôl ar ôl iddo fo'n helpu ni efo'r symud tŷ."

"Wel, diolch yn fawr iawn i chi eich tair am eich cydweithrediad," meddai Annest gan godi go iawn y tro yma. Cododd Hefin yntau ond wnaeth o ddim cadw ei lyfr nodiadau rhag ofn i rywbeth arall o bwys gael ei ddweud. "Dyma fy ngherdyn i. Os byddwch chi'n cofio unrhyw beth arall yn nes ymlaen, plis cysylltwch efo ni."

Y munud y dechreuon nhw symud, mi wasgodd Sara'r botwm a dechreuodd y boi efo'r pecs a'r dannedd symud eto. Roedd Mrs Hendricks yn llawn cwestiynau am y corff ond llwyddodd Annest i osgoi eu hateb nhw. Ac o'r diwedd mi gawson nhw ddianc.

"Be wyt ti'n wybod am Henffordd, Hef?"

"Seidar," atebodd. "A'r SAS."

"Dyna'n union be o'n inne'n feddwl."

♦

62

Roedd Cat Murray'n difaru nad oedd hi wedi meddwl estyn côt weu cyn mynd i Dyddyn Newydd. Er ei bod hi'n noswaith braf ac yn dal heb ddechrau tywyllu'n llwyr a hithau'n tynnu am naw o'r gloch, roedd tipyn o ias oer yn yr awel wrth iddi frysio adre. Agorodd y drws ffrynt a chamodd yn ddiolchgar i gynhesrwydd ei thŷ. Roedd hi'n tueddu i gwyno'n aml wrthi ei hun am y cynnydd yn ei biliau nwy ers i Manon a'r genod ddod ati hi i fyw, a hynny am eu bod nhw wedi arfer efo'r gwres canolog ymlaen yn dragywydd. Ond heno, doedd hi ddim yn cwyno.

Wrth gwrs, roedd hi wedi bod yn eistedd yn stafell fyw Meira Preis a honno efo tân llawer rhy fawr ar gyfer stafell mor fechan. Mi fasai uffern ei hun yn oer ar ôl fanno. Debyg fod yr hen wreigan yn teimlo'n oer ar ôl y sioc gafodd hi yn ystod y pnawn.

Nid ei bod hi'n cyfadde bod unrhyw beth o'i le.

"Dw i'n iawn diolch, Catrin," meddai hi dro ar ôl tro.

Ond roedd hi wedi gwadd Cat i mewn i'w thŷ, oedd yn ddigon anarferol i ddangos ei bod yn falch o'r cwmni. Ac ar ôl cael mynediad doedd Cat ddim wedi hoffi rhuthro i ffwrdd yn rhy fuan. Ei bwriad pan aeth hi draw oedd gwneud yn siŵr bod Meira'n iawn, a bod yn ei hôl adre ymhen chwarter awr, ond roedd hi wedi bod allan ers dros dri chwarter awr erbyn hyn. Eto, roedd popeth yn ddistaw; y genod yn cysgu'n sownd yn eu gwlâu a Manon yn brysur ar ei ffôn fel arfer.

Roedd Meira wedi gwrthod ffonio Gwyndaf ac wedi gwrthod gadael i Cat ei ffonio chwaith. Ella y byddai'r heddlu yn ei ffonio fo. Roedd Cat braidd yn bryderus am yr hen wraig; roedd hi'n llwyd iawn. Ond eto, wnâi hi ddim ystyried newid trefniadau nos Wener.

"Fasech chi'n licio i mi nôl eich neges drosoch chi i sbario i chi orfod mynd i'r dre nos fory?" roedd Cat wedi gofyn. Ond roedd hynny wedi ei chythruddo'n fawr – doedd hi ddim am newid patrwm ei bywyd i neb na dim.

Wrth iddi ddechrau cynhesu, dechreuodd Cat bendroni eto am adael i'r heddlu wybod am ymweliad Rhian Dodd â'r ward ddoe. Roedd y plismyn wedi rhoi cerdyn iddi fedru cysylltu ond doedd hi ddim eisiau eu galw heb fod angen. Gwnaeth benderfyniad ac estynnodd am y ffôn ar y bwrdd bach wrth y drws.

"Mari?" dechreuodd. "Anti Cat sy 'ma. Mae'n ddrwg gen i dy boeni mor hwyr. Dw i'n siŵr dwyt ti ddim isio clywed am waith mor hwyr y nos â hyn."

"Dw i dal yn gweithio, Anti Cat. Er, dan ni ar ein ffordd yn ôl i'r stesion i mi gael estyn fy mag a goriade'r car i fynd adre. Be sy?"

"Manon oedd yn deud mai Rhian Dodd oedd y ... corff ffeindiodd Meira Preis. Wel, mi fues i'n siarad efo Rhian ddoe a do'n i ddim yn siŵr ddylwn i boeni'r heddlu efo peth fel 'na ..."

"Does 'na ddim y fath beth â gormod o dystiolaeth, Anti Cat. Lle welsoch chi Rhian?"

"Mi ddaeth hi weld ei nain ar y ward."

"Wrth gwrs, do'n i ddim yn cofio mai fanno mae'r hen Mrs Dodd."

"Mae hi i mewn ac allan ac yn hen beth clên iawn. Reit ta, mi wna i ffonio'r rhif ar y cerdyn ges i gan y plismon 'na gynne. Diolch i ti, Mari."

♦

Roedd Gronw wedi bod yn eistedd wrth y bwrdd bach yng nghwt y tanc ers awr a mwy ond doedd o ddim wedi symud gewin. Roedd o wedi dweud wrth ei fam ei fod o'n mynd yno i gawio plu gan fod yna gystadleuaeth bysgota y penwythnos ar ôl nesa. Ond doedd o ddim wedi cyffwrdd â'r un o'r taclau cawio a doedd o ddim yn bwriadu gwneud chwaith.

Doedd o ond wedi dod i'r cwt am ei fod wedi laru ar ei fam yn holi bob pum munud a oedd o'n iawn. Wrth gwrs nad oedd o'n iawn! Sut allai o fod?

Roedd Gronw wedi cadw'r tractor yn y sied fawr a chloi ei ddrws a chloi'r sied yn ofalus yn ôl ei arfer – roedd 'na gryn dipyn o ddwyn tractorau wedi bod yn digwydd yn yr ardal yn ddiweddar. Erbyn iddo fo gyrraedd y gegin roedd hi'n tynnu am saith o'r gloch ac roedd ei dad a'i fam wedi mynd drwodd i'r gegin fawr i wylio'r teledu. Ond pan glywodd hi sŵn traed ei mab ieuengaf ar lawr y gegin, brysiodd Marged Huws i estyn platiad o fwyd a'i osod o'i flaen. Fedrai Gronw ddim credu ei fod wedi llwyddo i fwyta dan yr amgylchiadau, ond un munud roedd platiad llawn o'i flaen, ac yna roedd y plât yn wag. Doedd ganddo fo ddim syniad beth roedd o wedi ei fwyta.

Wrth gwrs, roedd hanes y corff yn y traen wedi cyrraedd yr Henglawdd ers oriau ond daeth John Huws drwodd i'r gegin i glywed yr hanes o enau Gronw. Adroddodd hwnnw'r hanes yn blaen ac yn glir. Ac yna aeth ei rieni yn eu holau i'r gegin fawr gan adael Gronw yno i eistedd a syllu. Er hynny, mynnai Marged ddod i edrych amdano bob rhyw ddeg munud nes iddo fo gael y syniad o ddod i'r cwt.

Pan roddwyd y gorau i'r godro, roedd y parlwr godro ei hun wedi dod yn lle i gadw'r biniau ailgylchu a hefyd yn rhyw fath o glinic answyddogol i neilltuo unrhyw anifail oedd yn dioddef o anhwylder neu angen gweld y ffariar. Roedd y cwt drws nesa i'r parlwr, lle'r arferai'r tanc mawr ddal y llaeth, wedi bod yn wag am flwyddyn neu ddwy. Roedden nhw wedi llwyddo yn y diwedd i werthu'r tanc ei hun, nid peth hawdd pan roedd cymaint o ffermydd yn rhoi'r gorau i odro, ac wedyn roedd o jest yn gwt efo gwacter mawr. Ond roedd yna fwrdd bach yn y gornel efo golau trydan uwch ei ben lle'r arferid cofnodi faint o laeth a gaed bob bore a nos a beth oedd canran yr hufen ac ati. A phan ddechreuodd Gronw gystadlu o ddifri efo'r Clwb Pysgota, roedd y bwrdd bach hwnnw'n ddelfrydol ar gyfer cawio.

Fel arfer, byddai Gronw'n mwynhau cael dianc oddi wrth ei rieni i botsian yn y cwt, ond nid heno. Eisteddai gan syllu ar y wal goncrid o'i flaen yn gweld dim ond y ffilm honno yn ei ben yn chwarae drosodd a throsodd. Y traed yn dod o'r traen, y coesau, y corff, y pen, y gwallt hir du. A fynta'n teimlo mor falch ohono'i hun, yn helpu'r heddlu gyda'u hymholiadau, yn edrych ymlaen at ddweud y stori wrth y criw yn y dafarn nos Wener, yn rhuthro i lawr o'r cab i dderbyn eu diolchiadau am ei waith clodwiw – nes iddo fo eu gweld nhw'n gosod y corff ar y gynfas blastig. A gweld.

Roedd ei hwyneb fel tasai wedi ei droi tuag ato fo, fel tasai hi isio galw am help ganddo fo. Yr wyneb yna y buo fo'n syllu arno fo gydol ei oes, byth yn gallu credu sut oedd y croen hufennaidd yn gallu bod mor berffaith, y llygaid yn gallu bod mor befriog a'r gwallt du 'na'n gallu sgleinio cymaint. Heb sôn am y wên fawr oedd yn codi calon pawb o fewn hanner canllath. Doedd dim gwên ar yr wyneb yna heddiw.

Gan nad oedd ond ychydig fisoedd rhyngddyn nhw, mae'n debyg fod Gronw a Rhian wedi bod efo'i gilydd yn aml fel babis wrth i'r ddwy fam warchod plant ei gilydd. Ond yn yr ysgol feithrin yn y neuadd goffa y cofiai Gronw hi gynta, yn gwisgo dyngarîs coch ac yn eistedd ar y llawr yn gwrando ar stori gan Anti Beti, ac wedyn yn ysgol Glanrafon yn chwarae tic ar yr iard efo'r genod eraill, ar y bws i'r dre i fynd i'r ysgol fawr, yn y Caban Coffi yn Llan wedyn efo'i ffrindiau ar bnawn Sadwrn wedi iddi fynd yn hŷn.

Yn wahanol i rai o'r genod eraill, doedd Rhian byth yn frwnt ei thafod efo Gronw. Roedd ganddi hi wastad wên ar ei gyfer o. Roedd hi'n gwybod yn iawn, wrth gwrs, ei fod o'n ei haddoli hi – toedd pawb yn gwybod hynny! Ond doedd hi byth yn gas efo fo, roedd hi bob amser yn annwyl ac yn gyfeillgar, er ei bod hi'n gwneud yn siŵr ei fod o'n deall na fasai hi byth yn fwy na ffrind iddo fo.

Roedd Gronw'n deall hynny heb iddi hi ddweud wrtho fo. Wedi'r cwbl, doedd dim disgwyl i eneth mor hardd a bywiog a disglair â hi setlo am lwmp di-sglein 'run fath â fo. Mi allai hi gael unrhyw foi roedd hi'n ei ddewis. Er, pam y gwnaeth hi ddewis Ed Parry-Jones o bawb, doedd Gronw ddim yn deall. Pan fyddai o'n eu gweld nhw allan yn y dre efo'i gilydd ar benwythnosau, roedd o fel poen corfforol yn bwyta i'w gyllau i weld sut roedd Rhian yn eistedd yno fel cysgod wrth ochr y pen bach 'na wrth i hwnnw frolio'i hun. Doedd bywyd ddim yn deg.

♦

Camodd Annest allan trwy ddrws yr hen ffermdy i weld y machlud hyfryta welodd hi erioed.

"Ella'i bod hi werth byw allan yn fama i weld golygfa fel 'na," meddai Jean Williams, y blismones hŷn oedd wedi cael ei phenodi i fod yn swyddog cyswllt i deulu Rhian Dodd.

Gwenodd Annest a chaeodd y drws yn ddistaw ar ei hôl.

Safodd ennyd eto i fwynhau'r wledd o liwiau o'i blaen ac yna camodd yn llawn pwrpas at ei char. Roedd arni eisiau bwyd – roedd hi'n fwy na saith awr ers y cafodd hi'r alwad oddi wrth Halliday a doedd hi ddim wedi cael dim i'w fwyta na'i yfed ers hynny – dipyn o sioc i'w system ar ôl treulio'n agos i ddau fis yn bwyta sothach yn ddi-baid. A fyddai dim posib iddi gael mynd adre am o leia awr a hanner arall gan ei bod ar ei ffordd i'r Pencadlys i roi ei hadroddiad llafar i'r Dirprwy Brif Gwnstabl. Penderfynodd godi diod a brechdan o'r garej.

Roedd hi'n dal i nadreddu ei ffordd ar hyd y lôn fach dyllog pan ganodd ei ffôn symudol. Pwysodd y botwm wrth ymyl y llyw i'w ateb.

"Ddrwg gen i'ch poeni, Inspector," meddai llais oedd yn canu rhyw gloch yn rhywle. "Mari Pritchard sy 'ma. Fi ac Arwel Roberts oedd y ddau o'r stesion leol oedd gynta ar y sin ym Mhenllechwedd pnawn 'ma."

"Ie, wrth gwrs. Chi aeth i ddeud wrth deulu Rhian, yntê?"

"Ie."

"Sut oeddech chi'n eu gweld nhw?"

"Wel, roedd hi'n amlwg yn sioc iddyn nhw ond roedd 'na ryw densiwn yna. Roedd y ddau fachgen yn closio at y fam a'i gŵr hi ar wahân rywsut."

"Ie, dyna'r argraff ges inne. Dw i newydd eu gadael nhw rŵan. Dyna oeddech chi isio sôn amdano fo, Mari?"

"Naci. Mi gofiwch fod gen i deulu ym Mhenllechwedd."

"Oes, siŵr. Dw i'n cofio," atebodd Annest. Roedd hi hefyd yn cofio'r olwg sur ar wyneb y blismones ifanc pan ddywedwyd wrthi na châi hi holi pobl y pentre.

"Wel, dw i newydd gael galwad gan fy modryb. Roedd hi wedi clywed mai Rhian Dodd oedd wedi cael ei lladd. Ac roedd hi wedi bod yn siarad efo Rhian bnawn ddoe."

"Oedd hi, wir? Yn lle?"

"Ar Ward Pengwern yn yr ysbyty. Fanno mae Anti Cat yn gweithio. Mae nain Rhian Dodd yno ar hyn o bryd. Doedd Anti Cat ddim yn siŵr ddylai hi ffonio'r heddlu felly mi ffoniodd hi fi. Ac mae hi wedi trio'r rhif ar y cerdyn a heb gael neb i ateb felly mi ddeudes i y baswn i'n gadael i chi wybod."

Ew, roedd hon ar dân isio gwneud argraff dda, meddyliodd Annest. Byddai'n Brif Gwnstabl mewn dim.

"Diolch, Mari," meddai Annest. "Mi allai fod yn wybodaeth o bwys. Mi fasai hi'n syniad i mi gael gair efo hi. Fydd hi yn yr ysbyty fory?"

"Bydd – o saith tan dri."

"Mi wna i fynd i siarad efo hi yn y gwaith, felly. Ella bydd rhywun arall yno wedi gweld neu glywed rhywbeth o bwys hefyd. Diolch am adael i mi wybod, Mari."

Diddorol iawn, meddyliodd Annest. Roedd Mari hefyd wedi nodi rhyw densiwn yn nheulu Rhian a hynny cyn iddyn nhw dderbyn y newyddion drwg. Roedd hi hefyd wedi teimlo fod rhywbeth yn chwithig yno pan gyrhaeddodd hi ryw hanner awr ynghynt. Dyna pryd roedd hi wedi difaru nad oedd Hefin efo hi er mwyn iddyn nhw fedru cymharu eu hargraffiadau. Ar ôl derbyn y newyddion oddi wrth Sarjant Roberts nad yng Nghefn Dolydd roedd Rhian yn byw bellach, roedd hi wedi anfon Hefin a Brendan o'r orsaf leol i siarad efo'r cariad. Wedi'r cwbl, mi fasai'r Swyddog Cyswllt efo hi yng Nghefn Dolydd.

Ond y munud y camodd hi i mewn i'r hen ffermdy, roedd hi'n ymwybodol iawn o'r tyndra rhwng Sioned Evans a'i meibion â'r gŵr newydd. Fo wnaeth y siarad wrth i'r tri arall eistedd yn un cwlwm ar y soffa, y ddau fachgen o boptu i'w mam.

Yr hyn ddysgodd hi o holi Gerwyn Evans oedd nad oedd Rhian ond yn dod adre o dro i dro i aros ar nos Wener. Ond byddai hi'n dod adre bob Sul yn ddi-ffael ar gyfer cinio Sul – a hynny heb y cariad.

"Fyddai hwnnw byth yn dod efo hi," oedd sylw'r ffermwr, cyn ychwanegu, "Dan ni ddim yn ddigon crand iddo fo."

O leia roedd hynny wedi peri i Sioned ddweud rhywbeth.

"O, Gerwyn," meddai hi'n ddistaw, "dan ni ddim yn gwybod hynny! Dan ni ddim yn nabod y bachgen. Unwaith erioed dan ni wedi siarad efo fo! Jest am ei fod o'n fachgen o'r dre. A dyna ydi'r rheswm, mae'n siŵr. Ddim yn teimlo'n gyfforddus allan yn fama 'yn y stics' fel mae o'n deud."

"Doedd o byth yn dod yma efo Rhian felly, Mrs Evans?" holodd Annest. Er ei bod wedi cael yr ateb yn barod, roedd hi'n awyddus i gadw'r ddynes yn siarad.

"Nac oedd, byth," atebodd hi'n ddistawach byth. "Ambell dro, mi fyddai o'n mynd i weld ei fam pan oedd Rhian yn dod adre – mae hi wedi ailbriodi ac yn byw ochre Caer yn rhywle. Ac o dro i dro mi fyddai o'n cael cinio yn y Clwb Golff efo'i dad, ond aros adre ar ei ben ei hun fyddai o gan amla."

Ac wedyn roedd y dagrau wedi dechrau llifo eto ac roedd hi wedi mynd yn ôl i'w chragen fel tasai'r ymdrech o ynganu'r ychydig frawddegau hynny wedi bod yn ormod iddi. Roedd Annest wedi troi ei sylw at y bechgyn ac wedi llwyddo i'w cael nhw i'w gwneud hi'n aelod o'u grŵp WhatsApp fel y gallai hi ddarllen y negeseuon roedd y ddau ohonyn nhw a Rhian wedi eu rhannu dros y dyddiau diwetha. Ac roedd eu mam wedi rhoi ei chaniatâd iddi hi edrych ar ei negeseuon tesct hithau oddi wrth Rhian. Doedd ei gŵr ddim yn edrych yn hapus am hynny ond ddywedodd o ddim byd.

"Mae'n ddrwg gen i orfod gofyn y cwestiynau yma,"

dywedodd Annest wedyn, gan roi gwên fach gyfeillgar i bawb, "ond er mwyn i ni'r heddlu gael darlun clir, mae gofyn i ni ofyn pethe fydd yn ddigon anghyfforddus i chi."

Dim ymateb, dim hyd yn oed gwên yn ôl.

"Fedrwch chi i gyd ddeud wrtha i lle'r oeddech chi ddoe a neithiwr?" gofynnodd wedyn. "Ga i ddechre efo chi, fechgyn. Llion, fedri di roi syniad i mi o be wnest ti ddoe?"

Gwên gyfeillgar eto. Dim gwên yn ôl.

"Es i i'r ysgol, ddois i adre ac ro'n i'n fama tan es i nôl i'r ysgol bore 'ma," atebodd y bachgen hynaf yn ddigon surbwch. "A Cai 'run fath."

"Sut dach chi'n teithio i'r ysgol?" holodd Annest eto, gan wenu ar Cai. Ond wnaeth o ddim edrych i fyny hyd yn oed. Llion atebodd.

"Dan ni'n dal y bws o ben y lôn – mae Mam neu Dad neu Rol neu Mel, pwy bynnag sy ar gael, yn rhoi pàs i ni at y bws. A'r un peth ar y ffordd adre."

"Rol a Mel?" Rhoddodd Annest gylch o gwmpas y ddau enw yn ei llyfr nodiadau.

"Maen nhw'n byw'r ochr draw i'r buarth yn fan'cw," meddai Gerwyn, gan wyro ei ben i gyfeiriad y ffenest agosa. "Mae Rol yn gweithio i mi."

"Wela i. A faint o'r gloch oeddech chi fechgyn adre ddoe?"

"Mae'r bws yn cyrraedd pen y lôn tua phedwar," mentrodd Sioned. "Fi wnaeth eu nôl nhw ddoe – ro'n i ar fy ffordd adre o'r dre, wedi bod i le'r ffariar i nôl tabledi ar gyfer bustach sy wedi bod off 'i fwyd."

"A be wnaethoch chi fechgyn ar ôl cyrraedd adre?" holodd Annest, eto'n gwenu ar Cai.

"Mi fu'r ddau ohonyn nhw'n fy helpu i a Rol i symud buchod a lloi," meddai Gerwyn. "Ac wedyn mi ddaethon nhw

71

i'r tŷ a diflannu i'w llofftydd i neud be bynnag maen nhw'n neud yn fanno am oriau."

"Gwaith cartre!" meddai'r ddau fachgen a'u mam fel côr cydadrodd. Roedd hi'n amlwg fod yna hanes i'r drafodaeth yma.

"Mi fues i'n gwneud 'y ngwaith cartre tan amser swper," meddai Llion yn eitha ymosodol. "Ac mi wnes i helpu Cai rywfaint efo ryw waith Mathemateg roedd o'n cael trafferth efo fo. Yndo, Cai?"

Edrychodd y bachgen fenga i fyny am y tro cynta.

"Do," meddai, gan droi i edrych i fyny ar ei frawd. "Mae Llion yn dda am esbonio Mathemateg. Llawer gwell na'r athro. Dw i'n ddallt o ar ôl i Llion esbonio."

"Ti'n lwcus o gael brawd fel fo," meddai Annest gan wenu eto fyth. Roedd cyhyrau ei hwyneb yn dechrau brifo. "Roedd fy mrodyr i mor anobeithiol â fi am wneud Mathemateg. Gawsoch chi i gyd swper efo'ch gilydd?"

"Do."

"A faint o'r gloch oedd hynny?"

"Tua chwech," atebodd Sioned Evans. "Ac ar ôl swper mi wnes i olchi'r llestri ac wedyn edrych ar y teledu ac mi aeth y bechgyn i fyny i'w llofftydd. Ac mi aeth Gerwyn allan i fynd rownd y stoc."

"Rownd y stoc?"

"Ie, mae gen i leiniau o dir yma ac acw rownd yr ardal felly ar ôl swper pan mae hi'n dal yn olau dydd mi fydda i'n mynd i wneud yn siŵr fod popeth yn iawn ym mhob man."

"Ac oedd popeth yn iawn?"

"Nac oedd, fel mae'n digwydd," atebodd Gerwyn yn ddigon piwis. "Roedd un o'r bustych ar y tir sgen i heibio Chwarel y Brain yn gloff a fues i yno am hydoedd yn trio ei ddal o i gael gweld be oedd yn bod!"

Roedd o'n swnio mor flin nes i Annest roi'r gorau i sgwennu ei nodiadau i edrych arno fo ac roedd Jean hithau'n syllu arno mewn braw. Sylweddolodd Gerwyn ei fod yn gwneud argraff sâl a rhoddodd ryw chwerthiniad bach od cyn bwrw ymlaen efo'i stori.

"Taswn i 'di meddwl yn gall, mi faswn i 'di ffonio Rol i ddod allan ata i i helpu ond ro'n i'n meddwl mod i'n ddigon tebol i'w wneud o fy hun."

"Dyna pam roeddet ti mor hwyr!" meddai Sioned, gan ddangos mwy o fywyd nag a welwyd ynddi cyn hynny. "Faset ti wedi medru gadael i ni wybod!"

"Wel, does 'na ddim math o signal yn fanno, nac oes?" atebodd Gerwyn, a'i lais yn codi eto.

"Beth bynnag," aeth yn ei flaen, gan geisio cael rheolaeth arno'i hun, "erbyn i mi gael gafael yn y bustach a gweld bod yna bothell ar ei droed o, a'i gael o i'r cae nesa oddi wrth y lleill, roedd hi'n hwyr y nos."

"Wel, ro'n i 'di mynd i ngwely mhell cyn i ti ddod adre," meddai Sioned yn bwdlyd.

"Wel, mi ddylet ti wybod yn well na neb nad ydi ffermio'n job naw tan bump …" dechreuodd Gerwyn.

A dyna pryd roedd Annest wedi penderfynu nad oedd mwy i'w ddysgu gan y teulu'r noson honno.

Wrth iddi gyrraedd y giât i'r ffordd fawr o'r diwedd, roedd hi'n amau y dylai hi fod wedi pwyso mwy am wybodaeth am y cariad. Mi fasai'n rhaid iddi fentro eto ar y lôn ofnadwy – efo Hefin y tro nesa.

Wrth iddi yrru ymlaen gan gadw golwg allan am garej, canodd y ffôn eto. Hefin oedd yno'r tro yma.

"Wel, sut aeth hi?"gofynnodd iddo.

"Dim lwc, Bòs," oedd ei ateb. "Roedd 'na gwpl o iwnifforms o'r dre 'di trio gynne ond doedd neb yn ateb. A does 'na neb adre i ni chwaith. Dim golau. Dim car tu allan. Be dach chi isio i ni neud? Ddylen ni holi'r cymdogion?"

"Ie, jest hola'r bobl y ddwy ochr. Ac wedyn dos adre i gael chydig o gwsg. Dan ni'n dechre am wyth yn y bore."

"Dach chi'm yn meddwl ... ella bod o yn y tŷ, wedi ...?" gofynnodd Hefin. "Ddylen ni gael warant i fynd i mewn?"

"O mhrofiad i," atebodd Annest, "pan mae dynion yn lladd eu partner ac yna yn lladd eu hunain, dan ni'n dod o hyd iddyn nhw efo'i gilydd. Dydyn nhw ddim yn debygol o yrru deg milltir i guddio'r corff ac yna'n mynd adre i ddifa eu hunain.

Mae hi'n dal yn bosib ei fod o allan yn rhywle a heb glywed am Rhian, er bod hynny'n eitha annhebygol efo'r hanes ar hyd y we ym mhob man. Awn ni nôl yn y bore, ac os fethwn ni ddod o hyd iddo fo mi fydd raid i ni ystyried y posibilrwydd ei fod o wedi ei lladd hi a chuddio'r corff i roi amser iddo fo'i hun i ddiflannu."

"Iawn, te, Bòs, wela i chi yn y bore. Oni bai mod i'n clywed rhywbeth syfrdanol gan y cymdogion."

DYDD GWENER, 20 MAI

PENNOD 4

Roedd Mari ar y shifft wyth tan ddau y dydd Gwener hwnnw. Trodd y gornel i mewn i faes parcio gorsaf yr heddlu ychydig cyn deg munud i wyth, ond roedd y maes parcio'n llawn dop. Roedd ceir wedi eu stwffio i'r corneli ac ar draws cefnau'r rhesi. Bu raid iddi hi fynd yn ôl allan i'r stryd i chwilio am rywle i adael ei char.

O ganlyniad, roedd hi wedi wyth o'r gloch pan ddychwelodd hi i'r orsaf. Doedd Mari ddim yn hoffi bod yn hwyr felly roedd hi'n boeth ac yn chwyslyd wrth iddi wedyn frwydro ei ffordd heibio tomen anferth o sbwriel, blychau cardfwrdd yn bennaf. Ar ei ffordd i mewn trwy'r adeilad wedyn, mi basiodd hi nifer o bobl hollol ddieithr, llawer ohonyn nhw'n cario bocseidiau o stwff, a bu raid iddi symud o'r ffordd i wneud lle iddyn nhw fynd heibio. Erbyn iddi hi gyrraedd ei desg, doedd hi ddim yn yr hwyliau gorau. Ac yn goron ar y cwbl, daeth Arwel Roberts ati cyn iddi fedru tanio ei chyfrifiadur.

"Dw i 'di bod yn chwilio amdanat ti," dechreuodd hwnnw.

"O'n i tu allan am chwarter i wyth, Sarj! Ond doedd 'na nunlle i barcio a ..."

"Dw i'n gwybod," atebodd Arwel. "Mae hi fel ffair yma, tydi? Gan mod i'n byw yn y dre mi es i â'r car yn ôl adre ar ôl gweld y llanast yn y maes parcio."

"Be sy'n mynd ymlaen, Sarj?" gofynnodd Mari.

"Maen nhw 'di penderfynu gosod eu Stafell Ddigwyddiad ar gyfer achos Rhian Dodd yn y stafelloedd i fyny'r grisiau. Ma 'na griw 'di bod wrthi'n gosod cyfrifiaduron a phob math o beirianne eraill ers cyn chwech y bore 'ma."

"Be? Annest Rhys a'i thîm?"

"Ie, mae hi 'di penderfynu cael y cyfarfod tîm yn fama am wyth. Dyna pam dw i 'di bod yn chwilio amdanat ti."

"O?"

"Maen nhw 'di bod yn trafod staffio ac maen nhw 'di dallt bod hi'n syniad da i gael un neu ddau ohonon ni'r rhai lleol ar eu tîm nhw, yn arbennig rhai sy'n medru siarad Cymraeg efo ffarmwrs a hen bobl. A chan mai ti a fi oedd gynta yna ddoe, maen nhw 'di gofyn am y ddau ohonon ni. Sut wyt ti'n teimlo am fod yn rhan o ymchwiliad i lofruddiaeth?"

"Dan ni'n cael dewis?" gofynnodd Mari, gan geisio ymddangos yn ddidaro pan oedd hi mewn gwirionedd eisiau neidio mewn gorfoledd. Dyma fo o'r diwedd. Ei chyfle mawr. Cyfle i wneud argraff dda ar y bobl bwysig. Ei cham cynta tuag at symud i CID. I fod yn dditectif go iawn yn lle gofyn i bobl symud eu ceir a delio efo cyplau priod yn dadlau.

♦

76

Dychwelodd Meira a Pero i Dyddyn Newydd ychydig funudau ar ôl chwarter wedi wyth. Roedden nhw wedi bwriadu cerdded i gyfeiriad y pentre yn ôl eu harfer. Ond y munud y daeth Meira rownd y gornel i'r ardd ffrynt, daeth hi'n amlwg nad oedd hi am fod yn fore arferol. Roedd 'na geir heddlu, wrth gwrs, roedd hi'n disgwyl hynny; ond ar ben hynny roedd 'na faniau, i gyd efo logos lliwgar ar eu hochrau. Mi wnaeth hi adnabod ambell un o'r logos hynny – digon i sylweddoli mai pobl y cwmnïau teledu oedd wedi tyrru i Benllechwedd.

Penderfynodd Meira y gallai hi a Pero fentro cyn belled â'r fynedfa i'r stad newydd ac yn ôl heb fynd yn rhy agos at y faniau. Ond wedyn gwelodd rywbeth wnaeth beri iddi hi newid ei meddwl. Roedd ei golwg yn hen ddigon da i weld ffurf solet Hefina Jones yn hofran wrth giât ei gardd. Gwyddai Meira'n iawn mai yno'r oedd yr hen geg er mwyn iddi allu ei holi hi am ddigwyddiadau ddoe felly mi drodd hi ar ei sawdl a halio Pero druan yn ei ôl i'r ardd gefn nerth ei goesau bach cwta. Mi gâi o fodloni ar wneud ei fusnes yn fanno am heddiw.

Wrth iddi hi roi ei goriad yn y drws, clywodd Meira y ffôn yn canu. Doedd ffôn Tyddyn Newydd ddim yn declyn oedd yn cael ei ddefnyddio rhyw lawer felly roedd hyn yn ddigwyddiad anarferol iawn. Cododd Meira glust y ffôn cyn iddi dynnu Pero oddi ar ei dennyn na dim.

"Helô?" meddai hi'n ddigon ffwndrus.

"Mam?" meddai Gwyndaf. Pwy arall oedd o'n disgwyl i fod yno?

"Ia, siŵr. Sut wyt ti, ngwas i? Oes 'na rywbeth o'i le?"

"Dim efo fi, nac oes," atebodd ei mab. "Ond dan ni'n deall fod pethe ddim rhy grêt acw. Pam na fasech chi 'di gadael i mi wybod, Mam?"

"Am be, dwed?" holodd Meira.

"Wel, am ffeindio'r corff, siŵr! Debyg dydi hynny ddim yn digwydd i chi bob dydd, Mam."

"Sut gwyddost ti am hynny?" gofynnodd hi gan geisio tynnu tennyn Pero heb ollwng y ffôn.

"Mi ddylech chi fod wedi cysylltu, Mam," meddai o eto. "Dw i'n siŵr eich bod chi 'di cael sioc ofnadwy. Sgynnoch chi rywun yn gwmni?"

"Mae 'na amryw wedi cynnig, ngwas i, ond Pero 'di'r unig gwmni dw i isio. Dw i'n berffaith iawn. Does dim gofyn i ti boeni ar 'y nghownt i. Roedd o'n sioc, wrth gwrs, ac mae o'n ofnadwy i deulu Rhian druan, ond dw i ddim angen neb yn ffysian drosta i."

"Wel, dw i am ddod draw i'ch gweld chi fory, Mam. I wneud yn siŵr eich bod chi'n iawn. Mi fydda i yno yn y bore. Awn ni i rywle am ginio bach, ie?"

"Diolch yn fawr i ti," meddai hi gan ei fod o'n amlwg yn benderfynol. "Ond, deuda rŵan, sut gest ti wybod am y ...?"

"Mi fuodd yr heddlu yma, Mam," meddai Gwyndaf, yn flin a'i gonsýrn cynharach wedi diflannu. "Dau blismon ar stepen y drws bnawn ddoe. Dychryn yr enaid allan o Philippa. Roedd hi adre ei hun."

"Sori, ngwas i, ond wnes i ddim meddwl am funud y basen nhw isio cysylltu efo ti," protestiodd Meira. "Dw i dal ddim yn deall. Be oedden nhw isio efo ti?"

"Wel, dyna oedd y peth, Mam. Roedden nhw isio fy holi i ac mi fynnon nhw aros yn y tŷ nes i mi gyrraedd efo Emily ac Imogen. Ro'n i wedi bod i'w nôl nhw o'u gwers ddawnsio. Erbyn i mi gyrraedd roedden nhw wedi bod yno am dros hanner awr a Philippa druan bron â mynd o'i cho. Wnaen nhw ddim deud pam roedden nhw yno – dim ond eu bod nhw isio siarad efo fi. Roedd y greadures wedi dychmygu pob math o bethe!"

"Ond dw i dal ddim yn deall pam roedden nhw isio siarad efo ti, Gwyndaf," meddai ei fam eto.

"Wel, roedden nhw isio gwybod lle ro'n i bnawn a nos echdoe. Trwy lwc ro'n i wedi bod mewn cyfarfod hwyr yn y gwaith tan saith ac wedyn roedd y pedwar ohonon ni wedi mynd allan am bizza yn Zizzi's yn Gaer felly roeddwn i'n gallu profi lle'r o'n i. Dim ond wedyn wnaethon nhw ddeud eich bod chi wedi dod o hyd i gorff a phan wnes i ofyn mi wnaethon nhw ddeud eu bod nhw'n amau mai Rhian Dodd oedd hi. Merch Wil Dodd oedd hi, ie, Mam?"

"Ie, faset ti ddim yn ei chofio hi. Roeddet ti wedi gadael adre mhell cyn ei geni hi. Ond roedd hi'n eneth fach annwyl iawn. Alla i ddim dychmygu sut y gallai neb ... A'i stwffio i lawr i'r hen draen 'na fel tasai hi'n sbwriel, cofia, Gwyndaf."

"Druan ohonoch chi, Mam. Dw i'n siŵr ei fod o'n beth ofnadwy. Ond doedd o ddim yn neis iawn i gael eich amau o fod yn rhywun fasai'n gneud peth fel 'na."

"Fedrai neb gredu hynny, siŵr!"

"Routine enquiries, meddan nhw. Wel, mae'n rhaid iddyn nhw amau pawb nes iddyn nhw ffeindio'n wahanol. Dw i'n deall hynny. Ond dydi hi ddim yn braf o gwbl cael eich amau. Maen nhw'n holi pawb efo cysylltiad efo Penllechwedd, meddan nhw. Ac mi fu raid i mi roi olion bysedd iddyn nhw a sampl o boer ar gyfer DNA. For 'purposes of elimination'. Hen deimlad annifyr, 'wchi, Mam."

"O, dw i'n siŵr, ngwas i!"

"Ac wedyn wnaethon nhw ofyn am Ithel. Isio gwybod o'n i'n gwybod lle i gael hyd iddo fo. Ac mi ddeudes i nad o'n i 'di weld o ers blynyddoedd lawer. Mod i, fel chi, yn cael cerdyn Dolig a cherdyn pen-blwydd yn selog, ond heb fedru anfon yn ôl achos sgynnon ni ddim clem lle mae o. Mae hynny'n hollol wir, tydi, Mam, ond dw i'm yn siŵr oedden nhw'n 'y nghredu i."

"Ddeudes inne'r un peth wrthyn nhw," cysurodd Meira ei mab. "Dw i'n siŵr dydyn nhw ddim yn dy amau di go iawn. Y gwir ydi'r gwir, yntê? A taswn i 'di meddwl am funud y basen nhw'n dod i chwilio amdanat ti, mi faswn i 'di dy ffonio di bnawn ddoe."

"Dw i'n gwybod, Mam," meddai fo, ei dymer wedi chwythu ei blwc ar ôl cael dweud ei ddweud.

"A wnei di ddeud sori wrth Philippa drosta i?"

"Wna i, siŵr."

"A chofia fi at y genod. Mae'n siŵr na allan nhw ddod efo ti fory?" holodd yn obeithiol.

"Mi fasen nhw wrth eu boddau yn cael dod i'ch gweld chi ond maen nhw'n mynd i gymkhana yn ymyl 'Mwythig. Mae Imogen yn cymryd rhan ac mae Philippa'n meddwl y gallai hi neud yn reit dda."

"Wel, da iawn hi," meddai Meira, yn union fel tasai hi wedi hen arfer efo gymkhanas. "Deuda wrthi mod i'n dymuno'n dda iddi hi."

"Wna i, siŵr. Ylwch, Mam, dw i'n falch eich bod chi'n iawn ond well i mi fynd – dw i ar y ffôn yn y gwaith."

Ac yna roedd o wedi mynd. A Thyddyn Newydd yn dawel eto. Tynnodd Meira Preis ei chôt a'i hesgidiau, camodd i'w slipars a suddodd yn ddiolchgar i'w chadair gan fwytho pen sidanaidd Pero bach.

♦

Cododd Hefin Rowlands ar ei draed. Roedd y cyfarfod tîm boreol ar ben a phawb wedi derbyn eu cyfarwyddiadau ac un ai wedi setlo wrth hynny o gyfrifiaduron oedd eisoes yn gweithio neu wedi ymadael am y ceir. Ond roedd y sarjant canol oed a'r blismones ifanc o'r ffôrs leol yn rhyw sefyllian ar gyrion y prysurdeb yn ansicr o'u cam nesa.

Ynghanol yr holl firi, safai Annest Rhys fel delw o flaen y bwrdd. Daliai i syllu ar y lluniau o Rhian; y llun roedden nhw wedi ei gael gan ei theulu yn dangos geneth ifanc drawiadol o hardd efo gwên radlon, a'r gyfres o luniau a dynnwyd wrth i'w chorff gael ei dynnu allan o'r traen a'i osod ar gynfas blastig ar ochr y lôn, yn wlyb a thruenus a chelain.

"Mae'n rhaid fod yna gysylltiad lleol, Hef," meddai hi wrtho. "Fasai neb oedd ddim yn gyfarwydd â'r ffordd yn debygol o wybod bod y traeniau yna o gwbl heb sôn am wybod eu bod nhw'n ddigon tyfn i ddal corff. Hyd yn oed wrth yrru drostyn nhw, maen nhw jest yn edrych fel traeniau arferol."

"Dyna pam dach chi 'di gofyn am gael co-optio'r ddau acw?" gofynnodd.

"Ie. Well i mi gael gair efo nhw rŵan cyn i mi fynd i'r post mortem."

Tynnodd Annest wyneb digon sur. Gwyddai Hefin ei bod hi'n casáu gwylio – a chlywed – post mortem. Ond gwyddai hefyd na fasai hi byth yn gofyn i neb arall fynd yn ei lle. Roedd o'n rhan o'i dyletswydd hi fel arweinydd y tîm a fasai hi ddim yn gofyn i neb arall ei wneud o er mwyn gwneud ei bywyd hi'n haws.

"Mi ddylwn i fod wedi gorffen erbyn tua hanner awr wedi deg," meddai hi wrtho wedyn. "Oni bai fod yna rywbeth mwy pwysig yn codi yn y cyfamser, mi awn ni ein dau i weld Cat

Murray bryd hynny. Fedri di gael Tina i dy ollwng di yn yr ysbyty ar ei ffordd yn ôl i fama?"

"Ga i adael i chi wybod wedyn? Mae'n dibynnu faint o lwc gawn ni, tydi? Ella fyddwn ni wedi gorffen o fewn dim a felly sa waeth i mi ddod yn ôl yma efo Tina.

"Tecstia fi pan ti'n gwybod. Mi arhosa i yn yr ysbyty os na chlywa i'n wahanol."

Ac ar hynny mi gamodd hi'n bwrpasol i gyfeiriad y ddau wrth y drws a'u harwain i gornel bella'r ystafell lle oedd dwy ddesg wag, un ohonyn nhw efo technegydd oddi tano fo'n ffidlan efo rhyw weiren.

Anelodd Hefin i'r cyfeiriad arall lle'r oedd Tina Butler yn ei ddisgwyl. Roedd ei gwallt brith wedi ei glymu'n ôl wrth ei gwar ac roedd hi'n gwisgo côt ysgafn o liw glas golau. Roedd Tina wedi bod yn rhan o'r tîm Troseddau Difrifol erioed, hyd y gwyddai Hefin – roedd hi'n sicr wedi bod yn hen law ymhell cyn iddo fo ymuno â'r ffôrs.

"Sorry to keep you waiting," meddai wrthi a chychwyn o'r stafell gan obeithio na chaen nhw ormod o drafferth cael car allan o'r maes parcio. Ond doedd dim problem. Roedd tipyn o geir wedi mynd yn barod. Mi gytunon nhw y basai Hefin yn holi unrhyw dystion yn Gymraeg tasai hynny'n fwy addas gan fod Tina'n deall digon i ddilyn y sgwrs er nad oedd hi'n medru siarad yr iaith yn rhugl.

Roedd Hefin wedi teithio'r un ffordd o orsaf yr heddlu yn Llan y noson gynt efo Brendan o'r ffôrs leol, ond doedden nhw ddim wedi cael llawer o lwc. Roedd Brendan a'i bartner arferol, Karina, wedi galw ddwywaith yn y tŷ a rannai Rhian Dodd efo'i chariad, rhif naw deg saith, ond heb gael ateb. Roedd Hefin wedi mynd efo Brendan y drydedd waith ar gyfarwyddyd Annest, ond chawson nhw neb i ateb y drws chwaith. Roedden nhw wedi cnocio ar ddrysau'r ddau dŷ o boptu i gartre'r cwpl ifanc ond doedd yna neb adre yn y tŷ i'r chwith, rhif naw deg naw, yr un oedd yn ffurfio pâr efo'u tŷ nhw. Ac er iddyn nhw gael ateb yn rhif naw deg pump, buan iawn y deallodd y ddau heddwas nad oedd y greadures ddaeth at y drws, Mrs Edwina Ellis, yn mynd i fod yn dyst gwerthfawr iddyn nhw – roedd hi bron yn gwbl fyddar a doedd ei golwg hi ddim yn grêt chwaith.

Y bore hwnnw, roedd car heddlu ar y stryd a dau heddwas yn mynd o ddrws i ddrws. Cymerodd Hefin y cyfle i ddweud wrthyn nhw i beidio â thrafferthu mynd i rif naw deg saith na'r ddau dŷ o'i boptu. Doedd dal dim car oddi allan i rif naw deg saith ac er iddyn nhw gnocio ar y drws, ddaeth neb i'w ateb. Aethant felly drwy ardd eithriadol o dwt at ddrws rhif naw deg naw. Daeth dynes denau yn ei phumdegau i ateb y drws o fewn eiliadau i'r gnoc yn edrych yn reit flin. Roedd hi'n amlwg wedi bod yn cadw golwg ar weithgareddau'r heddlu ar y stryd ond efallai heb ddeall mai aelodau o'r heddlu oedd y ddau heb lifrai hefyd. Gwnaeth Hefin un o'r penderfyniadau a wnâi wrth weld rhywun am y tro cynta a mentrodd ddefnyddio'r Gymraeg.

"Bore da," meddai'n hwyliog gan estyn ei gerdyn gwarant, "Sarjant Hefin Rowlands, Heddlu Gogledd Cymru. A dyma Gwnstabl Tina Butler."

"Bore da," atebodd y ddynes a chanmolodd Hefin ei hun ar ei ddewis o iaith.

Gwnaeth y ddynes dipyn o sioe o astudio cardiau gwarant y ddau swyddog yn fanwl iawn cyn gofyn be oedden nhw eisiau.

"Mi wnaethon ni alw yma neithiwr, Mrs ..." dechreuodd Hefin.

"Davies," atebodd y wraig, er roedd Hefin wedi amau mai dyna'r ateb. Roedd o wedi sylwi ar y fan wen oedd wedi ei bacio'n ôl yn daclus yn erbyn drysau'r garej wrth ochr y tŷ, efo "E. Davies a'i Fab ar gyfer Pob Gwaith Trydanol" wedi ei sgwennu ar ei hochr.

"Roedden ni allan neithiwr, yng Ngwesty'r Castell yn y dre," aeth hi yn ei blaen. "Dan ni wastad yn mynd i'r cwis ar nos Iau."

"Ydi hi'n bosib i ni ddod i mewn i gael gair efo chi, Mrs Davies?" gofynnodd Hefin yn gwrtais.

"Dewch trwodd," atebodd hithau, yn wên i gyd rŵan. "Dw i ddim yn gweithio tan hanner dydd ac mae'r gŵr yn gweithio adre heddiw, gwaith papur, wyddoch chi."

Roedd y tu mewn i'r tŷ yr un mor daclus â'r ardd. Arweiniodd Mrs Davies y ffordd i mewn i barlwr hen ffasiwn, y math o stafell oedd yn cael ei chadw ar gyfer pobl ddieithr, pnawniau Sul a diwrnod Nadolig. Roedd 'na soffa a chadeiriau o ledr lliw hufen oedd yn edrych yn eitha anghyfforddus, roedd yna set o fyrddau bach efo topiau lledr, roedd 'na biano a chwpwrdd gwydr yn llawn o lestri tseini go hyll. Roedd 'na ddrych mawr uwchben y lle tân marmor ac ychydig o ddoliau tseini ar sìl y ffenest. Ond doedd 'na ddim un eitem bersonol o fath yn y byd.

Eisteddodd Hefin ar y soffa – ac oedd, roedd hi'n anghyfforddus – tra aeth Tina i eistedd ar gadair wrth y ffenest ac estyn ei llyfr nodiadau. Byddai'n rhaid i Hefin wneud nodiadau hefyd – doedd dim disgwyl i'r ddynes gymryd nodiadau os oedd y sgwrs am barhau i fod yn Gymraeg.

"Wna i alw ar Emlyn rŵan," meddai Mrs Davies gan sefyll yn nrws y stafell heb eu dilyn i mewn.

Ymhen llai na hanner munud, daeth Emlyn Davies i'r

parlwr atyn nhw. Roedd o'n ddyn tal, cyhyrog oedd yn dechrau magu rhywfaint o fol. Edrychai tua'r trigain oed a gwisgai jîns a siwmper streipiog.

"Bore da, Mr Davies," meddai Hefin gan godi ar ei draed i ysgwyd llaw. "Mae'n ddrwg gynnon ni eich styrbio chi."

"Dim problem o gwbl," meddai dyn y tŷ gan eistedd ar un o'r cadeiriau lledr. "Sut fedrwn ni eich helpu chi?"

"Isio'ch holi chi ydan ni am eich cymdogion yn rhif naw deg saith," dechreuodd Hefin.

"Ydyn nhw mewn trwbl?" gofynnodd y wraig yn syth gan eistedd ar fraich cadair ei gŵr.

"Wn i ddim dach chi wedi ei weld o neu'i glywed o ar y newyddion," meddai Hefin gan edrych o un i'r llall, "ond mi wnaethon ni ddod o hyd i gorff merch ifanc wedi ei lladd yn ymyl pentre Penllechwedd bnawn ddoe."

"Do, mi welis i rywbeth," atebodd Emlyn Davies. "Dim yn aml mae pethe fel 'na'n digwydd rownd ffor' hyn."

"Wel, dydi o ddim wedi ei gadarnhau'n swyddogol eto ond dan ni'n weddol siŵr mai corff Rhian Dodd ydi o."

"Rhian drws nesa?" Roedd llais Carol Davies bron â bod yn sgrech.

"Ie, dyna dan ni'n ei ofni."

"O, wnes i rioed feddwl ..." meddai hi wedyn yn llawer, llawer distawach.

"Ers faint maen nhw'n byw drws nesa?" gofynnodd Hefin iddi hi, ond Emlyn atebodd.

"Wel, mae o'n byw yma ers tua dwy flynedd, tydi, Carol?" Amneidiodd ei wraig. "Ond dydi hi ddim ond yma ers y llynedd."

"Hi ydy'r drydedd sy 'di symud i mewn ato fo," ychwanegodd ei wraig. "Pan ddoth o gynta roedd o ar ei ben ei hun, ond ar ôl chydig o wythnose mi symudodd y flonden fach 'na i mewn. Be oedd ei henw hi, dwed? Jasmine neu Yasmin? Sgowsar fach oedd hi ac roedd hi'n ddigon clên – bob amser yn deud helô tasech chi'n ei gweld hi tu allan. Ond wedyn ar ôl llai na blwyddyn roedd hi wedi mynd ac mi ddoth 'na eneth arall bron yn syth, yr un dal efo gwallt cyrliog. Wnaethon ni rioed ffeindio be oedd ei henw hi – doedd ganddi hi ddim gair i'w ddeud wrth neb, nac oedd, Em?"

"Na, doedden ni ddim digon da iddi hi."

"Ond wnaeth hi ddim para'n hir," meddai Carol wedyn, "dim ond mater o fisoedd. Ac yna mi symudodd Rhian i mewn chydig cyn Dolig y llynedd."

Amneidiodd Emlyn i gadarnhau fod yr hyn ddywedai ei wraig yn gywir.

"Oeddech chi ar delerau da efo nhw?" gofynnodd Hefin.

Carol oedd y cynta i ateb y tro yma.

"Fasai hi'n anodd iawn i rywun beidio â bod ar delerau da efo Rhian. Mae ... roedd hi'n eneth mor annwyl. Fedra i ddim credu ...?"

"A beth am ei chariad hi?"

Edrychodd y ddau ar ei gilydd. Edrychodd Carol ar ei hesgidiau. Edrychodd Emlyn ar ei ddwylo. Ond fo atebodd yn y diwedd.

"Waeth i mi ddeud wrthoch chi," meddai. "Dydi pethe ddim wedi bod yn wych rhyngon ni a fo. Ers iddo fo symud i mewn dan ni wedi gorfod gofyn iddo droeon i gadw'r sŵn i lawr pan mae ganddo fo fêts yn dod draw..."

"A dan ni 'di gofyn iddo fo dro ar ôl tro i beidio parcio ar y pafin," ychwanegodd hithau. "Mae 'na ddigonedd o le ar eu dreif nhw ar gyfer y ddau gar sy gynnyn nhw ond mae o'n mynnu parcio ar y ffordd efo dwy olwyn ar y pafin. Dach chi'n gweld, dw i ond yn gweithio'n rhan amser erbyn hyn, er mwyn i mi fedru helpu i warchod genod y ferch, a phan maen nhw yma ar ddydd Mawrth a dydd Iau, dw i'n gorfod mynd allan i'r ffordd efo'r goets-gadair am fod ei gar o ar y pafin. Mae o'n beryg ..."

"Mae o hefyd yn erbyn yr Highway Code," taflodd Emlyn i'r sgwrs. "Dan ni 'di gofyn gymaint o weithie ond wneith o ddim cymryd dim sylw. Ond fel 'na maen nhw i gyd, yntê – y bobl fawr 'ma. Meddwl fod 'na reolau gwahanol iddyn nhw na sy 'na i chi a fi."

Roedd o'n amlwg yn cynhesu iddi rŵan felly mentrodd Hefin ofyn cwestiwn i dorri ar draws llith oedd yn swnio fel tasai hi am bara am oriau lawer.

"Bobl fawr?" holodd.

"Ie, dach chi'n gwbod pwy ydi 'i dad o, tydach? Tecwyn Parry-Jones!"

Roedd hynny'n rhoi'r ateb i gwestiwn oedd wedi bod yn cyniwair ym mhen Hefin ers neithiwr. Sut oedd cwpl ifanc wedi cael digon o bres at ei gilydd i dalu am semi mewn ardal braf o'r dre? Roedd o'n gwybod yn iawn am Tecwyn Parry-Jones, oedd yn ddyn busnes ac yn ffigwr cyhoeddus yn yr ardal. Roedd ganddo fo fys ym mhob dim oedd yn digwydd yn lleol. Roedd ei lun o yn y *Daily Post* bron bob wythnos am ryw reswm neu'i gilydd. Roedd o hefyd yn un o'r cynghorwyr sir fu'n aelod o Awdurdod yr Heddlu cyn yr ad-drefnu yn 2011 ac roedd o'n dal i drio busnesu yn eu gwaith.

"Ei dad o brynodd y tŷ drws nesa iddo fo pan ddoth o o'r coleg ddwy flynedd yn ôl," meddai Emlyn Davies wedyn. "A'r car crand 'na hefyd. Dydi'r llanc rioed 'di gorfod talu am ddim byd drosto'i hun. Synnwn i fawr fod Dadi'n talu ei filiau o i gyd hefyd."

"Mae mrawd i'n gweithio tu ôl i'r bar yn y clwb golff," ychwanegodd Carol. "'Syr Tecwyn' maen nhw'n ei alw fo yn fanno tu ôl i'w gefn. Bihafio fel tasai fo biau'r lle a phawb sy'n gweithio yno'n weision bach iddo fo'n bersonol."

Penderfynodd Hefin fod hynny'n hen ddigon o sarhau un o bwysigion y dre a mentrodd droi'r sgwrs.

"Ga i ofyn pryd welsoch chi Rhian ddwytha? Dan ni'n awyddus i gael gwybod am ei symudiadau echdoe. Welsoch chi hi o gwbl y diwrnod hwnnw neu'r noson honno?"

Ysgwyd ei ben yn araf wnaeth Emlyn Davies.

"Weles i mo'ni. Roedden ni ar joban fawr yn Wrecsam ddydd Mawrth, fi a'r mab," esboniodd. "Wnes i adael fymryn ar ôl saith yn y bore i fynd i godi Dion ac roedd y ddau gar drws nesa'r adeg honno. Pan ddois i'n ôl adre roedd hi wedi wyth a doedd 'run o'r ddau gar yno a dim ôl fod 'na neb adre."

"Mi oedd y ddau ohonyn nhw 'di bod adre," meddai ei wraig. "Roedd Rhian adre'n gynt nag arfer, cyn hanner awr wedi pedwar. Mae'r ddau yn cyrraedd rhwng pump a hanner awr 'di pump fel arfer. Ond pan es i allan i dynnu'r dillad o'r lein am hanner awr 'di pedwar, mi weles i fod y drws cefn ar agor led y pen. A jest i neud yn siŵr fod 'na neb 'di torri i mewn neu rywbeth ofnadwy felly, mi ddois i i fama i edrych drwy'r ffenest a gweld ei char hi tu allan. Mae ... roedd Rhian bob amser yn parcio'n daclus ar y dreif. Dim trwbl i neb."

"Ond doedd car Mr Parry-Jones ddim yno?" holodd Hefin.

"Nac oedd," atebodd hi ar ei hunion. "Mi ddaeth hwnnw tua'i adeg arferol, tua chwarter wedi pump. Mae o'n gweithio yn y lle gwerthu tai yna ar y Stryd Fawr a dw i'n meddwl fod y swyddfa'n cau am bump."

"Welsoch chi pryd aeth y ddau gar o 'ma?" gofynnodd o wedyn.

"Na, mi oedden ni yn y cefn wedyn, fi'n smwddio ac Em yn edrych ar y teli. Dw i ddim yn gorfod cwcio ar ddydd Mawrth gan ein bod ni'n mynd i'r Clwb Relwê ar gyfer 'u cwis nhw ac mae 'na frechdanau hanner amser. Oni bai ei bod hi'n dywydd ofnadwy, mi fyddwn ni'n cerdded yno, er mwyn i ni gael drinc bach, yntê?"

"Call iawn," cytunodd Hefin gan ei bod hi'n amlwg eisiau iddo fo ymateb.

"Mi fyddwn ni'n gadael tua ugain munud i saith er mwyn i ni gael bwrdd da," esboniodd Emlyn. "A phan adawon ni, roedd y ddau gar yno, un Rhian ar y dreif a'i un o ar y pafin, fel arfer."

"A phan gyrhaeddon ni adre tua hanner awr wedi deg, roedd y ddau gar wedi mynd," meddai Carol.

"Welsoch chi Miss Dodd neu Mr Parry-Jones o gwbl?" gofynnodd Hefin wedyn.

"Naddo, 'run ohonyn nhw," atebodd Carol. "Jest gweld y ceir."

"A does 'na ddim golwg 'di bod o'r un ohonyn nhw heddiw," ategodd ei gŵr.

A, fel tasen nhw'n gonsurwyr, yr eiliad honno daeth sŵn injan bwerus oddi allan a chliriodd Tina ei gwddf i dynnu sylw Hefin at y BMW glas oedd yn parcio ar y pafin o flaen y tŷ drws nesa. Gwelodd yntau ei fod yn gar llai na dwyflwydd oed a'i fod yn un y gellid tynnu'r to i lawr i gael teimlo'r gwynt yn eich gwallt.

"A, dyna fo Mr Parry-Jones rŵan," meddai gan sefyll ar ei draed. "Well i ni fynd i gael gair efo fo rhag ofn iddo fo fynd allan eto."

"Cofiwch sôn wrtho fo am y parcio ar y pafin," meddai Emlyn Davies, fel tasai gan Hefin ddim byd gwell i'w ddeud wrth foi roedd ei gymar newydd gael ei mwrdro.

♦

Eisteddai DS Jean Williams wrth y ffenest yn stafell fyw Cefn Dolydd. Lle Jean fel Swyddog Cyswllt oedd bod yn gefn i deulu'r ymadawedig ond hefyd i fod yn glust i'r heddlu. Roedd hi'n smalio edrych ar gylchgrawn merched ond roedd hi mewn gwirionedd yn gwrando ar sgwrs Sioned, Llion a Cai oedd yn eistedd wrth y bwrdd brecwast yn y gegin. Nid fod yna lawer o sgwrs. Roedd Sioned wedi codi ers oriau ac wedi yfed paned efo Gerwyn cyn iddo fo fynd allan i odro am chwech. Debyg y basai Rol, oedd yn gweithio ar y fferm ac yn byw efo Mel, ei wraig, yn y bwthyn yr ochr arall i'r buarth, wedi gallu cwblhau'r godro ar ei ben ei hun ond roedd Gerwyn yn benderfynol o gadw at ei drefn arferol.

Roedden nhw wedi cytuno mai Jean fyddai'n ateb pob galwad ffôn rhag ofn iddyn nhw gael eu plagio gan y wasg. Jean oedd wedi ffonio'r ysgol am chwarter i naw. Hi hefyd oedd wedi ffonio'r siop ddillad lle'r oedd Sioned yn gweithio ond roedd rheiny'n gwybod yn barod am Rhian a ddim yn disgwyl ei gweld am sbel.

Wrth gwrs, tasai'r swyddogion ar yr achos wedi deall yn gynt nad oedd Rhian yn byw yng Nghefn Dolydd bellach, fasai Jean ddim wedi cael ei hanfon yma. Tasen nhw wedi deall ei bod hi'n byw efo'i chariad, mi fasen nhw wedi cynnig dyn ifanc yn fwy na thebyg i fod yn Swyddog Cyswllt iddo fo – er, o nabod sut roedd dynion ifanc yn ymateb i'r cynnig hwnnw gan amla, go brin y basai o wedi ei dderbyn. Roedd Jean wedi cael ei hanfon i Gefn Dolydd am ei bod hi'n aelwyd Gymraeg ac roedd ei phresenoldeb mamol yn debyg o fod yn gymorth i'r teulu ymdopi. A doedd hi ddim yn hawdd ei thynnu hi oddi yno rŵan, o leia am ddiwrnod neu ddau.

Doedd pawb yn Heddlu Gogledd Cymru ddim yn edmygwyr mawr o Edwin Halliday ond roedd Jean yn ffan mawr gan ei fod wedi ei hachub hi rhag dyfodol llwm iawn. Roedd hi wedi bod yn gwaredu wrth wylio dyddiad ei hymddeoliad yn dod yn nes ac yn nes. Ers i'w gŵr ei gadael hi a'i mab a mynd i ymgartrefu yn Awstralia doedd gan Jean fawr ddim o werth yn ei bywyd heblaw ei gwaith. Ac roedd meddwl am golli hwnnw yn ei llethu'n llwyr. Y ffôrs oedd ei theulu a'i chylch ffrindiau. Ac roedd Edwin Halliday wedi sylwi – ac wedi cynnig ymwared iddi. Bod yn Swyddog Cyswllt o dro i dro i gefnogi teuluoedd yn dilyn damweiniau neu droseddau difrifol. Ac roedd hi mor ddiolchgar iddo fo am hynny. Ac yn benderfynol o wneud y joban orau allai hi.

"Tria fwyta dipyn o'r bwyd 'na yn lle chwarae efo fo," clywodd lais Sioned o'r gegin.

"Dw i ddim isio bwyd, Mam," atebodd Cai.

"Jest tria. I mi, 'mach i," meddai llais ei fam wedyn. Llais ysgafn, swynol rŵan ei bod yn llai dagreuol.

"Lle mae O?" gofynnodd Llion.

"Allan efo'r fuwch sâl." Roedd Sioned Evans wedi arfer clywed ei phlant yn cyfeirio at ei gŵr fel Fo, mae'n rhaid.

"Iesu, Mam," meddai Llion yn ddiamynedd. "Faint o amser mae o am ei roi i'r hen fuwch 'na? Mae o wedi bod efo hi lawer mwy nag efo ni. Ar ôl be sy 'di digwydd, 'sech chi'n meddwl fasai o yma efo chi ..."

"Dydi hynny ddim yn deg, Llion," atebodd ei fam. "Wedi'r cwbl, dydi colli buwch efo mastitis ddim jest yn drist. Mae'n golled i'r busnes. Pan ti'n colli buwch, nid jest gwerth y fuwch sy'n cael ei golli ond gwerth yr holl laeth fasai hi wedi ei roi a phob llo y basai hi wedi ei eni."

Gwenodd Jean wrthi ei hun. Rêl gwraig fferm, meddyliodd.

"Mi gollon ni fuwch efo mastitis flynyddoedd yn ôl pan oedden ni yn Nhyddyn Llan. Mi wnaeth eich tad bopeth fedrai o ond ei cholli hi wnaethon ni. Fasech chi ddim yn cofio ond mi fasai Rhian ..."

A daeth y dagrau i'w llais eto. Druan ohoni, meddyliodd Jean. Colli ei gŵr a rŵan, colli ei merch. A hithau fawr hŷn na deugain oed.

Yr ennyd yna clywodd Jean sŵn y drws cefn yn agor.

"Sut mae hi?" gofynnodd Sioned.

"Rywfaint yn well," atebodd ei gŵr. "Dw i'n fwy gobeithiol heddiw. Sut dach chi bore 'ma, fechgyn?"

Ond chafodd o ddim ateb gan yr un o'i lys-feibion.

"Ti isio paned?" gofynnodd Sioned.

"Oes. Diolch. Ac wedyn mi wna i folchi a newid i fynd i ... i weld ... i'r ysbyty."

Doedd o ddim wedi anghofio, felly. Roedd Jean wedi meddwl y basai'n rhaid iddi ei atgoffa am ei apwyntiad i adnabod corff Rhian am hanner dydd, cymaint oedd ei ofal am ei fuwch wael.

"Dw i am ddod efo ti," meddai Sioned.

Yn y tawelwch llwyr a ddilynodd ei geiriau clywodd Jean sŵn cwpan yn cael ei rhoi ar y bwrdd.

"Dw i ddim yn meddwl ..." dechreuodd o.

"Rhaid i mi, Ger!" Roedd y llais swynol yn gras rŵan. "Dw i'n gwybod dy fod ti isio sbario loes i mi, ond rhaid i mi. Rhaid i mi. Fedra i'm sbonio ond mae hi'n gig a gwaed i mi ..."

"Os wyt ti'n mynnu," meddai yntau'n ddigon surbwch. "Ond be am y bechgyn? Fedrwn ni ddim gadael nhw yma, dim heddiw."

"Fyddwn ni'n iawn," protestiodd Llion. "Dan ni 'di arfer bod adre ein hunain, tydan?"

"Ond heddiw..." dechreuodd Gerwyn, ond ddeudodd o ddim mwy a chlywodd Jean sŵn cadair yn crafu'r llawr a sŵn traed yn dod tuag ati. Dechreuodd astudio'i chylchgrawn yn ddyfal.

"Y ... Jean," dechreuodd Sioned. "Fasai hi'n iawn i ni adael y bechgyn yma efo chi os wna i fynd efo Gerwyn i weld corff Rhian?"

"Dim problem o gwbl, Sioned. Dw i yma i neud pethe'n haws i chi, tydw? Peidiwch chi â phoeni, mi wna i gadw golwg ar bethe."

"Diolch," meddai a throi am y grisiau i fynd i newid.

"Ga i ofyn...?" meddai Jean, a throdd Sioned yn ôl i'w hwynebu. "Fasech chi'n meindio taswn i'n cael golwg ar lofft Rhian? Rhag ofn fod yna rywbeth yna fasai o help i ni ddeall mwy amdani hi."

"Mi aeth hi â'r rhan fwya o'r stwff efo hi pan symudodd hi i Llan. Does 'na ddim llawer o'i phethe hi yma. Ond dw i wastad 'di cadw ei gwely hi'n barod, rhag ofn iddi hi ddod nôl. Ac mi fyddai hi'n dod yma i aros ar nos Wener o dro i dro pan oedd Ed i ffwrdd neu allan efo'r hogie."

Ac aeth y dagrau'n drech na hi.

PENNOD 5

Cnociodd Hefin ar ddrws ffrynt rhif naw deg saith ac ymhen llai na munud, daeth dyn ifanc at y drws, wedi ei wisgo'n fwy addas ar gyfer noson mewn clwb nos na diwrnod yn y swyddfa. Roedd ei grys llwyd golau o ddeunydd sgleiniog efo streipiau pefriog piws yn rhedeg drwyddo ac roedd ei jîns *designer* du yn andros o dynn.

"Mr Ednyfed Parry-Jones?" dechreuodd Hefin, wrth iddo fo a Tina ddangos eu cardiau gwarant. "Hefin Rowlands a Tina Butler o Heddlu Gogledd Cymru. Gawn ni ddod i mewn?"

Sylweddolodd Hefin nad oedd o'n gwybod i sicrwydd fod y dyn o'i flaen yn gwybod am lofruddiad ei gymar. Roedd o'n edrych yn ofnadwy, ond nid am fod ôl wylo arno fo. Tasai raid i Hefin ddisgrifio ei ymddangosiad, mi fasai o'n deud ei fod o'n edrych fel dyn oedd wedi bod yn yfed ei hochr hi neithiwr. Tybed ddylen nhw fod yn estyn y bag chwythu?

Wrth gwrs, roedd pobl yn ymateb i drallod mewn ffyrdd gwahanol ac ella mai ffordd Ednyfed Parry-Jones o ddelio efo'i brofedigaeth oedd troi at y botel. Ceisiodd Hefin fod yn

94

sensitif a chydymdeimlo efo'r dyn ifanc o'i flaen. Doedd o ddim am i agwedd ei gymdogion busneslyd liwio ei asesiad o'r tyst.

"I prefer Ed, actually," meddai'r tyst dan sylw, gan barhau i ddal y drws ar agor lai na throedfedd fel nad oedd modd i neb weld heibio iddo. Roedd rhywbeth yn ei ymarweddiad yn ddigon i anfon i'r gwynt y gronyn o gydymdeimlad roedd Hefin wedi teimlo tuag ato fo. Roedd o'n gwybod yn iawn mai'r hyn y dylai o ei wneud rŵan oedd troi i'r Saesneg a chyfweld y tyst yn ei ddewis iaith. Yn wir, dyna oedd polisi Heddlu Gogledd Cymru. Ac mi fasai popeth yn haws i Tina hefyd, er ei bod hi'n deall yn iawn; doedd hi ddim yn medru gofyn dim os mai Cymraeg oedd iaith y sgwrs. Ond roedd yna gythraul yn Hefin oedd yn gwybod yn iawn fod Tecwyn Parry-Jones, beth bynnag arall oedd o, yn Gymro i'r carn ac na fasai o wedi magu ei fab yn Sais.

"Mae'n ddrwg gynnon ni eich styrbio chi ar adeg fel hyn, Mr Parry-Jones," dechreuodd felly ond chyrhaeddodd o ddim pellach.

"It's really not convenient just now," meddai'r dyn ifanc yn swta a digon anghwrtais gan wneud osgo fel tasai o am gau'r drws arnyn nhw. Cododd gwrychyn Hefin go iawn.

"Mr Parry-Jones," meddai mewn llais llawer mwy awdurdodol. Ceisiodd beidio â sylwi ar ymateb Tina a welai drwy gornel ei lygad, yn rhyfeddu ei fod wedi dal i ddefnyddio'r Gymraeg pan oedd hi'n amlwg nad dyna oedd dewis iaith y tyst. "Mae gen i ofn nad oes gynnoch chi ddewis. Mae 'na bethe mae'n rhaid i ni eu gofyn i chi, a hynny mor fuan â phosib. Os nad ydych chi'n fodlon i ni ddod i'r tŷ, mae croeso i chi ddod efo ni i orsaf yr heddlu i ni gael eich cyfweld chi yn fanno."

Ar hynny, crymodd ysgwyddau Ed Parry-Jones. Roedd hi'n amlwg nad oedd ganddo fawr o asgwrn cefn, meddyliodd Hefin. Newidiodd ei osgo a'i iaith.

"Well i chi ddod i mewn, ta," meddai. "Ond mae 'na lanast ofnadwy yma."

Camodd Hefin a Tina i'r tŷ. Ac, oedd, mi oedd 'na lanast ofnadwy yno.

♦

Camodd Annest allan drwy'r drws a chymerodd lond ei hysgyfaint o awyr iach. Llowciodd sawl cegiad ohono hefyd ac roedd yn blasu'n dda. Yn well na gwin gorau Ffrainc, yn well na siocled gorau'r Swistir. Yn well na chinio Sul Mam hyd yn oed. Ffroenodd yr aer o'i chwmpas eto a sylwodd fod arogl glaswellt ar yr awel ysgafn oedd yn ystwyrian ym maes parcio'r ysbyty.

Roedd hi'n gymaint o ryddhad i allu anadlu'n iawn eto. Bob tro y byddai hi'n mynychu post mortem yn y marwdy byddai'r arogl yn ei llethu'n llwyr. Heb sôn am yr hyn a welai hi: cyllell finiog yn sleisio trwy groen gwyn, glân Rhian; lli gron yn naddu trwy esgyrn ei phen a'i hasennau; yr organau'n llithrig dros fenyg piws y patholegydd.

Ond roedd o'n anorfod er mwyn cael y manylion allai ei helpu i ddal llofrudd Rhian. A theimlai'n fodlon rŵan fod ganddi hi'r ffeithiau pwysica. Wrth gwrs, byddai adroddiad manwl yn ei chyrraedd unwaith roedd canlyniadau'r profion ar ei gwaed, ar gynnwys ei stumog ac ar yr holl hylifau ac olion a gymerwyd o wahanol rannau o'i chorff. Ond gwyddai Annest bellach y tri pheth pwysica: roedd Rhian wedi cael anaf go ddifrifol i'w phen beth amser cyn ei marwolaeth, anaf oedd wedi gwaedu'n drwm. Roedd hi wedi cael cyfathrach rywiol ychydig cyn ei marwolaeth. Ac roedd hi wedi cael ei lladd o ganlyniad i rywun ei thagu efo'u dwylo, oedd yn awgrymu llofrudd eithaf cryf.

Teimlai Annest bod arni angen amser i feddwl am y ffeithiau yma. Ac roedd angen caffîn arni hi. A chacen. Dwy gacen, falle? Anelodd ei thraed am y brif fynedfa a chaffi'r ysbyty. Gallai ddisgwyl yno am Hefin a chaent drafod yr hyn a ddysgwyd o'r post mortem cyn mynd i weld Cat Murray ar Ward Pengwern.

Wrth gerdded at y brif fynedfa, estynnodd Annest ei ffôn o'i phoced a gwelodd fod Hefin wedi bod yn trio a thrio cael gafael ynddi. Gwasgodd y botwm i'w alw'n ôl. Atebodd yntau'n syth. Ac wnaeth o ddim gwastraffu geiriau.

"Dw i'n meddwl dylech chi ddod yma, Bòs," meddai. "Naw deg saith, Ffordd Llannerch."

Anghofiodd Annest bopeth am ei phaned a brysiodd i nôl ei char.

♦

Dim ond picio i'r siop i nôl snacan wnaeth o. Roedd Gronw unwaith eto ar ei ffordd i Glwt y Briallu i ddelio efo'r goeden oedd yn pwyso cymaint mwy ar feddwl Mrs Oldcastle nag yr oedd hi ar ffens Parc Isa' ond roedd o wedi penderfynu galw yn y siop ar ei ffordd. Roedd hyn yn rhannol am ei fod o, fel y mwyafrif o drigolion Penllechwedd, yn teimlo ei bod hi'n ddyletswydd arno i geisio cefnogi'r siop ar ôl y frwydr fawr a fu i'w hachub hi.

Ond roedd o'n fwy am ei bod hi'n hir rhwng brecwast a chinio i fachgen ar ei brifiant. Roedd ei fam yn pwyso arno i fwyta mwy o lysiau a ffrwythau a llai o sothach i wneud yn siŵr na fyddai o'n cael gwasgiad ar ei galon fel ei dad. Felly doedd yna ddim jam na marmalêd mwyach a dim ond un dafell o dost efo'r crafiad lleia o fenyn arni. Ac roedd hynny am wyth ac roedd hi bellach yn un ar ddeg ac roedd Gronw druan ar ei gythlwng. Gan anwybyddu'r holl faniau a cheir oedd wedi eu parcio hyd y stryd, parciodd ei dractor a'i drelar ar y llain fechan o welltglas a chamodd i gyfeiriad Siop Pen a Chaffi Llechwedd.

Swyddfa Bost Penllechwedd a arferai fod yn yr adeilad yn ôl yn y dyddiau pan roedd dwy siop arall yn y pentre. Ac yna, dair blynedd yn ôl, cwta flwyddyn ar ôl i ysgol y pentre gau, daeth y newyddion drwg fod Mr a Mrs Armstrong am roi'r gorau i'r Post a symud yn ôl i Fanceinion. Gyda'r garej wedi cau ers dros ddegawd a'r dafarn hefyd wedi mynd ers pum mlynedd, y Post oedd yr unig fusnes ar ôl yn y pentre a thyrrodd dwsinau o bobl nad oedden nhw erioed wedi croesi trothwy'r lle i gyfarfod brys yn y neuadd goffa i fynnu bod rhywbeth yn cael ei wneud i sicrhau ei ddyfodol.

Cafodd ymddiriedolaeth ei ffurfio a rhoddodd pump ar hugain ymddiriedolwr fil o bunnoedd yr un i ddechrau'r fenter newydd, gan gynnwys Marged Huws, mam Gronw. Penderfynwyd sefydlu siop gymunedol ac yn dilyn cryn dipyn o ymgyrchu, llwyddwyd i gael cefnogaeth y Cyngor Sir. Y bwriad gwreiddiol oedd fod y rhai o'r ymddiriedolwyr oedd yn ddigon iach a heb fod mewn swydd llawn amser yn cymryd eu tro i weithio yn y siop. Roedd rhyw bymtheg o bobl ar y rota, pawb â'u slot wythnosol. A phetai unrhyw un ddim ar gael am ryw reswm, roedden nhw i fod i ffeirio eu slot efo rhywun arall ar y rota. Ond cyn pen blwyddyn roedd hi wedi mynd yn draed moch.

Mewn cyfarfod digon piwis o'r ymddiriedolwyr, bu'n rhaid gosod trefn newydd. Cytunwyd bod angen cyflogi un unigolyn am un prynhawn yr wythnos i ddelio â'r gwaith papur, yr archebion a'r taliadau ac ati. A chan fod Llew bryd hynny ar fin priodi Chloe oedd yn gweithio yn Adran Gyllid y Cyngor Sir, cynigwyd y gwaith iddi hi. Ar y pryd, roedd hi'n anodd iddi wrthod ei darpar fam-yng-nghyfraith. Rŵan, bymtheng mis yn ddiweddarach, doedd Chloe'n gwneud dim byd ond cwyno am bawb a phopeth ac yn enwedig am y dasg feichus o wneud gwaith papur y siop ar ben edrych ar ôl ei babi.

Yn ogystal, cytunodd y pum ymddiriedolwr ar hugain dalu deg punt yr wythnos yr un i gyflogi dwy ddynes o'r pentre o ddydd Llun tan ddydd Gwener, un i redeg y siop a'r llall i redeg y caffi, gyda'r gwirfoddolwyr yn gweithio ar rota ar foreau Sadwrn a Sul. Boreau Sadwrn oedd shifft Marged Huws felly doedd Gronw byth yn galw yno am snacan bryd hynny.

Doedd y siop byth yn brysur iawn ond debyg ei bod yn brysurach nag arfer heddiw efo holl bobl y wasg o gwmpas. Camodd Gronw o'r cab a chroesi'r ffordd. Cerddodd rhwng y ddau fwrdd a chadeiriau oedd o boptu i ddrws y siop. Roedd blwch llwch ar y bwrdd i'r chwith o'r drws a phowlen ci'n dal dŵr y tu ôl iddo oherwydd ar brynhawniau sych byddai Crispin Jacobsen, Ty'n y Coed yn eistedd yno'n smocio a darllen ei *Financial Times* cyn cychwyn am adre efo Fido'r sbaniel. Anaml yr eisteddai neb arall oddi allan i'r siop ond heddiw roedd 'na ddau feic wedi eu gosod yn erbyn y wal a dynes ganol oed mewn llawer gormod o Lycra pinc yn eistedd wrth y bwrdd ar y dde. Amneidiodd Gronw arni wrth fynd heibio ac mi led-wenodd hithau arno fo.

Roedd hi'n o brysur yn y siop. Gallai Gronw weld Siân

Elis yn paratoi paneidiau ar gyfer beiciwr gwrywaidd draw yn y caffi ac wrth gownter y siop roedd Beryl yn delio efo Hefina Jones, dynes waetha'r pentre am hel clecs. Ac roedd hi'n amlwg be roedden nhw wedi bod yn sôn amdano fo, oherwydd mi dawodd y ddwy yr eiliad y camodd Gronw dros y trothwy, gan wneud i dincial y gloch fach swnio'n annymunol o uchel.

Cododd Hefina Jones ei nwyddau a chychwynnodd am y drws, ond fedrai hi ddim rhwystro'i hun rhag gafael ym mraich Gronw, syllu'n ddwys i'w wyneb a dweud, "O, Gronw bach!! Gawsoch chi sioc ofnadwy yndo? Druan bach!"

"Do, wir, Mrs Jones," atebodd gan geisio camu heibio iddi i gyfeiriad y cownter lle'r oedd pecynnau creision yn galw arno fo i'w prynu. Ond dal ei gafael yn ei fraich wnaeth hi.

"Sut wyt ti, Gronw bach?" holodd wedyn.

"Wel, mae'n rhaid i ni gario mlaen, toes?" meddai yntau, ac er mawr ofid iddo dechreuodd deimlo dagrau'n llosgi ei lygaid a'i fochau'n cochi wrth iddo weld y darlun erchyll hwnnw o wyneb marw Rhian o'i flaen unwaith eto. Gwthiodd yn ddigon trwsgl heibio'r hen wreigan a brasgamodd at y cownter. O'i ôl clywodd ebwch Hefina Hen Geg ac yna sŵn y gloch eto wrth iddi adael y siop.

"Be ga i neud i ti, Gronw?" gofynnodd Beryl. Roedd ei hwyneb crwn, rhadlon a'i llais yn llawn tosturi ond roedd ei geiriau'n ddigon plaen iddo fedru cael rheolaeth arno'i hun.

"Jest sosej rôl," meddai wrthi. Dyna oedd o'n ei gael bob tro, bob dydd bron, ond roedd Beryl yn hapus i chwarae'r gêm fel tasai o'n ymwelydd annisgwyl.

"O, a phaced o'r rhain hefyd," ychwanegodd Gronw, eto fel tasai hynny'n anarferol, gan estyn un o'r pecynnau creision o'r fasged ger ei law dde.

Daeth tincial o'r drws a throdd Gronw i weld y ddynes newydd o Ellesmere House yn camu i'r siop. Roedd o wedi ei gweld hi oddi allan i'w thŷ, dynes fain, fain efo gwallt melyn. Lled-wenodd arni a throdd yn ei ôl at Beryl. Y cam nesa yn y gêm oedd iddo fo ofyn am far o siocled fel tasai hynny ond newydd ddod i'w feddwl. Ond cyn iddo fo agor ei geg, cododd Beryl ei phen i siarad efo'r ddynes ddieithr.

"I'll be with you in a minute," meddai hi efo'i gwên fawr, gynnes.

"Dim brys o gwbl," atebodd y ddynes gan beri i Beryl a Gronw syllu'n syn arni. Roedd pawb wedi cymryd yn ganiataol mai Saeson oedd y newydd-ddyfodiaid. Roedd golwg felly arnyn nhw.

"Rywbeth arall, Gronw?" holodd Beryl.

"Waeth i mi gael bar o siocled hefyd," atebodd, gan estyn un o'r pentwr, "a photel o Coke."

Doedd dim rhaid i Beryl ofyn iddo am bres. Roedd yr union swm yn ei law yn barod gan mai'r un pris a dalai bob tro. Trodd tua'r drws a byddai wedi mynd heibio i ddynes Ellesmere House efo rhyw hanner gwên oni bai iddi droi i siarad efo fo.

"Helô," meddai hi wrtho'n ddigon clên. "Sandra dw i. Dan ni 'di symud i mewn i Ellesmere House ers chydig o wsnosa."

"Ym ... helô," atebodd Gronw yn ddigon chwithig.

"Dw i 'di'ch gweld chi o gwmpas y lle'n amal ar eich tractor," meddai'r ddynes wedyn. "Ac isio holi o'n i, fasech chi'n medru'n helpu ni efo joban sy angen tractor. Neu os dach chi ddim yn cymryd contracts fel 'na, tybed dach chi'n nabod rhywun rownd ffor 'ma sy'n gneud?"

Dal i syllu arni braidd yn syn roedd Gronw. Aeth Sandra yn ei blaen.

"Y peth ydi, mae'r ardd 'cw'n dolcia ac yn bantia i gyd. Isio rhywun ydw i i symud pridd o gwmpas i neud y lle'n wastad."

Roedd pen Gronw wedi dal i fyny erbyn hyn.

"Wel," meddai, "dw i ddim wedi cymryd contract gan neb o'r blaen ... Mae gynnon ni hen ddigon o waith ar y fferm acw ... Ond mae gynnon ni beiriant fasa'n gwneud y job i'r dim. Ella ..."

"Be tasech chi'n galw draw i weld yr ardd rywbryd?" gofynnodd hi wedyn. "Does dim rhaid i chi benderfynu'r funud yma. Dw i'n sylweddoli mod i 'di'ch rhoi chi ar y sbot braidd."

"Iawn," cytunodd Gronw, "wna i alw draw nes ymlaen pnawn 'ma."

"I'r dim," meddai hithau. "Fyddwn ni adre drwy'r dydd. Diolch yn fawr i chi, ym ...?"

"Gronw," atebodd. "Gronw Huws. Wela i chi nes ymlaen."

Ac roedd o wedi ysgwyd ei llaw a gadael y siop gan deimlo'n hynod o falch ohono'i hun.

◆

Lwc mul oedd hi mai Mari atebodd yr alwad. Roedd 'na bump ohonyn nhw yn yr Ystafell Ddigwyddiad ddau funud ynghynt. Yna, daeth galwad drwodd oddi wrth Tina eisiau i ddau fynd ar frys i hebrwng tyst i'r orsaf. Callum Baker atebodd yr alwad honno ac felly mi wisgodd o a Brendan eu cotiau a'u capiau a gadael yn syth.

Gan mai dim ond y tri ohonyn nhw oedd ar ôl, cynigiodd Karina fynd i wneud paned iddi ei hun a hefyd i Arwel a Mari. Er eu bod nhw wedi darparu pob math o gyfarpar technegol gwych ar gyfer yr Ystafell Ddigwyddiad mewn ychydig oriau, doedd neb wedi ystyried darparu tecell, felly roedd rhaid mynd i lawr i'r llawr isa i nôl paned. Cychwynnodd Karina am y grisiau a chychwynnodd Arwel yntau am y lle chwech ar yr un pryd. Eiliadau wedyn, canodd y ffôn.

"Annest? Chi sy 'na?" meddai llais benywaidd anghyfarwydd.

"Naci, sori, Mari dw i. Cwnstabl Mari Pritchard."

"O, reit. Jean sy 'ma. DS Jean Williams. Fi ydi'r Swyddog Cyswllt efo teulu Rhian Dodd. Mae Sioned Evans, mam Rhian Dodd, ar ei ffordd i mewn i Llan rŵan efo'i gŵr i nabod corff Rhian. Mi ddylwn i fod yn dod efo nhw i'w cefnogi, ond mae Sioned yn bryderus am ei meibion ac isio i mi aros efo nhw. Gofyn ydw i fasai rhywun o fanna yn gallu mynd i'r ysbyty i fod efo Sioned a Gerwyn."

"Oes isio mwy nag un ohonon ni?" holodd Mari.

"Nac oes. Dim ond un fel bod gynnon ni dystiolaeth gan aelod o'r heddlu o'u hymateb nhw – ac i fod yn gefn iddyn nhw, wrth gwrs. A dw i'n gwybod dw i ddim i fod i ddeud hyn yn yr oes yma o gydraddoldeb ac ati, ond mi fasai merch yn well, dw i'n meddwl. Mae Sioned yn fregus iawn ac angen ei thrin yn sensitif..."

"Wel, mi alla i fynd," atebodd Mari, gan ddechrau'r broses o ddiffodd cyfrifiadur o'i blaen. "Mi wna i siarad efo DI Rhys gynta."

Erbyn i Arwel ddod yn ei ôl rhyw funud yn ddiweddarach, roedd Mari yn cychwyn am y marwdy. Hanner ffordd i lawr y grisiau mi basiodd hi Karina'n dwyn hambwrdd efo tair paned a thri KitKat arno fo. Bachodd un o'r KitKats, a brysiodd at y ddesg flaen i geisio bachu car swyddogol.

Ymhen llai nag ugain munud roedd hi'n parcio'r car y tu allan i'r ysbyty. Roedd Mr a Mrs Evans wedi cael cyfarwyddyd i riportio i'r dderbynfa wrth y brif fynedfa felly aeth Mari yno i ddisgwyl amdanyn nhw. Roedd Annest wedi cytuno'n syth i'w chynllun ac, yn well byth, wedi diolch iddi am fodloni i fynd gan ddweud y basai'n gysur i Sioned Evans yn arbennig i weld wyneb cyfarwydd yn hytrach na wyneb dieithr arall. Teimlai Mari ar ben ei digon.

Doedd dim gofyn iddi ddisgwyl yn hir. Ymhen llai na deng munud, daeth mam a llystad Rhian drwy'r brif fynedfa. Roedd hi'n amlwg fod y ddau wedi gwisgo'n smart ar gyfer yr achlysur ac roedden nhw'n edrych mor wahanol i'r cwpl y bu Mari'n eu cartref y noson gynt. Gwisgai Sioned golur a ffrog a siaced fasai'n weddus ar gyfer oedfa yn y capel. Ac roedd Gerwyn mewn siwt a thei efo'i wallt wedi ei gribo'n fflat ar ei ben. Heblaw fod lliwiau eu dillad braidd yn llwm, gallent fod ar eu ffordd i briodas. Roedden nhw'n gwpl golygus dros ben: fo'n dal a chydnerth efo wyneb oedd yn onglau i gyd fel rhyw seren ffilmiau o'r pumdegau, a hithau fel dol efo'i gwallt du sgleiniog yn disgyn at ei hysgwyddau'n ffrâm i'w hwyneb siâp calon.

Ond yn wahanol i gwpl golygus o'r ffilmiau, doedd y ddau yma ddim yn closio at ei gilydd na hyd yn oed yn cerdded mewn harmoni perffaith. Brasgamai Gerwyn tuag at y dderbynfa gyda Sioned yn gorfod ceisio dal i fyny efo fo.

"Mr a Mrs Evans?" meddai Mari gan gerdded yn llawn pwrpas tuag at y cwpl. "Mari Pritchard dw i. Wn i ddim dach chi'n cofio ond fi oedd ..."

"Roeddech chi acw neithiwr," meddai Gerwyn. "Efo'r plismon ddaeth i ddeud wrthon ni am ..."

"Ddewch chi ar f'ôl i, plîs?" meddai Mari ar ei draws i sbario iddo orfod gorffen brawddeg oedd yn amlwg yn anodd iddo fo.

Dim ond wrth iddi arwain y ffordd allan o gyntedd eang yr ysbyty i gyfeiriad y lifftiau y sylweddolodd Mari nad oedd hi erioed wedi bod i'r marwdy yma o'r blaen. Roedd hi wedi gorfod ymweld â marwdy yn Lerpwl pan oedd hi'n dechrau efo'r heddlu bum mlynedd ynghynt ond, er iddi ymweld â'r ysbyty yma ddegau o weithiau yn ystod ei bywyd, doedd hi erioed wedi cael achos cyn hyn i ymweld â'r ardaloedd tanddaearol. Gwnaeth yn siŵr nad oedd yn bosib i Gerwyn na Sioned ddyfalu hynny, gan gamu'n hyderus yn ei blaen.

Cyrhaeddon nhw ddrws y marwdy heb weld neb yn y lifft nac ar y coridor hir. Gwasgodd Mari'r botwm ac agorwyd y drws iddynt gamu i ystafell aros. Ymhen munud neu ddau roedd Gerwyn a Sioned yn sefyll yn wynebu ffenest fawr, lydan efo llenni gwyrdd tywyll wedi eu cau'n dynn y tu ôl iddi. Camodd Mari'n ei hôl ryw ychydig. Yna, agorodd y llenni'n hynod o gyflym, ac yno y gorweddai Rhian efo cynfas wen drosti a'i phen ar obennydd. Doedd dim golwg o unrhyw friw arni ac edrychai fel tasai hi'n cysgu'r dawel. Ni allai Mari ond rhyfeddu at grefft staff y marwdy i droi'r hyn a ddaeth allan o'r traen bnawn ddoe yn rhywbeth llawer mwy dymunol yr olwg.

Clywodd Mari ebychiad sydyn Sioned a pharatôdd ei hun ar gyfer camu i'w dal tasai hi'n llewygu neu'n colli arni ei hun ond llwyddodd Sioned i osgoi hynny. Safai fel sowldiwr yn syllu ar yr wyneb oedd mor drybeilig o debyg i'w hwyneb ei hun. Amneidiodd ar y technegydd oedd yr ochr arall i'r ffenest i gadarnhau mai ei merch hi oedd y corff.

Ond roedd hi'n stori wahanol efo Gerwyn. Collodd arno'i hun yn llwyr. Dechreuodd ei ysgwyddau grymu, daeth ochneidiau dwfn ohono ac yna dechreuodd y dagrau bowlio i lawr ei wyneb wrth iddo udo fel blaidd. Dyma pryd y basai

Mari wedi disgwyl iddo glosio at Sioned er mwyn iddyn nhw gysuro ei gilydd yn eu colled. Ond wnaeth o ddim a pharhaodd hithau i sefyll yno fel delw, yn hir wedi i'r llenni gau yn eu holau.

PENNOD 6

Fu Annest fawr o dro'n cyrraedd Ffordd Llannerch ond teimlai pob munud fel hanner awr i Hefin druan. Roedd gwaed yn llifo o'i dalcen ac yn rhedeg i'w lygad chwith er gwaetha'r tywel roedd Tina wedi ei roi iddo.

"You need to get that looked at, Sarge," oedd ei geiriau olaf hi wrtho fo pan oedd hi'n dilyn Callum a Brendan o'r tŷ efo Ed Parry-Jones. Wedi i'r ddau ohonyn nhw ei roi o yng nghefn eu car roedd Tina'n mynd i'w dilyn nhw i'r orsaf i esbonio'r rhesymau pam bu raid dwyn Ed i'r ddalfa.

Addawodd Hefin y basai o'n morol cael cymorth meddygol unwaith roedd o wedi esbonio'r sefyllfa wrth Annest. Wedi'r cwbl, i'r ysbyty roedden nhw i fod i fynd nesa. Ceisiodd gael digwyddiadau'r ugain munud diwetha'n glir yn ei ben. Ond roedd ei ben fel pwced.

Roedd o wedi bod yn ara deg yn darllen yr arwyddion. Erbyn meddwl, roedd o fel pe bai o'n rhyw gofio clywed sŵn drysau'n cael eu cau cyn i Ed Parry-Jones agor ei ddrws ffrynt. Ac roedd o wedi dweud fod 'na lanast yn y tŷ. Ond pan

107

wnaeth Hefin a Tina gamu dros y rhiniog, mi fodlonon nhw ar siarad efo Ed yn y cyntedd i ddechrau. Wedi'r cyfan, roedd ei gymar o newydd gael ei llofruddio ac roedd o'n edrych yn druenus iawn, ei groen yn llwyd a di-raen a holl osgo'i gorff yn mynegi anobaith.

Ond prin roedd Hefin wedi gofyn dau gwestiwn pan fentrodd Tina agor y drws i'r gegin.

"Hei!" bloeddiodd Ed, a'i osgo'n newid o fod yn anobeithiol i fod yn hynod ymosodol. "Sgynnoch chi ddim hawl i fynd i fanna!"

Synhwyrodd Hefin fod Tina ar fin ei ateb yn ddigon blin a cheisiodd liniaru peth ar y sefyllfa. Roedd o'n ymwybodol iawn fod yr olwg ifanc oedd arno yn ei gwneud hi'n anodd iddo fo fynegi awdurdod dros y dyn blin o'i flaen. Roedd o'n gwybod o ddarllen ei ffeil fod Ed Parry-Hughes bedair blynedd yn iau na fo, ond y foment honno edrychai tua deng mlynedd yn hŷn.

"Mae gen i ofn fod gynnon ni'r hawl, Mr Parry-Jones," meddai Hefin yn dawel a phwyllog, efo gwên fach o ymddiheuriad. "Gan mai yma y gwelwyd Rhian yn fyw ddiwetha, mi fydd raid i ni chwilio'r tŷ'n fanwl i chwilio am gliwiau all ein helpu ni i ddeall be ddigwyddodd iddi hi."

"Roedd hi'n fyw pan aeth hi o fama, mi allwch chi fod yn sicr o hynny," meddai Ed yn gas. "Roedd hi'n gweiddi fel banshî ac yn galw pob math o enwau arna i. Dw i'n siŵr fod hanner y stryd wedi'i chlywed hi. Gofynnwch i Mr a Mrs Busneslyd drws nesa. Dydyn nhw byth yn methu dim byd sy'n mynd ymlaen yma."

"Mae gen i ofn fod Mr a Mrs Davies wedi mynd allan neithiwr ..." dechreuodd Hefin ond chafodd o ddim cyfle i orffen.

Daeth llais Tina o ddrws y gegin ac roedd hynny'n ddigon i beri i Ed Parry-Jones ei wthio o'r ffordd yn nerthol i geisio cyrraedd Tina a'i rhwystro rhag mynd ymhellach. Am eiliad, teimlai Hefin ei fod am faglu ond llwyddodd i adennill ei gydbwysedd. Erbyn hynny, roedd y dyn ifanc wedi gafael yn Tina'n ddigon brwnt a'i thynnu'n ei hôl i'r cyntedd. Roedd o'n edrych mor fygythiol nes i Hefin ofni ei fod am daro'r blismones felly camodd rhwng y ddau.

"Pam nad ydech chi isio i ni fynd i'r gegin, Mr Parry-Jones?" gofynnodd Hefin, gan frwydro i gadw ei lais yn ddistaw a digynnwrf. "Be sy gynnoch chi i'w guddio?"

"Fel y deudes i, mae 'na lanast ..." dechreuodd yn ddigon blin, ond wedyn roedd hi fel tasai'r gwynt wedi dianc ohono. Diflannodd yr Ed brwnt, ymosodol ac ailymddangosodd yr Ed diobaith, llwyd. Ond doedd Hefin na Tina ddim yn debygol o anghofio fod yr Ed arall yn llechu dan yr wyneb.

"Gawn ni weld y gegin, Mr Parry-Jones?" gofynnodd Hefin.

Safodd Ed i'r naill ochr er mwyn i Hefin a Tina gael mynd i mewn. Ac oedd, mi oedd 'na lanast.

Cegin eithaf bychan oedd hi ond un wedi ei haddurno'n chwaethus a'i chynllunio'n gelfydd er mwyn cynnwys pob cyfleuster. Tywynnai'r haul drwy ffenest lydan ac roedd blodau mewn potyn crisial ar sìl y ffenest. Ar ganol y gegin safai bwrdd crwn a hwnnw wedi ei osod ar gyfer pryd i ddau. Ond doedd hi ddim yn edrych fel tasai'r pryd wedi mynd yn ôl y disgwyl. Roedd yna blât a gwydryn heb eu cyffwrdd un ochr i'r bwrdd ond roedd y blât a'r gwydryn a fu gyferbyn yn deilchion ar lawr. Ar hyd y bwrdd ac ar hyd y gadair, ac ar y llawr, roedd 'na gawl o gig a llysiau wedi oeri a chaledu'n dalpiau budron. Gorweddai'r ddesgl oedd wedi bod yn dal y cawl ar ei hochr ar ganol y bwrdd.

"Dach chi'n gweld be wnaeth yr ast wirion?" sgrechiodd Ed. "Taflu llond y pot 'na o fwyd poeth drosta i i gyd. Dw i'n lwcus wnes i ddim cael 'yn sgaldio!"

Er gwaetha ei hyfforddiant a phrofiad o flynyddoedd yn yr heddlu, roedd Hefin wedi ei synnu. Sut allai o siarad felly am ei gariad a hithau wedi ei lladd mor ddidostur?

Ceisiodd Ed ruthro heibio i Tina a Hefin i mewn i'r gegin.

"A rŵan, os wnewch chi adael llonydd i mi, mi ga i neud be o'n i 'di bwriadu neud cyn i chi ddod yma i fusnesu. Clirio'r llanast 'ma!"

Camodd Hefin a Tina fel un i rwystro ei ffordd.

"Mae'n ddrwg gen i, Mr Parry-Jones," meddai Hefin gan frwydro mwy byth i gadw rheolaeth arno'i hun. "Rhaid i chi adael popeth fel y mae o."

"Sgynnoch chi ddim hawl ..." Dechreuodd tymer Ed ddod i'r brig eto.

"Oes, mae gynnon ni. Ga i ofyn i chi adael yr ystafell, os gwelwch yn dda? Gawn ni fynd i rywle arall i gael sgwrs am be yn union ddigwyddodd neithiwr?"

Am funud roedd Hefin yn meddwl fod Ed am ei daro fo. Ond wedyn daeth at ei goed digon i gamu'n ei ôl i'r cyntedd. Roedd drws y stafell ganol yn gilagored. Gwthiodd Tina'r drws efo'i llyfr nodiadau i ddangos stafell arall wedi ei dodrefnu'n ddrud ac yn chwaethus, stafell fwyta ffurfiol y tro yma, efo rhyw fath o swyddfa gartref mewn un gornel. Roedd hi'n amlwg nad oedd hon yn stafell oedd yn cael llawer o ddefnydd. Ceisiodd Ed Parry-Jones eu cyfeirio i mewn i'r stafell honno ac aeth yntau i eistedd wrth y bwrdd yn ufudd i ddisgwyl am eu cwestiynau. Ond ar y funud ola, yn lle ei ddilyn aeth Tina i gyfeiriad y grisiau. A rhaid ei bod hi wedi sylwi ar rywbeth ynglŷn â drws y stafell ffrynt oherwydd estynnodd faneg o'i phoced er mwyn troi'r dwrn i'w agor o.

Ffrwydrodd Ed o'r gadair a hyrddiodd ei hun i gyfeiriad Tina. Roedd y drws ar agor erbyn hynny a gallai Hefin, oedd yn brysio ar ei ôl i geisio ei rwystro, weld y gwaed o le y safai. Ceisiodd afael yn y dyn ifanc i'w gadw rhag tarfu ar y lleoliad. A dyna pryd y gwnaeth Ed ei daro fo.

♦

Cawsai Jean hyd i nifer o bitsas yn y rhewgell yn ginio i Sioned a'r bechgyn. Roedd Sioned wedi dweud wrthi nad oedd angen iddi hi baratoi bwyd ar gyfer Gerwyn. Doedd dim dal pryd y deuai o i'r tŷ, os o gwbl. Weithiau, pan fyddai o'n teithio o un darn o dir i un arall, mi fyddai o'n codi brechdan mewn siop yn un o'r pentrefi yr âi drwyddyn nhw. Mae'n debyg nad oedd y ddau gan erw o dir etifeddodd o gan ei dad yn ddigon i Gerwyn. Bu'n prynu lleiniau o dir ar hyd a lled yr ardal ers pymtheng mlynedd, yn bachu ar y cyfle i ymestyn ei ymerodraeth bob tro y deuai tyddyn ar werth. Roedd o'n digwydd yn amlach ac yn amlach: pobl ddŵad eisiau symud i'r wlad ac eisiau tŷ fferm traddodiadol i fyw ynddo a thir fferm hyfryd o'u cwmpas, ond heb y drafferth o orfod trin y tir hwnnw eu hunain.

Doedd Sioned wedi bwyta fawr ddim o'i phitsa. Ar ôl ychydig funudau o chwarae efo'r dafell gynta, roedd y bechgyn wedi sylweddoli mor llwglyd oedden nhw ac wedi llowcio'r gweddill o fewn dim. Cafodd Jean hyd i dwbyn go fawr o hufen iâ hefyd ac roedden nhw wedi claddu cryn dipyn o hwnnw cyn mynd yn eu holau i eistedd ar y soffa i syllu ar rywbeth swnllyd iawn ar y teledu. Daliai Sioned i eistedd wrth y bwrdd efo tri chwarter pitsa'n oeri o'i blaen.

Pan gerddodd hi drwy'r drws roedd Jean wedi synnu i weld mor welw oedd hi. Doedd ganddi hi fawr o liw ar ei gorau ac roedd hi'n naturiol yn edrych yn welw ers clywed am farwolaeth Rhian, ond rŵan roedd ei hwyneb yn edrych fel marmor, ond marmor bregus iawn. Mi fasai hi'n hawdd credu y gallai hi ddisgyn yn bentwr o lwch claerwyn tasai rhywun yn ddigon gwirion i gyffwrdd ynddi.

I'r gwrthwyneb, edrychai wyneb Gerwyn yn boeth ac yn goch ac roedd ei lygaid yn goch hefyd fel tasai o wedi bod yn crio. Pan gerddodd Sioned drwy'r drws yn araf a mecanyddol fel dyn yn cerdded yn ei gwsg, bu bron i Gerwyn ei tharo drosodd yn ei frys i wthio heibio iddi a rhuthro i fyny'r grisiau i newid o'i siwt. Funudau yn unig ar ôl hynny, roedd o wedi ailymddangos yn ei oferôls ac wedi rhuthro'n ôl allan gan fwmian rhywbeth am fustach yn y cae uwchben Chwarel y Brain. Doedd Sioned ddim wedi ymateb o gwbl, dim ond eistedd yno fel delw.

Gwyddai Jean wrth reddf, a hefyd o'i hyfforddiant, sut i ddelio gyda galarwyr, ei bod hi'n bwysig i Sioned siarad, i fynegi ei theimladau. Ddim mor fuan â hyn, efallai, ond cyn iddi hi eu cloi yn ddwfn o'i mewn i lechu a merwino.

Roedd Jean wedi gweithio gyda nifer o deuluoedd oedd wedi colli eu plant yn ddisymwth. Gan amla, bechgyn oedden nhw, wedi eu lladd mewn damweiniau wrth yrru'n wyllt ar y ffordd. A'r patrwm fel arfer oedd fod y rhieni, wedi'r sioc gynta, yn troi at ei gilydd am gysur, gan rannu atgofion a beio eu hunain neu feio ei gilydd. A phan nad oedd ond un rhiant, mam fel arfer, mi fyddai ei mam neu ei chwaer neu ei ffrind gorau yn dod draw i eistedd efo hi a gwrando arni.

Ai'r ffaith nad Gerwyn oedd tad Rhian oedd yn gwneud pethau'n wahanol yma? Ond roedd hi'n amlwg ei fod yn hoff iawn ohoni. Ar yr wyneb, roedd o'n ymddangos yn fwy dolurus na Sioned. Ond doedd Jean ddim yn hoffi gweld Sioned fel hyn.

"Dach chi'n siŵr does 'na neb fedra i eu galw i gadw cwmni i chi, Sioned?" gofynnodd eto.

Ond ysgwyd ei phen yn araf wnaeth Sioned a pharhau i eistedd a syllu i ryw wacter dychrynllyd, a'r pitsa wedi hen oeri.

♦

Wrth iddi hi ruthro ar draws y dre i weld pam roedd Hefin mor awyddus iddi weld beth oedd i'w weld yn naw deg saith Ffordd Llannerch, canodd y ffôn a gwelodd Annest mai ei mam oedd yn galw. Eto! Gadawodd iddo ganu. Doedd ganddi hi mo'r amser na'r ynni i geisio esbonio wrthi am y canfed tro pam nad bedydd ei nai oedd y peth pwysica yn ei bywyd hi ar y funud.

Roedd hi wedi gwneud ei gorau i esbonio sawl gwaith neithiwr. Dywedodd wrth ei mam ei bod hi nid yn unig yn brysur yn delio efo llofruddiaeth geneth ifanc leol ond mai hi oedd y swyddog â gofal am yr ymchwiliad. Fedrai hi felly ddim troi ei chefn ar ei thîm a chymryd y penwythnos i ffwrdd i fynd i Fanceinion ar gyfer y bedydd a'r holl firi teuluol fyddai'n ei ddilyn.

Roedd hi wedi dweud wrth ei mam am ganslo ei stafell hi yn y gwesty pedair seren crand lle'r oedd ei rhieni ac aelodau eraill y teulu am aros.

Roedd y distawrwydd ar ben arall y ffôn yn fyddarol. I'w mam, teulu oedd bob dim. Doedd dim pwynt dadlau. Doedd dim pwynt ateb rŵan chwaith. Ond roedd sŵn y ffôn yn canu a chanu'n artaith. Mi dawodd y ffôn fel y trodd Annest i mewn i Ffordd Llannerch. Roedd hi'n andros o falch o fedru camu allan o'r car.

Y peth cynta welodd hi oedd y gwaed oedd yn dal i lifo o ben Hefin. Roedd o'n dal tywel pinc trwchus ar y briw ond roedd hwnnw bellach yn fwy coch na phinc.

"Be sy 'di digwydd?" gofynnodd. "Rhaid i ti gael ambiwlans ar unwaith!"

"Peidiwch chi â dechre, Bòs! Dw i'n clywed digon gan Tina a Brendan a phawb arall. Gynta fydda i wedi dangos i chi be dw i isio'i ddangos i chi, mi gewch chi roi pàs i mi i'r ysbyty. Mae Mari yno'n barod yn goruchwylio busnes ffurfiol nabod y corff felly mi allith hi ddod efo chi i gyfweld Cat Murray tra mod i'n mynd i gael trwsio mhen. Iawn?"

"Be sy mor bwysig fod gofyn i ti waedu i farwolaeth er mwyn ei ddeud o wrtha i?"

"Mae'r tîm fforensig ar eu ffordd, Bòs, ond rôn i isio i chi weld y lle cyn iddyn nhw gyrraedd. Dewch ffor 'ma."

Dilynodd Annest o i'r tŷ gan dynnu menyg plastig am ei dwylo'n reddfol. Y peth cynta welodd hi oedd ôl ffrwgwd a gwaed hyd y wal yn y cyntedd.

"Peidiwch â chymryd sylw o hyn'na. Fy ngwaed i ydi o. Doedd o ddim yno pan ddaeth Tina a finne yma gynta."

"Ed Parry-Jones wnaeth eich gadael chi i mewn?"

"Ie. Roedd o'n gyndyn iawn i agor y drws i ni. Deud fod 'na lanast yn y tŷ. Gewch chi weld pam."

Amneidiodd Hefin tua drws y gegin a cherddodd Annest o'i flaen at riniog y drws hwnnw.

"Llanast go iawn!" oedd ei hymateb.

"Mae hi'n amlwg mai yma y dechreuodd y ffrae. Mi

ddywedodd Ed fod 'yr ast' – ei eiriau fo – wedi taflu llond desgl boeth o gawl ato fo. Peryglus iawn yn ei dŷb o."

"Dw i'n cymryd nad oedd o ddim gwaeth," meddai Annest.

"Nag oedd. Ond wedyn mi gychwynnodd Tina fynd i'r llofft i drio cael brws dannedd Rhian i ni allu cael DNA ond mi sylwodd hi fod drws y stafell ffrynt ar gau ac mi wnaeth hi afael yn y dwrn i'w agor o. Ac yna mi aeth o'n wallgo bost! Ro'n i'n siŵr ei fod o am fynd amdani hi ac mi gymeres i gam tuag ato fo. A dyna pryd wnaeth o ymosod arna i."

Roedden nhw'n ôl yn y cyntedd erbyn hynny ac mi amneidiodd Hefin at y gwaed ar y wal ac ar ddwrn y canllaw ar waelod y grisiau.

"Mi wnaeth o daro mhen i ar hwnna," esboniodd Hefin. "Dair gwaith."

"Blydi hel, Hefin! Lle mae o rŵan?"

"Mi ffoniodd Tina am help ac roedd dau iwnifform yma o fewn munudau. Maen nhw wedi mynd â fo i'r stesion. Ond edrychwch be oedd yn y stafell ffrynt. Mi fyddwch chi'n deall pam roedd o mor awyddus i ni beidio gweld."

Gwthiodd Annest y drws yn ofalus gyda'i hysgwydd a gwelodd fod yna sgarmes go frwd wedi digwydd yno. Roedd un gadair a bwrdd coffi wedi eu troi ar eu hochrau a phentwr o lyfrau a chwpanau a beiros ac ati ar hyd y llawr. Ond yr hyn oedd yn denu sylw'r llygad yn syth oedd y gwaed. Roedd yna waed ar y soffa gwyn, ar y carped llwyd golau ger y soffa yn ogystal â'r silffoedd gwyn y tu ôl i'r soffa. Dim cymaint o waed ag oedd 'na o waed Hefin yn y cyntedd ond digon i beri i'r heddlu fod eisiau gofyn cwestiwn neu ddau i Ed Parry-Jones.

Estynnodd Meira Preis dennyn Pero oddi ar y bachyn wrth y drws cefn. Roedd hi wedi bwyta ei chinio a golchi ei phlât a'i chwpan a'i soser fel y gwnâi hi bob dydd. Ac roedd Pero'n neidio i fyny ac i lawr yn llawn cyffro. Ond doedd Meira Preis erioed wedi bod â chyn lleied o awydd i fynd am dro.

Gwisgodd ei chôt, ei bwtis a'i menyg; sodrodd ei chap gweu ar ei phen ac estynnodd ei ffon gerdded. Ond eto, roedd hi'n gwaredu rhag agor y drws a chamu allan. Wrth gwrs, roedd hi wedi picio allan yn sydyn i'r ardd gefn efo Pero cyn cysgu, ac eto ben bore heddiw. Ond rŵan, a hithau'n bryd i fynd am dro iawn, roedd hi'n teimlo'n anfodlon mentro o loches Tyddyn Newydd.

Ond doedd Meira ddim yn un am ildio. Caeodd y drws cefn efo mwy o glep nag arfer a chamodd yn bwrpasol ar hyd y llwybr bach concrid rownd cornel y tŷ ac i lawr at y giât ffrynt. Rhoddodd glep fach i honno hefyd cyn oedi ar y pafin. Pa ffordd i fynd? Heddiw, roedd y penderfyniad yn anoddach nag arfer. Roedd hi'n dal yn rhy wlyb dan draed i fynd at yr afon. Ac efo'i phen-glin mor boenus a chwyddedig doedd y lôn serth i ben yr allt ddim yn opsiwn. Y dewis amlwg oedd y ffordd i gyfeiriad Glanrafon. Yr un ffordd â ddoe. Doedd Meira ddim yn siŵr a fyddai hi fyth yn teimlo'n ddigon hyderus i gerdded dros y traeniau 'na eto.

Teimlai'n flin efo hi ei hun am fod mor wirion. Faint o weithiau roedd hi wedi cerdded drostyn nhw heb boeni dim? Cannoedd o weithiau, debyg. A doedd hi ddim yn debygol y byddai'r llofrudd yn defnyddio'r un lle i daflu ei gorff nesa, nagoedd? Nac unrhyw lofrudd arall. Llwyddodd Meira i ddarbwyllo'i hun na fyddai corff arall yno heddiw. Dwrdiodd ei hun am fod mor ddi-asgwrn-cefn. A dywedodd wrthi ei hun y byddai hi'n cerdded y ffordd honno'n fuan, ella fory. Ond ddim heddiw oherwydd fod faniau'r heddlu i'w gweld i'r cyfeiriad yna a doedd hi ddim eisiau tarfu ar eu gwaith.

Cychwynnodd felly i gyfeiriad y pentre, er bod yn gas ganddi fynd y ffordd honno yng nghanol yr holl firi efo pobl y teledu ac ati. Mi fyddai llawer gormod o bobl o gwmpas a phawb eisiau torri gair efo hi gan y basen nhw i gyd yn gwybod erbyn hyn mai hi oedd wedi dod o hyd i gorff Rhian druan. Tasai Pero druan ddim angen mynd am dro, mi fasai hi wedi bod yn gryn demtasiwn i Meira droi ar ei sawdl a diflannu'n ei hôl i ddiogelwch Tyddyn Newydd.

Sgwariodd ei hysgwyddau a cherddodd yn ei blaen. Lai na chanllath o'i giât ei hun, gwelodd Meira fod Elsi Jones yn cerdded allan o lôn y stad newydd ac yn cerdded tuag ati. Disgynnodd ei chalon i'w hesgidiau.

"Sut dach chi heddiw, Meira?" dechreuodd honno cyn gynted ag yr oedd hi o fewn clyw. "Dw i'n siŵr eich bod chi 'di cael dipyn o sioc ddoe. Am beth ofnadwy i chi!"

Rhoddodd Elsi ei llaw yn gysurlon ar fraich Meira ac aeth yn ei blaen i fynegi ei dychryn o glywed am ddigwyddiadau'r diwrnod cynt. Ac mi sylweddolodd Meira nad oedd yr artaith mor ddrwg ag roedd hi wedi ei ddisgwyl. Doedd dim rhaid iddi wneud dim na dweud dim, dim ond cytuno trwy ambell ystum efo'r hyn roedd pawb mor barod i'w ddweud wrthi am ei hargraffiadau a'i theimladau hi ei hun. Nodiodd ar Elsi efo hanner gwên cyn symud ymlaen gan fwmian rhywbeth am Pero. Ac mi weithiodd yr un tric efo'r Hen Geg ei hun, Hefina Jones, wrth giât ei bwthyn, ac efo Crispin Jacobsen oedd yn eistedd y tu allan i'r siop yn yfed coffi ac yn darllen papur fel pe na bai ganddo fo ei gartre ei hun i eistedd ynddo fo.

Aeth Meira Preis a Pero yn eu blaenau drwy ganol y pentre ac roedden nhw newydd basio'r neuadd goffa pan ddychrynwyd Meira lawn gymaint â'r pnawn cynt wrth i glamp o gi mawr du ddod o nunlle a dechrau cyfarth ar Pero druan. Ei greddf oedd i blygu a chodi Pero i'w breichiau i'w amddiffyn, ond ofnai y gallai'r ci anferth ei brathu tasai hi'n plygu o'i flaen.

Clywodd lais dynes yn gweiddi, "Felix! Tyrd yma'r uffern drwg! Felix!"

Eiliadau wedyn, dilynwyd y llais gan ei berchennog a synnodd Meira wrth weld y ddynes roedd hi'n meddwl amdani fel mam y bobl ddŵad, y Teulu Gwallt Potel, yn sefyll o'i blaen ac yn gafael yn y cawr o gi gerfydd ei goler, gan ddal i weiddi arno – yn Gymraeg! Unwaith roedd hi wedi cael gafael iawn ynddo fo, trodd i wynebu Meira.

"Sori os wnaeth o'ch dychryn chi!" meddai hi. "Dydan ni ddim yn ei adael o'n rhydd – wel, dim nes fedrwn ni adeiladu ffens iawn i'r lle 'cw – ond ma raid bod un o'r genod heb gau'r drws yn iawn. O, sori, dw i'n mwydro, tydw? Sandra dw i, Sandra Hendricks. Ni sy'n byw yn Ellesmere House rŵan – er, dan ni'n meddwl y byddwn ni'n newid ei enw fo i rywbeth deliach."

Tawodd y ddynes o'r diwedd. Ac roedd hi'n amlwg ei bod hi'n disgwyl i Meira ddweud rhywbeth.

"Dw i 'di'ch gweld chi'n mynd heibio efo'r ci," mentrodd. "Meira Preis dw i. Dw i'n byw yn y Tyddyn Newydd, ar y ffordd allan o'r pentre," ychwanegodd gan amneidio i gyfeiriad ei chartre.

"W, wn i. Dan ni 'di sbio ar eich gardd ffrynt chi wrth basio. Mae o'n lyfli gynnoch chi."

Fedrai Sandra Hendricks ddim bod wedi dweud dim

fasai wedi plesio Meira'n fwy. Estynnodd yr hen wraig law i fwytho pen Felix.

"Mae gynnoch chi gi nobl yn fama," meddai hi, a hithau hefyd wedi taro ar yr union eiriau i blesio'r ddynes ddieithr. Doedd Meira ddim wedi cymryd cystal at neb newydd ers tro byd. Falle y cerddai hi'r ffordd yma'n amlach o hyn allan.

♦

Ar fin cychwyn yn ôl am yr orsaf roedd Mari i ddychwelyd at y dasg lafurus o wneud rhestr o'r dynion fu'n gweithio ar adeiladu'r ffordd newydd a gosod y traeniau pan ddaeth yr alwad oddi wrth DI Rhys. Ei chyfarwyddyd oedd i Mari fynd at ddrws Ward Pengwern ac aros yno amdani hi. Am eiliad, llamodd calon Mari wrth feddwl bod ei chyfle wedi dod, y cyfle i greu argraff ar y DI a hynny'n ei dro yn gyfle i gael mynd yn dditectif. Ond, lai nag eiliad yn ddiweddarach, chwalwyd ei brwdfrydedd.

"Mae'n ddrwg gen i, Bòs," meddai hi'n ddigalon, "ond dw i'n cymryd mai mynd i Ward Pengwern i gyfweld Cat Murray dach chi a ..."

"Wrth gwrs, Mari! Sut allwn i fod mor dwp? Mae fy mhen i mhob man bore 'ma! Mae Cat yn perthyn i chi, tydi?"

"Chwaer fy nhad."

"Mae'n ddrwg gen i am anghofio hynny," meddai'r DI. "Tybed fasech chi'n gallu trefnu i'ch Sarjant chi – Arwel, ie?"

"Ie, Arwel Roberts."

"Fasech chi'n gallu trefnu iddo fo fy nghyfarfod i yn Ward Pengwern cyn gynted â phosib? Ac wedyn fasech chi, Mari, yn gallu aros yn yr ysbyty a mynd i'r Adran Frys? Dw i ar fy ffordd yno rŵan efo Hefin. Mae o wedi cael ei anafu.

119

Allwch chi aros efo fo a gadael i mi wybod be ydy dyfarniad y doctoriaid? Well i chi gysylltu efo teulu Hefin hefyd."

"Wrth gwrs," atebodd Mari, er y gallai hi glywed Hefin yn y cefndir yn protestio nad oedd achos i boeni ei deulu.

Pan ffoniodd Mari'r orsaf, daeth yn amlwg fod yna broblem arall. Roedd Arwel ar gael ond doedd dim car ar gael i ddod â fo i'r ysbyty. Roedd car Arwel ei hun gan ei ferch o yng Ngholeg Llandrillo. Cytunodd Mari i ddychwelyd y car oedd ganddi hi i'r orsaf. A chan fod yna bâr arall o blismyn eisiau'r car hwnnw, tybed fasai Mari'n gallu dychwelyd i'r ysbyty efo Arwel yn ei char ei hun? Gwenodd Mari. Mi gâi Arwel y pleser o wrando ar ei cherddoriaeth hi'r tro yma.

♦

Clymodd Gronw'r bwndel diwetha o frigau yn sownd a'u taflu ar ben y pentwr yn y trelar. Cerddodd rownd i agor drws y cab ac estyn y rhaff fawr i'w thaflu dros y llwyth i'w gadw yn ei le am y daith yn ôl i'r buarth. Doedd hi ddim werth mynd i drafferth i estyn tarpolin ar gyfer siwrnai mor fer.

Gwelodd o'r cloc yn y cab ei bod yn nesáu at chwarter i un. Mi fyddai ei rieni a Llew wedi cael eu cinio am hanner dydd a byddai ei blatiad o'n cadw'n gynnes yn rhan isa'r Aga. Er iddo fo gael ei snacan ddwy awr yn ôl roedd o'n llwglyd eto.

Ac yna gwelodd Mrs Oldcastle yn dod trwy'r giât fach tuag ato efo paned arall yn ei llaw. Hon oedd y drydedd. Doedd Gronw ddim wedi arfer â chael paneidiau'n dragywydd fel hyn ac roedd o eisoes wedi gorfod mynd rownd i ochr dywyll y tractor i biso cwpl o weithiau.

"I've brought you another cuppa, Groan-oo," meddai hi fel roedd hi'n ei gyrraedd. "And I've made some sandwiches..."

"That's very kind of you, Mrs Oldcastle," atebodd gan estyn am y baned ddyfrllyd yn y cwpan blodeuog. "But I've finished now and I'll be off home for my dinner."

Yfodd Gronw'r baned ar ei thalcen. Roedd hi braidd yn boeth ond roedd o'n awyddus i ddychwelyd i'r Henglawdd Ucha.

"Thank you for all the tea," meddai, gan deimlo y dylai o ddweud rhywbeth wrth roi'r cwpan yn ôl iddi.

"It's been so nice to have someone to make tea for," meddai hi wedyn. "Except Henry, I mean. We hardly see anyone, living out here."

Doedd gan Gronw ddim clem sut roedd o i fod i ymateb felly wnaeth o ddim.

"It's not really what we hoped for when we moved to the countryside," aeth hi ymlaen. "We thought we'd be part of a community but we're a bit out of it here ..."

Ymbalfalodd Gronw am rywbeth i'w ddweud.

"It is a bit far from the village," meddai, gan dynnu goriadau'r tractor o'i boced i ddangos iddi ei fod yn barod i fynd. Ond wnaeth hi ddim symud gewin. A fedrai o ddim ei gwthio o'r ffordd heb fod yn anghwrtais. "That's probably why it was empty for so long before you came here to live."

Cymerodd Gronw hanner cam yn ei flaen. Mwy na hynny byddai'n anghyfforddus o agos ati hi. Fel roedd hi, roedd o'n gallu clywed oglau ei phersawr melys yn cosi ei drwyn nes ei fod o'n ofni y basai o'n tisian drosti hi i gyd.

"Have you thought of joining the gardening club?" clywodd ei hun yn dweud nesa.

Edrychodd Barbara Oldcastle arno fo fel tasai o'n tyfu ail ben.

"You've got a nice garden here," ychwanegodd gan

gyfeirio efo'i dalcen at y lawnt streipiog berffaith a'r llwyni lliwgar yr ochr draw i'r clawdd. "I thought it would be interesting for you. A lot of people go so you could meet them."

"Wouldn't it all be in Welsh?" gofynnodd hi wedyn ac mi gymerodd hi fymryn o gam yn ei hôl, digon i Gronw allu mentro cychwyn am y cab.

"Oh, no," meddai wrthi dros ei ysgwydd. "A lot of English people go to the gardening club."

Wnaeth o ddim dweud wrthi mai pobl ddŵad oedd aelodau'r clwb bron yn ddiwahân.

"The chairman is Mr Jacobsen from Ty'n y Coed over there," gan gyfeirio eto efo'i dalcen, i'r cyfeiriad arall y tro hwn, cyn camu i fyny i'r cab ac estyn am y drws.

"Thank you again for the tea," meddai eto.

"It's been lovely to see you, Groan-oo," atebodd hithau. "And to have a chat. I often see you from a distance, you know. I don't sleep very well and on these warm nights I often bring a cup of warm milk out into the garden to look at the stars. And that's when I often see you coming home in the wee small hours. You young people live such exciting lives compared to us old folk."

"You're not really old, Mrs Oldcastle," meddai Gronw druan, oherwydd roedd rhywbeth yn dweud wrtho fo mai dyna roedd hi eisiau iddo fo ei ddweud. "And I bet you had a lot of exciting times when you were young."

Tynnodd ddrws y cab ynghau, ond roedd y ffenest ar agor a llwyddodd i wenu'n gyfeillgar arni hi drwy honno wrth iddo fo ymbalfalu i gael y goriad i'w le.

"I saw you coming home in the wee small hours of yesterday morning," meddai hi wrtho, gan godi ei llais nes bod yna dinc bygythiol braidd i'w glywed ynddo fo. "You came up the road in that big black car of yours with just the side lights on. That's why I wasn't surprised when you didn't arrive here yesterday afternoon as you promised. I thought perhaps you were hungover."

Doedd dim byd y gallai o ei ddweud mewn ateb i hynny felly taniodd ei injan a gyrrodd i ffwrdd ar draws y cae gan godi ei law arni wrth fynd. Roedd hi'n dal i sefyll yno efo'r cwpan yn ei llaw pan wnaeth o ddod i lawr o'r cab i gau'r giât o'i ôl cyn troi i'r ffordd. Cododd ei law arni eto ond wnaeth hi ddim codi ei llaw yn ôl arno fo.

PENNOD 7

Tydi hi wastad yr un fath? Dach chi ar binnau drwy'r dydd yn disgwyl i rywun ddod, ac wedyn, yn gwbl ddisymwth, maen nhw yno a chithe heb sylwi.

Felly roedd hi i Cat Murray. Efo llai na hanner awr o'i shifft ar ôl, a hithau'n brysur yn paratoi offer ar gyfer y peiriant diheintio yn y stafell gyfarpar, rhoddodd Nora ei phen rownd y drws i ddweud fod yr heddlu eisiau ei gweld hi. Doedd hi ddim yn joban y gallech chi ei gadael ar ei hanner felly bu raid iddi hi eu cadw i ddisgwyl ac roedd hi'n poeni fod hynny wedi gwneud argraff ddrwg arnyn nhw.

"O, mae'n wir ddrwg gen i ..." dechreuodd hi'n syth gan ruthro tuag at y ddynes mewn siwt a'r dyn mewn iwnifform oedd yn eistedd yn disgwyl yn amyneddgar amdani wrth y bwrdd yng nghegin y ward. "Ro'n i ar ganol ..."

"Does dim rhaid i chi ymddiheuro, Mrs Murray," meddai'r ddynes yn syth. "Dan ni ond yn ddiolchgar i chi am gysylltu efo ni i ddweud wrthon ni fod Rhian wedi bod yma echdoe. Mae o wedi arbed amser i ni. Inspector Annest Rhys dw i o'r

Pencadlys ym Mae Colwyn a dyma'r Sarjant Arwel Roberts o'r orsaf leol."

Gwenodd Cat ar y ddau ac amneidodd y Sarjant arni wrth iddo fo estyn ei lyfr nodiadau o un o bocedi niferus ei siaced.

Doedd Cat ddim yn siŵr ai hi oedd i fod i ddechrau ta oedd hi'n gorfod disgwyl iddyn nhw ofyn cwestiynau felly mi safodd yno'n ddigon anghyfforddus yn edrych o un i'r llall.

"Dewch i eistedd," meddai'r ddynes wedyn. "Dw i'n siŵr eich bod chi'n treulio mwy na digon o amser ar eich traed bob dydd."

"Oeddech chi'n nabod Rhian Dodd yn dda?" gofynnodd unwaith roedd Cat wedi setlo.

"Wel, o'n, roedd Wil, ei thad hi, yn ffrindie mawr efo mrawd i – tad Mari Pritchard. Ac mae gen i go' o Sioned, ei mam hi, yn yr ysgol – roedd hi'n iau na fi o dair blynedd ond roedd hi'n eneth andros o ddel. Allech chi ddim peidio â sylwi arni. Roedd y bechgyn i gyd yn heidio o'i chwmpas hi fel cacwn rownd pot jam. A'r un oedd fwya fel cacwn oedd Gerwyn, hwnnw sy'n ŵr iddi rŵan. Roedd o yn yr un dosbarth â Sioned, rhyw ddwy flynedd yn iau na fi. Ond doedd gynni hi ddim diddordeb ynddo fo – roedd hi wedi dechrau mynd allan efo Wil pan oedd hi tua phymtheg oed er na wnaethon nhw briodi tan ar ôl iddi hi orffen yn yr ysgol."

"Roedd Wil dipyn yn hŷn na Sioned felly?" meddai'r inspector.

"O, oedd. O ryw bum mlynedd. Mab ffarm oedd o, wrth gwrs, ac wedi gadael yr ysgol yn un ar bymtheg i ffermio. Doedd o ddim digon da i rieni Sioned ond roedd o'n dipyn o bishyn pan oedd o'n ifanc, rhywbeth dipyn bach fel Leonardo DiCaprio o'i gwmpas o. Nhw oedd y cwpl mwya trawiadol yn yr ardal – Posh a Becks y dre 'cw chwarter canrif yn ôl!"

"Ond wnaeth tad Rhian farw'n ifanc?"

"Do. Dyna sy'n drist rŵan wrth weld yr hen Mrs Dodd fel mae hi. Pawb wedi marw o'i chwmpas hi, y greadures."

"O? Sut felly?"

"Roedd ei gŵr hi, tad Wil, wedi marw yn ei bedwardegau mewn damwain tractor – dyna pam bu raid i Wil roi'r gorau i'r ysgol a chymryd drosodd ar y fferm. Wedyn dros y blynyddoedd diwetha 'ma, mae'r teulu wedi bod yma ar y ward un ar ôl y llall. Yn gynta mi gafodd chwaer Wil, Ann, ganser y fron ac mi fu hi i mewn ac allan yma am flynyddoedd nes iddi farw rhyw bum mlynedd yn ôl. Roedd Mrs Dodd a Wil yn dod yma'n rheolaidd i'w gweld hi. Ac yna prin bod Ann yn ei bedd pan gafodd Wil ganser yn ei gylle ac roedd ynte'n ôl a blaen am gwpl o flynyddoedd cyn marw."

"Pryd oedd hynny, Mrs Murray?" gofynnodd yr inspector. Roedd Cat yn ymwybodol ei bod hi wedi mynd i hel clecs am y teulu ond doedd hi ddim yn siŵr sut i dynnu'n ôl bellach. Doedd hi ddim yn siŵr chwaith pam roedd ei chlecs hi o ddiddordeb i'r heddlu. Ella mai gadael iddi hi siarad oedden nhw er mwyn ei chael hi i ymlacio. Yn sicr, doedd y sarjant ddim i'w weld yn sgwennu rhyw lawer yn ei lyfr bach.

"Rhyw dair blynedd yn ôl i'r haf yma. Mi fyddai Mrs Dodd yn dod i'w weld o'n aml, a Sioned, wrth gwrs, yn byw a bod yma tuag at y diwedd. Mi fyddai Rhian a'i brodyr yn dod weithie hefyd. Ges i dipyn o sioc pan weles i Rhian am y tro cynta – roedd hi'r un ffunud â'i mam, yn union fel dw i'n cofio Sioned yn yr ysgol ers talwm. A rŵan mae Mrs Dodd ei hun yma – a Rhian oedd yr unig un oedd yn dod i'w gweld hi. Wn i ddim pwy ddaw o hyn allan."

"Doedd Sioned ddim yn dod i weld Mrs Dodd?"

"Anaml iawn. Doedd 'na ddim llawer o Gymraeg

rhyngddyn nhw. Ond roedd Rhian yn dod ddwywaith yr wythnos yn ddi-ffael. Roedd ganddi hi feddwl mawr o'i nain. Dyna pam dw i'n bryderus am Mrs Dodd heddiw. Does neb wedi deud wrthi hi am Rhian ac mi fydd o'n glec go hegar iddi hi, a hithe'n gwanio bob dydd. Ddylwn i ddeud wrthi hi? Dydi o ddim fy lle i, ac eto liciwn i ddim iddi glywed pobl yn hel clecs a neb wedi deud wrthi hi. Go brin y daw Sioned i ddeud wrthi."

"Ella y basa hi'n well i chi wneud, Mrs Murray," meddai'r inspector. "Fasa hi ddim yn dda iddi hi glywed fel arall. A deud y gwir, ro'n i wedi gobeithio cael gair bach efo Mrs Dodd ar ôl siarad efo chi ... Ydi hi'n ddigon da yn feddyliol i ni ei holi?"

"Mrs Dodd? O, ydi. Mae hi'n siarp iawn, yn methu dim. Hen wraig annwyl iawn, wedi cael bywyd digon caled ond dal yn rhadlon efo pawb."

"Wel, os felly, Mrs Murray, be tasech chi'n deud wrthon ni rŵan be dach chi'n gofio am ymweliad Rhian echdoe ac yna'n mynd i gael sgwrs fach dawel efo Mrs Dodd a rhoi'r newyddion drwg iddi hi am Rhian. Ac wedyn, os ydi hi'n ddigon cryf i wynebu hynny, mi gawn ni air bach efo hi? Mi gewch chi aros efo ni, os liciwch chi. Ydi'r cynllun yna'n gweithio i chi?"

Edrychodd Cat ar ei horiawr. Pum munud i dri. Roedd ei shifft yn dod i ben mewn pum munud ond doedd dim brys mawr iddi adael.

"Mae'r cynllun yna'n iawn efo fi – mi fydda i'n medru stopio poeni wedyn."

"Dan ni'n ddiolchgar iawn i chi am eich cydweithrediad, Mrs Murray. Reit, ta. Faint o'r gloch oedd Rhian yma echdoe?"

"Roedd hi'n ugain munud i dri," atebodd Cat. "Dw i'n gorffen fy shifft am dri ac ro'n i'n trio gorffen dipyn o fân jobsys cyn darfod ac mi weles i Rhian yn cerdded i lawr y ward. Anaml y bydda i'n ei gweld hi yn yr wythnos achos mae hi'n tueddu i ddod i weld ei nain ar ôl gorffen gwaith am bump ac mae hynny ar ôl i mi fynd adre. A dyna be ddeudes i wrthi hi."

"Be yn union ddeudoch chi, Mrs Murray?"

"Wel, deud ei bod yn braf ei gweld hi a hithe mor fuan yn y pnawn. Ac mi ddeudodd hi ei bod wedi bod at y deintydd a'i bod hi wedi cymryd y pnawn i ffwrdd am nad oedd hi am botsian mynd yn ôl i'r gwaith gan ei bod hi'n mynd allan y noson honno."

"Wnaeth hi ddeud i le'r oedd hi'n mynd ac efo pwy?"

"Naddo. Mi gymres i mai efo'i chariad roedd hi'n mynd, yr hogyn mae hi'n byw efo fo, ond dw i ddim yn meddwl ei bod hi wedi deud hynny."

"Wnaeth hi ddeud at ba ddeintydd oedd hi wedi bod?"

"Naddo. Mi wnes i gymryd yn ganiataol mai at Davies yn Llan roedd hi wedi bod ond, erbyn meddwl, wnaeth hi ddim deud hynny."

"Wnaethoch chi siarad am rywbeth arall?"

"Mi wnaeth hi holi sut oedd ei nain wedi bod a wnes i ddeud ei bod hi rywbeth yn debyg i'r tro dwytha welodd Rhian hi, sef dydd Sul. Ac mi wnes i holi sut oedd Sioned a'r bechgyn ac mi wnaeth hi ddeud eu bod nhw'n iawn. Wrth gwrs, fasa hi ddim wedi eu gweld nhw ers dydd Sul – roedd hi wastad yn dod i weld ei nain ar ei ffordd yn ôl o gael cinio Sul efo'i theulu. Ond roedd hi mewn cyswllt efo'i mam bob dydd, dw i'n meddwl. Ac wedyn mi wnes i ddeud fod gen i waith i'w orffen ac mi gerddodd hi draw at wely Mrs Dodd. Roedd hi'n dal yno pan wnes i adael ar ddiwedd fy shifft."

"Beth oedd hi'n ei wisgo, Mrs Murray? Dach chi'n cofio?"

"Ydw. Roedd ganddi hi sgert ddu a thop streips glas golau a du a chardigan fach ddu efo llewys at ei phenelin. A theits du a bwtîs bach du efo sodle eitha uchel. Dw i'n cofio meddwl mor smart oedd hi'n edrych – fel arfer, faswn i'n ei gweld hi ar benwythnos mewn jîns a threnyrs."

"Diolch yn fawr, Mrs Murray – mae hynna'n ddisgrifiad manwl iawn. Ga i ofyn ... sut oedd Rhian yn ymddangos i chi? Oeddech chi'n cael yr argraff ei bod hi'n poeni am unrhyw beth?"

"Na, ddim o gwbl. Roedd hi'n bryderus am ei nain – mae hi'n amlwg nad oes gen yr hen ledi fawr o'i bywyd o'i blaen hi. Ond roedd Rhian yn iawn ynddi ei hun, yn hapus, 'swn i'n deud. Un felly oedd hi, mewn hwyliau da bob amser."

"Ac roeddech chi wedi bod yn siarad efo hi ddydd Sul, meddech chi? Sut oedd hi bryd hynny?"

"Iawn. Roedd hi ar dipyn o frys, wedi aros yn hirach nag oedd hi wedi ei fwriadu yng Nghefn Dolydd ac isio cyrraedd nôl i'r dre cyn i'w chariad ddod adre felly jest picio i mewn yn sydyn i weld ei nain wnaeth hi."

"Wnaeth hi ddeud pam roedd hi mor bwysig i fod yn ôl cyn ei chariad?"

"Naddo. Ond dw i'n cael yr argraff doedd o ddim yn licio iddi hi roi gormod o'i hamser i'w theulu. Ond ella mai fi sy'n dychmygu hynny. Wnaeth hi ddim deud hynny."

"Oes 'na unrhyw beth arall fedrwch chi ei ddeud wrthon ni i'n helpu ni i wybod be ddigwyddodd i Rhian, Mrs Murray?" gofynnodd yr inspector.

Triodd Cat feddwl. Ond doedd 'na ddim byd y gallai hi ei ddweud oedd yn ffeithiau. Argraffiadau, o oedd! Fod Rhian yn llawer rhy dda i'r snichyn cariad 'na ac yn trio'n rhy galed i'w blesio fo ... ond doedd ganddi hi ddim sail i hynny, nac oedd?

♦

Doedd Hefin ddim yn hapus. Roedd Annest wedi aros efo fo ar ôl ei ddanfon i'r Adran Ddamweiniau, er ei bod hi'n amlwg ei bod ar binnau eisiau mynd i gyfweld Cat Murray. Er i Hefin ddweud wrthi am fynd, gwrthododd hi wneud hynny tan ei fod o wedi gweld meddyg neu nes i rywun arall ddod ato fo."

Esboniodd wrthi ei fod o bob amser yn gwaedu fel mochyn hyd yn oed o'r briw lleia ac y basa fo'n iawn mewn munud. Mi ddywedodd o hefyd ei fod o eisiau bod allan o'r lle mewn pryd i fod efo Annest i gyfweld Ednyfed Parry-Jones.

"Argoledig, na!" oedd ei hymateb hi. "Fedra i ddim gadael i ti fod efo fo ar ôl iddo fo ymosod arnat ti! Mi fydd o'n wynebu cyhuddiad o ABH am hyn! Ac ar ôl i ti orffen yn fama, mi fyddi di'n mynd adre ac yn gorffwys tan ar ôl y penwythnos. Tydi anaf i'r pen ddim yn fater o chwarae bach, Hefin!"

Roedd o wedi dweud wrth Annest ei fod o'n iawn ac y basa fo'n gallu dod yn ôl i weithio unwaith roedden nhw wedi cael ei ben o i stopio gwaedu. Roedd hynny wedi achosi iddi hi edrych yn ddigon pethma arno fo.

"Be? Ti am ddod yn ôl i'r orsaf efo gwaed dros dy grys a dy siaced a dy drowsus?" meddai hi'n ddigon dilornus. "A dy sgidie," ychwanegodd ar ôl iddi daro golwg ar ei draed. "Mi faswn i'n cael y sac am d'adael di'n ôl a tithe ddim ffit!"

Roedd o wedi dweud y basa fo'n mynd adre i newid ac roedd hithau wedi ateb y basa hi'n rhy hwyr erbyn hynny iddo fod o iws i neb. Ond cytunodd i'w ffonio fo yn y bore i weld sut roedd o ac ystyried ei gael o yn y swyddfa'n gwneud gwaith desg petai o'n teimlo'n ddigon da bryd hynny.

Pan gyrhaeddodd Mari, roedd o wedi dweud y byddai'n iawn hebddi, ond doedd hi ddim yn ddigon dewr nac yn ddigon gwirion i anufuddhau i Annest. Roedd hi'n dal i eistedd wrth ei ochr o felly, yn chwarae ar ei ffôn.

"Dach chi isio paned neu rywbeth, Sarj?" gofynnodd hi rŵan. "Alla i nôl un o'r peiriant wrth y dderbynfa."

"Galwa fi'n Hefin, plis," atebodd, gan drio peidio cymryd ei hwyliau drwg allan ar y greadures fach. "Ond well i mi beidio. Mi ddeudodd y nyrs wrtha i am beidio â bwyta nac yfed cyn gweld y doctor. Mae'n siŵr mai dyna mae hi'n ei ddweud wrth bawb, rhag ofn bydd rhai pobl angen triniaeth, ond well i mi gadw at y rheolau."

Roedd hi'n edrych braidd yn siomedig, felly mi wenodd o arni.

"Dos di i nôl paned a rhywbeth i'w fwyta i ti dy hun," ychwanegodd. "Mae'n siŵr na chest ti gyfle i gael cinio. Debyg y bydda i yma am oriau eto."

Gwenodd arni eto ac mi aeth. Setlodd Hefin ei hun orau y gallai ar y sedd anghyfforddus. Ond prin roedd y drws wedi cau y tu ôl i Mari pan ddaeth nyrs drwy'r drws pella a galw ei enw. Edrychodd yn ddigon euog ar y lleill oedd o'i flaen yn y ciw ond roedden nhw'n amlwg yn deall yn iawn fod dyn oedd yn stillio gwaedu o'i ben yn achos pwysicach na'u mân anafiadau nhw.

◆

Roedd hi'n hanner awr wedi un unwaith eto a Meira Preis yn estyn y tennyn i fynd â Pero bach am dro. Ond roedd yna newid i fod yn ei threfn. Heddiw roedd hi am fynd am ei thro drwy ganol y pentre, dim ots faint o bobl ddieithr fyddai yno yn eu faniau, ac roedd hi am alw yn y siop ar ei ffordd yn ôl. Byddai hi wastad yn gwneud pwynt o fynd i'r siop o leia unwaith yr wythnos er mwyn cefnogi'r fenter leol, ond fel arfer ar ddydd Llun neu ddydd Mawrth y byddai'n gwneud hynny. Fyddai hi ddim fel arfer yn mynd i'r siop ar ddydd Gwener gan y byddai hi ar fin mynd efo Catrin Murray ar ei thaith siopa wythnosol.

Ond efo Gwyndaf yn bwriadu dod yn y bore, roedd hi'n awyddus i wneud cacen iddo ei chael efo'i baned. Wrth gwrs, mi fasa hi'n gallu gwneud cacen blaen neu gacen ffrwyth gan fod ganddi hi bopeth oedd ei angen i wneud rheiny ond roedd Gwyndaf wastad wedi bod yn sgut am gacen geirios a doedd 'na ddim ceirios yn y cwpwrdd.

Tasai hi'n fengach, mi fasai Meira wedi prynu'r ceirios heno yn yr archfarchnad ac wedyn gwneud y gacen ar ôl cyrraedd yn ei hôl o'r dre. Ond doedd hi ddim yn ifanc mwyach ac roedd yn rhaid iddi gyfadde (er, dim ond iddi hi ei hun) erbyn iddi gyrraedd adre ar nos Wener a chadw ei neges roedd hi'n rhy luddiedig i wneud fawr mwy. Yn sicr, fasai hi ddim yn gallu sefyll yn y gegin yn cymysgu cacen ac wedyn aros ar ei thraed i'r gacen bobi ac yna oeri'n ddigonol i fynd i'r tun.

Roedd hi wedi bod yn rhyw bigo bwrw ond roedd hi'n sych pan gamodd Meira a Pero allan drwy ddrws cefn Tyddyn Newydd er bod 'na arlliw o law yn y gwynt. Doedden nhw ddim am fynd mor bell ag arfer er mwyn i Meira gael digon o amser i wneud y gacen cyn mynd am dŷ Catrin erbyn chwech. Edrychai ymlaen at weld wyneb Gwyndaf pan welai o'r gacen.

"Rwyt ti'n difetha'r bechgyn 'ma!" fyddai tiwn gron Iorwerth ers talwm. Roedd o'n credu mewn magu bechgyn i

132

fod yn galed fel yr oedd o ei hun yn galed. Ond doedd Meira ddim eisiau i'w bechgyn hi droi allan fel eu tad. Dyn cas, didostur oedd yn gwbl ffyddiog ei fod o'n iawn am bopeth a phawb arall yn anghywir, dyna sut un oedd Iorwerth. Wrth gwrs, tasai'r un sefyllfa wedi codi'r dyddiau yma, fasai hi byth wedi ei briodi fo.

Er eu bod nhw ill dau wedi eu geni a'u magu ym Mhenllechwedd, prin roedden nhw wedi nabod ei gilydd oherwydd y bwlch oedran oedd rhyngddyn nhw. Doedd Iorwerth ddim wedi dangos unrhyw ddiddordeb ym Meira nac mewn unrhyw eneth arall i fod yn wraig iddo fo yn y chwarter canrif a fu ers iddo gymryd drosodd ffermio Tyddyn Newydd ar farwolaeth ei dad. Roedd o'n hen lanc bodlon iawn a'i fam, oedd yn dotio arno fo, yn cadw tŷ iddo fo. Ond pan gafodd honno strôc ddifrifol roedd o'n hen lanc pump a deugain oed efo neb i gadw tŷ iddo fo a chlaf angen tendans.

Byddai ambell ffermwr wedi ystyried talu howscipar neu drefnu i forwyn ddod i mewn o'r pentre i llnau ac i goginio. A thalu am wasanaeth nyrs hefyd o bosib. Ond doedd Iorwerth Preis ddim yn hoff o wario'i arian ac felly mi setlodd ar ddull rhatach o ddelio â'i anghenion. Chwiliodd am wraig, ac fe'i cafodd hi lai na dau gan llath o'i gartref.

Roedd Meira Owen erbyn hynny'n saith ar hugain oed a phawb yn ei theulu a'r pentre yn weddol sicr mai hen ferch oedd hi'n mynd i fod a hithau wedi aros adre ar ôl gadael yr ysgol yn bymtheg oed i nyrsio ei mam a chadw tŷ i'w thad a'i brodyr. Erbyn i'r brodyr dyfu a symud i ffwrdd, ac i'w mam ac wedyn ei thad farw, roedd deuddeng mlynedd wedi diflannu i rywle a Meira'n ansicr beth i'w wneud â hi ei hun. Byddai'n rhaid iddi chwilio am waith er mwyn talu'r rhent ar y tŷ cyngor roedd hi wedi ei fagu ynddo fo ond doedd ganddi ddim clem be allai hi ei wneud na sut i fynd o'i chwmpas hi. Felly pan ymddangosodd Iorwerth Preis ar stepen ei drws, roedd hi'n falch iawn o'i weld o.

A bod yn deg â fo, wnaeth Iorwerth erioed smalio ei fod yn cynnig rhyw freuddwyd ramantus iddi, dim ond to uwch ei phen am weddill ei hoes ond iddi llnau a choginio, nyrsio ei fam a helpu rhywfaint o gwmpas y fferm. Roedd hi'n ymddangos yn fargen dda. Debyg ei bod hi dal yn ymddangos yn fargen dda i bobl nad oedden nhw'n byw dan yr un to ag Iorwerth.

Wnaeth o erioed ei tharo hi. Ond mi fu'n frwnt iawn ei dafod ac roedd o'n ei rheoli hi'n llwyr. Doedd fiw iddi wneud dim na gwario'r un ddimai goch heb wneud yn siŵr ei fod o'n cydsynio. Rŵan, wrth grwydro'n ddigon hamddenol i lawr prif stryd y pentre efo Pero bach yn dawnsio wrth ei thraed, mentrodd Meira ystyried tybed fasai Iorwerth wedi ei tharo hi tasai hi wedi torri ei reolau llym. Ond wnaeth hi erioed fentro gwneud.

Ond mi wnaeth hi bopeth o fewn ei gallu i ddiogelu Ithel ac wedyn Gwyndaf rhag ei dafod lem a'i ofynion afresymol. Am nad oedd o ei hun â diddordeb mewn un dim ond y fferm, doedd o ddim yn deall pam roedd Ithel eisiau mynd i ganu efo côr yr eglwys a darllen llyfrau yn ei lofft yn hytrach na bod allan ar y caeau yn trwsio ffensys neu'n carthu'r beudy neu'r twlc. A phan ofynnodd y creadur bach tybed fasai o'n gallu cael gwersi piano, mi ffrwydrodd Iorwerth fel tasai'r bachgen wedi dweud ei fod am werthu cyffuriau ar ben y stryd. Yn y pen draw, trefnodd Meira i Marged Huws, Henglawdd Ucha roi gwersi i Ithel unwaith yr wythnos ar ôl yr ysgol, heb ddweud dim wrth ei dad. Bu raid i Meira wneud llawer o symud arian o gwmpas o bwrs i bwrs i dalu am y gwersi hynny. Ac roedd hi'n weddol siŵr hefyd nad oedd Marged Huws yn codi'r pris llawn am y gwersi, chwarae teg iddi. Fu Meira erioed mewn sefyllfa i allu cynnig talu mwy – wel, dim nes i Iorwerth farw ac roedd Ithel wedi hen fynd erbyn hynny.

Er gwaetha ymdrechion ei fam i'w ddiogelu orau y gallai hi, roedd Ithel wedi tyfu i gasáu ei dad. Ac erbyn y diwedd roedd Iorwerth hefyd yn casáu ei fab cyntafanedig. Rhoddai'r bai ar Meira fod y bachgen "yn fursennaidd, yn dda i ddim i neb ac yn warth ar enw da'r teulu." Mae'n debyg y byddai Iorwerth wedi maddau popeth iddo pe byddai'r bachgen wedi dangos rhyw ychydig o ddiddordeb mewn ffermio. Ond roedd yn gas gan Ithel fod allan yn y tywydd oer a'r glaw ac roedd yn gas ganddo bob anifail. Debyg y byddai'n gwaredu o wybod bod ei fam bellach yn rhannu ei hen gartre efo Pero.

Ond fyddai o byth yn gwybod gan nad oedd wedi ymweld â'r lle ers iddo gerdded i lawr y llwybr at y giât fach y diwrnod hwnnw, ac yntau'n ddwy ar bymtheg oed. Roedd o'n gwisgo ei wisg ysgol – testun ffrae arall gan na welai Iorwerth reswm yn y byd i'r bachgen aros yn yr ysgol ar ôl cyrraedd oed ymadael. Doedd ganddo ddim bag na dim. Ond ddaeth o byth yn ei ôl i hawlio'i eiddo, y pethau oedd yn dal i gael eu cadw mewn bocsys yn ei lofft gan ei fam. Jest rhag ofn.

Diolch byth bod Gwyndaf yn dal ganddi hi, meddyliodd Meira, gan droi rownd i gychwyn yn ei hôl am y siop. Er mai digon anaml y byddai hi'n ei weld o ers iddo fo briodi Philippa. Roedd hi'n edrych ymlaen yn arw at ei gael o iddi hi ei hun yfory.

◆

Y cwbl roedd Gronw eisiau pan gyrhaeddodd o'n ôl i fuarth Henglawdd Ucha oedd dipyn o lonydd. Roedd geiriau ola Mrs Oldcastle wedi ei ddrysu braidd a'i gynllun oedd i wagio'r trelar a chadw'r tractor yn y cwt cyn diflannu i rywle am sbel i bysgota a rhoi trefn ar ei feddyliau. Ond pan drodd o'r gornel ar ben y lôn drol oedd yn arwain at y buarth, y peth cynta welodd o oedd car yr heddlu. A chyn iddo fo ddiffodd yr injan roedd ei fam wrth ddrws y cab efo golwg bryderus ar ei hwyneb. Meddyliodd Gronw am funud fod ei dad neu ei frawd wedi cael damwain ofnadwy o ryw fath.

"Be sy Mam? Dad neu Llew 'di brifo?"

"O na, na, ngwas i – dim byd felly," atebodd ei fam. Aeth y pryder o'i hwyneb a daeth euogrwydd yn ei le wrth iddi sylweddoli ei bod wedi achosi loes meddwl i'w mab. "Mynd o dŷ i dŷ maen nhw," ychwanegodd gan nodio'i phen i gyfeiriad car yr heddlu. "Holi pawb am Rhian. Mae hi wedi cymryd tan rŵan iddyn nhw ddod o hyd i ni yn fama."

Doedd teulu Henglawdd Ucha byth yn defnyddio'r parlwr oni bai fod dieithriaid yn galw. Byddai ffrindiau'n cael eu croesawu un ai i'r gegin gefn i fwynhau paned rownd y bwrdd mawr sgwâr neu i'r gegin fawr lle byddai'r teulu'n ymgynnull ar gasgliad o gadeiriau esmwyth a soffas digon hynafol ond eithriadol o gyfforddus o flaen y tân dan y simnai fawr. Ond roedd yr heddlu'n haeddu cael mynd i'r parlwr.

Roedd hi'n stafell fawr ym mhen blaen y tŷ a'r nesa at y drws ffrynt. Gwelodd Gronw un plismon ifanc pryd tywyll yn eistedd yn y gadair freichiau yr ochr bella i'r lle tân, un arall iau fyth efo gwallt coch wrth y bwrdd bach oedd dan y ffenest, a'i dad a'i frawd ar y soffa fawr anghyfforddus.

"A, dyma fo Gronw!" oedd geiriau, braidd yn ofer, ei dad.
"Ac mi fydd Marged yn ôl mewn munud efo paned i bawb.
Gronw, dyma Cwnstabl ..."

"PC Jarvis," meddai'r hynaf o'r ddau wrth sylweddoli nad
oedd y ffermwr yn cofio ei enw. "A PC Hillman ydi hwn,"
ychwanegodd gan amneidio at y llanc wrth y bwrdd.

Eisteddodd Gronw ar gadair freichiau fawr galed yn ymyl
y drws yn ymwybodol ei fod yn ei oferôls nad oedden nhw'n
arbennig o lân.

"Ro'n i jest yn edmygu'r lle 'ma," meddai PC Jarvis yn
gyfeillgar. "Ydi o'n hen iawn?"

"Dan ni'n meddwl fod 'na rannau o'r tŷ'n dyddio'n ôl dros
dri chan mlynedd," broliodd John Huws. "A dan ni'n credu
mai tŷ cynharach ydi'r stordy drws nesa."

"Ac ydi'ch teulu chi yma ers hynny?" gofynnodd y plismon.

"Nac ydyn," atebodd John Huws. "Mi brynodd fy hen daid
y lle ar ôl y Rhyfel Mawr pan aeth yr hen berchennog yn
fethdalwr. Mi symudodd fy nhaid a nain i mewn yma ar ôl
iddyn nhw briodi yn y dauddegau."

Roedd y plismon yn amlwg yn chwilio am rywbeth arall
i'w ofyn ond cafodd ei achub gan ymddangosiad Marged
Huws efo clamp o hambwrdd mawr. Cododd Gronw i roi
cymorth iddi ei osod ar fwrdd yr ochr arall i'r drws ac aeth y
munudau nesa yn rhyw gawl o gwestiynau am laeth a siwgwr
a bisgedi. Dim ond ar ôl i hynny i gyd gael ei gyflawni y
cliriodd PC Jarvis ei wddf ac yr eisteddodd Marged Huws yn
y gadair freichiau gyferbyn ag o.

"Fel dach chi'n gwybod," dechreuodd y plismon, "dan
ni'n mynd o dŷ i dŷ i holi ynglŷn â marwolaeth Rhian Dodd.
Dw i'n gwybod, wrth gwrs, mai chi, Mr Huws," meddai gan

amneidio ar Gronw, "wnaeth helpu i ryddhau'r corff bnawn ddoe a'ch bod chi wedi siarad efo aelodau o'r heddlu bryd hynny, ond dach chi ddim wedi cael cyfle i roi datganiad ffurfiol ac, wrth gwrs, ella eich bod chi wedi cofio rhywbeth arall ers hynny."

Gwenodd y plismon yn rhadlon iawn ar bawb. Agorodd ei lyfr nodiadau. Gwenodd eto.

"Reit ta," meddai. Diflannodd y wên ac roedd ei lais bellach yn fusnes i gyd.

"Ga i jest ddeud," dechreuodd Llew yn betrusgar braidd, gan wyro ymlaen yn ei sedd ar y soffa i weld PC Jarvis yn well. "Hynny 'di, dw i ddim yn byw yma. Dim ers i mi briodi. Dw i yma bob dydd, wrth gwrs, i weithio. Ond dw i'n byw yn un deg saith, Gwêl y Foel efo ngwraig a machgen bach ... Ac mi fuoch chi ... hynny ydi, mi fu rhyw blismyn, ella ddim chi eich dau ... wel, dw i'n digwydd gwybod mai dyn a dynes oedden nhw achos dyna ddeudodd Chloe. Be dw i'n drio'i ddeud ydi fod rhywun wedi bod yn fy nghartre i cyn cinio."

"Iawn," oedd ymateb y plismon. "Diolch am esbonio, Mr Huws. Mi fyddwn ni i gyd yn rhoi ein pennau at ein gilydd ar ôl holi pawb yn y pentref. A chan ein bod ni heb lwyddo i'ch dal chi adre, mae hi'n lwcus ein bod ni'n cael cyfle i siarad efo chi fan hyn – sbario i ni orfod styrbio'ch gwraig chi drwy alw'n ôl yn eich cartre chi eto. Dach chi'n hapus i ni fwrw iddi?"

Edrychodd PC Jarvis o un i'r llall.

"Roeddech chi i gyd yn nabod Rhian?" gofynnodd.

Marged Huws atebodd ar ran y teulu.

"Oedden. Tan ryw dair blynedd yn ôl roedd hi a'i theulu yn byw yn y pentre 'ma, felly dan ni'n ei nabod hi ers iddi gael ei geni. Roedd hi tua'r un oed â Gronw 'ma ac roedd Sioned Dodd a finne'n dipyn o ffrindiau."

"Pryd welsoch chi hi ddiwetha, Mrs Huws?"

"Wel, wrth gwrs, wnaethon nhw symud i Llan ar ôl i'r fferm fynd yn ormod i Wil, ei thad, yn ei waeledd. Ac wedyn ar ôl iddo fo farw ac i Sioned ailbriodi, mi symudon nhw'n bellach fyth i ffwrdd, felly do'n i byth yn gweld Rhian er mod i'n cadw mewn cyswllt efo'i mam hi. Dw i'n meddwl mai'r tro diwetha weles i Rhian oedd pan drawes i arni yn y siop fara yn y dre rywbryd y llynedd. Ond roedd hi wastad yn gwrtais ac yn barod i sgwrsio. Mae'n siŵr ei bod hi'n flynyddoedd ers i John ei gweld hi."

"Argol, ydi," cytunodd ei gŵr. "Dw i'm yn meddwl i mi ei gweld hi ers cynhebrwng Wil druan. Ond roeddech chi fechgyn yn ei gweld hi, toeddech?"

Roedd stumog Gronw bellach yn corddi fel trobwll ac roedd o'n falch pan agorodd Llew ei geg er ei fod o'n gwybod na châi yntau ymwared yn hir.

"Roedden ni'n ei gweld hi o gwmpas y dre ar nosweithiau allan," dechreuodd Llew. "Ac ers iddi hi ddechrau mynd allan efo Ed, dan ni ... roedden ni'n ei gweld hi'n amlach."

"Pryd welsoch chi hi ddiwetha?" holodd PC Jarvis.

Meddyliodd Llew am funud.

"Wel," meddai o'r diwedd, "dydi Chloe a finne ddim wedi bod yn mynd allan rhyw lawer ers i Cian gael ei eni ond mi wnes i ei gweld hi ac Ed yn y Crown ryw nos Sadwrn, ddwy neu dair wythnos yn ôl. Roedd 'na fand yn canu yno ... Ie, tair wsnos yn ôl i nos Sadwrn diwetha, dw i'n meddwl. Wnaethon ni ddim siarad yn hir."

Ac yna mi drodd y plismon ei lygaid i gyfeiriad Gronw. Doedd unman i guddio.

"A chithe, Mr Huws?" gofynnodd, ei feiro'n hofran uwchlaw ei lyfr nodiadau.

"Ro'n i a Rhian yr un oed," dechreuodd. Ac unwaith roedd o wedi dechrau, doedd dim modd stopio. "Roedden ni'n chwarae efo'n gilydd yn blant bach gan fod ein mamau ni'n ffrindiau, roedden ni yn yr ysgol feithrin efo'n gilydd ac wedyn yn yr un dosbarth drwy'r ysgol. Roedd Rhian fel chwaer i mi. Fedra i ddim credu …"

"Ond pryd welsoch chi Rhian ddiwetha, Mr Huws?"

A'r cwbl a welai Gronw yn llygad ei feddwl oedd y sypyn gwlyb yn codi o'r draen, y gwallt hir, tywyll yn hongian uwch y twll. Mae'n rhaid fod ei ymateb wedi mynegi rhywfaint o hyn wrth y plismon, achos mi ychwanegodd hwnnw, yn fwy tyner y tro yma: "Pryd gwelsoch chi hi ddiwetha yn fyw, dw i'n 'i feddwl, Mr Huws."

"Weles i hi nos Sadwrn diwetha yn y clwb golff," atebodd, gan geisio cael rheolaeth dros ei lais. "Ro'n i yno efo criw o'r clwb sgota yn dathlu pen-blwydd un o'r bechgyn. Roedd teulu Dion 'di llogi'r stafell yn y cefn ar gyfer y parti, ond pan ddois i drwodd i fynd i'r lle chwech mi weles i Rhian efo Ed a'i dad yn y bar ffrynt. Wnes i ddeud helô ond doedd gan Ed na'i dad fawr o fynedd efo fi ac roedd Rhian wastad yn ddistaw pan oedd hi efo nhw. Ond mi wnaethon ni sgwrsio am funud neu ddau nes i dad Ed ddeud bod eu bwrdd nhw'n barod. Ac mi ddeudodd Rhian y basai hi'n fy ngweld i'n fuan ac mi drodd hi i ddilyn Ed a'i dad a weles i mohoni wedyn. Byth wedyn tan bnawn ddoe …"

"Diolch, Mr Huws," dechreuodd PC Jarvis, ei lais bellach yn drwm o dosturi.

Ond wedi agor y llifddorau doedd dim modd eu cau nes gwagio'r gronfa.

"Ond mi weles i Ed echnos. Roeddwn i wedi mynd am beint efo criw'r Ffermwyr Ifanc i'r Goron ac roedd Ed yno –

yn uchel iawn ei gloch ac yn yfed fel ych. Mi wnes i ofyn iddo fo lle oedd Rhian ... ac mi ddeudodd o ei fod wedi cael llond bol ohoni hi a bod gen i groeso iddi hi. 'She's all yours, the crazy bitch' oedd ei union eiriau fo."

"Faint o'r gloch oedd hyn, Mr Huws?"

"Tua deg. Roedd cyfarfod y Ffermwyr Ifanc wedi gorffen tua hanner awr wedi naw. Roedd Ed wedi meddwi'n dwll cyn i ni gyrraedd. Roedd o'n galw Rhian yn bob enw dan haul felly ro'n i'n cymryd eu bod nhw wedi cael ffrae. Ond doedd hynny ddim yn beth newydd. Mae o wedi digwydd droeon o'r blaen a phawb yn meddwl y basa Rhian yn callio ac Ed yn symud ymlaen at ei goncwest nesa ond na, erbyn y tro nesa y gwelwn i nhw mi fasen nhw'n ôl efo'i gilydd."

"Am faint fuoch chi'n sgwrsio efo cariad Rhian?"

"Dim ond am funudau. Doedd dim pwynt trio dal pen rheswm efo fo yn y cyflwr yna. Mi wnes i fynd adre'n fuan wedyn."

"Faint o'r gloch oedd hi pan ddaethoch chi adre?" holodd PC Jarvis.

"Wn i ddim. Tua hanner awr wedi deg."

"Roedd hi'n chwarter i un ar ddeg pan ddoist ti i'r tŷ," meddai ei fam, gan estyn ei llaw i wasgu ei fraich i'w gysuro.

"Gronw bach, dy fam di ydw i. Ac er dy fod ti'n tynnu am dy ugain oed, rwyt ti'n dal yn fachgen bach i mi. A dydw i byth yn gallu setlo i gysgu'n iawn nes mod i'n gwybod dy fod ti adre'n saff."

"Wel, diolch i chi," dywedodd PC Jarvis gan godi ar ei draed ac amneidio ar y llanc wrth y bwrdd i wneud yr un peth. "Mae hynna wedi bod yn ddefnyddiol iawn."

Estynnodd un o'r cardiau bach o boced ym mrest ei siaced.

"Os cofiwch chi rywbeth arall ..." dechreuodd. Yna

daliwyd ei sylw gan lun ar ben y piano. Llun ysgol. Meibion Henglawdd Ucha yn eu crysau chwys coch efo 'Ysgol Gynradd Penllechwedd' wedi ei frodio ar frest pob un. Brodyr oedd yn wahanol o ran lliw gwallt ac osgo corff ac eto mor debyg na allai neb byth amau nad brodyr oedden nhw. Gronw efo cyrls melyn gwyllt yn gwenu fel giât yn rhyw bedair oed efallai; Llew wrth ei ochr heb ei ddannedd ffrynt, yn rhyw chwech neu saith oed; a bachgen arall tua naw neu ddeg oed yr ochr arall i Gronw, bachgen oedd yn edrych yn ddigon pwdlyd ar y camera.

"Mae gynnoch chi dri mab, Mr Huws?" meddai'r plismon wrth y tad.

Teimlai'r parlwr yn ddychrynllyd o oer yn sydyn wrth i aelodau teulu Henglawdd Ucha rewi.

"Oes," meddai'r ffermwr. "Tudur."

Doedd Llew na Gronw heb glywed eu tad yn yngan yr enw yna ers blynyddoedd a throdd y ddau i edrych arno mewn syndod. "Mae o wedi madael ers pum mlynedd."

"Dach chi'n gwybod lle gallwn ni gysylltu efo fo?" holodd PC Jarvis. "Dan ni'n trio cael gair efo pawb sy'n nabod yr ardal."

Roedd yr edrychiad dderbyniodd o gan John Huws yn ddigon i fferru gwaed unrhyw un.

"Pob lwc efo hynna," meddai efo chwerthiniad chwerw. "Dan ni ddim wedi clywed gair gynno fo ers iddo fo gerdded allan drwy'r drws bum mlynedd yn ôl a thorri calon ei fam."

PENNOD 8

O'r diwedd cafodd Mari gamu i'w char. Roedd hi wedi mynd i fyny efo Hefin i'r ward a'i weld o wedi setlo ac roedd hi wedi bod i'r siop wrth y dderbynfa i nôl diod a brechdan a chylchgrawn ceir iddo fo. A rŵan roedd hi'n awyddus i gyrraedd yn ôl i'r orsaf i geisio cau pen y mwdwl ar ei hymchwiliad i'r gweithwyr ffordd. Pan adawodd hi'r orsaf ganol y bore roedd 'na ddau ar ôl heb eu clirio ond roedd hi'n gobeithio y byddai'r e-byst roedd hi wedi eu hanfon i ddwy ardal heddlu yng ngogledd Lloegr wedi dwyn ffrwyth erbyn hyn ac y basa hi'n gallu cwblhau ei hadroddiad cyn y cyfarfod tîm am chwech. Roedd hi'n awyddus i wneud argraff dda ar DI Rhys trwy glirio'r mater mewn llai na diwrnod.

Ond cyn iddi allu tanio injan y car, canodd ei ffôn a DI Rhys ei hun oedd yno.

"Lle dach chi rŵan, Mari?" gofynnodd.

"Newydd adael Ward Arenig, Inspector," atebodd. "Mi fydda i'n ôl yna efo chi mewn deg munud."

"Mari, fasech chi'n mynd i swyddfeydd Bowen, Powell a Wynne i siarad efo pawb sy'n gweithio yno? Jest gofyn i bawb pryd welson nhw Ednyfed Parry-Jones ddiwetha. Os bydd gan unrhyw un rywbeth pwysig i'w rannu, mi allwn ni eu holi ymhellach. Ar ddiwedd wythnos fel hyn, mae 'na obaith y bydd y rhan fwya o'r staff yn y swyddfa."

Cytunodd Mari gan geisio cadw ei balchder allan o'i llais cyn i DI Rhys fynd yn ei blaen.

"Mae PC Owen am ddod yna rŵan i'ch cyfarfod chi. Ond dw i isio i chi arwain gan eich bod chi'n lleol. Ac a wnewch chi daro crynodeb byr o be ddwedodd pawb ar e-bost ata i, plis? Pan fydda i'n cyrraedd nôl i'r orsaf, dw i'n bwriadu mynd i mewn i'r stafell gyfweld i ddechrau holi'r dyn a hoffwn i allu ei ddal allan os oes yna gelwyddau yn ei atebion."

Wedi cyrraedd canol y dre, bu Mari'n ddigon ffodus i gael lle i barcio lai na hanner can llath o swyddfeydd moethus Bowen, Powell a Wynne, Gwerthwyr Tai ac Arwerthwyr Eiddo. Gwelai blismon ifanc pryd tywyll mewn iwnifform yn sefyll i'r chwith o'r drws ffrynt felly roedd hi'n casglu mai PC Owen oedd hwnnw. Roedd o'n un o'r criw o gwnstabliaid oedd wedi cyrraedd o Bencadlys Bae Colwyn ac roedd hi wedi sylwi arno yn ystod y cyfarfod tîm y bore hwnnw. Roedd o'n dal iawn ac roedd ganddo wallt du sgleiniog a llygaid glas sgleiniog a dannedd gwyn sgleiniog, felly roedd o'n un anodd ei anwybyddu. Brysiodd Mari tuag ato.

"Dach chi 'di bod yn disgwyl yn hir?" gofynnodd iddo.

"Naddo. Newydd gyrraedd," atebodd. "Mae fama'n edrych yn lle crand iawn," ychwanegodd gan amneidio at ffenest oedd yn hysbysebu tai ar werth, dim un ohonyn nhw dan hanner miliwn i'w prynu.

"Dydyn nhw ddim mor grand ag maen nhw'n feddwl ydyn nhw," atebodd Mari. "Mae gynnyn nhw ddigonedd o dai rhatach ar eu llyfrau a rheiny sy'n ennill eu bara menyn iddyn nhw. Mae'r 'Powell' yn yr enw yn ewythr i Ed Parry-Jones ac felly'n frawd yng nghyfraith a phartner golff i Tecwyn Parry-Jones."

"A, dw i'n deall rŵan pam roedd y DI mor awyddus i gael rhywun o'r ffôrs leol i'w holi nhw," chwarddodd PC Owen.

Teimlai Mari'n anghyfforddus na wyddai hi ei enw cynta felly gwenodd yn ddel arno cyn camu i mewn i'r adeilad.

Roedd dwy eneth yn eistedd y tu ôl i ddwy ddesg fawr, ddrud yr olwg, un bob ochr i'r cyntedd eang. A'r un y tu ôl i'r ddesg ar y dde oedd Lowri Williams oedd flwyddyn yn hŷn na Mari yn yr ysgol ers talwm.

"Dan ni yma i holi pawb am Ed," esboniodd Mari'n ddigon swta a gwelodd lygaid Lowri'n agor yn lletach wrth iddi sylwi ar PC Owen. Roedd hi'n amlwg yn hoffi sut roedd o'n edrych yn ei iwnifform.

"W, tydi o'n ofnadwy am Rhian?" gofynnodd Lowri. "Roedd Caryl a finne," amneidiodd at yr eneth y tu ôl i'r ddesg gyferbyn, "mond jest yn deud dan ni rioed yn cofio peth fel hyn yn digwydd rownd ffordd 'ma o'r blaen ..."

"Dan ni ond isio gair byr efo pawb," torrodd Mari ar ei thraws. "Falle y byddwn ni isio holi pobl ymhellach yn nes ymlaen, ond am rŵan, fasa hi'n bosib i PC Owen a minnau gael stafell yn rhywle lle gall pawb yn eu tro ddod i gael gair bach efo ni?"

Edrychodd Lowri eto ar PC Owen. Roedd hi'n anodd peidio ag edrych arno fo, roedd Mari'n deall yn iawn.

"Allwch chi aros am funud i mi gael gair efo Mr Powell?" meddai Lowri gan rwygo ei llygaid oddi ar y plismon golygus a gwenu ar Mari. Smwddiodd ei sgert yn ofalus dros ei chluniau wrth iddi wneud ei ffordd tuag at y drws yng nghefn y cyntedd a diflannu drwyddo.

Trodd Mari i edrych ar Caryl. Roedd hi'n hŷn o dipyn na Lowri a hithau.

"Ers faint dach chi'n gweithio yma, Caryl?" gofynnodd Mari'n gyfeillgar.

"Ers i mi adael yr ysgol," atebodd honno. "Fydd hi'n bymtheng mlynedd fis Medi."

"A faint sy'n gweithio yma rŵan?"

Dechreuodd Caryl gyfri yn ei phen, ond roedd hi'n amlwg ei bod hithau'n ei chael hi'n anodd canolbwyntio. Gallai Mari ragweld fod PC Owen yn mynd i fod yn dipyn o handicap wrth holi merched.

"Naw," atebodd Caryl yn y diwedd. "Wel ... mae'r hen Mr Bowen yn dal yn rhan o'r cwmni mewn theori, ond dydi o ddim 'di bod yma ers blynydde. Felly Mr Powell a Mr Wynne sy'n rhedeg y sioe. Yna mae 'na dri asiant, Mr James, Mrs Carr a Miss Griffiths, ac Ed, wrth gwrs ond asiant dan hyfforddiant ydi o, mewn gwirionedd. Wedyn mae Mrs Jackson, ysgrifenyddes y ddau bartner, a ni ein dwy yma yn y dderbynfa."

"Diolch, Caryl," meddai Mari a sylwodd fod PC Owen wedi cofnodi'r wybodaeth yn ei lyfr nodiadau.

"Ac ydi pawb yma rŵan?" gofynnodd wedyn.

"Ydyn," atebodd hi'n frwdfrydig. "Heblaw Ed, wrth gwrs. Doedden ni ddim wedi disgwyl iddo fo ddod i mewn heddiw ar ôl i ni glywed am Rhian."

"Sut gawsoch chi wybod? Wnaeth Ed ffonio i mewn bore 'ma?"

"Naddo. Dan ni ddim wedi clywed gynno fo ei hun,"

atebodd Caryl. "Ond roedd pawb wedi clywed ar y newyddion fod corff merch wedi ei ffeindio ym Mhenllechwedd. Ac erbyn i mi gyrraedd bore 'ma roedd pawb 'di clywed mai Rhian oedd hi."

Cyn i Mari allu ei holi ymhellach roedd Lowri wedi dychwelyd efo dyn mawr boliog oedd wedi ei wisgo fel tasai o'n mynd i wylio *regatta* yn rhywle efo blesyr glas tywyll a chrafat melyn a glas yng ngwddf ei grys gwyn. Y cwbl oedd ei angen i gwblhau'r darlun oedd het wellt. Yn anffodus, roedd ei wyneb bochgoch yn debycach i wyneb ffermwr nag un hwyliwr.

Martsiodd y dyn yn syth at PC Owen i ysgwyd ei law cyn troi at Mari efo gwên ddigon nawddoglyd.

"Aneurin Powell," cyflwynodd ei hun fel tasai ei enw i fod i agor pob drws yn y deyrnas. Wrth gwrs, roedd Mari'n gyfarwydd iawn â'r enw ond doedd o'n meddwl dim i PC Owen.

"Prynhawn da, Mr Powell," meddai Mari gan gymryd yr awenau. "Ydi Lowri wedi esbonio be dan ni isio?"

"Y ... y ... do. Mi gewch chi ddefnyddio fy swyddfa i. Mi alla i weithio wrth ddesg Ed yn y swyddfa fawr. Does gen i ddim byd pwysig iawn yn galw am weddill y pnawn," ychwanegodd gan droi i gyfeiriad y drws yng nghefn y cyntedd eto, yn amlwg yn disgwyl i Mari a PC Owen ei ddilyn. Edrychodd hi ar ei chyd-weithiwr am ennyd ac mi rowliodd o ei lygaid i gyfeiriad Aneurin Powell. Gwenodd hithau arno fo a dilynodd y ddau ohonyn nhw gefn y blesyr drwy'r drws.

Roedden nhw wedi cerdded i mewn i swyddfa eang ac ynddi nifer o ddesgiau, rhesi o gypyrddau ffeilio a dau beiriant llungopïo oedd yn edrych yn newydd iawn. Roedd dynes ganol oed wrthi'n ymlafnio efo un ohonyn nhw a doedd hi ddim i'w gweld yn mwynhau'r profiad o gwbl. Heb ei chydnabod hi mewn unrhyw fodd, cerddodd Aneurin Powell yn gyflym drwy'r swyddfa a thuag at ddrws yn y cefn gan oedi wrth y ddesg agosa at y drws hwnnw.

"Hon ydi desg Ednyfed," meddai.

"O, diolch, Mr Powell," meddai Mari. "Falle y gallwn ni daro golwg arni ar ôl i ni gael gair efo pawb. A tybed fasa hi'n bosib i chi weithio'n rhywle arall tan y byddwn ni wedi cael golwg ar gynnwys y ddesg?"

Roedd hi'n amlwg nad oedd o'n hoffi derbyn cyfarwyddyd ganddi hi yma yn ei deyrnas ei hun, ond cytunodd. Trodd ac aeth drwy'r drws i gyntedd cul oedd yn arwain at ddrws cefn yr adeilad. I'r chwith i'r drws cefn codai grisiau pren sylweddol tua'r llawr nesa a brysiodd Mr Powell i fyny'r rheiny'n hynod o sionc, i ddyn mor fawr. Taflodd Mari olwg dros ei hysgwydd i sicrhau bod PC Owen yn dal i fod yno ac yna dilynodd o i'r ail lawr.

Roedd rhyw fath o stafell aros ar ben y grisiau efo dwy soffa ledr a bwrdd coffi'n dal twmpathau o gylchgronau am gychod, ceffylau a thai drud. Arweiniai dau goridor o'r stafell honno, a gellid gweld drysau swyddfeydd ar hyd y coridorau hynny. Anelodd Aneurin Powell at y swyddfa bella, stafell fawr, braf efo dwy ffenest dal yn edrych allan dros y stryd. Symudodd gadair swyddfa o'r ddesg fechan yn y gornel fel bod dwy gadair y tu ôl i'r ddesg bren anferth a gwnaeth ystum ar i Mari a PC Owen eistedd ynddyn nhw. Cododd yr unig ddarn o bapur oedd ar y ddesg ac roedd hi'n edrych fel tasa fo am eu gadael nhw.

"Gawn ni ddechrau efo chi, Mr Powell?" gofynnodd Mari cyn iddo allu dianc.

"Fi? O, ie, iawn," meddai perchennog y ddesg ac eisteddodd yng nghadair y cwsmer gan syllu ar y lluniau chwaethus ar y waliau, ar y blodau ar sìl y ffenest, ar bopeth heblaw ar yr heddlu.

"Pryd welsoch chi Ednyfed Parry-Jones ddiwetha, Mr Powell?" gofynnodd Mari'n syth.

"Dw i ddim yn meddwl mod i wedi ei weld o gwbl ddoe," atebodd, gan ddal i edrych ar lun o Foel Famau yn yr eira. "Dw i'n gwybod ei fod o yma. Mi glywes i ei lais o i lawr y grisie. Ond weles i mono fo. Ro'n i yma am hanner awr wedi wyth ac mi ges i sgwrs efo Mrs Jackson a'r merched yn y dderbynfa wrth wneud paned ond wedyn ddois i i fyny yma a fues i'n gweld cleientiaid y rhan fwya o'r bore. A wedyn pan es i allan am ginio roedd Ednyfed wedi mynd allan i asesu tŷ a phan ddois i'n ôl roedd o dal allan ar ei awr ginio fo. Ac wedyn ro'n i yma'n gweithio drwy'r pnawn tan ychydig ar ôl pump. Es i allan drwy'r brif swyddfa ond roedd Ednyfed wedi hen fynd erbyn hynny. Felly, naddo, weles i mono fo o gwbl ddoe. Weles i o brynhawn echdoe mewn cyfarfod staff. Ond dw i ddim wedi siarad efo fo wyneb yn wyneb ers dyddie."

"Diolch, Mr Powell," meddai Mari. "Ers pryd mae Mr Parry-Jones yn gweithio yma? Dw i'n deall mai asiant tai dan hyfforddiant ydi o."

"Ie, wel ... wn i ddim wnawn ni byth wneud asiant tai ohono fo, a bod yn onest, ond dyna ydi ei deitl o. Mae o yma ers rhyw ddeunaw mis. Roedd o wedi gorffen yn y coleg ac yn chwilio am waith. Doedd gynno fo ddim syniad be oedd o isio'i wneud. Ond roedd ei dad wedi dweud wrtho fo ei bod hi'n bryd iddo setlo i lawr a chwilio am waith felly mi ofynnodd fy chwaer – ei fam o, dach chi'n deall – i mi roi swydd iddo fo."

"Pa mor hir ydi ei gyfnod hyfforddiant o?" gofynnodd Mari.

Rhoddodd Aneurin Powell chwerthiniad bach chwerw.

"Cwestiwn da. Dan ni erioed wedi cael asiant dan hyfforddiant o'r blaen. Un ai dan ni'n cyflogi asiantau profiadol neu dan ni'n cyflogi pobl sy wedi gwneud cwrs perthnasol i'r gwaith ac maen nhw'n bwrw iddi'n syth. Fi wnaeth feddwl am y teitl 'asiant dan hyfforddiant' ar gyfer Ednyfed gan nad oedd ganddo unrhyw glem am y gwaith. Gradd mewn Astudiaethau'r Cyfryngau sy gynno fo, beth bynnag ydi peth felly. Y syniad oedd y basa fo'n dysgu o gysgodi pob asiant yn ei dro, ond dydi hynny ddim wedi mynd yn wych hyd yma. Dw i eisoes yn cael hunllefau am sut dw i'n mynd i ddweud wrth fy chwaer ac wrth Tecwyn nad ydi'r peth wedi bod yn llwyddiant ysgubol."

"Diolch yn fawr, Mr Powell," meddai Mari. "Falle y byddwn ni isio gair pellach efo chi rywbryd ond mae hynna'n grêt am rŵan. Fasech chi'n anfon aelod arall o staff aton ni nesa? Mi allan nhw wedyn anfon y nesa, ac yn y blaen, nes y byddwn ni wedi cael gair efo pawb."

Ac felly y bu. Daeth pawb yn eu tro yn nhrefn pwysigrwydd, felly Mr Wynne ddaeth nesa ond doedd o chwaith heb weld Ed ers y cyfarfod staff bnawn Mawrth. Roedd y tri asiant wedi ei weld yn eu tro. Roedd o wedi mynd allan efo Miss Griffiths tua deg y bore cynt i ddangos cleient rownd tŷ gwag ar gyrion y dre ac roedd Mrs Carr wedi mynd â fo efo hi cyn cinio i asesu tŷ oedd newydd ddod ar y farchnad. Ac roedd Mr James wedi mynd â fo yn y prynhawn i'w helpu i fesur siop wag ar y stryd fawr. Ond doedd yr un ohonyn nhw wedi siarad efo Ed fwy nag oedd raid. Gan nad oedd o'n ymateb i fân siarad efo neb, roedd pawb wedi'r rhoi gorau i drio cael sgwrs efo fo.

Yr eithriad i hyn oedd Miss Ceri Griffiths, yr ieuenga a'r lleia profiadol o'r asiantau. Roedd hi'n nes at oed Ed ac yn dal i dderbyn hyfforddiant yn weddol reolaidd. Dywedodd ei bod hi wedi dod i adnabod Ed ychydig yn well wrth deithio efo fo yn y car i ambell gwrs, ond er hynny, fasai hi ddim yn dweud eu bod nhw'n agos.

Roedd Mrs Jackson wedi gorfod siarad efo fo'n fwy na neb arall gan ei bod hi'n rhannu swyddfa efo fo. Ond doedd 'na ddim byd yn bersonol yn eu sgwrs. Anaml iawn y byddai o'n aros i sgwrsio yn y gegin ganol bore neu amser cinio efo pawb arall. Wyddai neb lle'r oedd o wedi bod am ei ginio. Mi fyddai o'n mynd allan bod dydd am awr – wel, dipyn go lew yn fwy nag awr yn aml – ond doedd o byth yn sôn am le roedd o wedi bod. Doedd o ddim yn mynd â'i gar – byddai hwnnw'n aros yn y maes parcio yng nghefn yr adeilad. Roedd o wastad yn mynd allan drwy'r drws ffrynt, yn ôl y ddwy yn y dderbynfa, felly go brin ei fod yn mynd yn bell.

Doedd neb wedi ei weld ar ôl iddo fo fynd allan drwy'r drws cefn at ei gar ychydig funudau cyn pump o'r gloch y noson gynt. A dyna fo – diolchodd Mari i Aneurin Powell am gael defnyddio ei swyddfa a gofynnodd i Miss Griffiths ei dangos hi a PC Owen yn ôl at ddesg Ed er mwyn iddyn nhw gael edrych beth oedd yno.

Ymarfer seithug oedd archwilio'r ddesg oherwydd doedd 'na ddim byd i'w weld yno. Ar ben y ddesg wrth ymyl y cyfrifiadur roedd 'na dair ffolder lwyd yn rhoi manylion tri thŷ gwahanol. Roedd 'na bapur glân yn y ddrôr ucha ar yr ochr chwith ac offer fel pensiliau a beiros ac ati yn y ddrôr gyfatebol. Roedd y drôrs eraill yn gwbl wag heblaw am bapurau fferins a dau far o siocled heb eu hagor.

"Fasa'n well i ni fynd â'r cyfrifiadur i'r bechgyn *tech* gael golwg arno fo?" gofynnodd PC Owen. Cytunodd Mari a rhoddwyd derbynneb i Mrs Jackson am yr offer. Cariodd y cwnstabl golygus y cyfrifiadur allan i'r car a rhoddodd Mari lifft i PC Owen yn ôl i'r orsaf lle roedd 'na un bwlch yn y maes parcio. Wrth frysio'n ôl at ei desg a thanio ei chyfrifiadur i edrych ar yr e-byst oedd wedi cyrraedd ers iddi ei ddiffodd, gwnaeth Mari nodyn yn ei meddwl i geisio dod o hyd i enw cynta PC Owen cyn gynted ag y gallai.

◆

Erbyn i Annest gyrraedd yn ôl i'r ystafell ddigwyddiad yn Llan roedd hi'n agos at gyrraedd pen ei thenyn. Roedd clywed y newyddion am Rhian wedi llorio'r hen Mrs Dodd fel nad oedd 'na fawr o synnwyr i'w gael ohoni.

Roedd ymweld â Hefin wedi ei digalonni ymhellach. Ar ôl llnau'r holl waed oddi arno, edrychai ei groen pryd golau, nad oedd byth â llawer o liw, yn wynnach na'r galchen nes bod ei wallt golau, golau'n edrych yn dywyll rywsut. Gorweddai ar wely efo un drip yn gwthio hylif clir i'w law dde a drip arall yn gwthio gwaed i'w law chwith.

Roedd y meddygon eisiau cysylltu efo'i deulu – eisiau diogelu eu hunain rhag ofn i'w gyflwr waethygu, debyg! Ond doedd Hefin ddim eisiau iddyn nhw boeni ei fam gan fod brawd ei dad yn yr ysbyty ym Mangor yn ddigon o bryder yn barod. Er gwaetha'r ffaith bod ganddi gant a mil o bethau i'w gwneud cyn y cyfarfod tîm am chwech, addawodd Annest ffonio ei fam i ddweud wrthi nad oedd achos pryder ac addawodd hefyd fynd i fflat Hefin ym Mae Colwyn i bacio bag dros nos iddo fo. Ond byddai hynny ar ôl iddi hi gyfweld Ed Parry-Jones, ac ar ôl iddi gynnal y cyfarfod tîm a phenderfynu pwy fyddai'n gwneud beth yfory ac ar ôl iddi adrodd yn ôl i Halliday yn y Pencadlys. Go brin y gallai hi fynd â phâr o bajamas i Hefin cyn iddi hi dywyllu!

Wrth iddi hi yrru'n ôl am orsaf yr heddlu efo Arwel wrth ei hochr roedd hi wedi bod yn trio penderfynu pwy fyddai orau i fod efo hi yn cyfweld Ed Parry-Jones rŵan bod Hefin ddim ar gael. Arwel neu Brendan oedd dau sarjant arall y tîm felly mi ddylai hi ddewis un ohonyn nhw. Ond doedd yr un ohonyn nhw'n ffit perffaith. Roedd Arwel i weld yn abl iawn ond doedd o ddim wedi arfer â gweithio ar achosion difrifol fel llofruddiaeth. Roedd Brendan yn fwy profiadol yn hynny o beth. Ond roedd Hefin wedi awgrymu y dylid cyfweld Ed yn Gymraeg gan y byddai hynny'n fwy tebygol o'i wneud yn anghyfforddus ac wedyn fyddai Brendan ddim yn deall. Ond tybed fyddai'r ffaith fod Ed yn fab i Tecwyn Parry-Jones, pwysigyn mwya'r dre, yn dylanwadu ar argraff Arwel o'r dyn ifanc? Doedd Annest erioed wedi gweld Ed Parry-Jones ond doedd ganddi hi fawr o feddwl ohono ar ôl gweld yr olwg oedd ar Hefin.

Wrth i Annest bendroni, canodd ei ffôn dair gwaith. Ac roedd 'Mam' yn dod i fyny ar y sgrin fach ger ffenest y car bob tro nes i Arwel edrych arni'n eitha rhyfedd.

"Mae Mam isio i mi siarad efo hi am ryw ddigwyddiad teuluol," esboniodd hi wrtho fo efo rhyw chwerthiniad bach od. "Mi fydd hi'n haws i mi wneud hynny nes ymlaen pan fydd gen i amser i drafod."

"Mae mamau fel tasen nhw'n gwybod yr amser lleia cyfleus i ffonio, tydyn," atebodd Arwel gan wenu. "Mae f'un i'n tynnu am ei hwyth deg a chanddi ddim byd i'w wneud drwy'r dydd ac eto mae hi'n ffonio bob tro pan dw i ar ganol rhywbeth."

A rywsut mi setlodd hynny'r peth yn ei meddwl.

"Dach chi'n iawn i eistedd i mewn efo fi wrth i mi gyfweld Ed Parry-Jones?" gofynnodd Annest. "Gan bod Hefin yn yr ysbyty. Does 'na ddim problem? Dach chi ddim yn perthyn iddo fo na dim byd felly?"

"Nacdw. Dw i'n gwybod pwy ydi o, wrth gwrs. Tydi pawb yng ngogledd Cymru yn gwybod pwy ydi ei dad o. Ond dw i erioed wedi cyfarfod neb ohonyn nhw. Dw i ddim yn ddigon crand!"

"Dyna hynna wedi ei setlo, ta," meddai Annest gan deimlo'n dipyn hapusach wedi gwneud ei phenderfyniad.

Pan gyrhaeddodd hi'r orsaf doedd 'na nunlle i barcio a bu raid iddi ollwng Arwel a chwilio am rywle ar y stryd i adael ei char. Erbyn iddi stryffaglu'n ei hôl i'r orsaf chwarter awr yn ddiweddarach roedd hi'n eitha diamynedd – ac roedd hynny cyn i Sarjant Jones ar y ddesg flaen ddweud wrthi fod Tecwyn Parry-Jones wedi bod yn disgwyl amdani ers bron i awr.

Roedd Sarjant Jones wedi rhoi Tecwyn Parry-Jones yn y stafell gyfweld deuluol, meddai fo. Yr un efo dwy soffa a bwrdd coffi, nid un o'r rhai efo bwrdd wedi ei folltio i'r llawr a chadeiriau anghyfforddus.

Awgrymodd Sarjant Jones nad oedd pwysigyn penna Llan, os nad y sir, yn hapus i gael ei adael mewn stafell i ddisgwyl pa mor gyfforddus bynnag oedd yr ystafell honno.

Edrychodd Annest ar ei horiawr. Roedd hi'n awyddus i gyfweld Ed cyn y cyfarfod am chwech. Wedi'r cwbl, pe bai hi'n gallu ei gael o i gyfadde ei fod wedi lladd Rhian, byddai hi'n fater wedyn o gasglu tystiolaeth i gefnogi'r gyffes a gellid rhoi'r gorau i bob ymchwil i gyfeiriadau eraill. Ond roedd Annest yn ymwybodol fod Tecwyn Parry-Jones, yn ogystal â bod yn ddyn pwysig a dylanwadol, hefyd yn dad, ac felly roedd hi'n deg iddi gymryd pum munud i siarad yn gwrtais efo fo. Trodd ei chamau felly i gyfeiriad y stafell gyfweld deuluol.

Cododd Tecwyn Parry-Jones ar ei draed yr eiliad yr agorodd y drws, yn sionc iawn o gysidro ei fod o bron yn saith deg oed. Dyn talsyth oedd o efo gwallt ariannaidd wedi ei dorri'n gelfydd fel nad oedd unrhyw awgrym ei fod yn teneuo. Gwisgai siwt lwyd tywyll efo gwasgod las tywyll, crys gwyn a thei sidan glas a llwyd oedd yn matsio'r hances ym mhoced ei siaced. Roedd deiamwntiau bychain yn pefrio yn nolennau ei lewys a'r pin oedd yn dal ei dei yn ei le. Ceisiodd Annest ddychmygu ei thad, oedd tua'r un oed â'r gŵr o'i blaen, wedi ei wisgo yn yr un owtffit a bu bron iddi â thorri i chwerthin.

"Mr Parry-Jones?" meddai hi gan estyn ei llaw. "Inspector Annest Rhys. Fi sydd â gofal am yr ymchwiliad i lofruddiaeth Rhian Dodd. Mae'n ddrwg gen i eich bod chi wedi gorfod disgwyl ond, fel y gellwch chi ddychmygu, dan ni'n brysur iawn."

"Dw i'n deall hynny," meddai Tecwyn Parry-Joes gan gyffwrdd llaw Annest am gwta eiliad. "Ond allwch chi esbonio pam mae fy mab i, sydd wedi ei synnu a'i dristáu gan farwolaeth ei gymar, wedi ei restio? A pham na chaf i ei weld? Rydw i'n gwybod rhywbeth am y gyfraith; ro'n i'n aelod o Awdurdod yr Heddlu tan iddo gael ei ddiddymu. Rydw i'n deall eich bod yn awyddus i gyfweld Ednyfed. Ond mi hoffwn i wybod ar ba sail rydych chi wedi ei restio fo?"

Roedd Annest rŵan yn ceisio dychmygu ei thad yn defnyddio geiriau fel 'tristáu' a 'diddymu'. Oedd Tecwyn Parry-Jones wedi treulio cymaint o'i fywyd ar bwyllgorau ei fod bellach yn siarad fel tasai o'n darllen cofnodion? Sylweddolodd ei fod wedi tewi ac yn disgwyl ei hateb.

"Wel, Mr Parry-Jones," dechreuodd, "rydych yn iawn y basen ni dan amgylchiadau arferol yn cyfweld eich mab yn anffurfiol. Ond dydi'r amgylchiadau ddim yn arferol. Mae gynnon ni sail i amau eich mab o drosedd yn erbyn Rhian."

"Be dach chi'n feddwl? Fasai Ednyfed ddim yn gwneud dim i Rhian. Roedd o'n meddwl y byd ohoni. Ga i ofyn be ydi'r sail i'ch amheuon?"

"Gewch chi ofyn, wrth gwrs, ond mae gen i ofn na alla i ddatgelu hynny ar hyn o bryd. Mi alla i ddweud wrthoch chi bod yna dystiolaeth bendant bod ymosodiad wedi digwydd yn ei gartref. Mi fyddwn ni'n gwybod mwy pan fydd ein swyddogion fforensig wedi cwblhau eu hymchwiliadau," gorffennodd Annest yn eitha balch o'i gallu hithau i siarad fel llyfr.

"Rydw i'n siŵr y bydd Ednyfed yn gallu esbonio. Doedd dim angen i chi ei restio fo!"

"Yn anffodus, Mr Parry-Jones, dydi'ch mab ddim wedi bod yn awyddus i siarad efo ni hyd yn hyn. Pan aeth swyddogion yr heddlu i'w gartref sawl gwaith neithiwr ac eto'r bore 'ma, doedd dim golwg ohono fo. A phan wnaeth o droi i fyny mi wnaeth o geisio rhwystro'r swyddogion rhag cael mynediad i'w dŷ. A'r rheswm nad oedd gynnon ni ddim dewis ond ei restio fo ydi ei fod i wedi ymosod yn ddifrifol ar un o'r swyddogion hynny."

"Ednyfed?" meddai Parry-Jones mewn dychryn. "Rydw i'n siŵr fod camddealltwriaeth yn rhywle."

"Does dim camddealltwriaeth, Mr Parry-Jones," meddai Annest. "Un rheswm pam dach chi wedi gorfod disgwyl i siarad efo fi ydi mod i wedi bod i'r ysbyty i weld yr aelod o'r heddlu wnaeth eich mab ymosod arno fo. Mae o wedi cael anaf sylweddol i'w ben ac mi fydd yn gorfod aros yn yr ysbyty am driniaeth. Felly, mi fydd eich mab yn cael ei gyhuddo o achosi Niwed Corfforol Difrifol i fy sarjant i. Dw i'n awyddus i gyfweld eich mab mor fuan â phosib. Wn i ddim pa mor hir bydd hynny'n ei gymryd; mae hi'n dibynnu pa mor barod ydi o i gydweithredu. Mae croeso i chi aros yma ond gallai fod yn gryn amser cyn y bydda i'n rhydd i siarad efo chi eto. Efallai y basai hi'n well i chi fynd adre a disgwyl am newyddion."

A throdd hi ar ei sawdl a'i adael yno'n gegagored.

PENNOD 9

Cerddodd Annest yn frysiog i lawr y coridor llwm i gyfeiriad Ystafell Gyfweld 1 gan daro golwg sydyn ar y swp o waith papur yn ei llaw i wneud yn siŵr fod ganddi hi'r dogfennau angenrheidiol yn eu trefn gywir. Gwenodd ar y plismon ifanc a safai wrth ddrws yr ystafell a diolchodd iddo am agor y drws iddi.

Camodd i'r ystafell ac gwelodd y gŵr canol oed yn y siwt ddrud a'r tei bo a suddodd ei chalon i'w hesgidiau. Gwyddai hi, fel pawb arall yn y ffôrs, am Carradoc Anwyl Dwy R Un N fel y'i hadnabyddid gan bawb. Y rheswm y suddodd ei chalon oedd mai ei lysenw arall gan aelodau'r heddlu oedd Carradoc No Comment am mai ei gyngor i'w gleientiaid bron yn ddiffael oedd i ddweud dim. Os oedd Tecwyn Parry-Jones yn talu ei ffi afresymol o uchel i amddiffyn Ed, roedd hi'n bosib na fyddai ei thyst pwysica'n fodlon cydweithredu.

Cuddiodd ei siom yn dda. Nesaodd at y bwrdd er mwyn gallu eistedd wrth ochr Arwel Roberts, gyferbyn ag Ed a'i dwrnai. At Arwel y cyfeiriodd ei geiriau cynta.

"Mae'n wir ddrwg gen i mod i wedi bod cyhyd yn eich cyrraedd chi, Sarjant Roberts" meddai hi, "ond roedd tad Mr Parry-Jones fan hyn yn awyddus iawn i siarad efo fi."

"Dim problem, Inspector," atebodd Arwel yn hollol ddigynnwrf.

Teimlodd Annest eto ei bod wedi gwneud dewis doeth. Trodd hi nesa at y twrnai. Doedd hi'n dal ddim wedi edrych ar y dyn ifanc wrth ei ochr.

"Prynhawn da, Mr Anwyl. DI Annest Rhys ydw i a fi ydi'r swyddog sydd â gofal am yr ymchwiliad i lofruddiaeth Miss Rhian Dodd. Dach chi wedi cyfarfod Sarjant Roberts yn barod. Dach chi'n hapus i ni droi'r offer recordio sain a fideo ymlaen a bwrw iddi?"

"Oes angen hynny, Inspector?" gofynnodd Anwyl. Er ei fod yn Gymro Cymraeg o'r crud, llwyddai i siarad ei famiaith efo rhyw lediaith chwithig fel tasa ganddo fo ofn agor ei geg yn iawn. "Ac yntau newydd ddioddef y sioc enfawr o golli ei bartner, oni fasa hi'n decach i chi gael sgwrs fach anffurfiol efo fy nghleient gan nad ydi o wedi cael ei gyhuddo o unrhyw drosedd ..."

"Mr Anwyl, does dim amheuaeth y bydd eich cleient yn cael ei gyhuddo o drosedd ddifrifol. Y rheswm na chafodd o'i gyhuddo'n ffurfiol pan gyrhaeddodd o'r stesion oedd ein bod yn ansicr bryd hynny ai ABH ynteu GBH fyddai'r cyhuddiad hwnnw. Ond mi alla i bellach gadarnhau mai cyhuddiad o Achosi Niwed Corfforol Difrifol fydd o'n ei wynebu ac unwaith y byddwn ni'n dechrau recordio, mi fydda i'n ei gyhuddo fo'n ffurfiol."

"Ond sgynnoch chi ddim prawf o gwbl ei fod o wedi ymosod ar Rhian ..." dechreuodd y twrnai.

"Mae hi'n amlwg nad ydi'ch cleient wedi datgelu ei

sefyllfa'n llawn i chi, Mr Anwyl. Does a wnelo hyn ddim byd â Rhian – mi ddown ni at hynny yn nes ymlaen. Y rheswm mae Mr Parry-Jones wedi ei restio ac ar fin cael ei gyhuddo yw ei fod wedi ymosod yn giaidd ar yr aelod o'r heddlu wnaeth drio mynd i gael 'sgwrs fach anffurfiol' efo fo. Mae'r swyddog hwnnw wedi cael anaf difrifol i'w ben ac wedi ei gadw yn yr ysbyty."

Ddywedodd Carradoc Anwyl 'run gair. Edrychodd ar ei gleient a chodi ei aeliau i ffurfio cwestiwn dieiriau. Trodd Annest i edrych ar Ed Parry-Jones am y tro cynta a gwelodd hwnnw'n amneidio'n ddigon anfoddog i ateb y cwestiwn hwnnw.

Yr hyn a welodd Annest oedd dyn ifanc pryd tywyll fyddai wedi bod yn olygus dros ben tasa fo ddim yn edrych mor bwdlyd. Bachgen bach wedi ei ddifetha, dyna oedd dyfarniad Annest ar yr olwg gynta. Ond roedd hi'n gwybod mai dyna oedd hi'n disgwyl ei weld felly roedd hi'n gwybod y byddai'n rhaid iddi fod yn barod i newid y dyfarniad hwnnw.

"Ga i air preifat efo fy nghleient, Inspector?" gofynnodd Anwyl. "Mae hi'n amlwg nad ydi ..."

"Mae'n ddrwg iawn gen i, Mr Anwyl," atebodd Annest yn hynod o glên, "ond mae eich cleient wedi cael digon o gyfle i siarad efo chi cyn hyn. Ac mae llawer o amser wedi ei golli'n barod. Rydw i'n awyddus i holi Mr Parry-Jones cyn fy nghyfarfod tîm nesa er mwyn i ni allu parhau efo'n ymholiadau. Pan fydda i wedi gorffen, mi gewch chi bob cyfle i siarad efo fo."

A chyda hynny, trodd Annest y cyfarpar recordio ymlaen, nododd y dyddiad a'r amser ac enwodd bawb oedd yn bresennol. Wedyn mi wnaeth hi ynganu geiriau'r cyhuddiad ffurfiol yn erbyn Ed Parry-Jones. Ond, fel roedd hi wedi ei ofni, doedd hwnnw ddim am gydweithredu. Wnaeth hi ei holi'n gynta am yr ymosodiad ar Hefin a chael "No comment" yn ateb i bob cwestiwn. Wedyn dechreuodd ei holi am Rhian a'r gwaed yn stafell ffrynt ei gartref a chael yn union yr un ymateb.

Yn y diwedd, bu raid iddi dderbyn nad oedd bwrpas parhau â'r ffars.

"Os dach chi ddim am gydweithredu efo ni, Mr Parry-Jones," meddai hi yn y diwedd, mi wna i ofyn i Gwnstabl Baker fynd â chi i'r celloedd. Gewch chi aros yno tan byddwch chi'n ymddangos o flaen Llys yr Ynadon. O bosib, fydd hynny ddim tan fore Llun gan ei bod hi bellach yn hwyr ar brynhawn Gwener."

O leia cafodd hynny ymateb oddi wrth Ed Parry-Jones. Agorodd ei lygaid gleision mawr ac edrychodd ar ei dwrnai mewn dychryn. Doedd o'n amlwg ddim wedi ystyried y posibilrwydd o gael ei gloi o gwbl, heb sôn am fod dan glo am ddeuddydd.

"Oes angen cloi fy nghleient mewn cell, Inspector?" gofynnodd Carradoc Anwyl. "Rydw i'n fodlon bod yn ernest drosto fo a sicrhau y daw i'r llys."

"Dim gobaith, Mr Anwyl. Mae eich cleient wedi ei arestio am ymosodiad difrifol ar swyddog o'r heddlu ac mae o hefyd dan amheuaeth o ymosodiad ar Rhian Dodd. Yn fy marn i, mae hynny'n golygu y dylen ni ei ystyried yn unigolyn peryglus. Mi fydd o'n aros yn y gell heno ac yn mynd o flaen ei well gynted y gallwn ni drefnu hynny. Mae hi fyny i'r llys benderfynu a gaiff o ei ryddhau ar fechnïaeth ond mi fyddwn ni'n cynghori yn erbyn rhyddhau dyn peryglus yn ôl i'r gymdeithas."

"Dach chi'n gorymateb, Inspector," protestiodd Anwyl.

"Dydi fy nghleient erioed wedi bod mewn trwbl efo'r heddlu o'r blaen."

"Falle ddim, Mr Anwyl. Ond mae gynnon ni ddigon o dystiolaeth ei fod wedi ymddwyn yn ymosodol dros ben heddiw. Does dim mwy i'w ddweud nes bydd eich cleient yn penderfynu cydweithredu efo'r ymchwiliad. Os bydd o'n penderfynu siarad efo ni, gadewch i ni wybod."

Ac ar hynny, diffoddodd Annest y peiriant recordio, cododd ei swp papurau oddi ar y bwrdd, amneidiodd ar Ed a'i dwrnai a gadawodd y stafell efo Arwel wrth ei sodlau. Symudodd Cwnstabl Baker yn ei flaen i dywys y carcharor i'r swît gadwraeth a'r celloedd.

Yr ochr draw i'r drws teimlai Annest yn llai hyderus ac oedodd i gael ei gwynt ati.

"Ew, go dda rŵan," meddai Arwel Roberts. "Fetia i y bydd o'n canu fel caneri cyn amser swper."

"Fedrwn ni ond gobeithio, Arwel," meddai Annest gan wenu.

♦

Doedd 'na ddim llawer o geir wedi eu parcio ym maes parcio'r Pencadlys pan gyrhaeddodd Annest yno. Er ei bod hi'n gwybod ei fod o'n brysur yng nghyffiniau Lerpwl efo Operation Black Grouse ac nad oedd posib iddo fod yno, allai hi ddim rhwystro'i hun rhag edrych i gyfeiriad y lle parcio gwag oedd ag enw DCI R. Harris ar y wal o'i flaen. Wrth gwrs, roedd hi'n falch na fyddai'n rhaid iddi ei wynebu o heno ond gwyddai y byddai'n rhaid iddi ei wynebu o rywbryd. Rywsut, mi fyddai'n rhaid iddi ddod o hyd i ffordd o weithio efo fo yn y dyfodol fel tasen nhw erioed wedi bod yn ddim mwy na chyd-weithwyr.

A chan ei bod hi ymhell ar ôl hanner awr wedi pump roedd y ddraig oedd fel arfer yn diogelu ffau'r Dirprwy Brif Gwnstabl Halliday wedi mynd adre a chafodd Annest fynediad yn ddi-lol. Eisteddai Halliday y tu ôl i'w ddesg anferth yn llewys ei grys yn teipio'n brysur ar y cyfrifiadur o'i flaen. Ac roedd beth bynnag oedd ar ei sgrin yn amlwg yn bwysig iawn, mor bwysig fel nad oedd ganddo lawer o amser i'w holi hi, na chwaith i drafferthu efo gair o Gymraeg ar ôl mymryn o gyfarchiad.

O ganlyniad, cafodd Annest roi ei hadroddiad mewn llai na deg munud ac roedd hi wedi bod yn fflat Hefin i nôl ei bethau ac ar Ward Arenig cyn diwedd amser ymweld. Ar ôl diolch iddi hi am ei thrafferth, geiriau cyntaf Hefin oedd,

"Dw i wedi cael llond bol, Bòs. Dw i jest isio mynd adre. Mae hi'n amhosib gorffwys yn y lle 'ma, mae hi fel ffair!"

"Rwyt ti yn y lle gorau, Hefin," dywedodd Annest, "creda di fi. Mae anaf pen yn gallu troi'n hyll yn annisgwyl ac mi wnest ti golli llawer iawn o waed."

Roedd Hefin yn gyndyn o gytuno efo hi felly trodd y sgwrs.

"Sut mae'r ymchwiliad yn mynd? Dw i isio'r hanes i gyd, Bòs."

A bu raid i Annest ddweud wrtho am Ed Parry-Jones. Taerodd o ei fod angen gwybod beth oedd wedi digwydd er mwyn deall y sefyllfa pan âi yn ôl i'w waith drannoeth.

"Dwyt ti ddim yn mynd i fod yn gweithio fory!" atebodd Annest yr un mor daer, ond wedyn gwelodd Hefin rywbeth yn ei llygaid fel tasai hi wedi cael rhyw syniad newydd o rywle.

"Ocê, ta," meddai hi. "Mae gen i gynnig i ti. Os ydi'r doctoriaid yn ddigon hapus i adael i ti fynd adre fory, yna dyna wyt ti'n ei neud – mynd adre a gorffwys. Olréit?

Ac os gwnei di hynny'n fachgen da, mi alli di fy helpu fi allan o sefyllfa ddigon annifyr trwy fod yn y stafell ddigwyddiad yn fy lle i fore Sul."

Mae'n rhaid bod wyneb Hefin yn llawn dryswch oherwydd cododd Annest ei llaw i'w rwystro rhag gofyn y llu o gwestiynau.

"Ti'n gweld, Hefin, mae gen i sefyllfa deuluol. Mae gofyn i mi fod ym Manceinion fore Sul ar gyfer bedydd mab fy mrawd i. Mae mrawd i a'i wraig yn ddigon call i sylweddoli mod i ar ganol ymchwiliad i lofruddiaeth a bod hynny'n cymryd blaenoriaeth. Ond wneith Mam ddim gwrando. Felly dw i am fynd fore Sul i osgoi'r holl edliw ga i fel arall. A digwydd bod, mae rhywbeth gododd yn y cyfarfod tîm heno yn rhoi esgus i mi wneud dipyn o ymholiadau ym Manceinion. Ond dw i isio rhywun y galla i ei drystio wrth y llyw, a ti ydi hwnnw. Wyt ti'n gêm, Hefin?"

"Wel, ydw, wrth gwrs," cytunodd. "Dw i'n hapus i edrych ar ôl y siop i chi fore Sul. Be arall dach chi'n wybod erbyn hyn?"

"Wel, dan ni ddim 'di darganfod dim byd mawr hyd yn hyn o'r ymholiadau o ddrws i ddrws," dechreuodd hi. "Mae Mari wedi neud gwaith da iawn efo'r bobl fu'n adeiladu'r ffordd newydd a gosod y traeniau ac mae hi wedi llwyddo i ddileu pob un ohonyn nhw. Ond dan ni wedi cael mwy o lwc efo dod o hyd i ddynion lleol. Er enghraiift, dan ni 'di darganfod nad oedd gŵr Sandra Hendricks yn ei farics yn Henffordd nos Iau. Roedd o *on leave* ac mae o i ffwrdd tan ddydd Llun. Mi ddwedodd hi, yndo, ei fod o'n dod i fyny i Benllechwedd at y penwsnos ond lle mae o wedi bod yn y cyfamser?"

"Be am feibion yr hen Mrs Preis?" gofynnodd Hefin.

"Wel, dyna lle mae pethe'n dechre edrych yn ddiddorol. Mi yrron ni heddlu Wrecsam i weld y mab fenga, ac mae o wedi ei ddileu o'n rhestr ni, ond dan ni ddim wedi gallu dod o hyd i'r hyna. Fel deudodd Meira ei hun wrthon ni, mae o wedi gadael ers chwarter canrif ond yn dal i anfon cardiau Dolig a phen-blwydd. Ond bob amser o rannau gwahanol o'r wlad. Mi lwyddodd Arwel i ddod o hyd i gyfeiriad iddo fo yn gweithio mewn rhyw glwb ym Manceinion ond mi wnaeth o adael fanno wyth mlynedd yn ôl. A does dim golwg ohono fo yn unman ers hynny: dim ar restr etholwyr, dim trwydded yrru, dim taliadau treth – dim! Dyna be dw i isio'i neud ym Manceinion. Does gynnon ni ddim digon o ffeithiau i'w rhoi i heddlu'r ddinas i fynd ar eu holau nhw ond mi hoffwn i jest holi dipyn amdano fo ..."

"Mae'n rhaid bod 'na stori. Dydy pobl ddim jest yn diflannu, nac ydyn?"

"Nac ydyn, Hefin," cytunodd Annest. "Ond mae gynnon ni ddau ohonyn nhw yn yr achos yma. Chredi di ddim ond mae gan Gronw, boi y tractor, frawd mawr sy wedi diflannu ers blynyddoedd hefyd!"

"Argol!" meddai Hefin. "Pwy fasai'n disgwyl y fath ddirgelion mewn lle bach tawel fel Penllechwedd!"

♦

PENNOD 10

Teimlai Gronw'n eithaf balch ohono'i hun wrth yrru ei dractor rownd y gornel am Ellesmere House am bum munud i naw ar y bore Sadwrn hwnnw. Pum munud yn fuan! Jest y peth i greu argraff dda ar gwsmer, yn ôl ei dad. Ond pan ddaeth y tŷ i'r golwg, doedd o ddim mor fodlon ei fyd. Sut gythraul oedden nhw'n disgwyl iddo fo gyrraedd yr ardd gefn efo'i dractor efo'r holl geir wedi'u parcio hyd y dreif? Ac nid dim ond y tri char arferol, heddiw roedd 'na bedwerydd car yno. Range Rover du, un tebyg i'r un oedd gynnyn nhw yn Henglawdd Ucha ond bod hwn yn llawer mwy newydd.

Gwasgodd y tractor mor agos at y gwrych ag y gallai a neidiodd i lawr o'r cab. Ond cyn iddo gymryd hanner cam, roedd Sandra Hendricks yno yng ngheg y dreif, wedi gwasgu heibio i'r Range Rover.

"O, Gronw, mae hi'n wir ddrwg gen i," meddai hi'n syth, heb na bore da na dim. "Dw i wedi trio ffonio, ond mi ddeudodd eich mam eich bod chi newydd adael."

"Pam?" gofynnodd. "Be sy?"

"Wel, y peth ydi ..." dechreuodd hi'n ddigon petrusgar, yn wahanol iawn i'r ddynes hyderus roedd o wedi sgwrsio efo hi o'r blaen. "Mae'r gŵr adra am y penwsnos, a ... wel, wnâth o ddim cyrradd tan tua dau o'r gloch y bora 'ma ac mae o'n dal i gysgu ... a dw i'm isio i chi ei styrbio fo efo sŵn y tractor. Mae'n llofft ni yn y cefn, dach chi'n gweld, ac mi fasech chi reit dan y ffenest lle mae o'n cysgu ..."

"Dim problem, Mrs Hendricks," meddai Gronw. "Ddeuda i wrthoch chi be wna i. Mi wna i adael y tractor yn fama ac mi a i i'r caffi am baned a snacan fach ac mi ddo i'n ôl pan mae'r gŵr 'di deffro."

Roedd Gronw eisoes yn gallu blasu un o rôls cig moch anfarwol Siân. Doedd dim ots ei fod wedi bwyta brecwast lai nag awr yn ôl.

"A deud y gwir wrthach chi, Gronw," meddai Sandra wedyn, "fasai ots gynnoch chi tasen ni'n gadael hi tan y penwsnos nesa? Mi wna i roi chwaneg o bres i chi am eich trafferth."

Gwnaeth Gronw ryw sŵn ansicr yn ei wddf.

"Y peth ydi, dach chi'n gweld," meddai hi wedyn, gan edrych i gyfeiriad ei slipars blewog, pinc, unrhyw le yn hytrach na'i wyneb o. "Mae'r gŵr wedi cael amser go hegar yr wsnos ddwytha 'ma, meddai fo. Ella basai hi'n well iddo fo jest gael llonydd i ddŵad ato fo'i hun heddiw a fory. Sori, Gronw. Dw i'n gwbod fod o'n niwsans a chitha 'di meddwl ca'l gneud heddiw ..."

Roedd hi'n edrych mor druenus, a hithau'n taro golwg dros ei hysgwydd bob deg eiliad fel tasa ganddi hi ofn i ryw lew rheibus neidio o'r ochr draw i'r Range Rover, nes i Gronw deimlo piti drosti.

"Duwcs, di o'm ots, siŵr," meddai gan wenu'n gyfeillgar ar y greadures. "A does dim isio i chi dalu dim mwy – dw i ond 'di dreifio hyd dau gae i fama. Ond fydda i ddim yn gallu dod wythnos i heddiw, mae gen i ofn. Dw i'n mynd i ochre 'Mwythig i gystadleuaeth bysgota."

Wnaeth o ddim llwyddo i gadw'r balchder o'i lais. Edrychodd Sandra Hendricks yn syth i'w wyneb am y tro cynta.

"Ew! Dach chi'n dipyn o sgotwr, felly?"

"Ydw. Dw i yn nhîm dan un ar hugain gogledd Cymru," broliodd Gronw.

"Wel, pob lwc i chi, wir!" meddai hi wrtho, gan wenu go iawn. "Mi wneith y penwsnos wedyn i glirio'r llanast yn yr ardd gefn."

A throdd ar ei sawdl a diflannu am y tŷ. Camodd Gronw i gyfeiriad drws y cab ond wedyn cofiodd ei fod wedi addo ail frecwast iddo'i hun a throdd am y caffi.

◆

Tynnodd Mari ei sylw oddi wrth y sgrin a rhwbiodd ei llygaid. Edrychodd ar ei horiawr a gwelodd ei bod wedi bod yn syllu ar y cyfrifiadur ers dwyawr. Ar ôl ei llwyddiant yn dod o hyd i bob un o'r dynion fu'n gosod y traeniau roedd hi'n benderfynol rŵan o gael hyd i fab hyna Henglawdd Ucha, Tudur Huws. Ond doedd hi ddim yn profi i fod yn dasg hawdd. Amser i fynd i chwilio am baned. Gwthiodd ei chadair yn ei hôl a bu bron iddi daro yn erbyn y DI.

"O, sori, Inspector," meddai hi'n ffwndrus. "Wyddwn i ddim ..."

Ond chafodd hi ddim cyfle i ddweud mwy.

"Dim problem, Mari," meddai Annest Rhys. "Lle mae Arwel?"

"Dydi o'm yn dod i mewn am gwpl o oriau eto," esboniodd Mari. "Mae o 'di trefnu i ddod i mewn yn hwyrach. Mae o'n mynd â'i ferch i ddal trên i Lundain."

"Olréit, ta, Mari. Well i ti ddod efo fi yn ei le o. Roeddet ti yno efo Arwel yn fferm Cefn Dolydd nos Iau, doeddet? Chi oedd y ddau aeth yno i ddweud wrth deulu Rhian ein bod wedi dod o hyd i'w chorff, yndê?"

"Ie, Inspector."

"Wel, mae hi'n bryd i ni fynd yn ôl i'w holi nhw'n iawn. Efo Hefin i ffwrdd, ro'n i 'di meddwl mynd ag Arwel gan ei fod o'n Gymro Cymraeg ac yn wyneb cyfarwydd. Ond mae'r ddwy ffaith yr un mor wir amdanat ti, tydyn?"

"Ydyn, Inspector," atebodd Mari. "Pryd dach chi isio mynd?"

"Wna i ffonio Jean i holi ydi'r teulu i gyd adre ac yna mi allwn ni gychwyn ..."

"Bòs!" Daeth bloedd o ben pella'r stafell. Roedd un o'r plismyn o'r Pencadlys – Callum rhywbeth – yn dal ffôn yn ei law.

Brysiodd Annest Rhys draw a chymrodd y ffôn. Dim ond gwrando wnaeth hi am funud neu fwy. Ond roedd hi'n amlwg yn bles iawn efo'r hyn glywodd hi oherwydd roedd gwên lydan ar ei hwyneb erbyn iddi basio'r ffôn yn ei ôl a dychwelyd at Mari.

"Wel, Mari," meddai hi'n hwyliog. "Mi fydd rhaid i ni ohirio'n trip allan i'r wlad. Mae noson yn y gell wedi dod ag Ed Parry-Jones at ei goed. Mae o'n awyddus iawn i siarad efo ni'r bore 'ma. Tyrd â dy lyfr nodiadau efo ti."

"Mae ei dad o wedi bod ar y ffôn droeon yn barod heddiw,"

esboniodd y DI. "Wnes i wrthod cymryd ei alwadau a chael pawb i ddweud mod i'n brysur bob tro. Debyg bod hynny'n rhan o'r rheswm pam mae'r mab isio siarad. Mae ei dwrnai o yma'n barod, mae'n debyg, felly mae'n rhaid ei fod o wedi dod â neges oddi wrth ei dad."

"Rŵan ta, Mari," ychwanegodd. "Fi fydd yn holi'r tyst a does dim disgwyl i ti wneud dim mwy nag eistedd yna. Ond os cei di syniad am gwestiwn ti'n meddwl y dylwn i ei ofyn, croeso i ti ei sgwennu yn dy lyfr a'i ddangos o i mi. Wyt ti'n hapus efo hynna?"

"Ydw, Inspector."

"Ac mi wneith 'Bòs' yn iawn. Mae 'Inspector' yn dipyn o lond ceg, tydi?" meddai'r DI.

Wrth gyrraedd drws Ystafell Gyfweld 2, amneidiodd DI Rhys ar y cwnstabl wrth y drws, sythodd odre ei siaced efo un llaw a gwthiodd gudyn o wallt y tu ôl i'w chlust efo'r llaw arall.

Dilynodd Mari'r DI i mewn i'r ystafell gan geisio cadw ei chyffro dan reolaeth. Roedd hi wedi bod yn yr ystafell droeon, wrth gwrs. Wedi'r cwbl, roedd hi wedi bod yn gweithio yn yr orsaf hon ers dwy flynedd. Ond roedd hi fel arfer yn bresennol mewn cyfweliadau efo meddwon a mân ladron yr ardal ac ambell ddihiryn dieithr. Ac roedden nhw fel arfer yn cael eu holi am faterion pitw fel dwyn taclau o ffermydd a gyrru'n wyllt. Ond rŵan, dyma hi'n bresennol mewn cyfweliad efo un o bobl fawr yr ardal – neu, o leia, mab i un ohonyn nhw – a hwnnw wedi ei gyhuddo o drosedd ddifrifol. Jest am eiliad, caniataodd Mari eiliad o freuddwydio iddi ei hun; breuddwydio mai hi oedd y DI yng ngofal yr achos a hi fyddai'n arwain yr holi.

Yn y cyfamser roedd DI Annest Rhys wedi amneidio'i

chyfarchiad ar y carcharor a'i dwrnai, wedi dechrau'r peiriant recordio ac wrthi'n nodi enwau pawb oedd yn bresennol ar gyfer y tâp.

"Cyn i ni ddechrau, Mr Parry-Jones," meddai hi, er mai ar y twrnai yr edrychai hi. "Ga i'ch atgoffa chi o'r hyn a ddywedwyd wrthych chi pan gawsoch chi eich restio bore ddoe? Does dim rheidrwydd o fath yn y byd arnoch chi i ddweud dim byd wrthon ni. Ond pan ddaw eich achos gerbron y llys mi allai hynny gael ei ddal yn eich erbyn, yn enwedig tasech chi bryd hynny'n dibynnu ar dystiolaeth na wnaethoch chi ei rhannu efo ni."

"Dw i wedi esbonio hynny wrth Mr Parry-Jones," meddai Carradoc Anwyl, "ac mae o'n fwy na pharod i gydweithredu ..."

"Os wna i ateb eich cwestiynau chi, ga i fynd adre?" meddai Ed heb ddisgwyl iddo orffen.

Unwaith eto, edrychodd y DI ar y twrnai nid ar ei gleient.

"Dach chi wedi esbonio wrth Mr Parry-Jones pa mor ddifrifol ydi'r cyhuddiadau yn ei erbyn?" gofynnodd.

"Wrth gwrs, dydi cyhuddiad o anafu difrifol ddim yn rhywbeth i'w gymryd yn ysgafn," dechreuodd Mr Anwyl, "ond dw i'n siŵr bydd y fainc yn deall sut y gallai dyn ifanc dan straen aruthrol fel Mr Parry-Jones orymateb i sefyllfa ..."

"Mr Anwyl," meddai'r DI wedyn gan godi ei llais rywfaint, "does dim amheuaeth o gwbl am y cyhuddiad o anafu difrifol. Roedd y blismones oedd yn bresennol yn nhŷ Mr Parry-Jones ar y pryd yn gwisgo BodyCam felly mae ei ymosodiad ciaidd ar Sarjant Rowlands wedi ei gofnodi mewn llun a sain. Chawn ni ddim trafferth o gwbl yn profi ei euogrwydd ar y cyhuddiad hwnnw."

Gwelwodd Ed Parry-Jones ar hynny, ond wnaeth Annest

Rhys ddim stopio.

"Am y cyhuddiad arall, y cyhuddiad o lofruddiaeth, rydan ni'n awyddus i holi Mr Parry-Jones," meddai hi'n bwyllog.

"Llofruddiaeth!" gwaeddodd Ed gan neidio ar ei draed. "Am be dach chi'n sôn, ddynes?"

Roedd hi'n berffaith amlwg fod y twrnai yntau wedi ei syfrdanu gan ei geiriau. Estynnodd ei law i afael ym mraich ei gleient i geisio ei gael i eistedd eto. Ond dal i sefyll wnâi Ed, a sefyll â'i ddwylo'n ddyrnau wrth ei ochrau a golwg fygythiol iawn ar ei wyneb.

"Mae hi'n amlwg, Mr Parry-Jones," meddai'r DI yn gwbl ddidaro, "na wnaethoch chi esbonio'n iawn i'ch cynrychiolydd cyfreithiol beth yw'r cyhuddiadau yn eich erbyn. Unwaith eto, mae'r modd y'ch hysbyswyd o'r cyhuddiadau hynny adeg eich restio yn gwbl glir ar y recordiad o'r BodyCam. Ond efallai i chi anghofio sôn am eich cyhuddiad o lofruddiaeth wrth Mr Anwyl. Er, wn i ddim sut y gallech chi anghofio peth felly."

Rhoddodd hi ychydig eiliadau i'r geiriau hynny daro deuddeg cyn mynd yn ei blaen.

"Rŵan ta, Mr Parry-Jones," meddai hi, gan droi ei holl sylw at Ed am y tro cynta ers cerdded i'r ystafell, "ydach chi am eistedd i lawr ac ateb ein cwestiynau'n gall, ta oes raid i mi ofyn i PC Pritchard fan hyn eich rhoi chi mewn gefynnau a'ch hebrwng yn ôl i'r gell?"

Edrychodd Ed ar Mari efo golwg ddu iawn ar ei wyneb. Roedd o'n ei nabod hi o ran ei gweld, wrth gwrs, fel roedd hithau'n gyfarwydd â'i weld yntau o gwmpas Llan a'r ardal. Doedd o ddim wedi mynd i ysgol y dre, ond yn hytrach i ysgol fonedd ddrud, ond roedd o'n ddigon cyfarwydd iddi serch hynny.

Estynnodd Carradoc Anwyl ei law unwaith eto i afael ym mraich ei gleient a'r tro hwn ildiodd Ed ac eistedd. Wnaeth o ddim peidio â gwgu'n hyll ar y ddwy blismones, serch hynny.

"Dw i'n cymryd mai am lofruddiaeth Miss Dodd rydych chi'n sôn," meddai Mr Anwyl. "Doedd gan fy nghleient i ddim oll i'w wneud â hynny."

"Os felly," atebodd y DI gan wenu ar y twrnai, "mi fedr o brofi hynny ac mi allwn ni roi ein sylw i geisio dal pwy bynnag wnaeth. Mae diwrnod cyfan wedi ei wastraffu yn ein hymholiadau oherwydd anfodlonrwydd Mr Parry-Jones i gydweithredu. Mae hi'n amlwg nad ydi o isio i ni ddal y llofrudd. Mi allwch chi ddeall felly pam ei bod hi'n ymddangos yn debygol iawn i ni mai fo ydi'r llofrudd hwnnw."

Roedd Ed am neidio ar ei draed eto ond roedd Mr Anwyl yn gynt na fo'r tro yma.

"Oes gynnoch chi unrhyw dystiolaeth yn erbyn fy nghleient ta jest ei amau o ydach chi am mai fo oedd cymar Miss Dodd?" holodd y twrnai.

"Wel, y dystiolaeth gryfa yn ei erbyn ydi'r holl waed hyd y soffa, y bwrdd coffi a'r carped yn stafell fyw ei gartre. Roedd o'n awyddus iawn i wneud yn siŵr na fasai'r plismyn yn mynd i'r stafell honno. Dach chi'n gweld, Mr Anwyl, dyna pryd wnaeth o ymosod ar Sarjant Rowlands – pan wnaeth hwnnw ddangos diddordeb mewn agor y drws i'r stafell fyw. Dw i'n gobeithio cael y canlyniadau fforensig yn ôl yn fuan i brofi mai gwaed Rhian Dodd ydi o."

Roedd Mari'n llawn edmygedd o'r modd hyderus y dywedodd y DI hyn. Gwyddai'r ddwy ohonyn nhw mai go brin y deuai'r canlyniadau'n fuan ar benwythnos, achos o lofruddiaeth neu beidio.

Edrychodd Mari ar Ed Parry-Jones. Doedd o ddim yn edrych yn fygythiol mwyach, ond fel bachgen bach oedd wedi cael ei ddal yn camymddwyn.

"Gwaed Rhian ydi o," meddai Ed mewn llais bach.

"Wel, diolch am esbonio hynny, Mr Parry-Jones," meddai'r DI wedyn. "Ac ydi hi'n bosib i chi esbonio sut y collwyd cymaint o waed eich cariad chi dros y lle?"

"Wnaeth yr ast wirion redeg a baglu a tharo'i phen ar y bwrdd coffi," atebodd.

"A pham fasai hi'n rhedeg, Mr Parry-Jones? Oedd hi dan fygythiad? Oeddech chi'n rhedeg ar ei hôl hi?"

"Efallai y basai hi'n syniad i mi gael gair bach efo fy nghleient cyn iddo fo ateb mwy o'ch cwestiynau chi, Inspector," meddai Carradoc Anwyl cyn i Ed allu ateb. "Fel dach chi'n sylweddoli, doedd gen i ddim syniad eich bod yn ei gyhuddo fo o lofruddiaeth. Mi hoffwn i gael gair am y cyhuddiad hwnnw efo fo."

Gwyddai Mari fod gan y twrnai hawl i ofyn hynny. Gallai deimlo'r tyndra yng nghorff y DI yn y gadair nesa ati. Ond doedd ganddi hi ddim dewis.

"Chwarter awr, Mr Anwyl," meddai hi'n swta.

◆

Roedd y gacen geirios a'r llestri te wedi bod ar y bwrdd ers tair awr. Wrth gwrs, doedd hi ddim wedi disgwyl i Gwyndaf gyrraedd bryd hynny ond roedd o wedi dweud y byddai yno yn y bore ac yn iaith Meira Preis roedd y bore'n gorffen am hanner dydd. Dyna fu'r drefn gydol ei hoes. Codi cyn chwech, amser godro, brecwast am hanner awr wedi saith, a chinio am hanner dydd.

Trefn. Dyna'r unig beth oedd wedi ei chadw hi i fynd drwy flynyddoedd hir ei phriodas. Buan iawn y sylweddolodd hi mai'r ffordd i oroesi oedd cadw at y drefn. Os oedd pob pryd yn cael ei gyflwyno'n brydlon, doedd gan Iorwerth ddim lle i gwyno amdani hi fel gwraig. A thrwy wneud yn siŵr fod y cartre'n mynd fel wats, mi gadwodd hi ei bechgyn allan o'i ffordd o gymaint ag y gallai hi. Mi fyddai hi'n rhoi eu brecwast iddyn nhw'n hwyrach, ar ôl i Iorwerth fynd yn ôl allan i'r beudy, a'r un peth amser cinio fel mai dim ond gyda'r nos y bydden nhw'n cael pryd efo'i gilydd fel teulu.

Pan oedden nhw'n ifanc iawn, mi ddywedai Meira wrth Iorwerth fod y drefn honno er ei les o, fel nad oedd y plant yn tarfu arno fo, ond wnaeth hi ddim newid y drefn wrth iddyn nhw dyfu'n hŷn. Hyd yn oed pan oedd y bechgyn yn ddigon hen i helpu eu tad efo'r godro, byddai hi'n rhoi brecwast Iorwerth iddo'n syth ar ôl iddo orffen godro tra byddai'r bechgyn yn mynd i molchi a newid i'w gwisg ysgol cyn eu brecwast nhw.

Roedd trefn Meira wedi cadw Ithel rhag y gwaethaf o wawd ei dad. Ymhell cyn iddo fynd i'r ysgol uwchradd, roedd natur sensitif Ithel wedi ei amlygu ei hun a doedd gan Iorwerth ddim ond gwawd tuag ato, gan gyfeirio ato'n gyson fel y Cadi Ffan. Yn wir, cafodd Ithel ei esgusodi o bob gwaith ar y fferm erbyn ei fod yn ddeuddeg oed gan fod ei dad yn dweud wrtho fod o'n dda i ddim. Roedd hynny'n rhoi mwy o faich ar Gwyndaf druan, wrth gwrs. Ond mi oedd o'n fodlon ysgwyddo'r baich yn ddistaw er mwyn cadw ei frawd mawr allan o ffordd eu tad gymaint ag y gallai.

Aeth Iorwerth i'w fedd yn credu y byddai Gwyndaf yn cymryd ei le ar y fferm; dim ond ei fam wyddai bod ffermio mor atgas iddo fo ag yr oedd o i Ithel. A chyn gynted ag yr oedd angladd Iorwerth drosodd, aeth Meira i weld Wil Morgan i gynnig gwerthu'r tir a'r stoc iddo fo. A chafodd Gwyndaf fynd i'r coleg technegol ar gwrs Busnes. Ond roedd hynny'n rhy hwyr i Ithel druan. Roedd o eisoes wedi gadael.

Gwingodd Meira yn ei chadair. Gwyddai'n iawn nad oedd Gwyndaf a'i deulu'n cadw oriau cynnar, yn enwedig ar benwythnos. Cofiai ei chywilydd ar ben-blwydd Imogen y llynedd. Digwyddai fod yn ddydd Sul ac roedd hi wedi disgwyl tan ar ôl naw i ffonio, ond doedd hi ddim eisiau ffonio'n hwyrach na hynny gan y byddai hi eisiau mynd i'r capel erbyn deg. Ond mi ganodd y ffôn drosodd a throsodd a phan atebodd Gwyndaf yn y diwedd roedd o'n ddigon piwis gan fod pob un ohonyn nhw wedi bod yn cysgu'n sownd nes i'r ffôn eu deffro.

Felly, os nad oedd Gwyndaf wedi deffro tan ar ôl naw, doedd dim rhyfedd nad oedd o wedi cyrraedd eto. Ond fyddai 'na ddim amser rŵan iddo gael ei baned a'i gacen geirios. Byddai'n rhaid iddyn nhw fynd yn syth am eu cinio. Ac roedd hynny'n rhoi penbleth arall i Meira. Byddai Pero bach eisiau mynd allan. Ddylai hi bicio allan efo fo rŵan? Pendronodd Meira am rai munudau eto cyn penderfynu rhoi nodyn ar y drws ar gyfer Gwyndaf â 'jest picio i lawr i gyfeiriad y pentre am ddeg munud' arno. Estynnodd y tennyn a'i chôt law a chychwynnodd ar ei thro, gan droi i edrych dros ei hysgwydd bob yn ail gam.

♦

Doedd hi ond dwy awr ers i Hefin gyrraedd yn ei ôl o'r ysbyty ac roedd o wedi laru ar ei gwmni ei hun yn barod. Bu ei daith adre'n fwy o drafferth na'r disgwyl. Roedd o wedi gwrthod cynnig ei dad i ddod i'w nôl o o'r ysbyty. Roedd ei fam wedi bod yn gofyn yn daer iddo fo ers neithiwr i fynd adre am ychydig o ddyddiau.

"Dw i'n iawn, Mam. A dw i angen bod yn ôl yn y gwaith erbyn wyth bore fory felly does dim pwrpas i mi deithio'r holl ffordd adre heddiw."

Yn y diwedd roedd hi wedi bodloni ar ei addewid i'w ffonio hi pe bai ei gyflwr yn gwaethygu neu pe bai'n newid ei feddwl. Ac roedd o wedi addo dod adre dros y penwythnos nesa oni bai bod gwaith yn ei rwystro.

Roedd Annest hefyd wedi cynnig cael un o'r cwnstabliaid i'w nôl a'i yrru adre ond roedd Hefin wedi gwrthod y cynnig hwnnw hefyd. Roedd o wedi parcio ei gar ar y stryd yn Llan y bore cynt felly roedd o eisiau nôl hwnnw. Roedd y staff yn yr ysbyty wedi dweud wrtho fo am osgoi gyrru tan drannoeth ond roedd o'n teimlo'n iawn a byddai angen ei gar yn y bore.

Yn y diwedd cymerodd dacsi o'r ysbyty at ei gar ac wedyn gyrru adre. Roedd o wedi bod yn ymwybodol o'r rhybuddion yn yr ysbyty ac felly wedi gyrru'n arafach nag arfer ar yr A55. Ac wrth nesáu at Fae Colwyn aeth heibio i Landdulas. Ac fel y gwnâi bob tro wrth basio, edrychodd i fyny ar y chwarel a meddyliodd am ei daid oedd wedi gweithio yn y chwarel yng Nghorris am ddeugain mlynedd.

A gwnaeth hynny iddo ddyfalu ble'r oedd o wedi clywed sôn am chwarel yn ddiweddar? A chofiodd bod yna sôn yn nhrawsgrifiad cyfweliad Gerwyn Evans am chwarel ar ei dir o. Chwarel y Brain. Tybed lle'r oedd honno? Byddai'n rhaid iddo fo edrych ar fap ar ôl cyrraedd adre. Oedd 'na fwy o hen chwareli o gwmpas Llan? Os oedd car Rhian Dodd ar goll, tybed allai o fod wedi ei wthio i dwll chwarel yn rhywle?

Roedd hi wedi troi un ar ddeg erbyn iddo gyrraedd adre ac erbyn hynny roedd o wedi blino'n rhacs – effaith noson wael o gwsg ym mhrysurdeb y ward ar wely dieithr. A dyna pam roedd o wedi disgyn yn glewt ar y soffa i wylio ffilm bore Sadwrn yn lle gwneud rhywbeth defnyddiol. Ella y basai o'n mynd i'w wely am sbel, jest i wneud iawn am ei ddiffyg cwsg neithiwr. Ond roedd Annest wedi addo ffonio ar ôl y cyfarfod am ddau.

A'r eiliad honno, fel tasai hi'n gwybod ei fod yn meddwl amdani, daeth neges destun oddi wrth Annest. Chwarae teg iddi, mi holodd sut oedd o'n gynta cyn dweud mai dim ond rŵan roedd hi'n gallu cyfweld Ed. Ac felly y basai hi'n e-bostio'r holl adroddiadau ato fo ar ôl y cyfarfod er mwyn iddo fo gael golwg arnyn nhw cyn y bore.

Dyna hynny wedi ei setlo felly. Penderfynodd Hefin fynd i'w wely er mwyn bod yn llai blinedig i edrych dros yr adroddiadau'n nes ymlaen. Gadawodd ei baned yn oeri ar y bwrdd coffi a throdd i gyfeiriad ei lofft.

◆

Llwyddodd Annest i gadw draw o'r Ystafell Gyfweld am chwarter awr. Roedd hi'n ysu am gael mynd yn ei hôl i fynd i'r afael efo Ed Parry-Jones ond yr un mor awyddus i beidio â dangos hynny. Anfonodd neges at Hefin i ddweud wrtho lle roedden nhw arni. Atebodd ryw neges loerig oddi wrth ei mam yn holi am yr hyn roedd hi'n bwriadu ei wisgo ar gyfer y bedydd, edrychodd ar ragolygon y tywydd ar gyfer yr ardal leol a hefyd ar gyfer Manceinion. A rhywsut mi lusgodd bysedd y cloc ar wal yr Ystafell Ddigwyddiad yn eu blaenau ac roedd y chwarter awr ar ben a Mari wrth ei hochr efo paned o goffi ffres bob un. Nid y biswail o'r peiriant coffi chwaith na'r dŵr budr o'r ffreutur ond paned go iawn o'r siop goffi dros y ffordd, a hwnnw'n arogli'n hyfryd.

Cerddodd y ddwy i mewn i'r ystafell a gosod eu paneidiau ar y bwrdd o flaen eu cadeiriau. Wrth iddi roi'r offer recordio ymlaen a nodi eto pwy oedd yn bresennol, gallai Annest weld Ed yn llygadu'r coffi.

"Rŵan ta, Mr Parry-Jones," meddai hi'n hwyliog unwaith roedd y materion ffurfiol wedi eu cwblhau. "Fedrwch chi ddweud wrthon ni yn eich geiriau eich hun beth ddigwyddodd rhyngoch chi a Rhian Dodd nos Fercher?"

Edrychodd Ed ar y twrnai ac amneidiodd hwnnw arno efo hanner gwên fel tasai o'n annog plentyn bach i ddweud ei adnod yn y capel.

"Wel, trio rhesymu efo hi oeddwn i!" dechreuodd â'i lais yn codi i fynegi'r cam a gawsai. "Ond roedd hi fel rhyw anifail gwyllt, yn gwrando dim."

Torrodd Annest ar ei draws.

"Fasech chi cystal â dweud yr hanes o'r cychwyn, plis, Mr Parry-Jones?" dywedodd hi'n dawel. "Pryd gyrhaeddoch chi adre o'ch gwaith?"

"Tua chwarter wedi pump," atebodd o'n syth. "Dyna pryd dw i'n cyrraedd adre bob dydd,"

Ceisiodd Annest ddychmygu sut y basai hi'n teimlo i fod mewn swydd lle y basech chi'n gallu bod adre am chwarter wedi pump bob prynhawn. Roedd o'n swnio'n ddiflas iawn, penderfynodd. Cymerodd ddracht go ddwfn o'r coffi cyn parhau.

"Ac oedd Miss Dodd yno pan gyrhaeddoch chi adre?" holodd hi.

"Oedd. Ac roedd hi wedi neud bwyd yn barod a phopeth."

"Oedd hynny'n plesio?"

"Wel, oedd. Fel arfer mae hi tua chwech erbyn i Rhian ddod adre a neud bwyd."

Edrychodd Annest a Mari ar ei gilydd am ennyd. Roedd y ddwy ohonyn nhw wedi sylwi ar y defnydd o'r amser presennol.

"Rhian oedd bob amser yn coginio?"

"Ie," atebodd yn syth. "Rêl merch fferm. Wrth ei bodd yn gwneud bwyd cartre."

"A beth oedd hi wedi ei wneud nos Fercher, Mr Parry-Jones?"

"Caserol cyw iâr."

"W, blasus iawn," meddai Annest gan yfed mwy o'i phaned.

"Ches i ddim cyfle i'w drio fo," atebodd Ed yn bwdlyd. "Y munud steddes i wrth y bwrdd mi ddechreuodd yr ast wirion godi ffrae. A'r peth nesa roedd hi wedi trio taflu'r caserol drosta i. Roedd o'n chwilboeth. Gofynnwch i'r plismon ddaeth yna bore ddoe – mi welodd o'r llanast, a'r ddynes oedd efo fo."

"Yn anffodus, dydi hi ddim yn bosib i mi siarad efo Sarjant Rowlands ar hyn o bryd gan ei fod o yn yr ysbyty ar ôl i chi ei anafu o'n ddifrifol ddoe," meddai Annest. "Ond mi ydw i wedi cael adroddiad oddi wrth Gwnstabl Butler ac mae hi wedi cadarnhau bod llanast dychrynllyd ar fwrdd y gegin a bod neb wedi gwneud ymdrech i'w lanhau."

"Wel, mi redodd hi allan heb glirio ei llanast, yndo?"

"Gawn ni fynd yn ôl, Mr Parry-Jones? Am beth oeddech chi'n ffraeo?"

"Hi oedd yn dweud mod i wedi bod yn cysgu efo rhywun arall."

"Pam roedd hi'n dweud hynny?"

"Wel, ro'n i wedi gorfod mynd i ffwrdd ar gwrs yr wythnos diwetha efo'r gwaith," dechreuodd Ed gan edrych i bob cyfeiriad ond i gyfeiriad Annest a Mari. "Roedd y cwrs yn Leeds. Ac roedd 'na eneth arall o'r gwaith ar yr un cwrs â fi felly mi wnaethon ni rannu car. A rŵan mae Rhian yn dweud bod yr eneth arall 'ma'n bragio ein bod ni wedi rhannu llofft yn y gwesty."

"Ac ydi hynny'n wir, Mr Parry-Jones?"

"Dw i ddim yn gweld be sy gan hynny i'w wneud efo chi," atebodd.

Gwenodd Annest. Ysgrifennodd Mari yn ei llyfr nodiadau bod Miss Ceri Griffiths wedi sôn am deithio i gwrs yn y car efo Ed. Gwenodd Annest eto.

"Mi wna i gymryd ei fod o'n wir, Mr Parry-Jones," meddai hi wrtho.

Edrychai am ennyd fel tasai o am wadu mwy ond ar ôl pwniad bach gan Carradoc Anwyl, mi wnaeth o ailfeddwl.

"Ta waeth am hynny," aeth Annest yn ei blaen. "Be ddigwyddodd ar ôl i Miss Dodd daflu'r bwyd?"

"Mi ddwedodd hi ei bod am adael ac mi fartsiodd hi allan o'r gegin ac i fyny'r grisiau. Roedd hi fel rhywun o'i go' – yn taflu pethe mewn i fag ac yn gweiddi. Ro'n i'n trio siarad efo hi a'i chael hi i gallio ond roedd hi jest yn dal ati i daflu stwff i'r bag. Ac wedyn mi aeth hi i lawr i'r stafell lawr grisiau a dechrau hel stwff o fanno. A dyna pryd wnaeth hi faglu dros y bwrdd bach a hitio'i phen ar gornel y bwrdd nes bod ei phen hi'n 'stillio gwaedu. Ond wnaeth hi ddim stopio. Jest codi'n ôl i fyny a dal i hel pethe o'r silffoedd a dripio gwaed hyd bob man."

"Yn ôl adroddiad y patholegydd," meddai Annest, gan estyn y papur dan sylw o'r pentwr o'i blaen ar y bwrdd, "roedd yr anaf i ben Miss Dodd yn un difrifol. Mi fasai o wedi bod yn ddigon drwg i'w rhwystro hi rhag parhau efo beth bynnag roedd hi'n neud."

"Dach chi a minnau'n gwybod, Inspector," meddai'r twrnai ar ei thraws, "fod pobl sy wedi cynhyrfu yn gallu anwybyddu anafiadau eitha difrifol am gyfnod sylweddol oherwydd effaith yr adrenalin."

Amneidiodd Annest i ddangos nad oedd am anghytuno.

"Wnaethoch chi geisio helpu Miss Dodd, Mr Parry-Jones? Wedi'r cwbl, roedd hi'n amlwg wedi anafu'n ddrwg."

"Do, mi wnes i ddeud wrthi hi am stopio gwaedu hyd y dodrefn a'r carped. Mi wnes i gynnig nôl bandej. Mi wnes i gynnig mynd â hi i'r hosbitol hyd yn oed. Ond y cwbl wnaeth hi oedd dal i daeru a jest estyn rhywbeth allan o'r bag roedd hi 'di bacio a dal hwnnw wrth y briw. A wedyn mi ruthrodd hi allan o'r tŷ ac i'r car. Mi wnes i drio ei stopio hi. Ond wnâi hi ddim gwrando. Roedd hi'n edrych yn rêl nytar yn mynd allan o'r tŷ efo trowsus pajamas Mickey Mouse am ei phen. Wn i ddim be oedd pobl y stryd yn ei feddwl."

"Ie, Mr Parry-Jones. Dyna broblem arall sy gynnon ni. Does neb o'ch cymdogion yn cofio gweld Miss Dodd yn gadael. Roedd nifer o bobl wedi ei gweld hi'n cyrraedd adre ac un neu ddau wedi'ch gweld chi'n cyrraedd wedyn. Ond does 'na neb yn cofio gweld yr un ohonoch chi'n gadael. Ac os oedd hi'n gwneud cymaint o sŵn ag ydach chi'n ddeud, mae hi'n rhyfedd na sylwodd neb, tydi?"

"Erbyn iddi fynd allan o'r tŷ oedd hi 'di distewi, toedd?" atebodd Ed. "Roedd hi jest yn hepian crio ac yn dal y trowsus wrth ei phen. Mi ddreifiodd hi i ffwrdd a weles i mohoni wedyn."

"Oeddech chi'n meddwl ei bod hi'n ffit i yrru car, Mr

Parry-Jones?"

"Wel, nago'n, ond fedrwn i ddim ei stopio hi."

"Wnaethoch chi ddim meddwl mynd ar ei hôl hi rhag ofn i rywbeth ddigwydd?"

"Naddo. Ro'n i'n meddwl y basa hi'n dod yn ôl wedi iddi hi gallio. Dach chi'n deud mai'r briw ar ei phen hi wnaeth ei lladd hi?"

Tro Annest a Mari oedd hi i synnu rŵan. Oedd o o ddifrif? Ta oedd o'n well actor nag oedden nhw wedi ei ddychmygu? Ceisiodd Annest guddio ei syndod. Penderfynodd ei bod hi'n bryd troi natur y sgwrs i geisio cael ymateb ohono fo.

"Naci, Mr Parry-Jones," meddai hi wrtho'n ddistaw ond â thinc cas i'w llais. "Nid yr anaf i'w phen hi wnaeth ei lladd hi. Mi wnaeth rhywun roi ei ddwylo am ei gwddw hi a gwasgu a gwasgu nes ei bod hi wedi marw."

Rhoddodd Annest nifer o eiliadau o ddistawrwydd i'w geiriau gael effaith, gan hanner disgwyl i Ed ddechrau protestio nad fo wnaeth. Ond doedd yna ddim ymateb yn amlwg ar ei wyneb nac yn osgo ei gorff.

"Mae tagu rhywun fel yna'n ffordd bersonol iawn o ladd rhywun," meddai hi wrtho. "Dach chi'n gorfod bod yn agos iawn, iawn atyn nhw i'w lladd nhw'r ffordd yna. Yn sbio yn eu llygaid nhw wrth i chi wasgu'r anadl allan ohonyn nhw. O mhrofiad i, dyna'r dull sy'n cael ei ddefnyddio'n aml gan berthynas neu gymar, gan rywun sy'n eu nabod yn dda. Ai chi oedd y rhywun hwnnw wnaeth wasgu'r anadl allan o gorff Rhian Dodd?"

Y tro hwn, roedd yr ymateb yn amlwg. Efallai bod y dyn ifanc o'r diwedd yn dechrau sylweddoli pa mor ddybryd oedd ei sefyllfa. Edrychodd ar ei dwrnai. Yna'n ôl at Annest.

"Naci," atebodd, a'i lais mor ddistaw mai prin y gallai neb

ei glywed.

"Allwch chi ddeud hynna eto, Mr Parry-Jones?" gofynnodd Annest. "Dw i ddim yn siŵr bod y peiriant wedi codi'r ateb yna."

"Naci," atebodd o'n uwch, a'i dymer yn dechrau codi eto. "Fel dwedes i wrthoch chi, mi ddreifiodd hi i ffwrdd yn ei char a weles i mohoni wedyn."

Os oedd y cyfeiriad at dagu Rhian wedi cael effaith arno, roedd hynny drosodd rŵan ac Ed mor ddi-hid ag erioed, mor gwbl sicr ohono'i hun. Y bachgen breintiedig na fu erioed yn ei fywyd mewn sefyllfa na allai Dadi ei sortio.

Rhoddodd Annest un cynnig arall arni. Newidiodd ei hosgo yn ei chadair er mwyn rhoi ei hwyneb yn nes at wyneb Ed.

"Ychydig cyn i Miss Dodd gael ei thagu i farwolaeth," dechreuodd mewn llais isel, yn union fel tasai hi'n rhannu rhyw gyfrinach fawr efo fo, "roedd rhywun wedi cael cyfathrach rywiol efo hi. Wnaethoch chi gael cyfathrach rywiol efo Miss Dodd nos Fercher, Mr Parry-Jones? Mi fyddwn ni'n gwybod, wrth gwrs, pan gawn ni'r canlyniadau fforensig, ond mi fasa hi'n help i ni gael gwybod rŵan."

Wrth gwrs, gwyddai Annest, ac mi wyddai Carradoc Anwyl hefyd, nad oedd unrhyw sicrwydd y byddai'r canlyniadau fforensig yn gallu bod yn gymaint o help, ond cyn iddo fo allu ymyrryd, roedd Ed wedi ymateb.

"Iesu, naddo!"

"Dach chi'n siŵr, Mr Parry-Jones? Ella eich bod chi wedi cael rhyw gyfnod bach cariadus cyn iddi hi fynd yn ffrae rhyngoch chi?"

"Naddo!" Doedd dim dwywaith ei fod o wedi cynhyrfu'n lân rŵan. "Wnes i ddeud wrthoch chi – roedd hi'n amlwg ei bod hi isio dechrau'r ffrae yn syth oherwydd mi wnaeth hi ddechrau arna i cyn i mi gael un cegiad o'r bwyd!"

"Mae 'na ddynion fasa'n ffeindio merch wedi gwylltio yn ddeniadol iawn. Dach chi'n siŵr wnaeth eich ffrae chi ddim troi'n sesiwn rywiol go boeth?"

Agorodd Carradoc Anwyl ei geg i brotestio ond atebodd Ed cyn iddo ffurfio'r geiriau.

"Wel, dydw i ddim yn un o'r dynion yna. Roedd ei gweld hi fel 'na yn fy nhroi i reit off, nid fy nhroi i mlaen! Ro'n i'n reit falch pan oedd hi wedi mynd, os dach chi isio gwybod."

"Felly, wir, Mr Parry-Jones," meddai Annest, gan eistedd yn ôl yn ei chadair a gwenu. "Roeddech chi'n hapus i weld eich cymar yn gyrru i ffwrdd efo anaf difrifol i'w phen. A wnaethoch chi ddim ymdrech i ddarganfod beth ddaeth ohoni wedyn? Os dan ni i gredu eich stori chi, rhaid i ni gredu eich bod chi wedi bod yn falch o'i gweld hi'n mynd, er mai mynd wnaeth hi i rywle lle cafodd hi ei threisio a'i llofruddio."

"Do'n i ddim i fod i wybod hynny, nac o'n?" protestiodd Ed. "Fel dwedes i, ro'n i'n meddwl y basa hi'n dod adre ar ôl dipyn."

"A phan na ddaeth hi, beth wnaethoch chi, Mr Parry Jones? Wnaethoch chi ffonio ei ffrindiau a'i theulu i wneud yn siŵr ei bod hi'n iawn?"

Roedd yr olwg syfrdan ar ei wyneb yn dangos nad oedd o wedi ystyried y fath beth. Ond mi gochodd ryw ychydig. Efallai ei bod hi'n bosib iddo deimlo cywilydd, wedi'r cwbl. Dim llawer, ond rhyw fymryn bach.

"Naddo," atebodd mewn llais bach.

"Be wnaethoch chi, Mr Parry-Jones?"

"Mi wnes i newid fy nillad ac wedyn mi es i allan. Ro'n i

wedi trefnu i gyfarfod ffrindiau yn y Fic am wyth o'r gloch."

"Felly, ga i gadarnhau hyn efo chi, Mr Parry-Jones. Ar ôl ffrwgwd ddifrifol efo'ch cariad, ar ôl ei gweld hi'n gyrru i ffwrdd yn gwaedu, mi aethoch chi allan i'r dafarn i fwynhau noson o hwyl a sbri efo'ch ffrindiau?"

"Do. Ac mae fy ffrindiau i i gyd yn gwybod pa mor ypsét o'n i am fod Rhian wedi cerdded allan arna i. Ac maen nhw i gyd yn gwybod lle'r o'n i drwy'r nos. Ro'n i yn y Fic tan ddeg ac yna yn y Goron ac wedyn aethon ni i'r Biz tan i fanno gau. A do'n i ddim isio mynd adre ar ôl be oedd 'di digwydd felly mi wnes i aros efo ffrindiau yn y dre tan y bore."

"Mi fyddwn ni angen enwau a chyfeiriadau'r ffrindiau oedd efo chi, Mr Parry-Jones."

"Dim problem. Mi fyddan nhw i gyd yn cytuno na wnes i fynd ar gyfyl Rhian."

"A wnaethoch chi ddim cysylltu efo hi chwaith?"

"Mi wnes i drio ei ffonio hi gwpl o weithiau cyn mynd allan. Ac mi wnes i decstio tua un ar ddeg pan oedden ni'n gadael y Goron. Ond wnaeth hi ddim ateb."

"Naddo, debyg. Yn ôl canlyniad y postmortem, mae'n fwy na thebyg ei bod hi wedi marw erbyn hynny."

Doedd gan Ed Parry-Jones ddim ateb i hynny.

PENNOD 11

Gyrrodd Cat Murray'n ofalus i lawr y ffordd i gyfeiriad
Penllechwedd. Teimlai'n flinedig iawn er nad oedd hi ond
hanner awr wedi tri yn y prynhawn. Wrth gwrs, diffyg cwsg
oedd y broblem. Doedd hi ddim wedi disgwyl gorfod mynd
allan ym mherfeddion nos i nôl Manon y noson gynt. Ac
wedyn gorfod disgwyl yn y maes parcio am bron i hanner
awr cyn i madam benderfynu ymddangos. Roedd Cat wedi
anfon tua dwsin o negeseuon testun ond taerai Manon na
chafodd hi'r un ohonyn nhw. Wrth nesáu at ei chartref rŵan
dychmygodd pa mor braf fyddai hi i gyrraedd adre a gweld
bod Manon wedi llnau'r tŷ i gyd a golchi'r dillad a ... ond
breuddwyd gwrach oedd hynny.

Yn sicr, doedd 'na ddim llond lein o olchi'n chwifio yn y
gwynt er ei bod yn ddiwrnod sychu penigamp. Yn wir, doedd
dim golwg bod 'na neb adre. Ond na, unwaith y daeth Cat
gyferbyn â'r tŷ gallai weld nad oedd car Manon wedi symud;
roedd o'n dal reit ar draws y drws cefn lle y gadawodd hi o
bnawn ddoe.

Camodd Cat yn flinedig o'r car a mentrodd i'w chartre yn ddigon trwm ei chalon. Na, doedd Manon ddim wedi llnau'r tŷ, dim ond ychwanegu at y llanast. Gorweddai ar ei hyd ar y soffa yn ei phajamas efo'r teledu ymlaen yn uchel iawn. Ond doedd Manon ddim i'w gweld yn cymryd unrhyw sylw ohono gan ei bod yn syllu ar ei ffôn a'i bysedd yn brysur ar y teclyn hwnnw. Wel, ella nad 'prysur' oedd y gair cywir, ond roedden nhw'n symud llawer mwy nag unrhyw ran arall ohoni.

Doedd Manon yn dal heb sylwi ar ei mam a safodd Cat i syllu arni am eiliadau hir. Roedd hi'n edrych yn llwyd iawn a'i llygaid yn bŵl a difywyd. Effeithiau alcohol neithiwr? 'Ta diffyg awyr iach? Doedd hi'n sicr ddim yn edrych ar ei gorau.

"Haia!" meddai Cat o'r diwedd. "Ti'n iawn?"

Gwnaeth Manon ryw fath o sŵn ond doedd yna ddim geiriau y gallai Cat eu hadnabod. Triodd eto.

"Tisio paned?"

Daeth sŵn arall ac estynnodd Manon ei llaw tua'r llawr i godi mŵg i gyfeiriad ei mam heb dynnu ei llygaid oddi ar sgrin ei ffôn.

Cymerodd Cat y cwpan a cherddodd i'r gegin gan gau'r drws o'i hôl i leddfu ychydig ar sŵn byddarol y teledu. Roedd hi'n disgwyl gweld olion ffrio a llestri budron yn ymyl y sinc ond doedd dim arwyddion o gwbl fod Manon wedi bwyta dim – doedd Cat ddim yn credu am eiliad y basai hi wedi gwneud brecwast a chinio iddi ei hun a golchi'r llestri ar ei hôl. Wrth iddi estyn bagiau te o'r cwpwrdd, trawodd Cat olwg dros y bocsys ar y silff ucha ond doedd dim arwyddion bod Manon wedi cymryd unrhyw rawnfwyd na bariau brecwast sydyn o fanno – fasen nhw ddim yn eu lle mor daclus tasa hi wedi bod yno.

Prysurodd i wneud dwy baned o de a mentrodd yn ei hôl

i'r stafell fyw. Edrychodd Manon i fyny ac estynnodd ei llaw am y baned.

"Tisio rhywbeth i'w fwyta?" holodd Cat.

"Na, dim diolch," atebodd ei merch. Deallodd Cat y geiriau yma drwy ddarllen ei gwefusau gan nad oedd modd ei chlywed.

"Gest ti frecwast?" gofynnodd. Ond chlywodd Manon mohoni.

Gwnaeth Cat arwydd arni i ddiffodd y sain ac, yn ddigon anfoddog, pwysodd hi'r botwm i oedi'r rhaglen.

"Sori," meddai Manon er nad oedd tôn ei llais yn awgrymu ei bod yn sori o gwbl. "Wnes i'm eich clywed chi."

"Dw i'n synnu dim!" meddai Cat, gan geisio ei ddweud yn smala, fel jôc. "Gofyn wnes i oeddet ti wedi cael brecwast."

"Naddo," atebodd Manon. "Dw i'm llawer o isio bwyd."

Gwnaeth ystum fel tasa hi am ailgynnau'r twrw felly brysiodd Cat i siarad eto.

"Dw i'n meddwl mynd am dro ar ôl cael fy mhaned. Mae hi'n braf allan. Ti ffansi dod efo fi?"

Edrychodd Manon ar ei mam fel tasai hi wedi awgrymu taith i'r gofod.

"Meddwl o'n i y basa dipyn o awyr iach yn gwneud lles i'r ddwy ohonon ni," ychwanegodd Cat. "Fasen ni'n gallu mynd yn y car os lici di i lawr at rywle ar lan y môr ..."

"Dim diolch, Mam," atebodd Manon yn bendant iawn. "Dw i'n hollol nacyrd ar ôl wsnos yn y gwaith a rhuthro o gwmpas efo'r genod. Dw i jest isio restio."

"O, iawn," meddai ei mam. "Be am i ni fynd allan i rywle efo'n gilydd heno, jest y ddwy ohonon ni? Am fwyd i rywle neu i'r pictiwrs ella?"

Y tro yma roedd hi'n amlwg bod Manon o'r farn bod ei

mam wedi colli arni'n llwyr.

"Na, dw i'm yn meddwl, Mam," meddai. "Ella bydda i'n mynd rownd i weld Beca rywbryd nes ymlaen."

Dim ymddiheuriad hyd yn oed. Trodd ei sylw'n ei ôl at y teclyn yn ei llaw a phwysodd y botwm i lenwi'r tŷ efo sŵn unwaith eto. Brysiodd Cat i'r llofft i newid ac o fewn pum munud roedd hi'n cau drws ei chartref yn ddiolchgar ac yn camu allan i'r awyr iach.

◆

Ar y dechrau, roedd Mari wedi bod braidd yn siomedig na chafodd hi fynd efo DI Rhys i Gefn Dolydd y prynhawn hwnnw. Ceisiodd beidio â dangos ei siom pan ddywedodd DI Rhys ei bod am fynd ag Arwel efo hi i gyfweld teulu Rhian ymhellach a'i bod hi eisiau i Mari gadarnhau symudiadau Ed Parry-Jones nos Iau.

"Roeddet ti yno'n clywed be ddwedodd o, Mari," esboniodd yr Inspector. "Dw i isio i ti holi cymaint â phosib o'r bobl oedd wedi ei weld o yn y Fic a'r Goron a'r clwb nos 'na. Mi fydd hi'n haws i rywun ifanc eu cael nhw i siarad. Dos â PC Owen efo ti."

Y frawddeg ola wnaeth newid meddwl Mari. Roedd hi wedi darganfod ers ddoe mai enw cynta PC Owen oedd Osian a'i fod o'n chwech ar hugain oed ac yn ddibriod. Roedd o fel arfer yn gweithio o orsaf heddlu Bae Colwyn ond byddai'n aml yn cael ei 'fenthyg' gan y pencadlys ar gyfer achosion ble'r oedd angen swyddogion ychwanegol, oedd yn awgrymu bod gan y bobl bwysig gryn feddwl ohono fo.

Edrychodd Mari i lawr ar y rhestr enwau a chyfeiriadau yn ei llaw ac yna trawodd olwg draw tua phen pella'r stafell ddigwyddiad lle'r oedd Osian Owen yn brysur wrth ei gyfrifiadur. Roedd ei gefn ati ac roedd modd gweld y cyhyrau'n symud yn ei ysgwyddau wrth iddo symud ei fysedd dros yr allweddfwrdd a'r modd roedd ei wallt tywyll yn mynnu cyrlio ar ei war.

Oherwydd y ffordd roedd y desgiau wedi eu gosod yn yr ystafell roedd rhaid i Mari fynd rownd ymyl yr ystafell a nesáu at ddesg PC Owen o'r ochr. Gallai weld ei drwyn syth a'r blew llygaid hirion wrth iddo ganolbwyntio'n llwyr ar ei sgrin.

"PC Owen," meddai hi wrth nesáu at ei ddesg.

"Osian, plis," meddai ac yna mi wnaeth o wenu'r wên lydan yna oedd yn gwneud iddo fo edrych fel bachgen direidus. Sylwodd Mari nad oedd ei lygaid pefriog yn las fel roedd hi wedi meddwl ond yn wyrdd fel crisial.

"A Mari dw inne," atebodd hi, gan gerdded yn nes ato. "Mae'r DI isio i ni ein dau fynd i gyfweld cymaint ag y gallwn ni o'r bobl welodd Ed Parry-Jones nos Fercher er mwyn gwirio ei dystiolaeth o. Mae hi'n meddwl y bydd pobl ifanc yn fwy tebygol o siarad efo rhai ifanc fel chi a fi."

"O, plis, paid â ngalw i'n 'chi', Mari," meddai Osian gan chwerthin. "Dw i'n teimlo'n ddigon hen fel mae hi efo pen-blwydd arall yn rhuthro tuag ata i!"

Roedd hi'n amhosib peidio â gwenu'n ôl arno fo.

"Mae 'na rywun o adran adnoddau dynol y cyngor i fod i fy ffonio i'n ôl mewn deg munud," meddai Osian. "Ynglŷn â record gwaith Rhian. Mae hi wedi mynd i mewn yn arbennig ar bnawn Sadwrn i nôl y ffeil, chwarae teg iddi. Ydi hi'n iawn i mi ddisgwyl am yr alwad yna cyn i ni fynd?"

"Ydi, tad," meddai Mari. "Mae gen inne un neu ddau o alwade ffôn i'w gwneud hefyd."

Cerddodd Mari'n ôl at ei desg ac agorodd ddogfen ar ei chyfrifiadur. Roedd hi'n dal i syllu ar y ddogfen honno pan ddaeth Osian draw chwarter awr yn ddiweddarach. Doedd hi ddim wedi gwneud unrhyw alwad ffôn.

"Ti'n barod?" gofynnodd Osian.

"Ydw," atebodd Mari, yn ffwndrus wrth geisio diffodd ei chyfrifadur.

Bachodd ei bag a brysiodd ar ôl Osian. Roedd angen iddi symud yn eitha cyflym i gadw i fyny efo'i gamau bras o.

"Gest ti dy alwad ffôn?" holodd, er mwyn ei arafu yn fwy na dim arall.

"Do," atebodd yntau. "Ac fel roedden ni'n amau, doedd hi erioed wedi bod mewn unrhyw drafferth yn y gwaith. Cydwybodol iawn, poblogaidd.

Rwyt ti'n dod o'r ardal yma, yn dwyt? Oeddet ti'n nabod Rhian?"

"Wel, oeddwn, ond ddim yn dda. Roedd hi'n iau na fi. Roedd hi yn yr un dosbarth ag un o mrodyr i yn yr ysgol uwchradd."

"Argian! Faint o frodyr sgen ti? Ti'n gwneud iddyn nhw swnio fel criw go fawr!"

"Mae gen i dri ond mae hi'n aml yn teimlo fel mwy!" chwarddodd Mari.

"Sut gest ti weithio yn dy orsaf leol? Dydyn nhw ddim yn rhy hoff o hynny fel arfer."

"Ro'n i'n gweithio yn ardal Porthmadog a Dolgellau tan ryw ddwy flynedd yn ôl," esboniodd Mari, â'i llais yn distewi wrth gofio. "Ond mi wnes i ofyn am gael symud yn nes at adre am bod Mam yn wael."

"Wela i. Ydi hi'n well rŵan?"

"Mi wnaeth hi farw y llynedd."

"O, mae'n ddrwg gen i, Mari. Roedd hynna'n beth twp i'w ofyn. Sori."

"Paid â phryderu am y peth," atebodd hi, gan ymdrechu gwên.

Cerddodd y ddau i lawr y grisiau. Trodd Mari i gyfeiriad y drws ffrynt.

"Lle gynta?" gofynnodd Osian wedyn.

"Y Fic, dw i'n meddwl," atebodd hithau. "Os awn ni i'r llefydd aeth Ed yn y drefn yr aeth o iddyn nhw, mi gawn ni well syniad o'i symudiade fo."

Cerddodd y ddau gwnstabl yn gytûn i lawr Stryd y Farchnad a hanner ffordd i fyny'r Stryd Fawr i'r Fic, oedd ar gornel prif sgwâr Llan. Roedd o wedi bod yn fan aros i deithwyr ers dyddiau'r goets fawr a gallai Mari gofio'r lle'n edrych yn ddigon llwm a'r iard yn y cefn yn llawn chwyn. Ond erbyn hyn roedd cwmni mawr wedi ei brynu, ei sbriwsio a throi'r hen stablau yn llety hunanarlwyo. Roedd 'na hefyd ardal bwyta ac yfed ar draws cefn y gwesty efo peth wmbreth o ymbrelau dros y byrddau a basgedi crog yn byrlymu o flodau'r haf. Roedd basgedi crog ar hyd blaen yr adeilad hefyd a bu raid i Osian gymryd gofal rhag taro ei ben ar ambell un.

Camodd Mari o'r haul i gysgodion lobi'r gwesty at y dderbynfa lle'r oedd dwy ferch, un yn siarad ar y ffôn a'r llall yn twtio llond blwch o daflenni twristaidd ar y cownter. Edrychodd honno i fyny wrth weld Mari ac Osian yn dynesu, a gwelodd Mari ei hwyneb yn newid wrth weld mai'r heddlu oeddynt.

"Ga i'ch helpu chi?" holodd y ferch.

"Dan ni yma i gadarnhau alibi rhywun," esboniodd Mari. "Mae o'n deud ei fod o wedi bod yma yn y bar nos Fercher a dan ni isio siarad efo unrhyw un wnaeth ei weld o neu siarad efo fo bryd hynny."

"O, dw i ddim yn gweithio gyda'r nosau," meddai'r ferch.

"Pwy fasa wedi bod ar y dderbynfa nos Fercher?" gofynnodd.

"John a Helen," atebodd y ferch. Erbyn darllen y bathodyn ar frest ei siaced, ei henw hi oedd Aleisha ac roedd hi'n Dderbynnydd Cyffredinol. "Ond dydan ni yn y dderbynfa ond yn gweld y bobl sy'n dod yma i aros neu i fwyta. Mae'r bobl sy'n mynd i'r bariau yn mynd drwy'r drws ochr neu drwy'r cefn o'r iard."

"Diolch, Aleisha," meddai Mari gan wenu arni. "Pryd fydd John neu Helen yma nesa?"

"Mae John yma heno," atebodd. "Ond mae Helen i ffwrdd tan nos Fawrth nesa. Dydi hi ond yn gwneud nos Fawrth tan nos Wener."

A'r un oedd y stori efo staff y bariau yng nghefn yr adeilad. Doedd neb o'r staff dydd wedi bod yn gweithio nos Fercher. A doedd hi fawr gwell yn y Goron. Doedd neb yno ond y perchennog yn tynnu peintiau i ddau ffermwr hynafol a doedd o ddim wedi bod yn gweithio yn y bar nos Fercher gan ei fod o wedi bod i fyny'r grisiau'n gwneud ei archeb cwrw. Ac roedd y clwb nos ar gau a dim golwg o neb o gwmpas y lle.

Trodd y ddau eu sylw at ymweld â chartrefi hynny o ffrindiau Ed oedd yn byw yng nghanol y dre ond profodd hynny i fod yr un mor rhwystredig. Doedd 'na neb adre, pawb yn eu gwaith, debyg, neu allan yn siopa neu beth bynnag oedd pobl yn ei wneud ar ddydd Sadwrn. Teimlai Mari'n eitha digalon.

"Wela i ddim pwrpas cael car a mynd i gartrefi'r lleill ar

y rhestr," meddai hi wrth Osian wrth iddyn nhw gerdded yn eu holau i gyfeiriad y stesion. "Debyg bydd rheiny i gyd allan hefyd."

"Ti'n iawn," cytunodd yntau'n syth. "Be sy isio ydi i ni ddod yn ôl heno pan maen nhw ar agor."

"Ond dw i ddim ar shifft heno," meddai Mari wrtho.

"Na finne," meddai Osian. "Ond os dan ni'n pasio hyn ymlaen i rywun ar y shifft nos, fydd gynnyn nhw ddim cystal gwybodaeth am y cefndir ag sy gen ti."

Nodiodd Mari ei phen yn araf wrth ystyried. Roedd hi'n gyndyn o roi'r dasg i rywun arall. Wedi'r cwbl, roedd y DI wedi rhoi'r dasg iddi hi oherwydd ei bod hi wedi bod yn bresennol yn y cyfweliad efo Ed ac yn gwybod beth roedd o wedi ei ddweud am bwy welodd o ac ymhle. Ond fyddai hi ddim ar shifft nos tan nos Lun ac roedd angen gwirio alibi Ed cyn gynted â phosib.

Torrodd Osian ar draws ei meddyliau dryslyd.

"Be tasen ni'n gofyn i'r DI am gael newid ein horiau?" holodd. "Fasa'r ddau ohonon ni'n gallu cymryd prynhawn heddiw i ffwrdd ac wedyn dod yn ôl tua wyth heno i fynd i holi yn y tri lle eto. Mi fasa'r staff nos yn gweithio a debyg y basen ni'n gweld dipyn o'r bobl ar dy restr allan yn y dre hefyd."

Petrusodd Mari am ennyd. Roedd o'n syniad gwych am nifer o resymau.

"Wrth gwrs," meddai Osian wedyn cyn iddi gael amser i gytuno, "falle bod gen ti gynllunie ar gyfer heno. Do'n i ddim yn meddwl dy roi mewn lle cas."

"Ddim o gwbl," atebodd Mari gan wenu arno. "Sgen i ddim cynllunie o gwbl ar gyfer heno heblaw eistedd ar y soffa adre yn gwrando ar farn fy mrodyr am bawb ar y teli a barn Dad am bopeth yn y papur newydd."

"Dyna ni, ta," dywedodd Osian gan wenu'n ôl arni. "Awn ni i chwilio am y DI yn syth."

Bu raid i Mari fod yn llym iawn arni hi ei hun wrth gerdded yn ôl i orsaf yr heddlu oherwydd roedd ei thraed hi'n teimlo fel sgipio.

♦

Drwy ffenest ei chegin, gwyliodd Meira gar Gwyndaf yn diflannu rownd y gornel. Roedd hi wedi gobeithio y byddai o wedi aros dipyn yn hwy. Falle y byddai o wedi gallu dod am dro efo hi a Pero. Mi fasai Meira wedi hoffi i bawb ei gweld efo'i mab llwyddiannus. Ac wedyn falle y gallai o fod wedi cael paned a darn o'r gacen geirios cyn gadael. Ond roedd yn rhaid iddo fo ruthro'n ei ôl er mwyn cyrraedd i weld Imogen yn ennill ei gwobr am farchogaeth. Roedd o wedi addo peidio ag aros.

Cynigiodd Meira iddo fo fynd â'r gacen geirios efo fo. Ond doedd yr un ohonyn nhw'n bwyta cacen, meddai fo. Doedd Philippa byth yn prynu pethau melys felly doedd y genod ddim wedi magu blas at bethau felly. O ganlyniad, daliai'r gacen i eistedd ar y lliain bwrdd gorau lle'r oedd hi wedi bod ers chwarter wedi naw y bore hwnnw.

Doedd gan Meira mo'r galon i'w rhoi i gadw felly gadawodd hi ble'r oedd hi ac aeth i newid ei hesgidiau i fynd â Pero am dro. Falle y gallai wynebu torri darn erbyn iddi ddychwelyd. Dringodd y grisiau cul i'w llofft a thynnodd ei dillad parch a'u gosod yn ofalus i hongian ar ddrws y wardrob. Mi wnaen nhw'n iawn at fynd i'r capel drannoeth.

Wedi dychwelyd i lawr y grisiau, estynnodd lond llaw o

ddanteithion cŵn o'r bag dan y sinc ac i ffwrdd â nhw am eu tro, yn hwyrach o lawer nag arfer. Roedd hi wedi codi'n braf a Pero bach wrth ei fodd yn dawnsio ar ben ei dennyn. Dwrdiodd Meira ei hun am droi ei thraed i gyfeiriad y pentre. Gwyddai y byddai'n rhaid iddi fynd i lawr y ffordd heibio'r traeniau ryw ddiwrnod. Ond bu'n ddiwrnod digon anodd yn barod a'r hen bigyn yn ei brest yn waeth heddiw a'r ffordd drwy'r pentre ar dir gwastad.

Anfantais mynd y ffordd honno oedd pobl. Cafodd ychydig o lwc ar y cychwyn oherwydd doedd dim golwg bod neb adre yn nhŷ'r Hen Geg – er ei bod yn berffaith bosib ei bod hi'n mwydro Beryl druan yn y siop ac y byddai hi'n camu allan i holi Meira yn fanno.

Ond nid Hefina gamodd allan pan aeth Meira heibio i'r siop, ond Sandra Hendricks efo llond ei hafflau o fagiau papur llwyd.

"O, helô, Mrs Preis," meddai hi'n hwyliog.

"Meira, plis," atebodd hithau, wedi plesio i weld ei ffrind newydd.

"A helô, Pero," meddai hi wedyn, gan blygu i lawr i roi mwythau i'r ci bach, peth digon annoeth i'w wneud gan ei bod hi mewn peryg o ollwng rhai o'r bagiau. Ac roedd hi'n amlwg o ymarweddiad y ci fod yna rywbeth blasus iawn ynddyn nhw.

"Sut dach chi heddiw?" holodd Meira.

"Grêt, diolch. Mae Stuart adre am y penwsnos. Toeddech chi ddim yn mynd allan am ginio heddiw?"

Roedd Meira wedi gwirioni bod Sandra wedi ei chofio'n sôn am ymweliad Gwyndaf.

"O'n," atebodd yn frwdfrydig. "Newydd gyrraedd yn ôl dw i felly dw i'n mynd â Pero am dro'n hwyr heddiw."

"Lle fuoch chi am fwyd?"

"Y Groeslon. Mae o wrth y troad ar y ffordd allan o Llan am ..."

"Wn i," atebodd Sandra. "Mae o'n edrych yn neis ond fues i erioed i mewn. Gawsoch chi fwyd iawn? Tybed ydyn nhw'n neud cinio Sul," meddai hi wedyn.

"O ydyn," atebodd Meira, yn falch o'r cyfle i allu dangos ei hadnabyddiaeth o'r lle. "Maen nhw'n enwog am eu cinio Sul."

"Wyddoch chi be? Dw i am gael bwrdd at fory. Mae Stuart wrth ei fodd efo cinio Sul go iawn ond dw i ddim isio bod yn y gegin drwy'r bore pan mae ei amser o adre efo ni mor brin. Diolch, Meira, am roi'r syniad i mi."

Doedd Meira ddim yn meddwl ei bod hi wedi rhoi unrhyw syniad iddi ond gwenodd i gydnabod y diolch.

"Well i mi ei throi hi," meddai Sandra wedyn. "Dan ni'n mynd am bicnic yn y munud – dyna be sgen i'n fama, stwff i neud brechdanau. Mi gymrodd Stuart yn ei ben ei fod o isio mynd i gael picnic wrth Lyn Brenig."

"Argian fawr! Mae hynny'n reit bell."

"Wel, ydi, ond mae Stuart isio mynd i'r ardal yna. Mae gynno fo fodryb sy'n byw yn ymyl Cerrig-y-Drudion ac mae o isio galw i'w gweld hi. Mae hi'n naw deg tri."

"Wyddwn i ddim fod gan eich gŵr deulu yng Nghymru," meddai Meira. "Ro'n i'n meddwl bod gogledd Cymru'n ddiarth iddo fo."

"O na," atebodd Sandra. "Mi gafodd o ei eni a'i fagu yn Llundain ond Cymraes oedd ei fam o. Roedd o'n ymweld â'i nain yn Nghwmpenanner o hyd yn blentyn. Mi fydda i'n rhybuddio'r genod 'cw i beidio â siarad Cymraeg gan feddwl nad ydi o'n eu dallt nhw. Mae o'n dallt lot er nad ydi o'n siarad gair! Well i mi fynd! Wela i chi'n fuan, Meira!"

♦

Cyrhaeddodd Annest ac Arwel yn eu holau i Llan gwta chwarter awr cyn y cyfarfod am ddau. Doedd yr un ohonyn nhw wedi cael amser i fwyta ond roedden nhw wedi codi brechdanau o'r garej a'u blaenoriaeth nhw oedd llowcio'r rheiny.

Siomedig braidd fu'r ymweliad â Chefn Dolydd. Roedd Sioned wedi caniatáu i Llion fynd efo ffrind i gêm bêl-droed leol gan ei bod yn meddwl ei bod yn beth da iddo fo gael mynd allan o'r tŷ am sbel. Roedd Cai yno ond prin wnaeth o edrych i fyny o'i ffôn yr holl adeg roedd yr heddlu yno. Roedd chwaer Sioned, oedd yn byw yn Ardal y Llynnoedd, wedi dod i fod yn gwmni i'w chwaer ac mor warchodol ohoni fel na chafodd hi gyfle i wneud mwy nag ateb cwestiynau mor fyr â phosib. A doedd dim golwg o Gerwyn, er ei fod o wedi dweud y byddai o adre.

Doedden nhw ddim wedi dysgu unrhyw beth newydd am Rhian na'i theulu ar ôl teithio i fyny i'r fferm anghysbell. Ond o leia roedden nhw wedi medru sicrhau'r teulu eu bod yn dal i weithio'n ddyfal ar yr achos. Joban cysylltiadau cyhoeddus dda, felly, ond go brin fod o werth dwy awr a mwy o amser dau swyddog profiadol.

Anelodd Annest yn syth am ei swyddfa yn y gornel a gwenodd wrthi ei hun o weld bod Arwel wedi dod o hyd i blât ar gyfer ei brechdan tiwna ac wedi gwneud ei phaned yn union fel roedd hi'n ei hoffi. Roedd y dyn yn werth y byd. Ond cyn iddi allu cnoi'r cegiad cynta, daeth cnoc fach betrusgar ar y drws ac agorodd Mari Pritchard y drws.

"Ddrwg gen i darfu, Bòs," dechreuodd gan egluro'r daith seithug o gwmpas y dref.

"Y peth ydi, Bòs," aeth Mari yn ei blaen. "Roedden ni'n meddwl y basa hi'n well mynd i'r tri lle heno i weld y staff nos a falle y basen ni hefyd yn gallu gweld rhai o ffrindiau Ed os oedden nhw allan."

Llyncodd Annest gegaid o'i brechdan cyn dweud yn galonogol,

"Syniad da, Mari. Mi wna i anfon rhywun..."

Ond mentrodd Mari dorri ar ei thraws.

"Os dach chi'n cofio, Bòs," mi wnaethoch chi fy nanfon i ar y joban yna am fy mod i wedi bod yn bresennol yng nghyfweliad Ed ac yn cofio be oedd o wedi'i ddeud. A hefyd am fy mod i'n nabod llawer o'r bobl ar y rhestr, o leia o ran eu golwg."

Amneidiodd Annest eto a chymerodd gegaid o'i choffi.

"Felly, Bòs, roedd PC Owen a finne'n meddwl y basen ni falle'n gallu newid ein shifft a mynd rownd y tri lle heno."

"Mae hynny'n syniad da, Mari," canmolodd Annest, mi wna i weld be alla i ei wneud efo'r rhestr staffio. Diolch i ti."

Brysiodd i orffen ei brechdan a'i choffi wrth argraffu ychydig o ddogfennau a chododd ar ei thraed i fynd i ddechrau'r cyfarfod. Wrth iddi gamu o'i swyddfa, gwelodd Arwel Roberts yn dychwelyd i'r Ystafell Ddigwyddiad. Roedd o'n amlwg wedi dod o hyd i ryw gornel dawel i fwynhau ei frechdan a'i baned. Cerddodd Annest ato i ddiolch iddo am y baned cyn cymryd ei lle o flaen y bwrdd gwyn a galw am osteg.

"Wna i mo'ch cadw chi'n hir," dechreuodd yn ei Saesneg gorau. Roedd mwy na hanner y rhai oedd yn bresennol yn Gymry Cymraeg ond doedd dim amdani ond defnyddio'r iaith fain er lles y gweddill. "Mae hi'n bnawn Sadwrn a dw i'n siŵr fod gan lawer ohonoch chi gynllunie ar gyfer heddiw – neu heno!"

Denodd hynny ychydig o awgrymiadau diddorol am sut i dreulio nos Sadwrn ond bwriodd Annest yn ei blaen.

"Mae pawb wedi bod yn gweithio oriau gwirion ers dydd Iau a dan ni i gyd yn gwybod nad oes 'na fawr y gallwn ni ei wneud dros y penwsnos felly mwriad i ydi lleihau'r baich heddiw a fory fel bod pawb yn gallu bwrw iddi'n ffres fore Llun. Dw i wedi rhannu'r tîm yn bedwar grŵp llai, pob un i gymryd un shifft rhwng rŵan a bore Llun. Wrth reswm, tasai 'na ddatblygiade mawr, mi fasa'n rhaid i ni alw pobl yn ôl i mewn. Pawb yn hapus efo hynny?"

Daeth sŵn cytuno o bob cyfeiriad.

"Dw i wedi gwneud rota yn fama. Wnewch chi ei phasio hi rownd? Ac os dach chi isio ffeirio efo rhywun, croeso i chi wneud hynny. Fel y gwelwch chi, dw i eisoes wedi newid Mari ac Osian am Tina a Brendan ar y shifft gynta pnawn 'ma."

Rhoddodd Annest y darn papur i'r person nesa ati.

"Dw i'n siŵr eich bod chi i gyd yn meddwl mod i'n grêt y funud yma am fy mod i'n rhoi amser rhydd i chi ond dw i rŵan am eich siomi chi i gyd. Achos be dw i isio i bawb sy yma ar shifft dros y Sul ei wneud ydi pori trwy'r holl ddeunydd sy gynnon ni o'r camerâu. Dw i isio i chi chwilio am geir pawb sy'n gysylltiedig efo'r ymchwiliad. Ac yn arbennig dw i isio i chi chwilio am gar Rhian. Dan ni wedi methu â gweld ei char hi'n mynd dim pellach na chyrion y dre 'ma. Roedd hi wedi cael ffrae efo'i chariad ac roedd hi wedi ei hanafu. Lle fasa hi'n mynd, dach chi'n meddwl?"

"Adre at ei mam?" awgrymodd rhywun o'r cefn.

"Dyna oedd fy meddwl cynta inne," cytunodd Annest. "Ond does dim arwydd ei bod hi wedi mynd i Gefn Dolydd. Oedd gynni hi ormod o gywilydd i fynd adre? Wedi gwneud stori fawr o symud allan ac yna'n gorfod sleifio'n ôl adre â'i chynffon rhwng ei choese? Ond os nad adre, lle? At bwy o'i ffrindiau fasa hi'n troi? Rhaid i ni ateb y cwestiwn yma i allu dilyn ei thrywydd hi a darganfod lle cafodd hi ei lladd. Falle bydd y 'pwy' yn haws wedyn. Felly tân dani i wylio cymaint o luniau'r camerâu â phosib.

Unwaith y byddwn ni wedi gorffen y cyfarfod yma, mi fydd pawb sydd ddim ar y shifft gynta'n cael mynd. Ond dw i jest isio casglu popeth ynghyd cyn i ni fynd, rhag ofn i rywbeth fynd ar goll yn y system."

Mwy o sŵn cytuno a llawer o nodio.

"Iawn, ta. Dw i wedi cyfweld Ed Parry-Jones o'r diwedd ac, a bod yn onest, dw i ddim yn meddwl mai fo laddodd Rhian. Mae o'n euog o fod yn ddyn ifanc hunanol ac anaeddfed ac mi rydan ni wedi ei gyhuddo fo o ymosod ar Hefin, ond go brin ei fod o'n euog o lofruddiaeth – er bod Mari ac Osian am fynd i chwilio am graciau yn ei alibi, rhag ofn. Mae o'n dal yn y celloedd ar hyn o bryd ond mae gen i ofn y bydd ei gyfreithiwr a'i dad yn llwyddo i sicrhau ei ryddhad cyn bo hir.

"Be sy'n gwylltio dyn ydi ein bod ni wedi gwastraffu cymaint o amser arno fo. A does 'na neb arall yn sefyll allan ar hyn o bryd. Mae Mari wedi llwyddo i ddileu pawb o'r criw fu'n gweithio ar osod y traeniau. Mae heddlu Wrecsam wedi siarad efo Gwyndaf Preis ac mae ganddo fo alibi cadarn. Dw inne am fynd ar ôl cyfeiriad diwetha Ithel Preis heno 'ma. Dan ni'n dal heb ddileu Gronw na Llew Huws a dan ni ddim wedi llwyddo i ddod o hyd i unrhyw smic am Tudur Huws felly rhaid i ni drio'n galetach. Pwy sy wedi bod yn edrych ar ei achos o?"

"Fi," meddai Arwel. "Does dim sôn amdano fo yn unman ers y diwrnod y cerddodd o allan. Dim defnydd o'i ffôn na'i gyfri banc. Dim defnydd o'i rif siwrans gwladol ar gyfer cael gwaith."

"Tybed ddylen ni fod yn edrych ar y posibilrwydd ei fod o wedi'i ladd?" cynigiodd Annest. "Dw i'n meddwl bod angen holi'r teulu eto yn fwy manwl i gael gwybod union ddyddiad ei ymadawiad a beth oedd yr amgylchiadau. Sut aeth o o Henglawdd Ucha? Aeth o mewn car? Be ydi hanes y car hwnnw?"

"Doedd 'na ddim car wedi ei gofrestru yn ei enw fo," esboniodd Arwel. "Ond dach chi'n gwybod sut mae ffermwyr – hanner dwsin o geir a faniau a phic-yps i gyd wedi eu cofrestru i'r cwmni a phawb yn defnyddio be bynnag maen nhw ffansi."

Roedd hyn mor wir am sefyllfa ei theulu ei hun adre fel y bu bron i Annest â chwerthin.

"Gwir iawn. Ga i ofyn i ti fynd ar ôl y trywydd yna, Arwel? Pwy aeth i gyfweld y teulu wrth fynd o ddrws i ddrws?"

"Jarvis a Hillman, Bòs," dywedodd Arwel. "Dydyn nhw ddim i mewn heddiw."

"Wel, ella y basa PC Jarvis a tithe, Arwel, yn gallu rhannu'ch gwybodaeth efo'ch gilydd dros y penwythnos 'ma ac wedyn mynd yn ôl i weld teulu Henglawdd Ucha eto. A falle y tro yma y basa hi'n syniad cyfweld pob aelod o'r teulu ar wahân."

"Iawn, Bòs," cytunodd Arwel.

"Diolch, Arwel," atebodd Annest cyn parhau. "I symud ymlaen, dan ni wedi darganfod un peth diddorol er nad oes sicrwydd bod yna gysylltiad efo Rhian. Doedd Stuart Hendricks ddim yn ei farics yn Henffordd nos Fercher. Tasa gynno fo reswm dros wneud, mi fasa hi jest yn bosib iddo fo yrru yma, ei lladd hi a gyrru'n ei ôl. Ond hyd yma does 'na ddim achos i'w amau o. Yr un peth efo Gerwyn Evans a Rol Morgan yng Nghefn Dolydd ond ddylen ni ddim eu hanghofio nhw. Sgynnoch chi unrhyw beth i'w ychwanegu amdanyn nhw, Jean?"

Roedd Jean wedi gadael Cefn Dolydd pan ddaeth chwaer Sioned yno felly roedd hi wedi dod i mewn i'r orsaf i deipio'i hadroddiad. Daliai i eistedd yno wrth un o'r cyfrifiaduron er ei bod wedi anfon ei llith at Annest ers sbel.

"Does 'na ddim achos i'w hamau nhw, hyd y gwela i," oedd yr ateb. "Er, prin dw i wedi gweld Gerwyn. Mae o wastad allan yn rhywle yn gweithio. Dan ni i gyd wedi sylwi bod 'na awyrgylch od yn y tŷ ond dydi o ddim yn rhywbeth y gallwn ni roi pen bys arno fo. Wedi'r cwbl, mae'r ffordd mae pobl yn ymateb i brofedigaeth sydyn yn amrywio'n fawr."

"Gwir, Jean. Diolch am hynny a diolch am yr adroddiad cynhwysfawr. Y peth arall sy raid ei wneud ydi holi mwy ar ffrindiau a chydweithwyr Rhian. Falle bod 'na rywbeth yn ei phoeni hi. Falle bod 'na gyn-gariad yn ei stelcian hi. Mae Osian wedi siarad efo adran adnoddau dynol y Cyngor, ond ben bore Llun dw i isio i rywun fynd i siarad efo'r bobl oedd yn gweithio agosa efo hi. Ac mae gen i restr ges i gan Sioned o'i ffrindiau gorau hi. Bydd raid i ni siarad efo nhw i gyd er mwyn i ni ddod i nabod Rhian yn well. Ac mae isio i rywun fynd i siarad efo Miss Ceri Griffiths yng ngweithle Ed. Mi ddywedodd hi nad oedd hi brin yn ei nabod o ond roedd Rhian yn sicr ei fod o wedi cysgu efo hi ar gwrs yn ddiweddar.

Gobeithio y cawn ni fwy o'r canlyniadau fforensig ddydd Llun. Pawb yn ôl at ein gilydd erbyn wyth fore Llun, yn llawn brwdfrydedd, plis!"

Dechreuodd pawb stwyrian. Cafodd Annest air efo

Karina oedd wedi cymryd nodiadau yn ystod y cyfarfod a gofyn iddi hi eu teipio nhw'n syth gan ei bod hi ar y shifft gynta. Ac yna eu hanfon nhw a holl adroddiadau'r ymchwiliad hyd yn hyn at e-bost Hefin.

Aeth hi wedyn i'w swyddfa a chliriodd y ddesg. Dim ond picio'n ôl i'r pencadlys i roi crynodeb i Halliday a gallai hi ei throi hi am Fanceinion. Roedd ei chês yng nghefn y car. Falle y gallai hi blesio pawb wedi'r cwbl.

Ac fel y trodd hi allan, ni fu raid iddi fynd i'r Pencadlys chwaith. Mi ffoniodd Halliday i ddweud ei fod wedi cael ei ddal i fyny – yn y clwb golff mwy na thebyg, meddyliodd Annest – ac yn gofyn iddi anfon ei chrynodeb ar e-bost. Tynnodd Annest i mewn i'r gilfan nesa ar yr A55 i'w anfon ato, gadawodd y ffordd ddeuol ar y cyfle cynta ac am Fanceinion.

PENNOD 12

Gyrrodd Gronw'r pic-yp coch i mewn i'r iard. Roedd o wedi gollwng Llew yn y pentre. Dadlwythodd weddill y pyst a'r offer ffensio yn eu lle arferol. Roedd o wedi ymlâdd. Bu o a'i frawd yn ffensio gydol y diwrnod ym mhen draw Cae Dan Graig heb hoe o gwbl heblaw i fwyta brechdan o focs a phaned o fflasg. Doedden nhw ddim wedi bwriadu gweithio mor hwyr ond pan ddaeth hi'n bedwar o'r gloch doedd ond rhyw dri phostyn arall i'w gosod. Doedden nhw ddim i wybod y byddai 'na glamp o garreg fawr jest o dan yr wyneb lle'r oedd y postyn ola i fynd ac y byddai hi'n cymryd dros hanner awr i godi'r diawl a'i rowlio o'r ffordd.

O leia roedd y joban yna wedi ei gorffen. Fyddai dim rhaid mynd yn ôl yno fore Llun. Wrth gamu tua'r tŷ roedd Gronw'n edrych ymlaen at ei swper ac yna at gael rhoi ei draed i fyny. Doedd dim gofyn iddo fo fynd i unman tan ddydd Llun. Wrth gwrs, mi fyddai ei rieni yn gofyn iddo fo fore Sul a oedd o am ddod efo nhw i'r capel, ac mi fyddai o'n cytuno o dro i dro, jest i'w cadw nhw'n hapus, ond doedd yfory ddim yn mynd i fod yn un o'r troeon hynny.

Mae'n rhaid ei fod yn dechrau mynd yn hen ac yntau ddim eto'n ugain oed. Dim ond ychydig o wythnosau'n ôl, mi fyddai wedi dod i'r tŷ ar ddiwedd pnawn Sadwrn yn ysu am gael llowcio ei swper cyn sbriwsio i fynd allan am y noson efo'r bechgyn. Ond heno y peth diwetha roedd o eisiau ei wneud oedd mynd ar gyfyl unrhyw dŷ potes. Roedd pob un ohonyn nhw'n ei atgoffa o Rhian oherwydd dim ond mewn tafarnau o gwmpas y dre y byddai o'n cael cyfle i'w gweld hi ac i siarad efo hi. A chan mai'r sgyrsiau byr hynny efo Rhian oedd yn rhoi'r mwya o bleser iddo fo ar noson allan, wel, be oedd pwrpas mynd allan byth eto?

A'r peth gwaetha oedd ei fod o'n ei chael hi'n anodd cael llun yn ei feddwl o'r Rhian brydferth, radlon roedd o wedi ei charu cyhyd. Bob tro roedd o'n meddwl amdani, ac roedd hynny'n aml iawn, y llun a ddeuai i'w feddwl oedd ei chorff gwlyb yn crogi o fachyn y tractor a'i gwallt yn diferyd hyd y llawr.

A'r peth arall oedd yn gwneud ei fywyd yn hunlle oedd geiriau Mrs Oldcastle. Beth oedd ei bwriad yn dweud peth felly? Wnaeth hi ddim ei fygwth o efo'r heddlu ac eto roedd hi'n amlwg yn amau mai fo oedd yr un oedd yn gyfrifol am ladd Rhian. Pam sôn am y peth?

Fasai hi ddim yn rhy dywyll iddi allu nabod car ym mherfedd nos? A hynny led cae i ffwrdd. Roedd o'n gwybod ei bod hi'n ddynes ddigon anodd oedd yn hoff iawn o dynnu sylw ati ei hun, ond roedd hyn yn fwy maleisus rywsut. Wyddai o ddim a ddylai o wneud rhywbeth am y peth ta esgus wrtho'i hun nad oedd o wedi digwydd.

Efo'r holl feddyliau'n dal i chwyrlïo yn ei ben, camodd Gronw drwy'r drws cefn a thynnodd ei sgidiau gwaith.

Disgwyliodd glywed ei fam ond chlywodd o mo'i llais yn galw arno o'r gegin nac o'r sbens. Yn hytrach, pan gamodd o i'r gegin, gwelodd ei fam yn eistedd fel delw wrth fwrdd y gegin yn syllu i ryw bellter du gyda dagrau'n powlio i lawr ei hwyneb.

Cymerodd Gronw ddau gam bras nes ei fod yn gafael amdani, fel clamp o dedi bêr mawr yn cofleidio doli glwt fach fregus.

"Mam! Be sy?" holodd. "Dach chi wedi brifo?"

"Naddo, siŵr, ngwas i," atebodd hi mewn llais mor ddistaw nes swnio fel tasai hi ymhell i ffwrdd. "Dw i'n iawn, wsti, dim ond mynd i hel meddylia wnes i."

Llaciodd Gronw ei afael ynddi, ond daliodd i afael yn ei llaw a syllu i'w hwyneb.

"Hel meddyliau am Tudur?"

"Ie," atebodd hithau efo chwerthiniad bach trist. "Ro'n i'n gwybod y baset ti'n deall."

Gwnaeth hyn i Gronw deimlo'n euog. Doedd o ddim wedi meddwl am Tudur – wel, dim mwy nag y gwnâi o bob dydd wrth fynd o gwmpas ei bethau. Cofio'i frawd mawr yn chwarae pêl-droed yn erbyn wal y sied fawr, neu'n eistedd ar gefn y tractor neu'n chwibanu ar un o'r cŵn. Roedd o wedi bod mor llawn o'i broblemau ei hun nes iddo fo beidio â sylweddoli y byddai ymweliad y plismyn wedi peri i'w fam ail-fyw'r holl beth eto.

"Falle bydd y plismyn yn gallu dod o hyd iddo fo, Mam," meddai wrthi'n gysurlon.

Cyn iddi hi allu ymateb, canodd y ffôn yn y cyntedd. Aeth Gronw i'w ateb. Daf oedd yno, un o'r bechgyn.

"O, mi wyt ti'n dal yn fyw, felly," meddai hwnnw. "Pam dwyt ti ddim yn ateb dy ffôn?"

Cofiodd Gronw fod ei ffôn symudol yn dal i fod yn rhywle yn y pic-yp. Doedd o ddim wedi edrych arno fo ers amser cinio.

"Yn wahanol i ryw wehilion fel ti sy'n eistedd ar eu tinau tu ôl i ddesg o naw tan bump o ddydd Llun tan ddydd Gwener yn neud bygyr-ôl, dw i wedi bod yn gweithio allan ym mhen draw'r caeau ers wyth o'r gloch y bore 'ma. Newydd ddod i'r tŷ ydw i. A chyn i mi gael fy swper dyma ti'n swnian arna i. Be wyt ti isio?"

Roedd y geiriau'n eitha cas ond cellwair roedd Gronw. Daf oedd un o'i ffrindiau penna ac roedd clywed ei lais yn codi ei galon yn syth.

"Faint o'r gloch ti'n dod allan heno?" gofynnodd Daf. "Mae Dan a Iws a finne'n mynd i'r Goron erbyn saith."

"Dwn i'm, Daf," dechreuodd Gronw. "Dw i mor nacyrd ar ôl ..."

Ond doedd hynny'n tycio dim.

"Yr un hen stori efo ti bob amser. Ti'n gwybod yn iawn y byddi di'n teimlo'n well erbyn yr ail beint."

"Does dim gobaith i mi fod yna erbyn saith, Daf. Erbyn i mi gael swper a chawod a thrio cael Mam neu Dad i nanfon i i Llan ..."

"Mi fydda i wedi prynu'r peint cynta i ti ac mi fydd o ar y bar erbyn hanner awr wedi saith."

Aeth Gronw yn ôl i'r gegin efo gwên ar ei wyneb i weld bod ei swper ar y bwrdd a'i fam, oedd wedi tynnu ei barclod, yn ffysian o'i gwmpas yn ei ffordd arferol. Braf gweld bod popeth yn ôl i'w hen drefn yn Henglawdd Ucha.

♦

Dilynodd Annest y cyfarwyddiadau ar ei ffôn a pharciodd ym maes parcio rhyw dafarn. Camodd o'r car a chroesodd y stryd at ddrws ffrynt y clwb. Roedd nifer o strydoedd rhyngddi hi â Canal Street ond doedd hi ddim mor bell â hynny fel yr hed y frân. *Girls will be Girls* oedd enw'r sioe oedd yn cael ei hysbysebu'n fawr ar y posteri y tu allan i'r clwb ac er gwaetha'r gwalltiau mawr a'r colur lliwgar, roedd hi'n amlwg nad fel genethod y daeth yr un ohonyn nhw i mewn i'r byd.

Estynnodd ei cherdyn gwarant o'i bag a chnociodd ar y drws. Dim ymateb. Cnociodd eto ac eto. Edrychodd ar ei ffôn. Chwarter wedi chwech. Debyg y byddai rhywun i mewn erbyn hynny'n stocio'r bar ac yn paratoi ar gyfer adloniant y noson. Cerddodd Annest rownd y waliau piws golau nes dod at ddrws bychan. Cnociodd ar hwnnw a chafodd lwc. Agorwyd y drws gan foi anferth mewn fest gwyn a throwsus ymarfer gyda phob modfedd o'i groen heblaw am ei wyneb yn un gybolfa o datŵs amryliw. Cordeddai draig i lawr un fraich o'i ysgwydd hyd at ei arddwrn ac roedd môr-forwyn yn ymestyn i lawr ei fraich arall.

"Yeah?" oedd ei gyfarchiad, heb fod yn arbennig o gyfeillgar nac ychwaith yn arbennig o ymosodol.

Dangosodd ei cherdyn. Wnaeth o ddim cynhyrfu o gwbl.

"Is your boss in?" holodd Annest.

"Yeah," atebodd gan agor y drws yn lletach iddi hi allu mynd i mewn.

Symudai'n eithriadol o sydyn am ddyn mor fawr, a chyn i'w llygaid hi allu ymgyfarwyddo â'r hanner-tywyllwch roedd hi wedi tramwyo dau goridor hir ac yn sefyll tu allan i ddrws oedd yn datgan mai swyddfa'r rheolwr oedd yr ochr draw iddo. Cnociodd y cawr amryliw ar y drws. Wnaeth

Annest ddim deall beth ddywedodd y llais o'r ochr draw ond roedd o'n ddigon i beri i'w thywysydd agor y drws a gwneud ystum arni i fynd i mewn.

Bron i oleuni llachar y swyddfa ei dallu. Am ennyd welai hi ddim o'i blaen heblaw am yr un poster ag a welsai hi oddi allan, ond wedyn llwyddodd i ffocysu ar ddyn bychan twt yr olwg oedd yn sefyll y tu ôl i ddesg anferth ac yn estyn ei law. Llwyddodd i ysgwyd y llaw honno a dangos ei cherdyn iddo ar yr un pryd.

Yn wahanol i'r rhan fwyaf o'r bobl y dangosai hi ei cherdyn gwarant iddyn nhw, cymerodd y dyn yma'r cerdyn yn ei law ac edrychodd yn ofalus iawn arno.

"North Wales Police," meddai. "Aren't you out of your jurisdiction here?"

Roedd ei lais yn eitha distaw a doedd ganddo ddim acen Manceinion. Yn wir, doedd ganddo fawr o acen o gwbl. Roedd o'n gwisgo siwt dda o frethyn llwyd tywyll efo gwasgod ac roedd o'n edrych yn fwy fel cyfrifydd na dim arall. Gallasai fod unrhyw oed rhwng hanner cant a saith deg.

"Yes, I am," cytunodd Annest. "But this is an informal request for help with an enquiry. I hope that if you can help me I won't need to get the local force involved and have to make it official."

Amneidiodd y dyn.

"I'm Inspector Annest Rhys," meddai hi wedyn. "Are you the manager of this club?"

"Yes. Henry Northam. Please take a seat, Inspector."

"How long have you been manager here, Mr Northam?"

"Nearly ten years."

"Then I think you can help me. I'm trying to locate a previous employee of yours in order to eliminate him from

211

our enquiries into a serious crime."

"I'll help if I can," meddai Northam gan wenu'n rhadlon, "but we do have quite a high turnover of staff, especially the bar staff and the security guards. Who is it you want to trace?"

"Ithel Meirion Preis. He worked here until eight years ago."

"Thelma? Oh yes, we all remember Thelma very fondly."

"Thelma?"

"Yes – clever, really. A combination of Eye-thell and My-reeon. One of the best girls we ever had on our books. A brilliant performer, very popular with the punters but also a really easy person to get on with. We were very sorry to see her go."

"But he ... she ... left?"

"Yes, Inspector. You can no longer work as a Female Impersonator once you become a proper female. Thelma had her final op, formally changed her identity and went legit!"

Wyddai Annest ddim beth i'w ddweud. Roedd Henry Northam yn amlwg yn mwynhau ei gweld yn stryffaglu i ddod i'r afael â'r wybodaeth annisgwyl.

"But you're in luck. Olivia, one of the girls who still does work here is still very friendly with Thelma. She should be coming in at six thirty. I'm sure she'll be able to help you."

Llwyddodd Annest i wenu ei diolch.

♦

Gwthiodd Cat y peiriant torri gwair i mewn i'r cwt a gosododd y clo clap yn ei le. Yna sythodd ei chefn poenus cyn cerdded i gyfeiriad y tŷ.

Roedd hi'n brifo drosti ar ôl shifft wyth awr ac yna mynd

am dro, llnau'r tŷ ac ymlafnio yn yr ardd. Roedd yn gas ganddi dorri'r gwair ond roedd hi'n hoffi gweld y lle'n dwt ar ôl gorffen. Felly hefyd efo'r tŷ. Mor braf oedd camu i'w chartref lle'r oedd popeth yn ei le a dim byd angen ei wneud. Roedd Manon wedi mynd i weld Beca felly roedd gobaith y byddai'r lle'n aros felly am awr neu ddwy.

Roedd hi'n chwarter i saith ar nos Sadwrn braf o Fai. A doedd ganddi hi unman i fynd na neb i fynd efo nhw. Ai dyma fyddai ei bywyd hi rhagor? Gweithio a llnau a gorfod bodloni ar ei chwmni ei hun am nad oedd ganddi ffrindiau?

Doedd hynny ddim yn wir, wrth gwrs. Roedd ganddi hi ffrindiau ond roedd llawer ohonyn nhw wedi symud o'r ardal a'r rhai oedd yn dal i fyw yn lleol yn brysur efo'u teuluoedd, llawer ohonyn nhw, fel hi, yn neiniau ac yn gorfod treulio oriau bob wythnos – a phob penwythnos hefyd – yn gwarchod.

Ac roedd ganddi ffrindiau yn y gwaith hefyd, nifer ohonyn nhw'n aml yn pwyso arni i ymuno yn eu cynlluniau nhw, yn ei gwahodd hi i bartïon a digwyddiadau o bob math.

"Pam na ddoi di i'r cwis yn y Castell efo Dilwyn a fi?" roedd Helen wedi gofyn dro ar ôl tro. Ond roedd y cwis ar nosweithiau Iau ac ar y nosweithiau hynny roedd genod Manon yn cyrraedd yn eu holau o'u gwersi nofio'n llwglyd a blinderog a byddai Cat yn gwneud yn siŵr fod 'na bryd poeth yn barod ar eu cyfer. A hefyd, credai bod rhywbeth yn bathetig am y ddynes sbâr pan roedd pawb arall mewn parau.

Ac eto, a hithau'n wyth mlynedd bellach ers i Brian ei miglo hi'n ei ôl i'r Alban efo rhyw lances ifanc lysti wrth ei ochr, doedd Cat dal ddim yn gallu gweld ei hun fel gwraig sengl. Roedd Nora o'r gwaith, oedd ond newydd wahanu oddi wrth ei gŵr hi, yn mynd i nosweithiau 'Singles!' yn y

Fic ar nos Fawrth cyntaf pob mis a byddai pawb yn rhowlio chwerthin wrth ei chlywed yn mynd trwy'i phethau ar y boreau Mercher canlynol. Roedd ei disgrifadau o'r pethau oedd yn cael eu dweud a'u gwneud gan y bobl oedd yn mynychu'r nosweithiau hynny'n ddoniol, ond allai Cat ddim ei dychmygu ei hun yn ymuno yn y miri. Dwrdiodd ei hun am fod mor hen ffasiwn.

Wrth gwrs, doedd dim angen dyn i fod yn ddedwydd. Roedd hi'n ddynes annibynnol. Câi fynd a dod fel y mynnai. Ac eto. Weithiau teimlai y byddai'n braf cael cymar, rhywun i rannu pethau efo nhw. Mi ddylai cael y genod yn ôl adre fod yn ddigon, ond doedd o ddim.

Doedd hi ddim wedi bod ar wyliau ers wyth mlynedd. Gwyddai am ffrindiau oedd yn bwcio gwyliau ar fysys gan ddweud eu bod yn gwneud ffrindiau'n fuan iawn efo'u cyd-deithwyr. Ond roedd Cat yn gwaredu rhag y fath beth. Dywedodd wrthi ei hun mai breuddwyd gwrach oedd gobeithio y deuai rhyw dywysog hardd i mewn i'w bywyd a thrawsnewid popeth. Nid felly roedd hi yn y byd go iawn. A lle fasai hi'n dod o hyd i'r arwr gweddnewidiol yma? Yn y cartref wrth iddi newid clytiau'r hen bobl? Yn yr archfarchnad ar nos Wener pan fyddai hi'n brysio i orffen ei siopa cyn i Meira Preis ddechrau cwyno?

Dywedodd wrthi ei hun am beidio â bod mor wirion. Dywedodd wrthi ei hun am fod yn fwy parod i fentro. Roedd hi wrth ei bodd yn mynd i'r sinema ers talwm. Pam na fasai hi'n mynd i'r sinema ar ei phen ei hun? Go brin y byddai neb yn sylwi arni hi yn y tywyllwch. Neu beth am ymuno efo clwb neu gymdeithas neu rywbeth iddi gael cwrdd â phobl newydd? Nid dynion o reidrwydd, jest pobl wahanol. Mi fasai hi'n gallu edrych ar yr hysbysfwrdd yn y llyfrgell am glwb darllen neu edrych pa ddosbarthiadau nos fasai'n cael eu cynnig yn y coleg technegol lleol at fis Medi.

"Ia, dyna be wna i," dywedodd wrthi ei hun yn uchel. Ond gwyddai'n iawn na fyddai hi'n gwneud.

Penderfynodd Cat gael brechdan grasu ac aeth â hi drwodd i'r stafell fyw i'w bwyta gan wneud yr union beth nad oedd hi byth yn caniatáu i'r genod ei wneud, sef bwyta ar y soffa wrth wylio'r teledu.

Ond ar ôl pwyso botwm ar ôl botwm, doedd dim byd yn plesio. Y gwir oedd ei bod yn dal i gorddi ar ôl ei chyfarfyddiad efo Shirley Lewis yn ystod y pnawn.

Anaml y câi Cat amser i fynd am dro a phan fyddai hi'n mynd, tueddai i fynd i lawr am yr afon lle byddai hi'n annhebygol o weld neb. Ond heddiw roedd hi wedi cerdded drwy'r pentre ac i gyfeiriad y Foel, falle am ei bod hi'n hanner gobeithio cael cyfle am sgwrs efo rhywun yn rhywle. Ond er iddi gerdded yn hamddenol trwy ganol Penllechwedd, welodd hi neb ar droed, dim ond ambell gar neu fan yn gwibio heibio.

Ac roedd hi bron â chyrraedd y troad am y Foel pan stopiodd car wrth ei hymyl. Pwy oedd yn gyrru ond Shirley Lewis. Wel, Shirley Thomas oedd hi ers bron i ddeng mlynedd ar hugain ond fel Shirley Lewis roedd Cat yn dal i feddwl amdani. Roedden nhw wedi bod yn dipyn o ffrindiau pan oedden nhw yn yr ysgol. Byddai Shirley yn dod ar y bws ysgol yn y Foel ac yn cadw sedd i Cat pan fyddai honno'n dod ymlaen ym Mhenllechwedd.

Teimlai Cat gywilydd nad oedd hi wedi gwneud yr ymdrech i gadw mewn cysylltiad efo Shirley ond roedden nhw wastad yn sgwrsio'n braf pan fydden nhw'n cwrdd ar hap yn rhywle. A rŵan, wrth gwrs, roedd Sali, merch Shirley, yn un o ffrindiau penna Manon.

"Haia, Cat, sut wyt ti?" oedd cyfarchiad Shirley ac roedd ymateb Cat yr un mor wresog. Buon nhw'n sgwrsio am hyn a'r llall am nifer o funudau tan i Cat gyfeirio at destun oedd yn ymddangos iddi hi'n un digon diniwed.

"Dw i 'di bod isio diolch i ti, hefyd, Shirley," meddai hi, "am adael i Manon aros acw mor aml y misoedd diwetha 'ma. Mae hi'n llawer haws ei chael hi'n aros yn Llan na gorfod mynd allan berfeddion nos i'w nôl hi."

Roedd Cat wedi penderfynu peidio â sôn am y noson gynt pan na chafodd Manon aros yno ond roedd hi'n meddwl y byddai Shirley'n siŵr o esbonio be oedd wedi digwydd. Cafodd ei llorio'n llwyr felly gan ymateb Shirley.

"Sori, Cat, dw i ddim yn deall," oedd ei hymateb. "Dydi Manon erioed wedi aros acw. Mi fasa croeso iddi unrhyw bryd, cofia, ond dydy hi erioed wedi aros efo Sali."

"O!" oedd y cwbl y gallai Cat ei ddweud.

Sylweddolodd Shirley fod hyn yn sioc i Cat.

"Falle dy fod wedi camddeall," dywedodd. "Falle mai efo ffrind arall mae hi wedi aros a tithe wedi cymryd yn ganiataol mai efo Sali oedd hi. Maen nhw'n gymaint o ffrindiau, tydyn?"

"Ie, ti'n iawn," atebodd Cat ac mi droeon nhw at destunau eraill nes i Shirley yrru i ffwrdd.

Ond roedd Cat yn gwybod yn iawn mai efo Sali y dywedodd Manon ei bod yn aros bron bob yn ail nos Wener ers misoedd bellach. Brysiodd am adre'n barod i gael gofyn i Manon be yn union oedd yn mynd ymlaen.

Ond erbyn iddi hi gyrraedd, roedd Manon wedi mynd, gan adael nodyn ar fwrdd y gegin i ddweud ei bod wedi mynd i weld Beca ac na fyddai hi'n aros yn hwyr. Roedd Cat, wrth gwrs, yn corddi eisiau cael gafael arni i'w holi ac ni allai setlo o'r herwydd. A dyna pam roedd hi wedi llnau'r tŷ i gyd a thorri'r gwair ac yn methu'n lân ag ymlacio

♦

Roedd hi'n noson braf ac roedd Mari'n llawer rhy fuan. Doedd hi ddim i fod i gyfarfod Osian tan wyth o'r gloch a doedd hi ddim eto'n chwarter wedi saith. Ond roedd hi wedi rhoi pàs i'w brawd i'r dre i gyfarfod ei ffrindiau erbyn saith felly doedd dim pwrpas mynd yn ôl adre rŵan.

Roedd hi wedi gwisgo ei throwsus glas tywyll a'r crys glas a gwyn oedd yn gweddu i liw ei llygaid; wel, dyna fyddai Mam yn arfer ei ddweud. Roedd hi'n drueni na fasai hi'n gallu aros yn y dillad yma i fynd o gwmpas y dre efo Osian Owen yn hytrach na gorfod newid i'w hiwnifform.

"Paid â meddwl am ffasiwn beth!" dwrdiodd ei hun. Cyd-weithiwr oedd Osian a doedd hi ddim yn broffesiynol i feddwl amdano fo fel dim byd arall. Dyna fu camgymeriad DI Rhys efo DCI Harris.

Penderfynodd fynd am sgowt fach o gwmpas y dre am hanner awr cyn mynd i mewn i'r orsaf i newid. Byddai hynny bron fel bod yn dditectif a theimlai hi'n eitha cynhyrfus am y peth. Cerddodd i lawr y Stryd Fawr heb weld neb roedd hi'n eu nabod, dim ond criw o lanciau a llancesi ifanc iawn yr olwg yn loetran tu allan i'r siop pob dim. Gobeithiai y byddai un ohonyn nhw'n gofyn iddi hi brynu seidr iddo fo er mwyn iddi hi gael chwipio ei cherdyn gwarant o'i bag a'i arestio fo. Ond wnaeth 'run ohonyn nhw gymryd unrhyw sylw ohoni. Roedd hynny ynddo'i hun yn gwneud iddi sylweddoli ei bod bellach yn mynd yn hŷn – doedd hi ond ychydig flynyddoedd ers iddi fod o ddiddordeb mawr i lanciau ifanc.

Doedd dim pwrpas iddi fynd i'r Fic na'r Goron na'r Biz gan y byddai hi'n mynd i'r rheiny cyn bo hir efo Osian a doedd hi ddim yn bwriadu holi neb yno nes ei bod efo fo. Jest cerdded o gwmpas i weld pwy welai hi. Aeth hi i'r Castell gan gerdded o un bar i'r llall yn hamddenol fel tasa hi'n chwilio am rywun.

Y lle nesa y daeth hi ato fo oedd y Tarw. Roedd o'n union gyferbyn â'r Castell ond yn lle gwahanol iawn. Er iddi fod allan yn Llan gannoedd o weithiau doedd Mari erioed wedi bod dros drothwy'r Tarw yn ei bywyd. Doedd o ddim yn edrych yn llewyrchus iawn. Roedd y paent ar y ffenestri a rownd y drws yn fudr ac yn plicio i ffwrdd. Tueddai hi a'i ffrindiau i feddwl amdani fel tafarn hen ddynion.

Ond roedd hi ar fusnes swyddogol heno – wel, rhywbeth felly – a doedd hi ddim am fod ofn mynd i mewn i unrhyw dafarn. Camodd yn bwrpasol i mewn i'r adeilad ac edrychodd o'i chwmpas. Roedd hi braidd yn dywyll ar ôl yr haul llachar tu allan ac mi gymerodd hi rai eiliadau i lygaid Mari ymgyfarwyddo er mwyn iddi allu gweld. A be welodd hi oedd tafarn hen ffasiwn oedd yn eithriadol o lawn o gysidro nad oedd hi ond yn hanner awr wedi saith. Falle bod pobl hŷn angen mynd i'r gwelâu yn gynt ac felly'n mynd allan toc ar ôl te. Roedd 'na far eitha hir oedd yn ymestyn holl led yr adeilad efo dynion yn eistedd wrth y bar a mwy o ddynion yn eistedd wrth fyrddau yma ac acw yn yr ystafell. A phob-un-wan jac-ohonyn nhw wedi troi i syllu arni hi.

Os oedd y ffaith ei bod hi bellach yn ei hugeiniau'n meddwl nad oedd gan y llanciau ifanc oddi allan i'r siop ddiddordeb ynddi hi, roedd hi'n dal yn lefran fach ifanc i bob un o'r dynion ym mar ffrynt y Tarw. Ac yn lefran fach handi hefyd efo'i gwallt melyn hir a'i chorff siapus.

Dywedodd ei greddf wrthi am droi ar ei sawdl. Ond darbwyllodd ei hun y byddai hynny'n beth llwfr i'w wneud felly gwenodd ar bawb a chamodd i gyfeiriad y bar gan estyn ei phwrs. Roedd y cownter braidd yn stecslyd wrth iddi sefyll rhwng dau ddyn yn eu pumdegau, un yn drewi o wartheg a'r llall wedi ei foddi ei hun mewn afftyrshêf, o bosib am ei fod yntau'n drewi o wartheg hebddo fo.

Syllodd Mari ar y poteli yn y cypyrddau oer y tu ôl i'r bar, gan ganolbwyntio'n galed ar ddewis diod er mwyn osgoi gwneud cyswllt llygad efo neb arall. Ei chynllun bellach oedd prynu potel o ddiod meddal, cael y barman i dynnu ei gaead ac wedyn cerdded allan i'r haul i'w yfed ar ei ffordd yn ôl i'r orsaf.

Roedd o'n gynllun gwych. Yn anffodus, roedd 'na broblem. Doedd dim golwg o'r barman. Gallai weld bod y bar hir yn mynd yn ei flaen rownd y gornel fel bod modd i'r un staff wasanaethu'r bar ffrynt a'r bar cefn. Gallai glywed sŵn lleisiau'n dod o'r cefn ond aeth munud hir iawn heibio heb i neb ymddangos oddi yno.

"Hei, Gwil, lle wyt ti?" gwaeddodd y dyn oedd yn drewi o wartheg ar dop ei lais, gan beri i Mari neidio bron allan o'i chroen.

Trodd hithau i wenu ei diolch arno gan ddisgwyl gweld Gwil yn ymddangos rownd y gornel o fewn eiliadau. Ond yr hyn ddigwyddodd oedd iddi glywed mwy o weiddi, y tro yma o'r stafell gefn.

"Peint arall ddeudis i," bloeddiodd rhyw ddyn â'i lais eisoes yn floesg gan ddiod.

"Ac mi ddeudis inne dy fod ti 'di cael digon," atebodd llais pwyllog. Gwil oedd hwnnw, debyg.

"Nid dy le di 'di deud 'tha i ..." bloeddiodd y llall eto ond torrodd Gwil ar ei draws.

"Digwydd bod, dyna'n union ydi'n job i," atebodd y barman.

"Yli di'r bwbach diawl," daeth y floedd nesa a chlywodd pawb yn y bar ffrynt sŵn gwydrau'n torri a dodrefn yn taro'r llawr yn glep.

Heb oedi i glywed mwy brysiodd Mari drwy'r drws roedd hi'n ei feddwl oedd yn arwain at y bar cefn gan estyn ei cherdyn gwarant o'i bag. Ac erbyn iddi hi gyrraedd roedd y ffrae'n prysur droi'n ffrwgwd. Roedd dyn tal oedd â'i gefn ati wedi taro nifer o stolion drosodd ac wedi gafael yn Gwil y barman gerfydd coler ei grys gyda'r bwriad amlwg o roi dwrn iddo fo efo'i law arall. Yr hyn oedd yn nadu iddo gyflawni ei bwrpas oedd bod dau ddyn arall, llawer llai na fo, yn trio ei dynnu'n ei ôl.

Roedd Gwil yn dal i geisio dal pen rheswm efo'r meddwyn.

"Cer di adre'n dawel rŵan," meddai wrtho gan drio gwenu er gwaetha'r llaw gref wrth ei wddf, "ac mi gei di groeso yma eto pan fyddi di wedi sobri. Dal di ati fel hyn a chei di byth groeso yma eto."

Ond roedd o'r tu hwnt i reswm. Rhoddodd y meddwyn waedd fyddarol ac mewn un symudiad pwerus ysgydwodd y ddau oddi ar ei gefn ac ysgydwodd Gwil druan fel ci efo llygoden fawr.

"Dyna ddigon," gwaeddodd Mari mewn llais clir. "Heddlu!"

Rhewodd pawb. Roedd o fel rhywbeth o arddangosfa celf gyfoes, y cwlwm o gyrff wrth y bar wedi rhewi o syndod nid yn unig o glywed sôn am yr heddlu ond hefyd o glywed llais merch ifanc yn ei ynganu. Syllai pawb arni'n gegagored, pob un yn y bar cefn yn ogystal â'r holl ddynion o'r bar ffrynt oedd wedi ei dilyn hi drwy'r drws. A throdd y meddwyn tal i'w hwynebu.

Tro Mari oedd hi i fod yn gegrwth rŵan oherwydd pwy oedd y meddwyn anystywallt ond Gerwyn Evans, llystad Rhian Dodd. Roedd hi'n anodd iddi gysoni'r gwallgofddyn bygythiol o'i blaen efo'r ffermwr tawedog o Gefn Dolydd, nes iddi gofio ei wylo dirdynnol yn y marwdy. Roedd o'n amlwg yn ddyn oedd â theimladau cryfion yn berwi dan yr wyneb.

Chwarae teg i Mari, cafodd reolaeth arni ei hun yn sydyn iawn.

"Dach chi'n fy nghofio i, Mr Evans," meddai hi'n dawel a phwyllog. "Fues i draw acw yng Nghefn Dolydd nos Iau i siarad efo chi a'r teulu. A fi oedd efo chi ddoe yn yr ysbyty pan ..."

Gollyngodd Gerwyn Evans y barman a cherddodd i gyfeiriad Mari. Er ei fod yn ddigon simsan ar ei draed roedd o'n dal yn fygythiol, yn fygythiol iawn erbyn iddo ddod i sefyll yn agos iawn ati ac anadlu gwynt cwrw sur i lawr tuag at ei hwyneb.

"Paid ti â meiddio!" gwaeddodd arni'n gas. "Paid ti â meiddio deud ei henw hi! Os deudi di ei henw hi, mi ..."

Ac mi gododd ei fraich dde nes i Mari feddwl am ennyd ei fod am ei tharo efo'r dwrn anferth yna. Ceisiodd feddwl am ei hyfforddiant mewn hunanamddiffyn ond daeth hyfforddiant arall hefyd i'r wyneb, ei hyfforddiant ar sut i osgoi gwrthdaro.

"A be yn union dach chi am ei wneud, Mr Evans?" gofynnodd yn llethol o dawel ond yn ddigon hawdd ei chlywed gan nad oedd smic i'w glywed o unman arall yn y dafarn. "Dach chi am ymosod ar aelod o'r heddlu o flaen dwsinau o dystion? Dach chi isio mynd i'r carchar?"

Roedd hynny'n ddigon. Yn boenus o araf, daeth y dwrn i lawr at ei ochr, er iddo aros yn ddwrn. Yn arafach fyth, symudodd Gerwyn Evans hanner cam yn ôl oddi wrth Mari. Ac yna trodd a cherddodd yn sydyn tuag at y drws cefn, er nad mewn llinell hollol syth.

"Sdwffiwch eich hen gwrw!" meddai'n bwdlyd.

Ac allan â fo. Gollyngodd pawb yn y dafarn ochenaid ddofn o ryddhad, neb yn fwy na Mari. Dechreuodd nifer o'r dynion nesáu ati hi i'w chanmol efo ambell i "Go dda, rŵan, mechan i" a "Da iawn chi, Miss". Ac roedd hi'n demtasiwn i dderbyn eu clod, mynd allan drwy'r drws ffrynt ac yn ôl i'r orsaf. Doedd yr holl ddrama heb bara ond ychydig funudau. Byddai'n ôl mewn da bryd i newid cyn cyfarfod Osian. Ond roedd hi'n pryderu be wnâi Gerwyn Evans nesa.

Brysiodd allan drwy'r drws ar ôl Gerwyn. Roedd hi'n weddol siŵr y byddai'n gwneud un o ddau beth: un ai mynd i dafarn arall i ofyn am gwrw, falle'n achosi cythrwfwl arall neu drio gyrru adre.

Ac roedd Mari'n iawn. Cerddodd allan o'r dafarn a thrwy'r iard i'r stryd gefn lle'r oedd Range Rover du wedi ei barcio. Estynnodd oriadau o'i boced a cheisiodd bwyntio'r teclyn at y car i agor y drysau. Trwy lwc, roedd o wedi meddwi cymaint fel na allai anelu'n syth. Roedd o hefyd wedi llwyr anghofio am fodolaeth Mari ac felly mi allodd hi gipio'r goriadau o'i afael cyn iddo wybod be oedd yn digwydd.

Rhoddodd hi'r goriadau yn ei bag. Edrychodd o'n hurt ar ei law wag. Yna trodd tuag ati nes iddi boeni ei fod am droi'n gas eto. Ond roedd y cwrw wedi creu'r fath niwl yn ei ben fel na allai o ddirnad beth oedd yn digwydd. Daliai i edrych ar ei law wag am rai eiliadau cyn disgyn yn glewt ar ganol y ffordd.

Ceisiodd Mari ei symud o'r ffordd cyn i gar ddod a'i daro. Ond roedd o fel corff, yn hollol ddiymadferth. A chorff marw trwm iawn hefyd. Doedd gan Mari ddim gobaith ei symud. Safodd felly uwch ei ben i'w warchod wrth iddi ffonio'r orsaf i ofyn am gymorth.

A dim ond rhyw dri char oedd wedi mynd heibio erbyn i'r rhywun hwnnw gyrraedd. Wnaeth yr un car gynnig stopio, dim ond newid eu cwrs i osgoi'r ddau ohonyn nhw yng nghanol y ffordd ac, yn achos un ohonyn nhw, canu corn ar Mari druan am feiddio bod yn ei ffordd.

Ond car heddlu oedd y car nesa a phwy neidiodd ohono fel arwr o ffilm ond PC Osian Owen, yn ei iwnifform.

"Ro'n i'n digwydd bod yn sefyll wrth ymyl Sarjant Jones pan ffoniest ti," esboniodd wrth i'r ddau ohonyn nhw lusgo Gerwyn i'r pafin.

"Pwy sgynnon ni fan hyn?" gofynnodd wedyn gan edrych i lawr ar y swp o gorff wrth eu traed.

"Hwn ydi Gerwyn Evans," atebodd Mari. "Llystad Rhian Dodd. Roedd o'n feddw dwll ac yn codi twrw yn y dafarn acw. Ac roedd o am yrru adre yn y cyflwr yna ond mi wnaeth o basio allan cyn gwneud peth mor beryg."

"Be wnawn ni rŵan?" holodd Osian, â'i lygaid yn llawn chwerthin.

"Wel," meddai Mari, "yr hyn ro'n i'n bwriadu ei wneud oedd cymryd ei oriadau oddi arno fo a cheisio ffonio ei gartre er mwyn i Sioned ddod i'w nôl o. Dydi o ddim wedi gyrru'n beryglus er iddo fo fwriadu gwneud. A wnaeth o ddim brifo neb yn y dafarn chwaith, dim ond torri cwpl o wydrau a bygwth y barman. Oes gynnon ni sail i'w restio fo?"

"Y drefn arferol efo rhywun wedi meddwi mor ddrwg â hyn ydi mynd â nhw am noson yn y gell a'u hel nhw adre wedi iddyn nhw sobri."

"Dyna wnewn ni, ta," cytunodd Mari. Wnaeth hi drio peidio teimlo'n falch bod Osian wedi cael ei gweld hi yn ei chrys dela wedi'r cwbl.

PENNOD 13

Roedd y siwrnai o ganol Manceinion wedi cymryd llai na hanner awr. Roedd hi dal yn bosib i Annest gyrraedd y swper gogoneddus roedd ei mam wedi ei drefnu am wyth. Tasa hi'n mynd fel yr oedd hi heb botsian newid mi allai hi ddweud ei bod wedi dod yn syth o'i gwaith. Mi allai hi ddioddef y gwesty ffansi tasa hi'n gallu osgoi gwisgo'n grand.

Cerddodd at y bloc fflatiau. Gan fod Olivia wedi ffonio Thelma ymlaen llaw gwyddai Annest ei bod yn ei disgwyl. Pwysodd y botwm oedd yn dwyn yr enw T. Preis a daeth llais o'r peiriant.

"Helô?" Llais allai fod yn llais dyn neu'n llais dynes.

"Inspector Annest Rhys, Heddlu Gogledd Cymru," meddai hi gan ddangos ei cherdyn i'r camera uwch ei phen.

Daeth clic o berfedd y peiriant ac agorodd y drws.

"Dewch i mewn. Cymwch y lifft i'r ail lawr ac mi fydd fy fflat i reit o'ch blaen chi. Nymbar Ffeif."

Edrychai lobi'r adeilad yn chwaethus iawn efo soffas glas golau a llawer o blanhigion mewn potiau mawr sgleiniog.

Roedd y lifft hefyd yn un eang efo golau clir ond cynnes ynddo. Camodd Annest o'r lifft i sefyll ar garped glas eitha dwfn a chnociodd ddrws fflat rhif pump.

Agorwyd y drws yn syth bin ac yno safai Thelma mewn trowsus lliw hufen a siwmper las golau. Gwenodd wrth iddi agor y drws led y pen.

"Dw i'n gwbod!" meddai dan chwerthin. "Dw i'r un ffunud â Mam. Sdim rhaid i chi ddeud – mae o'n amlwg ar eich gwyneb chi! Dewch drwodd."

Ac yn wir roedd hi'n fersiwn iau o Meira Preis. Dipyn yn dalach ac wedi cael steilio a lliwio'i gwallt yn gelfydd a choluro ei hwyneb yn ofalus, ond Meira Preis serch hynny.

O'i glywed yn iawn, roedd ei llais yn un hyfryd. Llais rhywun oedd wedi arfer â chanu. Llais deniadol iawn. A llais benywaidd iawn. Ac roedd pob symudiad o'i heiddio'n hollol, naturiol fenywaidd. Nes peri i Annest deimlo'n drom ac yn heglog ac yn fachgennaidd wrth ei hochr hi. Sylweddolodd mai felly y siaradai ac y symudai'r bachgen a fagodd Meira Preis ym Mhenllechwedd ers talwm a gallai ddychmygu faint o herian a dirmyg a dderbyniodd bachgen felly'r adeg honno.

Arweiniodd Thelma'r ffordd i lolfa eang oedd â golygfa dros ymylon y ddinas tua'r bryniau gwyrdd yn y pellter. Eisteddodd Annest ar soffa hynod gyfforddus i edmygu'r lluniau ar y waliau a'r cerfluniau chwaethus o gwmpas y stafell. Yr unig beth nad oedd yn mynd efo'r decor hardd oedd llun du a gwyn o Meira Preis efo dau fachgen main, pryd tywyll. Safai'r llun ar fwrdd bach wrth ymyl y gadair esmwyth oedd yn amlwg yn cael mwy o ddefnydd na gweddill y seddau.

O fewn munudau roedd Thelma'n gosod hambwrdd mawr

ar y bwrdd coffi. Arno roedd tebot a jwg dŵr a jwg llaeth a phowlen siwgwr a dwy gwpan a dwy soser, i gyd wedi eu gwneud o tseini blodeuog chwaethus ac i gyd yn matsio. A gwyddai Annest nad jest steil ar gyfer ymwelydd oedd hyn.

"Mae'n ddrwg gen i eich poeni chi fel hyn, Ms Preis," dechreuodd. "Ond mi ddigwyddodd rhywbeth go ddifrifol ym Mhenllechwedd nos Fawrth..."

"Mi weles i o ar y teli," meddai Thelma. "Geneth ifanc wedi ei mwrdro a'i stwffio i mewn i draen. Dim y math o beth dach chi'n ddisgwyl ym Mhenllechwedd, nac'di?"

"Eich mam chi ddaeth o hyd i'r corff."

"O, na! Am beth ofnadwy! Dw i'n siŵr ei bod hi wedi ypsetio. Mae Mam yn licio cymryd arni ei bod hi'n galed ond mae hi'n teimlo pethe i'r byw, wyddoch chi. Ydi hi'n iawn?"

"Wel, mae hi wedi cael dipyn o glec ond mae ei chymdogion yn dda iawn efo hi."

"Dda gen i glywed. Mae'n rhaid bod Mam 'di dychryn i adael i gymdogion ei helpu hi!"

"Roedd o'n waeth gan ei bod hi'n nabod yr eneth gafodd ci lladd."

"Oedd, siŵr. Dodd oedd ei henw hi, yntê? Oedd hi'n perthyn i Wil Dodd? Roedd o'n byw ar ffem yn ein hymyl ni. Roedd o'n yr ysgol efo fi."

"Mi fu Wil farw dair blynedd yn ôl, Ms Preis. Ond dach chi'n iawn, ei ferch o oedd Rhian, yr eneth gafodd ei lladd. A rydan ni'n ceisio dod o hyd i unrhyw un sydd yn nabod yr ardal ..."

"A dyna pam dach chi wedi dod o hyd i mi."

"Ie. Dim ond er mwyn eich dileu chi oddi ar ein rhestr ni. Ga i ofyn i chi lle'r oeddech chi nos Fawrth?"

"O, mae hynna'n hawdd. Dw i'n canu efo côr lleol. Dan

ni'n ymarfer bob nos Fawrth yn neuadd yr eglwys rownd y gornel. Roedd yr ymarfer o saith tan naw ac wedyn dan ni'n mynd am ddrinc bach i'r pyb ar y gornel yn fan'cw," meddai gan wneud ystum trwy'r ffenest. "Ddois i adre tua un ar ddeg ac es i'n syth i ngwely gan mod i angen codi i fynd i ngwaith fore Mercher."

"Ac mi rydach chi'n byw ar ben eich hun?"

"O, ydw. Dw i'n byw ar ben fy hun ers dros dri deg o flynyddoedd, Inspector. Dydy hynny ddim am newid rŵan."

"Lle dach chi'n gweithio, Ms Preis?"

"Yn siop John Lewis. Ar y cownteri mêc-yp. Dw i'n dechrau am hanner awr wedi wyth."

"Os allwch chi roi manylion cyswllt rhywun all gadarnhau eich bod chi wedi mynd i'r ymarfer côr nos Fawrth, yna mi allwn ni eich croesi chi oddi ar ein rhestr o bobl sy'n nabod Penllechwedd."

"Ond dw i ddim yn siŵr os ydw i'n nabod yr ardal erbyn hyn, Inspector. Dw i heb fod ar gyfyl y lle ers dros dri deg pump o flynyddoedd. Mae'r lle yn fyw yn fy nghof i ac mi fydda i'n crwydro'r pentre yn fy meddwl bron bob dydd ond mae'n siŵr nad ydi'r lle go iawn rŵan yn ddim byd tebyg i'r lle sy'n dal i fod yn fy nghof i."

Dechreuodd y llais deniadol grugo rŵan. Roedd dagrau lond llygaid Thelma wrth iddi blygu ei phen i estyn llyfr cyfeiriadau bach blodeuog a darn o bapur o ddrôr wrth ei hymyl.

"Sori," meddai hi wrth iddi gopïo rhywbeth o'r llyfr. "Er gwaetha'r cwbl, mae gen i ffasiwn hiraeth! Alla i ddim deud wrthoch chi mor braf ydi hi cael eistedd yn fama yn siarad Cymraeg efo chi, ond eto, mae o'n gwneud yr hiraeth yn waeth. Mi fydda i'n cael S4C ar y teli weithie jest i glywed yr

228

iaith ond wedyn mae hynny'n fy nechre i off!"

"Ac eto, dach chi wedi torri pob cysylltiad efo'ch teulu," mentrodd Annest gan geisio cadw ei thôn yn dyner. "Mi ddywedodd eich mam wrtha i ei bod hi a'ch brawd yn derbyn cardiau pen-blwydd a Nadolig yn ffyddlon ond heb allu anfon dim yn ôl atoch chi."

"Sut allwn i gysylltu? Mi fasen nhw'n gwaredu i weld be ydw i rŵan! Tasech chi wedi clywed yr enwau roedd fy nhad yn eu galw arna i bob dydd o mywyd, allech chi ddim disgwyl i mi fynd yn ôl i dderbyn mwy o'r fath driniaeth."

"Ond nid eich mam, Ms Preis. Dw i'm isio ymyrryd, ond dw i'n cael yr argraff bod colli cysylltiad efo chi'n loes calon iddi hi."

"Ydi, debyg. Ond mae hynny'n well iddi hi na gorfod wynebu be ydw i rŵan. Tydi hi ddim yn well iddi hi fy ngholli na chael ei chythruddo gen i?"

"Ond mae pethe wedi newid, Ms Preis. Hyd yn oed yng nghefn gwlad gogledd Cymru. Mae fy mam i'n iau na'ch mam chi ond yr un mor hen ffasiwn mewn llawer ffordd. Ac eto mae hi'n gwylio Ru Paul ar y teledu ac yn synnu at ba mor glyfar ydyn nhw! Ac mae Magi Noggi ar S4C erbyn hyn hefyd felly dydi bod yn trans ddim yn tabŵ fel y buo fo. Beth bynnag, peidiwch â phoeni, wnawn ni ddim datgelu'ch lleoliad chi os nad ydach chi isio i ni wneud."

"Diolch, Inspector. Mae gen i ofn na fedrwn i wynebu gweld yr olwg ar wyneb Mam. Byth."

Estynnodd y darn papur a safodd ar ei thraed.

"Dyma enw, cyfeiriad a rhif ffôn David sy'n arwain y côr."

"A dyma fy manylion inne," atebodd Annest gan roi un o'r cardiau arferol ar y bwrdd coffi. "Ac os byddwch chi rywbryd isio ailgysylltu efo'ch mam, gadewch i mi wybod ac mi fedra i basio'ch rhif ffôn chi iddi – i fraenaru'r tir, fel petai. Mi fasai hi i fyny i'ch mam wedyn benderfynu ffonio neu beidio. Ond wna i ddim byd heb i chi ofyn i mi wneud. Diolch am y baned."

"O, peidiwch â sôn," atebodd Thelma a'i llais yn crugo eto wrth iddi gau drws y fflat.

◆

Eistedd yng ngardd gefn y Goron efo'i ffrindiau roedd Gronw a'r rheiny'n brysur yn sgwrsio am bêl-droed a genod a physgota a genod a phrisiau cwrw a mwy o genod, er mai ychydig iawn gyfrannodd Gronw i'r sgwrs gan iddo fod wedi ymgolli braidd yn ei feddyliau anghysurus ei hun.

Roedd hi'n noson hynod o braf. Roedd gardd fawr y Goron yn llawn efo criwiau mawr swnllyd wrth bob bwrdd a mwy fyth o bobl eraill yn sefyllian gan greu awyrgylch hapus, diofal yno – nes teimlwyd yr ias yn cerdded drwy'r cwmni.

Trodd pawb eu pennau'n reddfol tua drws cefn y dafarn i weld beth oedd achos y newid yn yr awyrgylch ac, wrth gwrs, yr heddlu oedd yno. Plismon tal pryd tywyll a phlismones fach fain bryd golau. A gwelodd Gronw mai Mari oedd honno. Roedd o'n ei nabod hi er yn blentyn ac felly doedd o ddim yn teimlo ei hofn hi fel yr ofnai bob plismon arall.

Roedd o wedi bod yn pendroni ers oriau am yr hyn roedd o eisiau ei ddweud wrth yr heddlu ond yn methu'n lân â meddwl am sut i fynd o'i chwmpas hi. A rŵan, roedd o'n gwybod. Er mawr syndod i'w ffrindiau, cododd o'i sedd a cherddodd yn bwrpasol at y plismyn.

"Ga i air?" gofynnodd gan roi gwên fach ddigon simsan arnyn nhw.

"Cei, siŵr, Gronw," atebodd Mari. "PC Owen ydi hwn. Ydi be sgen ti i'w ddeud wrthon ni i neud efo be ddigwyddodd i Rhian?"

"Ydi ... wel, dw i'n meddwl 'i fod o ... dw i'm yn hollol ..." ymbalfalodd y creadur.

"Tyrd efo ni, Gronw, ac mi wnawn ni ddod o hyd i rywle distaw i gael sgwrs, ie?" meddai hi ac arweiniodd y ddau ddyn i mewn i'r dafarn ac i gornel dawel o'r bar ffrynt.

Ond wedyn wyddai o ddim sut i ddechrau. Dechreuodd dynnu edefyn bach oedd yn rhydd wrth odre ei grys T gan ei droi o amgylch ei fys bach.

"Be sy'n dy boeni di, Gronw?" holodd Mari'n dawel. Agorodd y llifddorau.

"Dw i 'di bod yn meddwl dod i ddeud wrthoch chi ... hynny ydi, wrth yr heddlu, nid ti'n benodol, Mari. Dw i 'di bod yn pendroni ddylwn i ddeud ta pheidio. Dw i ddim isio gwastraffu'ch amser chi efo rhywbeth sydd ddim yn bwysig ..."

"Mi allwn ni benderfynu be sy'n bwysig, Gronw," meddal Mari'n galonogol. "Dyna ydi'n job ni mewn gwirionedd, sortio allan be sy'n bwysig a be sy ddim. Ond rhaid i bobl ddeud popeth wrthon ni'n gynta neu fedrwn i ddim sortio dim byd."

"Wel, ... wyt ti'n cofio, Mari, mod i ar y tractor yn pasio'r traen lle oedd ... lle ffindioch chi ... Rhian..?" gofynnodd ac amneidiodd Mari arno. "Wel, ar fy ffordd o'n i i Glwt y Briallu – neu Primrose Cottage fel maen nhw'n ei alw fo rŵan. Mae'r lle ar gyrion ein tir ni ac mae'r ddynes byth a hefyd ar y ffôn yn swnian am rywbeth.

"Wel, fore dydd Iau roedd hi ar y ffôn yn cwyno bod 'na goeden yn bygwth dod i lawr ar ôl y glaw ac isio i mi ei thorri hi. Wel, wrth gwrs, wnes i ddim cyrraedd yno ddydd Iau oherwydd ... be ddigwyddodd. Felly mi es i ddoe.

"Mae 'na rywbeth yn reit od am y ddynes Oldcastle 'ma. Mae hi fel tasa hi isio bod yn rhyw ffrindie agos efo fi a nheulu ac eto mae hi'n ffonio i gwyno a damio byth a hefyd. Beth bynnag, fel ro'n i ar fin gadael ar ôl torri'r goeden, mi ddaeth hi i fyny ata i a deud ei bod hi wedi ngweld i ar y ffordd yn oriau mân y bore. Roedd hi'n ei ddeud o fel tasa hi'n gyfrinach fawr a'i bod hi am gadw fy nghyfrinach am ein bod ni'n gymaint o fêts. Wnaeth hi ddeud ei bod hi wedi ngweld i droeon yn gyrru adre ymhell ar ôl hanner nos ac roedd hi'n awgrymu mod i'n yfed a gyrru. Wel, dydw i ddim."

Cymaint oedd ei awydd i ddarbwyllo'r heddlu na fasai o byth yn yfed a gyrru nes y bu bron iddo ag anghofio am ei stori.

"Dwyt ti erioed wedi gneud?" holodd Mari. "Ddim hyd yn oed ambell dro ar ôl rhyw ddau neu dri pheint?"

Cochodd Gronw druan hyd at wreiddiau ei wallt ond daliodd ei dir.

"Argian, na. Fasa mywyd i ddim gwerth ei fyw. Fasa Mam yn edliw i mi ddydd a nos. Mi fasa colli fy leisens yn golygu na allwn i ddreifio o gwmpas i neud fy ngwaith. Os ydw i'n mynd allan i yfed dw i'n cael rhywun i roi pas i mi i'r dre ac yn cael tacsi adre. Neu, weithiau, dw i'n mynd â'r car neu'r Land Rover i mewn ac yn ei nôl o'r diwrnod wedyn."

"A dyna wnest ti nos Fercher?" gofynnodd Mari.

"Naci, wnes i ddim dreifio o gwbl nos Fercher. Roedd Mam a Dad wedi mynd yn y Range Rover i weld cyfnither Mam yn yr ysbyty ac ro'n i wedi bwriadu mynd yn y car bach ond wedyn mi wnaeth Llew gael caniatâd i fynd allan. Mi ddaeth o fy nôl i tua hanner awr wedi saith ac mi aethon ni i Llan. Mi aethon ni i gyfarfod y Ffermwyr Ifainc a wedyn i'r Goron am un bach, fi'n yfed seidr a Llew yn yfed coca cola. Ond doedd Llew ddim isio bod yn hwyr felly mi adawon ni chydig ar ôl deg. Ro'n i adre ac yn fy ngwely toc ar ôl chwarter i unarddeg. Mi ddeudis i hyn i gyd wrth y plismyn ddoth acw."

Teimlai Gronw'n llawer gwell wedi cael bwrw ei fol ond roedd Mari a PC Owens yn dal i edrych yn ddisgwylgar arno fo. Doedden nhw'n amlwg ddim wedi deall.

"Felly dim fi welodd Mrs Oldcastle ar y ffordd, naci? 'I saw you in your big black car with just your sidelights on', dyna be ddwedodd hi. Mi welodd hi gar tebyg i'n Range Rover ni ar y ffordd lle mae'r traeniau lle ffeindion nhw Rhian."

♦

Roedd hi'n bum munud wedi deg ac roedd drysau'r Ibiza Lounge newydd agor. Roedd y bownsar wrth y drws yn glamp o foi mawr. Debyg ei fod yn edrych yn eitha bygythiol i PC Osian Owen oedd ddim wedi arfer â chwrdd â phobl oedd ddwbl ei faint o. Ond i Mari doedd o ddim yn edrych yn fawr nac yn fygythiol. Roedd hi'n nabod Medwyn Mawr ers i'r ddau ohonyn nhw fod yn y Cylch Meithrin efo'i gilydd dros ugain mlynedd yn ôl ac roedd hi'n gwybod ei fod o'n hen gariad o fachgen er gwaetha ei faint anarferol.

A phan welodd Medwyn heibio i'r iwnifform a nabod Mari, lledodd y wên fwya siriol ar draws ei wyneb. Agorodd ei freichiau led y pen i'w lapio hi mewn coflaid gynnes.

"Wel, wel, Mari fach," meddai'r cawr mewn llais annisgwyl o wichlyd. "Ro'n i 'di clywed dy fod ti'n nôl hyd y lle 'ma erbyn hyn. Sut wyt ti ers talwm?"

"Iawn, diolch," chwarddodd hithau. Roedd yr olwg ar wyneb Osian yn werth ei weld. Felly hefyd wynebau'r dwsin neu fwy o enethod ifanc oedd yn y ciw i fynd i mewn i'r clwb, y rhan fwya ohonyn nhw'n gwisgo llai nag y basen nhw i fynd i nofio.

"Mae'r iwnifform 'na'n edrych yn dda arnat ti, rhaid i mi ddeud," aeth Medwyn yn ei flaen.

"Paid ti â dechre ffalsio efo fi, Meds," atebodd Mari. "Mae PC Owen a minne yma ar fusnes swyddogol."

"Oes a wnelo fo â be ddigwyddodd i Rhian druan?" holodd y dyn mawr ac ar yr un pryd gwnaeth ystum ar ryw bedair geneth arall i fynd i mewn drwy'r drws.

"Oes," atebodd Mari, a phob gwamalwch wedi gadael ei hymarweddiad bellach. "Oeddet ti yma nos Fercher?"

"O'n," oedd yr ateb. "Os ydi'r clwb 'ma ar agor, dw i yma. Ar y drws o ddeg tan ddeuddeg a wedyn yn prowlian tu mewn tan amser cau. Weles i mo Rhian nos Fercher. Dw i'm yn meddwl mod i wedi ei gweld hi yma fwy na rhyw ddwywaith o'r blaen."

"Welest ti Ed, ei chariad hi?"

Gadawodd Medwyn dair geneth arall i mewn cyn ateb.

"Do, fo a'i giwed. Mi ddaeth o yma tua hanner awr wedi un-ar-ddeg, roedd 'na giw o fama at y gornel 'cw ac mi driodd meinabs ei dric arferol. Trio gwthio o flaen pawb. Ddeudes i wrtho fo am fynd i'r cefn a disgwyl ei dro 'run fath â phawb arall."

"A wnaeth o?"

"Naddo, siŵr. Mi wnaeth o ryw sioe fawr o gynnig papur ugain i mi. Ac mi ddeudes i wrtho fo am ei gadw fo'n ôl yn ei boced. Ac mi ddeudes i y baswn i'n colli'n job taswn i'n cymryd 'i bres o a bod gen i angen y job yma i fwydo nheulu."

"Be wnaeth o wedyn?"

"Mi aeth am y ciw wedyn. Ond aeth o ddim yn agos at y cefn. Mi ffeindiodd o rywun yn reit agos at y ffrynt oedd yn fodlon rhoi lle iddo fo a'r tri mêt 'na sy wastad efo fo."

"Dewi Richards, Lewis Wynne a Nic Lloyd?"

"Ie, dyna ti."

Trodd Medwyn i roi sylw i'r criw nesa o enethod ac amneidiodd Mari ar Osian. Roedden nhw wedi siarad efo tri ffrind Ed fesul un ynghynt yn y noson ac roedd hi'n amlwg fod y pedwar ohonyn nhw wedi bod efo'i gilydd gydol y noswaith yn y Fic ac yn y Goron ac yn y Biz. Ac roedd y patholegydd wedi cadarnhau fod Rhian wedi marw ymhell cyn hanner awr wedi un-ar-ddeg nos Fercher. Roedd yr alibi yn hollol gadarn.

"Ac mi ddaeth Mathew atyn nhw wedyn hefyd, Mari," ychwanegodd Medwyn yn ddistaw.

Aeth Mari'n dawel a daeth rhyw fymryn o wrid i'w bochau ond daeth ati ei hun yn eitha sydyn gan lyncu ei phoer cyn gofyn ei chwestiwn nesa.

"Welest ti nhw wedyn y tu mewn i'r clwb?" holodd Mari.

"Do, roedden nhw, fel arfer, yn gwneud mwy o dwrw na neb arall. Ac yn gwario mwy, felly maen nhw'n cael croeso gan y bòs. Roedd y pump yn llanast llwyr erbyn i ni gau. Mi wnes i orfod cario Ed i'r tacsi."

"Wyt ti'n gwybod i le aeth y tacsi â nhw?"

"I fflat Dewi Richards yn ymyl y llyfrgell. Aeth Ed a Dewi i fanno mewn un tacsi ac mi aeth Nic a Mathew a Lewis i dŷ Lewis mewn un arall. Druan o'r ddau ddyn tacsi, ddweda i – debyg 'u bod nhw wedi cael dipyn o helynt efo nhw."

Chwarddodd wrtho'i hun wrth iddo adael ychydig mwy o bobl ifainc i mewn i'r clwb.

"O, mae hynna'n grêt, Meds," meddai Mari. "Dyna'r cwbl oedden ni isio 'i wybod, yntê, PC Owen? Oedd gennych chi fwy i'w ofyn?"

"Na, dan ni'n iawn, diolch," cytunodd Osian. Chwarae teg iddo fo, roedd o wedi bod yn ddigon call gydol gyda'r nos i adael i Mari arwain yr holi gan ei bod hi'n nabod y tystion bron i gyd.

"Dach chi ddim am ddod i mewn i gael coctel am grocbris?" holodd Medwyn

"Dan ni ar diwti, yli, Meds," ychwanegodd Mari. "Ond diolch am y cynnig ac am dy help. Wela i di eto. Cofia fi at Kelly."

"Wna i."

A throdd ei sylw at y ciw oedd wedi tyfu'n sylweddol yn ystod eu sgwrs.

"Kelly?" gofynnodd Osian.

"Ei wraig o," esboniodd Mari. "Ro'n i'n arfer mynd allan efo'i brawd hi. Hwnnw oedd y Mathew wnaeth Medwyn gyfeirio ato fo."

"A be wnaeth hwnnw i ti ddarfod efo fo?"

"Fo wnaeth ddarfod efo fi," meddai Mari mewn tôn oedd yn gadael iddo wybod nad oedd hi eisiau trafod y mater ymhellach.

Er mawr gywilydd, teimlodd Mari ddagrau poeth yn dechrau llifo hyd ei bochau. Cyflymodd ei chamau yn y gobaith na fyddai Osian yn sylwi yn y tywyllwch cynyddol. Ond roedd o'n blisman oedd wedi ei hyfforddi i sylwi.

"Sori, Mari," meddai o'n garedig. "Do'n i ddim wedi meddwl d'ypsetio di."

Am ennyd, roedd Mari'n meddwl ei fod am afael ynddi i'w chysuro a chamodd yn ei hôl yn reddfol nes y bu bron iddi ddisgyn oddi ar y pafin. Safodd y ddau'n wynebu ei gilydd ar ochr y stryd.

"Mae'n ddrwg gen i, dydi hyn ddim fel fi o gwbl, Osian," meddai hi unwaith roedd hi wedi sadio. "Wn i ddim be sy 'di dod drosta i. Blinder, debyg."

"Gest ti brofiad digon annifyr efo Gerwyn Evans," dywedodd Osian. "Mae pethe felly'n aml yn cael effaith arnon ni'n nes ymlaen."

"Ie, dw i'n siŵr mai dyna sy," cytunodd Mari, yn falch bod y dagrau bellach wedi cilio. "Dw i'n sicr ddim yn bwriadu gwastraffu amser na dagrau ar Mathew Niclas byth eto."

A cherddodd y ddau'n eu holau i'r orsaf yn llawer mwy cyfforddus yng nghwmni ei gilydd.

♦

Cododd Hefin o'i sedd wrth fwrdd y darn o'i stafell fyw oedd yn gweithredu fel cegin a cheisiodd anwybyddu'r bendro ddaeth drosto wrth iddo sefyll ar ei draed. Roedd o wedi treulio'r ddwy awr ddiwetha'n darllen yr adroddiadau er mwyn iddo gael holl ffeithiau'r achos ar flaenau ei fysedd erbyn y bore.

Doedd canolbwyntio ddim wedi bod yn hawdd ac roedd o wedi rhoi cur pen iddo fo. Rhoddodd y bai am hynny ar y tabledi lladd poen felly wnaeth o ddim cymryd dôs arall am bedwar o'r gloch. Mi gymerai rai cyn mynd i'w wely, ond tan hynny roedd hi'n bwysig iddo allu gweithredu'n effeithlon a doedd o ddim am gymryd rhai yn y bore chwaith. Doedd o ddim eisiau bod fel rhyw ysbryd o gwmpas yr orsaf ac yntau â gofal am y stafell ddigwyddiad.

Unwaith y pasiodd y bendro, mentrodd gamu at y tegell.

Estynnodd fag te a phlygodd i estyn y botel laeth o'r oergell. Syniad drwg. Parodd plygu ei ben i'r bendro ddychwelyd, a hynny'n waeth y tro hwn. Falle nad oedd o angen paned wedi'r cwbl.

Bwyd. Doedd o ddim wedi bwyta dim ers ido gael brechdan gaws tua hanner dydd. Dyna oedd achos y bendro, debyg, achos roedd hi'n tynnu am hanner awr wedi deg erbyn hyn. Diffyg bwyd. A doedd ganddo fo fawr ddim bwyd yn y fflat.

Roedd ganddo ddau ddewis. Gallai fynd yn y car i wneud y siopa bwyd. Mi fasa'r archfarchnad fawr yn ymyl y stad ddiwydiannol yn dal ar agor tan hanner nos. Ond doedd o ddim yn teimlo'n ddigon atebol i yrru car os oedd o'n diodde o bendro.

Y dewis arall oedd mynd i un o'r llefydd bwyd parod ar y stryd. Roedd rhyw hanner dwsin ohonyn nhw yn ymyl lle roedd o'n byw – byrgyrs, cebábs, bwyd Indiaidd neu Tseinïaidd neu'r hen ffefryn, pysgod a sglods. Ie, dyna oedd yr ateb – pryd sylweddol o fwyd i setlo ei stumog fel bod ei ben yn clirio hefyd.

Roedd hi dal yn gynnes tu allan felly doedd dim angen côt arno fo. Byddai mynd hebddi yn sbario iddo orfod cerdded i'r llofft ac yntau'n teimlo mor simsan. Ond roedd ei ffôn wrth ochr ei wely ar ôl iddo orwedd yno am sbel ddechrau'r prynhawn. Tybed ddylai o fynd i nôl ei ffôn, rhag ofn?

Ond doedd ganddo fo mo'r nerth. Roedd o'n flin efo fo'i hun am fynd mor hir heb fwyd a gadael iddo'i hun suddo i'r fath gyflwr pathetig. Estynnodd ei waled oddi ar y bwrdd. Teimlai hi'n drybeilig o drwm am ryw reswm. Doedd dim pwrpas iddo fo fynd â honno chwaith. Doedd o ond yn picio i lawr i'r stryd. Rhoddodd bapur ugain punt yn un poced a'i oriadau yn y llall a thynnodd ddrws y fflat y tu ôl iddo. Y lle bwyd Tseinïaidd oedd agosa, jest ar draws y ffordd, felly penderfynodd gael pryd o fanno.

Bu raid iddo gymryd ei amser ar y grisiau gan fod y bendro wedi gwaethygu rywsut. Gorau po gynta iddo gael bwyd yn ei fol. Bu raid iddo oedi cwpl o weithiau i sadio ei hun. Cyrhaeddodd y drws i'r stryd a chamodd allan. Roedd oglau bwyd yn dod o bob cyfeiriad ond yn hytrach na chodi blys bwyd arno fo roedd o'n gwneud i'w stumog droi lawn cymaint â'i ben.

Edrychodd i fyny ac i lawr y stryd. Doedd dim ceir i'w gweld felly cymerodd anadl ddofn a cherddodd mor dalaidd ag y gallai at ddrws y lle bwyd Tseinïaidd. Ond roedd y lle dan ei sang, y ddwy fainc o boptu'r drws yn llawn a nifer o bobl yn sefyll wrth y cownter. Mi fasa hi'n gryn amser cyn y basa fo'n cael archebu heb sôn am fwyta ac roedd hi'n amlwg bod arno angen bwyd yn reit handi. Penderfynodd Hefin drio rhywle arall.

Roedd y ciw yn y lle byrgyrs yn ymestyn allan drwy'r drws ac i lawr y stryd felly doedd dim amdani ond mynd rownd y gornel i'r stryd lle'r oedd y tŷ cyri a'r siop sglodion gyferbyn â'i gilydd. Cychwynnodd ar ei ffordd ond roedd hi fel pe bai'r gornel yn symud ymhellach ac ymhellach oddi wrtho fo. Teimlodd y bendro'n gwaethygu eto a'r tro yma roedd 'na gur pen gwaeth byth wedi dod efo fo. Na, nid cur pen chwaith ond poen sydyn fel gwayw yn ochr ei ben. Teimlodd ei hun yn sigo a phwysodd yn erbyn ffenest y siop ddillad plant.

Gwelodd ddyn a dynes yn edrych yn rhyfedd arno fo wrth gerdded heibio. Debyg eu bod nhw'n meddwl ei fod o wedi meddwi. Dyna fasa fo'n ei feddwl tasa fo'n gweld dyn yn pwyso yn erbyn wal ar nos Sadwrn yn y dre. Triodd ymsythu ac edrych arnyn nhw mewn modd awdurdodol er mwyn eu darbwyllo nhw ei fod o'n hollol sobor. Ond wnâi ei gorff ddim sythu. Teimlodd ei bengliniau'n sigo oddi tano. Yna saethodd poen erchyll drwy ei ben a gwelodd olau gwyn, gwyn mor llachar na allai mo'i ddiodde. Ac ar ôl hynny welodd o ddim byd ond düwch.

PENNOD 14

Deffrodd Cat Murray i fore braf arall. Gallai glywed yr adar yn pyncio a bref ambell i ddafad. Ond gallai glywed sŵn arall hefyd, sŵn wnaeth achosi iddi godi'n frysiog o'i gwely a brysio i gyfeiriad y stafell molchi. Roedd y drws ar glo a sŵn dŵr yn rhedeg. Debyg mai pwrpas rheiny oedd ceisio cuddio'r sŵn oedd wedi deffro Cat. Y sŵn chwydu.

Roedd hi'n bosib mai býg stumog oedd gan Manon. Roedd hi wedi cyrraedd adre o dŷ ei ffrind tua naw o'r gloch neithiwr yn edrych mor ofnadwy o wantan fel bod Cat wedi penderfynu gohirio'i holi am ei nosweithiau yn Llan.

Roedd Manon wedi eistedd yn y stafell fyw am ryw hanner awr tra bu ei mam yn fudr wylio'r teledu. Ond doedd ganddi fawr ddim i'w ddweud ac roedd Cat wedi cynnig iddi newid y sianel i rywbeth fasa'n fwy at ei dant. Ond doedd ganddi ddim diddordeb yn hynny chwaith. Nac mewn paned. Nac mewn bwyd. Nid fel Manon. Ac roedd hi wedi mynd i'w gwely tua hanner awr wedi naw. Nid fel Manon o gwbl.

Oedd, roedd hi'n bosib mai dioddef efo bŷg stumog oedd hi. Ond nid dyna oedd Cat yn ei amau. Roedd hi wedi bod yma o'r blaen. Setlodd ei hun i eistedd ar ben y grisiau i ddisgwyl.

Lai na phum munud wedyn, agorodd y drws a chamodd Manon i'r landin yn edrych fel drychiolaeth; roedd ei chroen yn llwyd-wyn, ei llygaid yn bŵl a'i holl gorff fel pe bai wedi sigo. Welodd hi mo Cat i ddechrau a chafodd sioc o weld ei mam yn eistedd yno'n aros amdani.

Gwyddai Manon yn syth nad oedd pwrpas gwadu. Roedd ei mam yn deall i'r dim.

"Tyrd i lawr i'r gegin am baned ac mi gawn ni sgwrs fach, ie?" oedd yr oll ddywedodd Cat.

Rhoddodd ddŵr yn y tegell. Rhoddodd fara i dostio hefyd ond go brin y byddai Manon yn gallu wynebu bwyta. Fel hyn yn union roedd hi wedi bod wyth mlynedd a hanner yn ôl a hithau ar ganol cwrs lefel A efo gobeithion am gael mynd i'r brifysgol yn Lerpwl neu yng Nghaerdydd.

O leia bryd hynny roedd ganddi gariad selog a, chwarae teg iddo fo, mi wnaeth o ei phriodi hi a derbyn cyfrifoldebau tad, yn wahanol i lawer o lanciau eraill y gwyddai Cat amdanyn nhw. Ar y pryd roedd hi wedi poeni fod yr awyrgylch ddrwg rhyngddi hi a Brian wedi peri i Manon feichiogi er mwyn dianc. A hyd heddiw allai hi ddim peidio â cheisio dyfalu ai'r dechrau brysiog hwnnw barodd i'r briodas chwalu cyn pen chwe blynedd.

Ond roedd sefyllfa Manon yn wahanol rŵan. Roedd ganddi ddwy ferch i feddwl amdanyn nhw a dim cariad selog hyd y gwyddai ei mam. Ond falle bod Cat yn bod yn galed arni. Falle bod ganddi gariad ers tro ond bod Manon heb ei grybwyll er mwyn y genod. Yn sicr roedd y nosweithiau yna pan doedd hi ddim yn aros efo Sali yn gwneud synnwyr rŵan!

Roedd dwy baned yn dechrau oeri ar fwrdd y gegin erbyn i Manon ymddangos a'i hymarweddiad bellach yn debyg i eneth fach yn ei pharatoi ei hun ar gyfer ffrae. Ond roedd Cat yn benderfynol na fasai hi'n dwrdio.

"Fasa'n well gen ti rywbeth arall yn lle, ta?" holodd. "Dw i'n cofio na allet ti ddiodde te pan oeddet ti'n disgwyl y genod."

Ond roedd y gair "disgwyl" yn ormod i Manon. Dechreuodd wylo'n dawel a chamodd Cat rownd i ochr arall y bwrdd i afael amdani. Wnaeth hi ddim mentro dweud mwy, dim ond ei dal hi wrth iddi wylo am ddau neu dri munud maith.

"Pa mor bell wyt ti wedi mynd?" gofynnodd wedyn.

"Tua deg wythnos, dw i'n meddwl," atebodd Manon.

"Ac ers faint wyt ti'n gwybod?"

"Ers rhyw dair wythnos."

"Pam na faset ti'n sôn?" holodd Cat. "Ti'n gwybod y gwna i bopeth alla i ..."

"Roedd gen i gywilydd, Mam," cyfaddefodd. "A hefyd ro'n i isio trafod be i'w wneud efo.. efo'r ... tad."

"A be dach chi wedi penderfynu ei wneud?"

"Wn i ddim, Mam. Wneith o ddim siarad efo fi ers i mi ddeud wrtho fo mod i'n disgwyl."

"Aeddfed iawn," oedd ymateb Cat wrth drio ffrwyno'i dicter. "Wel, os wyt ti ddim isio cario'r babi, mi fydd raid i ti wneud penderfyniad yn o handi, efo fo neu hebddo fo."

Plygodd Manon ei phen a dechreuodd wylo'n arw eto. Edrychai mor ofnadwy o ifanc a diymgeledd na allai Cat wylltio efo hi. Doedd hi'n cael dim trafferth gwylltio efo'r dyn oedd wedi trin ei merch mor wael.

"Dw i'n cymryd mai efo'r dyn yma rwyt ti wedi bod yn aros ar nosweithiau Gwener pan oeddet ti'n deud wrtha i dy fod yn aros efo Sali," mentrodd hi.

Cododd Manon ei phen mewn syndod.

"Weles i fam Sali ddoe," esboniodd Cat. "Mi wnaeth hi edrych yn syn arna i pan wnes i ddiolch iddi am adael i ti aros efo Sali mor aml."

Roedd Cat wedi ceisio cadw ei llais yn ysgafn a'i ddweud o fel rhyw hanner jôc ond ymatebodd Manon fel tasai hi wedi ei tharo.

"O, Mam," gwaeddodd gan feichio wylo eto a thaflu ei hun yn ôl i freichiau ei mam. "Dw i mor sori. Wnes i jest ddim meddwl."

Unwaith eto bu raid i Cat gadw'n dawel nes i dymestl y crio basio. Llwyddodd i gael Manon i lyncu ychydig o'r te a chymerodd gysur o weld na fu raid iddi redeg am y sinc i chwydu ar ôl un cegiad.

"Ydw i'n cael gofyn pwy ydi o?" holodd hi wedyn.

Am eiliadau hir safodd Manon fel delw. A phan wnaeth hi siarad roedd ei llais mor dawel fel nad oedd o'n fawr mwy na sibrwd. Ond mi glywodd Cat yn iawn beth ddywedodd hi.

"Ed", meddai. "Ed Parry-Jones."

♦

Roedd digonedd o le i Mari barcio yng ngorsaf yr heddlu a hithau ond yn bum munud i wyth ar fore Sul. Er ei bod wedi gwneud shifft hwyr neithiwr, roedd hi wedi cadw at ei shifft fore Sul er mwyn cadw ei nos Sul yn rhydd. Ers marwolaeth ei mam roedd dod at ei gilydd bob nos Sul wedi datblygu'n fath o ddefod deuluol. Falle eu bod nhw'n ofni y byddai'r teulu'n disgyn yn gareiau heb Mam i'w dal wrth ei gilydd.

Wrth gwrs golygai hynny ei bod hi ar shifft wahanol i Osian heddiw ond falle nad oedd hynny'n beth drwg. Roedd arni angen amser i ystyried beth yn union oedd ei theimladau tuag ato fo.

Wrth gerdded at ddrws cefn yr orsaf sylwodd nad oedd car Hefin yno.

Camodd drwy'r drws cefn a thua'r dderbynfa i ofyn i'r Sarjant am hanes y meddwyn yn y gell. Sarjant Davies oedd ar y ddesg flaen. Roedd o'n iau na Glyn Jones ac o bosib yn fwy effeithlon yn ei swydd ond doedd o ddim mor annwyl.

"Bore da, Sarj," meddai Mari wrtho'n hwyliog. "Dach chi'n iawn?"

"Dw i'n iawn, diolch, Mari," atebodd, "ond dydy Glyn druan ddim."

"Pam? Ydi o'n sâl?"

"Nac ydi," atebodd. "Wedi cael ei ddyrnu gan y meddwyn ddaethoch chi aton ni neithiwr. O be dw i'n ddeall," esboniodd, "mi wnaeth Glyn benderfynu mynd i weld sut roedd y carcharor cyn gorffen ei shifft am ddeg neithiwr. Roedd Evans yn gorwedd ar y gwely'n hollol ddiymadferth. Dyna oedd o'n ddisgwyl, wrth gwrs, y basa fo'n cysgu'n drwm ar ôl meddwi. Ond, mae 'na gymaint o sôn 'di bod am bobl yn ... wel, yn marw, ar ôl cael eu rhoi mewn cell a'u gadael yno."

"Ie," cytunodd Mari. "Mi wnaethon nhw sôn am hynny ar gwrs es i arno fo'n ddiweddar yn y Pencadlys. Y polisi rŵan ydi peidio â'u gadael nhw fwy na dwy awr heb wneud yn siŵr eu bod nhw'n iawn."

"Ie, dyna chi," cytunodd y sarjant, yn cynhesu i'w stori. Doedd Mari erioed wedi ei glywed yn siarad cymaint. "Felly mi benderfynodd Glyn fynd i mewn i'r gell i wneud yn siŵr ei fod o'n iawn. Ond y munud yr agorodd o'r drws, mi ddeffrodd y boi a dod am Glyn fel tarw gwyllt a'i ddyrnu nifer o weithiau nes ei fod o yn ei gwrcwd ar lawr ac roedd o ar fin dechrau ei gicio fo pan ddaeth dau o'r bechgyn ifanc drwodd o'r cefn i'w achub o. Dau o'r bechgyn sydd yma o'r Pencadlys oedden nhw, newydd gyrraedd ar gyfer y shifft nos, a dau o fechgyn cry hefyd. Buan iawn y sortion nhw'r carcharor a chael Glyn allan o'i gyrraedd o."

"Gafodd Sarjant Jones ei frifo'n ddrwg?" holodd Mari'n syfrdan.

"Wel, roedd o wedi ei ddyrnu yn ei wyneb nifer o weithiau. Roedd ei drwyn o'n gwaedu ac un o'i lygaid o'n dechrau duo'n barod, o be dw i'n ddeall."

"Aeth o i'r ysbyty?"

"Do, ond fu ddim rhaid iddo fo aros i mewn. Mi aeth ei wraig â fo adre tua dau y bore 'ma. Mi wna i ei ffonio hi yn y munud i holi sut mae o."

"Wn i ddim be i'w neud rŵan," cyfaddefodd Mari. "Be o'n i am neud oedd gweld os oedd Gerwyn Evans wedi deffro ac os oedd o, ro'n i am gael gair bach tawel o rybudd efo fo ac wedyn ei anfon o adre. Ond mae pethe wedi newid rŵan, tydyn?"

"Ydyn, wir," cytunodd Sarjant Davies. "Yn un peth, faswn i ddim yn cynghori neb i fynd i mewn i'r gell ato fo ar ben eu hunan. Ac yn beth arall, dydi o ddim yn debyg o gael mynd i unman nes iddo fo gael ei gyhuddo'n ffurfiol o ymosod ar Glyn. Debyg bydd o yma tan fedrwn ni ei gael o i'r llys bore fory."

"Oes 'na rywun wedi gadael i Sioned, ei wraig o, wybod?"

gofynnodd hi wedyn.

"Oes, dw i'n siŵr."

"Ella y dylwn i ei ffonio hi eto. Druan ohoni. Newydd golli ei merch fel 'na a rŵan mae ei gŵr hi mewn trwbwl."

Ac yna, yr eiliad yna, mi gofiodd.

"O!" ebychodd yn uchel, gan wneud i Sarjant Davies neidio. "Goriadau Gerwyn Evans! Maen nhw'n dal yn fy mag i! Ro'n i 'di bwriadu eu rhoi nhw i Sarjant Jones neithiwr."

Bai PC Osian Owen oedd hynny, meddyliodd Mari. Doedd hi'n bendant ddim yn gallu meddwl mor glir pan oedd hwnnw o gwmpas.

"Pam mae'r goriadau yn eich bag chi, Mari?" gofynnodd y sarjant.

"Wnes i'u cymryd oddi arno fo achos roedd o'n bwriadu gyrru adre," esboniodd hi. "Dw i ddim yn meddwl y basa fo wedi mynd yn bell ac, fel y trodd hi allan, mi wnaeth o ddisgyn ar ganol y ffordd cyn iddo fo agor drws y car."

Ymbalfalodd Mari yn ei bag am y goriadau i'w hestyn i Sarjant Davies ond yna roedd o wedi meddwl am rywbeth arall.

"Lle mae ei gar o?" holodd.

"Ar y stryd tu ôl i iard y Tarw," atebodd hi.

"Fasa hi'n syniad symud y car i'r maes parcio yn fama?" gofynnodd y sarjant wedyn. "Does 'na fawr o geir yma heddiw ac mae o'n saffach yma nag ar y stryd. Wedyn os dach chi'n ffonio ei wraig o mi allwch chi ddweud wrthi fod y car gynnon ni'n ddiogel os ydi hi isio ei nôl o."

"Iawn, Sarj," cytunodd Mari. "A i'n syth rŵan i nôl y car a wedyn pan ddo i'n ôl, mi wna i gymryd y cwnstabl mwya sy 'na yn yr Ystafell Ddigwyddiad efo fi i fynd i gael gair efo Gerwyn Evans."

♦

Gyrrai Gronw adre yn y Land Rover yn teimlo'n eitha bodlon ei fyd. Ar ôl holl bryder y dyddiau diwetha roedd bwrw ei fol i'r plismyn neithiwr wedi trawsnewid popeth. Wnâi o ddim dod â Rhian yn ei hôl, wrth gwrs, ond o leia roedd o wedi gwneud popeth a allai o i ddal ei llofrudd. Roedd o wedi mynd adre neithiwr ymhell cyn amser cau, wedi datgan wrth ei rieni ei fod am fynd i bysgota fore trannoeth cyn mynd i'w wely'n handi.

Wedi iddo ddeffro am bump y bore yn teimlo fel dyn newydd, gwnaeth fflasg o de a llond bocs o frechdanau iddo'i hun a'i chychwyn hi am Lyn Carlwm. Roedd heddwch perffaith y lle wedi glanhau ei enaid, chwedl Mam, a rŵan roedd o ar ei ffordd adre i fwynhau cinio Sul.

Roedd o hefyd yn ymfalchio yn ei rôl newydd fel cynorthwywr gwerthfawr i'r heddlu. Profodd ei werth iddyn nhw brynhawn Iau, wrth gwrs, trwy dynnu corff Rhian druan o'r traen yna. A rŵan roedd o wedi rhannu gwybodaeth hanfodol efo'r heddlu, gwybodaeth allai eu helpu i gracio'r achos. Roedd Gronw ar ben ei ddigon.

Roedd o'n fwy balch byth pan basiodd o ben y dreif newydd grand oedd yn arwain at Primrose Cottage a gweld car heddlu wedi ei barcio o flaen y tŷ. Roedd y ffaith eu bod nhw wedi gweithredu mor fuan ar ei dystiolaeth yn dangos ei bwysigrwydd i'r achos.

Wrth yrru heibio i Ellesmere House gwelodd bod car heddlu arall yn fanno, wedi ei barcio ar draws y giât fel na allai'r un o'r pedwar car adael. Tybed beth oedd yn mynd ymlaen? Nid dilyn ei dystiolaeth o oedden nhw yn fanno.

Trodd i lawr y lôn drol am adre a chinio ei fam. A beth

welodd o ar y buarth ond car heddlu arall eto fyth. Doedd
o ddim llawn mor falch o weld hwnnw a theimlai'n eitha
pryderus eto wrth gerdded i'r tŷ. Deuai arogl hyfryd cig rhost
o'r stof ond doedd dim golwg o'i fam yn tendio'r cig nac yn
paratoi llysiau yn y sbens.

Wedi clustfeinio, gallai glywed lleisiau'n dod o'r parlwr
ond cyn iddo fynd yno clywodd lais ei dad.

"Gronw!"

Roedd ei dad yn y gegin fawr, yn eistedd ar y soffa efo
papur newydd ar ei lin a theledu wedi ei fudo o'i flaen, er ei
bod hi'n gwbl amlwg nad oedd o wedi bod â'i sylw ar yr un
ohonyn nhw.

"Be sy'n mynd ymlaen, Dad?" gofynnodd Gronw.

"Y ddau blismon fu yma echdoe," esboniodd John Huws.
"Maen nhw'n ôl!"

"Pam? Sgynnon ni ddim mwy i'w ddeud wrthyn nhw, nag
oes?" protestiodd Gronw.

"Nid holi am be ddigwyddodd i Rhian maen nhw'r tro
yma," dywedodd ei dad. "Maen nhw isio siarad efo pob un
ohonon ni ar wahân ynglŷn â Tudur."

"Tudur?"

"Ie. Dw i'n siŵr eu bod nhw'n amau ein bod ni wedi ei
ladd o," meddai Dad eto, â'i lais yn codi'n wich. "Wnaethon
nhw fynd i dŷ Llew a Chloe gynta a'u holi nhw un ar y tro ac
wedyn ddaethon nhw yma. Mi wnaeth Llew roi caniad i ni i
ddeud eu bod nhw ar eu ffordd ond chawson ni ond ychydig
funudau o rybudd. Mi fues i i mewn yn fanna'n cael fy holi'n
dwll am dros hanner awr a rŵan mae dy fam yn ei chael hi. A
ti fydd nesa!"

"Be oedden nhw'n ofyn 'lly?" holodd Gronw ond cyn i'w
dad allu ateb, roedd drws y parlwr wedi agor a'i fam yn dianc

ohono, ei hwyneb yn wyn fel y galchen.

Cymerodd Gronw gam tuag ati'n reddfol i'w chysuro, ond camodd PC Jarvis drwy'r drws y tu ôl iddi hi a'i gyfarch.

"A! Mr Gronw Huws! Amseru perffaith! Dewch i mewn aton ni, os gwelwch yn dda."

Edrychodd Gronw ar ei fam ond roedd hi'n mynd yn fân ac yn fuan am y gegin i geisio achub ei chinio Sul. Roedd Llew a Chloe a'r bychan i fod yn dod erbyn hanner dydd.

Cerddodd Gronw i mewn i'r parlwr lle'r eisteddai'r plismon arall, fel y tro cynt, wrth y bwrdd efo'i lyfr nodiadau.

"S'mae?" meddai wrth y ddau blismon ond wnaeth yr un ohonyn nhw ateb er i PC Jarvis amneidio a gwneud ystum ar i Gronw eistedd ar y gadair agosa.

"Dw i'n siŵr bod eich tad wedi dweud wrthoch chi ein bod ni yma i'ch holi chi ynglŷn â diflaniad eich brawd hyna, Tudur," dechreuodd PC Jarvis.

"Wel, do," meddai Gronw, "ond alla i ddim deall pam. Does 'na'r un ohonon ni wedi ei weld o na chlywed gynno fo ers iddo fo adael."

"A phryd yn union oedd hynny, Mr Huws?"

"Pum mlynedd yn ôl," atebodd.

"Allwch chi fod yn fwy manwl na hynny? Pa adeg o'r flwyddyn oedd hi?"

"Digwydd bod," meddai Gronw, "mi alla i ddeud yr union ddyddiad wrthoch chi. Roedd hi'n ddiwrnod ola mis Ionawr, y diwrnod ar ôl fy mhen-blwydd i. Ro'n i'n bedair ar ddeg y flwyddyn honno."

"A beth dach chi'n ei gofio am y diwrnod hwnnw?"

"Wel, ro'n i wedi bod i'r ysgol a dod adre ar y bws ac wedi bod yn y siop yn prynu fferins ac roedd hi'n dywyll erbyn i mi gerdded ar hyd y lôn am y tŷ. Wel, dach chi 'di dod i lawr

y lôn yna ddwywaith rŵan felly dach chi'n gwybod dydi hi
ddim yn llydan iawn. Cael a chael ydi hi i fynd ar ei hyd hi ar
y tractor. Beth bynnag, fel ro'n i yn y darn cula o'r lôn wrth
y troead, mi ddaeth goleuadau car i nghwrdd i a nallu i. Ac
roedd pwy bynnag oedd yna'n gyrru fel cath i gythraul – ro'n
i'n siŵr mod i'n mynd i gael fy lladd. Does 'na nunlle i ddianc
yn fanno, mae'r gwrychoedd yn uchel ar y ddwy ochr i'r lôn.
Ond rywsut, mi lwyddodd y gyrrwr i arafu a stopio jest cyn
fy nharo i. Ges i dipyn o fraw, cofiwch."

"Oeddech chi'n nabod y car, Mr Huws?"

"Wel, nago'n, ddim pan oedd o'n dod amdana i. Y cwbl
welwn i oedd y golau'n fy nallu i. Ond pan wnaeth o stopio,
mi weles i mai Tudur oedd o ac ro'n i'n disgwyl iddo fo agor y
ffenest a dweud rhywbeth ond wnaeth o ddim, dim ond rhoi
ei droed i lawr eto ac i ffwrdd â fo. A weles i erioed mono fo
wedyn."

"Pa gar oedd o'n ei yrru?"

"Escort oedd o, un glas tywyll, salŵn nid estêt."

"Dach chi'n cofio ei rif o?"

"Ydw, CW58 RRD."

"Diolch, Mr Huws. A dach chi'n gwybod pam roedd eich
brawd wedi gadael ar y fath frys?"

"Roedd o wedi ffraeo efo Dad eto," atebodd Gronw.
"Doedden nhw'n gneud dim ond ffraeo bryd hynny am fod
Tudur ddim yn rhoi fawr o ymdrech i'w waith ar y fferm.
Roedd hyn cyn gwasgfa Dad, cofiwch, felly fo oedd yn gneud
y rhan fwya o'r gwaith. Ro'n i dal yn yr ysgol ac roedd Llew
ar ei flwyddyn ola yng Ngholeg Llysfasi felly roedd Dad yn
disgwyl i Tudur weithio efo fo. Edrych yn ôl rŵan, dw i'n
credu bod Dad bryd hynny'n dechre teimlo'r straen ond yn
rhy browd i ddeud dim."

"Ond doedd Tudur ddim yn mwynhau gweithio ar y fferm?"

"Nag oedd. Wel, dydi hynny ddim yn wir, chwaith, achos hyd at yr haf cynt roedd o'n berffaith hapus. Ond wedyn mi wnaeth o ddechre hel efo crowd o bobl yn Llan wnaeth roi syniade yn ei ben o. Pethe'r dre oedden nhw, dach chi'n gweld, heb ddiddordeb yn ddim byd ond yfed a chymryd cyffurie a chamfihafio. Ac roedden nhw'n gwneud hwyl am ei ben o am fod yn ffermwr, ei alw fo'n josgyn a deud ei fod o'n drewi o wartheg. Doedd o ddim, wrth gwrs, ond mi fyddai o'n cael dwy gawod ac yn sgwrio'i hun nes ei fod o fel darn o gig cyn mynd allan i gyfarfod y ffrindie 'ma."

"Ac ar ôl dechrau hel efo'r ffrindie newydd 'ma wnaeth Tudur golli diddordeb yn ei waith ar y fferm?" gofynnodd PC Jarvis.

"Roedd o fel tasa gynno fo gywilydd ohonon ni i gyd. Ac roedd o'n gwrthod siarad Cymraeg efo ni. Roedd hynny'n ypsetio Mam yn waeth na dim. Ac yn gwylltio Dad."

"Be ddigwyddodd y diwrnod hwnnw i wneud pethe'n waeth?"

"Yr eneth 'na. Hi oedd wrth wraidd y cwbl. O'i herwydd hi wnaeth o ddechre hongian o gwmpas efo'i ffrindiau hi ac oherwydd hi roedd ganddo fo gywilydd o'i gartre a'i deulu. Roedd o wedi gwirioni'n bot efo hi."

"A phwy oedd yr eneth 'ma, Mr Huws?"

"Cwestiwn da! Roedd hi dair blynedd yn hŷn na fi yn yr ysgol, yr un oed â Llew, mwy neu lai. A phan oedd hi yn yr ysgol, ei henw hi oedd Helen. Ond mi gafodd hi ei thaflu allan o'r ysgol yn fuan ar ôl iddi hi ddechre yn y chweched dosbarth am ei bod hi wedi cael ei dal yn gwerthu cyffurie yn yr ysgol. Ac mi wnaeth hi fynd i fyw mewn rhyw sgwat, hen dŷ gwag rhwng Llan a Glanrafon a galw ei hun yn Hecate."

"Hecate?" meddai PC Hillman yn annisgwyl o'i gornel. "Enw gwrach ydy hwnnw, yntê?"

"Os wyt ti'n deud," atebodd PC Jarvis efo gwên.

"A sut wnaeth yr Hecate 'ma yrru Tudur i adael ei gartre?" gofynnodd wedyn i Gronw.

"Wel, y noson cynt, fy mhen-blwydd i, ro'n i wedi aros i fyny'n hwyr i wylio ffilm ar y teli felly ro'n i dal ar fy nhraed am un-ar-ddeg pan ddaeth Tudur i mewn efo gwep fel taran a phan ofynnes i be oedd yn bod, mi ges i'r hanes ganddo fo. Doedd hi ddim yn stori addas i'w deud wrth fachgen pedair ar ddeg oed, ond roedd o mor flin na allai o stopio ei hun.

"Mi ddwedodd o ei fod o a'r criw arferol wedi bod yn hel diod yn y Goron ac yna roedd Hecate wedi deud ei bod hi wedi blino ac am fynd adre i'r sgwat. Wnaeth o feddwl dim o'r peth ond pan aeth o ar ei hôl hi rhyw hanner awr wedyn, mi wnaeth o ddod o hyd iddi hi efo rhyw foi dieithr ar ei phen hi a'r ddau wrthi'n cnychu fel tarw ar gefn buwch. A phan welon nhw Tudur wnaethon nhw gynnig iddo fo ymuno yn yr hwyl. Wel, mi sgrialodd Tudur oddi yno a dod adre."

"Beth ddigwyddodd ar ôl iddo fo ddeud yr hanes?"

"Aeth o i'w wely. Wn i ddim faint gysgodd o achos roedd golwg ofnadwy arno fo amser brecwast. A doedd Dad ddim yn ei drin o'n sensitif iawn. Roedd o wrthi'n rhoi rhestr o jobsys i Tudur eu gneud a hwnnw'n edrych yn fwy ac yn fwy blin. Ond ddwedodd o ddim byd, jest cerdded allan efo Dad i ddechre godro. Ac mi es i i'r ysgol. A dw i wedi deud wrthoch chi be ddigwyddodd pan ddois i adre."

"Beth ddigwyddodd rhyngddo fo a'ch tad?"

"Wel, do'n i ddim yno, ond dw i'n cymryd bod Dad wedi ei ddwrdio fo am neud rhywbeth neu am beidio â gneud rhywbeth a bod Tudur wedi myllio a gyrru i ffwrdd yn ei hyll. Wneith o ddim cyfadde, ond dw i'n siŵr bod Dad yn difaru na fasai o wedi bod yn llai llawdrwm arno fo'r diwrnod hwnnw ond doedd o ddim yn gwybod ar y pryd am y sefyllfa efo Hecate. Falle tasa fo wedi gadael i Tudur gael amser i ddod dros ei siom y basa fo wedi dod at ei goed. Ond chawn ni byth wybod rŵan, na chawn?"

"A dydy Tudur ddim wedi ceisio cysylltu efo chi mewn unrhyw ffordd ers y diwrnod hwnnw?"

"Naddo. Dach chi am drio dod o hyd iddo fo?"

"Wel, ydan," meddai PC Jarvis. "Mae hi'n drueni na wnaeth eich rhieni ei reportio fo pan wnaeth o ddiflannu."

"Roedden ni'n disgwyl iddo fo ddod yn ôl. Aeth dyddie yn wythnose ac mi fu raid i ni dderbyn nad oedd o byth isio'n gweld ni eto. Be wnewch chi pan dach chi'n cael hyd iddo fo?"

"Mewn achosion fel hyn, dan ni fel arfer yn gofyn i'r person dan sylw ydyn nhw isio i ni gysylltu efo'u teuluoedd nhw ac os ydyn nhw ddim isio hynny, dan ni'n parchu eu dymuniad nhw."

"Wela i."

"Ond mi fasen ni'n gadael i chi wybod eu bod nhw'n fyw ac iach ond heb ddatgelu lle. Rŵan ta, Mr Huws, dach chi wedi bod yn help mawr. Un peth arall. Wnaethoch chi sôn am y criw ffrindie 'ma oedd Tudur wedi bod yn mynd o gwmpas efo nhw. Dach chi'n cofio eu henwau nhw?"

"Ydw, rhai ohonyn nhw – er, dw i ddim yn gwybod enw llawn pob un ohonyn nhw."

"Wnewch chi sgwennu be dach chi'n gofio amdanyn nhw?" gofynnodd y plismon.

♦

Roedd y dyn tywydd ar y teledu neithiwr wedi bygwth glaw taranau yn ystod y prynhawn felly roedd Meira wedi penderfynu bod rhaid newid y drefn am heddiw. Felly, y munud y cyrhaeddodd hi adre o'r capel, newidiodd ei dillad a'i hesgidiau ac roedd hi a Pero ar y ffordd erbyn ugain munud wedi un ar ddeg.

Wyddai hi ddim pam ei bod hi'n tueddu i fynd i gyfeiriad y pentre y dyddiau hyn ar ôl blynyddoedd o fynd y ffordd arall, ond y ffordd honno roedd hi a Pero wedi mynd.

Roedd hi'n sych a'r haul yn trio gwthio'i ffordd heibio'r cymylau ond roedd rhywbeth yn drymedd ynddi oedd yn argoeli am storm. Unwaith y byddai hi a Pero wedi cael eu dogn o awyr iach am y diwrnod mi gâi hi fynd adre a gwneud mymryn o ginio iddi ei hun cyn swatio yn ei chadair wrth y tân am y prynhawn.

Cerddodd heibio i'r eglwys a sylwodd ar y ceir y tu allan i'r giât. Rhai eitha crand ac ambell hen recsyn. Clywodd sŵn canu digon tila yn dod o'r hen adeilad. Doedd pobl eglwys ddim yn gallu canu 'run fath â phobl capel, dyna fyddai ei mam yn ei ddweud a dyma brofi'r ffaith.

Roedd rhai o'r ceir hyd y pafin felly croesodd Meira i ochr arall y ffordd. Golygai hyn y byddai'n rhaid iddi gerdded yn beryglus o agos at giât Hefina Hen Geg ond mi fyddai honno yn nhŷ ei mab ar gyfer cinio Sul, fwy na thebyg. A rŵan bod hi ddim yr un ochr â'r siop fyddai dim rhaid iddi siarad efo neb fyddai'n ymgasglu yno i sgwrsio.

Ond yr unig bobl oedd y tu allan i'r siop oedd y dyn Oldcastle 'na o Glwt y Briallu a Crispin Jacobsen, y ddau hefo papurau Sul swmpus dan eu ceseiliau. Doedd dim angen i Meira wneud mwy nag amneidio wrth fynd heibio.

Ac yna torrwyd ar draws llonyddwch bore Sul ym

Mhenllechwedd gan wich hir anhygoel o uchel. Byddai mam Meira wedi dweud ei fod yn swnio fel rhywun yn sticio mochyn. Roedd Meira'n cerdded heibio giât Ellesmere House pan glywodd y sŵn yn dod o'r tŷ.

A'r eiliad nesa agorodd drws y tŷ a chamodd dyn mawr pryd cochlyd allan efo bag lledr bychan dros ei ysgwydd a bag mwy sylweddol efo olwynion yn cael ei lusgo y tu ôl iddo fo. Er na fu Meira erioed i ffwrdd am wyliau yn ei bywyd, roedd hi wedi gweld pobl ar y teledu efo bagiau o'r fath, yr un bach ar gyfer trip penwythnos a'r un mawr ar gyfer gwyliau mwy sylweddol.

Tybiodd Meira mai gŵr Sandra Hendricks oedd o ac roedd o bron â chyrraedd hanner ffordd i fyny'r dreif pan ddaeth cri pathetig o gyfeiriad y drws ac yno y safai Sandra ei hun yn ei slipars blewog â'i hwyneb yn goch gan grio.

"Please, Stu, don't go!" sgrechiodd.

A sylweddolodd Meira mai hi oedd wedi gwneud y sŵn gwichian ofnadwy 'na. Brysiodd i dynnu Pero o'r golwg fel na welai'r ddau mohonyn nhw. Wrth iddi frysio i ffwrdd clywodd sŵn clep drws y car a sŵn tanio'r injan bwerus a sŵn teiars y car yn sgrialu ar y graean wrth i'r car mawr du ruo allan o'r pentre.

♦

Roedd y pryd neithiwr wedi bod yn rhyfeddol o ddifyr ac Annest wedi mwynhau gweld y teulu i gyd a chael cyfle i ymlacio ar ôl tridiau mor brysur. Roedd y bedydd hefyd wedi mynd yn iawn, er iddo fo fod yn wasanaeth hir iawn efo llawer o ffaffian efo cannwyll a rhyw liain a rhuban. A rŵan roedden nhw wedi ymgynnull yn y gwesty dros y ffordd i'r eglwys ac roedd cwmni ei hanwyliaid yn dechrau dweud arni. Ffysian ei mam, jôcs sâl ei thad, chwerthiniad lloerig ei brawd bach a llais hunanbwysig ei chwaer yng nghyfraith. Tybed pa mor hir fyddai'n rhaid iddi aros cyn dianc?

Daeth achubiaeth ar ffurf ei ffôn yn crynu yn ei bag yn erbyn ei braich chwith.

"Sori, mae'n rhaid i mi ateb hwn," esboniodd Annest wrth ei hewyrth gan gamu oddi wrtho i chwilio am rywle i roi ei phlatiad o fwyd bwffe er mwyn iddi allu agor y bag.

Erbyn iddi ddod o hyd i fwrdd ym mhen pella'r stafell roedd y ffôn wedi rhoi'r gorau i ganu ond gwelodd yn syth mai galwad o'r Ystafell Ddigwyddiad oedd hi. Pwysodd y botwm i alw'n ôl a Mari atebodd.

"Helô, Bòs," dywedodd. "Ddrwg gen i'ch poeni chi ..."

"Dim problem o gwbl, Mari," atebodd hithau. "Mi fydda i'n ei chychwyn hi am Llan ymhen ychydig funudau, gobeithio. Be sy?"

"Wel, isio holi o'n i be'n union oedd y trefniant rhyngoch chi â Sarjant Rowlands."

"Hefin? Pam?"

"Jest ein bod ni ar ddeall ei fod o am fod yma heddiw a dydan ni ddim wedi ei weld o. A meddwl tybed oedd o wedi cysylltu efo chi. Does 'na ddim problem, mae gan bawb yma ddigon o waith i'w wneud ond ein bod ni'n poeni amdano fo achos dydi o ddim fel fo i beidio â chysylltu."

"Ti'n iawn," cytunodd Annest. "Dydi o ddim fel Hefin o gwbl. Dach chi wedi trio ffonio fo?"

"Dyna pam dw i'n eich ffonio chi, Bòs. Doedden ni ddim yn licio gwneud rhag ofn ei fod o wedi cysylltu efo chi. Dach chi isio i mi wneud rŵan?"

"Na, gad o efo fi. Sut mae pethe acw? Unrhyw

ddatblygiadau yn yr ymchwiliad?"

"Oes, mae 'na dipyn go lew o ..."

"O, reit," torrodd Annest ar ei thraws, yn ceisio peidio gadael i Mari glywed o'i llais mor flin oedd hi i fethu'r datblygiadau newydd. Eglurodd wrthi y byddai hi'n ffonio Hefin a diffoddodd yr alwad.

Estynnodd Annest un sosej rôl o'i phlât a golchodd honno i lawr efo cegiad o sudd oren wrth iddi sgrolio i lawr i rif Hefin. Cysylltodd yr alwad yn sydyn a chanodd y ffôn. Gadawodd iddo ganu drosodd a throsodd ond ni ddaeth ateb. Rŵan roedd hi'n poeni; doedd Hefin byth ymhell oddi wrth ei ffôn.

Dechreuodd ar y ddefod o fynd o amgylch y teulu i ffarwelio, gan geisio llowcio gweddill ei bwyd ar yr un pryd. Ymddiheurodd wrth bawb am orfod gadael mor fuan ac addawodd fynd i weld pawb eto'n fuan. Yn y maes parcio rhoddodd gynnig arall ar ffonio Hefin. Wedi'r cwbl, falle ei fod o'n cael cawod neu rywbeth. Dim ateb. Triodd y rhif dair gwaith eto ac yna gadawodd neges yn gofyn iddo gysylltu efo hi ar frys.

PENNOD 15

Bu Annest ar y ffôn bron yn ddi-baid yn ystod awr a thri chwarter y siwrnai yn ôl o Fanceinion. Diolch byth am declynnau ffonio heb ddwylo. Un darn o newyddion annisgwyl glywodd hi oedd fod Operation Black Grouse wedi dod i ben y noson gynt efo nifer fawr o droseddwyr wedi eu harestio gan gynnwys y pen bandit ei hun. Byddai'r criw fu ar fenthyg i Heddlu Lerpwl yn eu holau yn y Pencadlys fore trannoeth yn uchel iawn eu cloch. Teimlai Annest yn ddiolchgar iawn fod ganddi resymau dilys dros fod yn Llan bryd hynny.

Roedd hi wedi trio ffonio Hefin droeon ac yna wedi cysylltu efo'r Pencadlys ac wedi gofyn iddyn nhw geisio cysylltu efo'i rieni yn Nolgellau. Debyg eu bod nhw wedi eu rhestru fel ei berthnasau agosa yn ei ffeil cyflogaeth.

"Ond peidiwch da chi â chodi ofn arnyn nhw," dywedodd Annest wrth y cwnstabl oedd wedi cael y gwaith. "Jest dweud eich bod chi isio gair efo Hefin ond fod o ddim yn bwysig. Ond os nad ydyn nhw wedi clywed gynno fo a does dal ddim golwg ohono fo yn Llan, fasa well i chi holi yn yr ysbyty rhag ofn ei fod o yn fanno. Mae hi'n bosib bod ei gyflwr wedi gwaethygu – mae hynny'n gallu digwydd efo anafiadau i'r pen, tydi? Ac os nad ydi hynny'n tycio chwaith, mi fydd raid i chi fynd i'w fflat o ym Mae Colwyn a thorri i mewn. Rhag ofn ei fod o'n rhy wael i gysylltu efo neb."

Roedd hi ar yr M56 yr adeg honno a phan oedd hi ar yr A55 a heb glywed dim yn ôl, roedd hi bron â mynd o'i cho yn dychmygu Hefin yn gorwedd ar lawr yn ei fflat ers neithiwr. Ddylai hi fod wedi mynnu ei fod o un ai'n mynd at ei rieni neu'n gadael i'w rieni ddod ato fo. Roedd yr ysbyty wedi dweud na ddylai fod ar ben ei hun. Dyna oedd yr amod pan ganiatawyd iddo adael fore ddoe.

Yn y cyfamser roedd hi wedi ffonio Mari a chlywed am yr holl bethau oedd wedi digwydd yn yr ymchwiliad. A hithau wedi meddwl na fyddai fawr ddim yn digwydd ar ddydd Sul!

Roedd hi wedi ystyried galw'r tîm i mewn ar gyfer cyfarfod ond yn y diwedd bodlonodd ar ofyn i bawb oedd ar y shifft ddydd i aros ymlaen nes iddi hi gyrraedd yn ei hôl i roi adroddiadau llawn. Doedd hi ddim eisiau aros yn rhy hir ar y ffôn rhag ofn iddi fethu'r alwad o'r Pencadlys.

Roedd hi'n pasio Llanelwy ac yn dechrau ystyried mynd i Fae Colwyn ei hun i chwilio am Hefin pan ganodd ei ffôn o'r diwedd. Y cwnstabl y bu'n siarad efo fo gynnau oedd yno. Adroddodd ei stori'n bwyllog, yn llawer rhy araf i Annest ond llwyddodd hi i beidio â gweiddi arno fo.

"Mi ges i air efo mam Sarjant Rowlands," dechreuodd. "Roedd hi wedi siarad efo fo bnawn ddoe ac roedd o'n iawn bryd hynny, meddai hi. Ac roedd hi wedi trio ei ffonio'r bore 'ma ond heb gael ateb. Roedd hi wedi bod yn poeni felly mi wnes i ddweud ella bod 'na broblem efo'i ffôn symudol.

Sgynno fo ddim ffôn tŷ. Roedd hi'n dipyn hapusach wedyn."

"Syniad da, Cwnstabl," meddai Annest, mor galonnog ag y gallai.

"Ac wedyn wnes i ffonio'r ysbyty," dywedodd o wedyn, yr un mor ddiawledig o bwyllog. "A doedd gynnyn nhw ddim cofnod o unrhyw Hefin Rowlands yno, heblaw ei fod o wedi bod yn yr Adran Frys echdoe ac aros dros nos. Felly mi wnes i ofyn iddyn nhw weld os oedd 'na rywun wedi cael ei ruthro yno ddoe neu heddiw a falle'n anymwybodol a heb roi enw. Ac mi ges i lwc. Roedd 'na ddyn wedi dod mewn ambiwlans neithiwr ar ôl i rywun gael hyd iddo fo ar y stryd ym Mae Colwyn. Doedd neb yn gwybod pwy oedd o ond, erbyn holi, y stryd oedd yr un lle mae Sarjant Rowlands yn byw."

"A fo oedd o?" holodd Annest.

"Dw i'n amau'n gry. Mae o'n cael ei ddisgrifio fel dyn reit ifanc, pryd golau efo llygaid glas a chleisiau a briwiau arno fo fel tasa fo wedi cael cweir yn ystod y dyddiau diwetha. Mae Sarjant Williams, sy'n nabod Sarjant Rowlands, newydd gychwyn am yr ysbyty i wneud yn siŵr mai fo ydi o."

"Ddeudodd yr ysbyty be ydi cyflwr y dyn anhysbys yma?"

"Mae'r claf, os mai Sarjant Rowlands ydi o, wedi cael gwaedlyn ar ei ymennydd ac mi wnaethon nhw orfod gwneud llawdriniaeth frys arno fo yn hwyr neithiwr. Mae o dal yn anymwybodol ond maen nhw'n reit ffyddiog eu bod nhw wedi dal y peth cyn iddo fynd yn rhy bell ac y bydd o'n debygol o fyw. Os na fydd 'na broblem arall yn codi, wrth gwrs."

Teimlodd Annest chwys oer yn codi drosti. Roedd hi'n sicr mai Hefin oedd o.

"Diolch yn fawr, Cwnstabl," meddai hi. "Wnewch chi adael i mi wybod pan gewch chi gadarnhad mai Hefin ydi o?

Ac os ydach chi'n cael cadarnhad, fasa'n well i chi adael i'w rieni wybod."

"Wna i, Inspector," atebodd cyn diffodd yr alwad.

Trodd Annest oddi ar yr A55 yn fuan wedyn ac roedd hi'n falch o gael rhoi ei holl sylw i'r ffyrdd gwledig. Fel roedd hi'n troi i mewn i faes parcio gorsaf yr heddlu yn Llan, derbyniodd yr alwad i gadarhau mai Hefin oedd y claf dienw yn Ysbyty Glan Clwyd a bod ei fam a'i dad a'i chwaer ar eu ffordd i'w weld.

♦

Gan fod y gawod drom wedi dod ac wedi mynd dros ei hamser cinio, roedd Meira a Pero Bach wedi mentro mynd allan eto ar eu hamser arferol. Doedden nhw heb weld enaid byw, oedd yn siwtio Meira i'r dim. Roedden nhw adre yn Nhyddyn Newydd cyn hanner awr wedi dau ac roedd Meira wedi cael paned a darn o'r gacen geirios wnaeth Gwyndaf ei gwrthod mor anniolchgar. Roedd hi'n flasus iawn hefyd.

Am y tro cynta eleni, doedd Meira ddim wedi cynnau'r tân er ei bod wedi gosod tân oer rhag ofn iddi oeri at gyda'r nos. Doedd hi ddim mor glyd i eistedd yn ei chadair heb y tân ac roedd ei sylw'n cael ei dynnu o hyd at yr hyn oedd yn digwydd y tu allan. Roedd nifer o dractorau wedi mynd heibio; cofiai Meira'r adeg pan na fyddai unrhyw ffermwr lleol yn gweithio ar y Sul ond roedd hi'n amlwg fod hynny wedi darfod.

Roedd nifer o geir heddlu wedi mynd heibio hefyd. Neu'r un car yn mynd yn ôl a blaen. Ac wedyn, ychydig ar ôl tri o'r gloch aeth Sandra Hendricks heibio. Dim ond hi a'i chi mawr. Cerddai'n gyflym, efo cwfl ei siaced i fyny dros ei phen er ei bod hi'n heulog. Doedd hi ddim yn edrych fel dynes yn mynd am dro bach hamddenol ar brynhawn Sul.

Wedi iddi fynd heibio penderfynodd Meira ei bod hithau am dorri arfer oes a gwneud dipyn o waith ar y Sul. Dim ond mymryn bach o arddio. Aeth allan i'r cwt i estyn fforch fechan a phwced chwynnu ac aeth ati i dwtio tipyn ar yr ardd ffrynt.

Wrth gwrs doedd 'na fawr i'w wneud yno gan ei bod wedi gwneud y cwbl echdoe. Ond llwyddodd i gadw'n eitha prysur am ryw ugain munud. Ac roedd hi'n digwydd bod yn tocio dipyn ar y llwyn pigog wrth y giât pan ddaeth Sandra a'i chi yn eu holau.

"Pnawn da!" cyfarchodd Meira'n hwyliog mewn llais eitha uchel oherwydd doedd hi ddim yn siŵr o bell ffordd bod Sandra wedi ei gweld. Ac roedd hi'n iawn oherwydd mi roddodd hi floedd fach o ddychryn.

"O sori, Sandra," meddai Meira'n syth. "Do'n i ddim wedi meddwl eich dychryn chi!"

Arhosodd Sandra yn ei hunfan a throdd i wynebu Meira. Gallai honno wedyn weld dan y cwfl a doedd yr wyneb welodd hi yno'n ddim byd tebyg i'r Sandra arferol. Dim colur, dim sglein, dim hyder, dim ond ôl dagrau a phryder.

Gwyddai Meira na ddylai hi fusnesu. Ond fedrai hi ddim rhwystro ei hun.

"Dach chi'n iawn, mechan i?" holodd yn llawn consýrn. "Dach chi'n edrych fel tasa holl bwysau'r byd ar eich sgwyddau."

"Jest ... jest ..." meddai Sandra ond methodd â rhoi brawddeg at ei gilydd.

"Dw i ddim isio busnesu, cofiwch," cysurodd Meira. "Does dim rhaid i chi ddeud wrtha i be sy'n bod. Ond os dach chi isio cwmni, mae gen i gacen geirios wnes i ddoe ac mi fydd gen i angen rhywun i helpu ei bwyta hi."

"Mi faswn i wrth fy modd," meddai hi efo ymdrech at wên. "Mi wna i bicio Felix adre ac mi ddo i draw wedyn os ca i."

"Mi fydda i wedi berwi'r tecell," atebodd Meira.

♦

Deffrodd Hefin efo'r cur pen gwaetha ar y blaned. Roedd o wedi barnu gynt mai'r un gafodd o ar y stryd neithiwr oedd y gwaetha ond roedd hwn yn ganmil gwaeth. Ceisiodd godi ei law at ei ben ond roedd 'na rywbeth yn sownd yn ei law o, rhywbeth oedd yn ei gwneud hi'n anodd ei symud. Ceisiodd agor ei lygaid i weld beth oedd yno, ond yr eiliad y treiddiodd y mymryn lleia o olau o dan ei amrannau roedd y boen yn waeth byth!

"Mam!" meddai llais cyfarwydd ei chwaer. "Dw i'n meddwl fod o'n dod ato'i hun."

"Hefin!" daeth llais ei fam wedyn. Lle ar wyneb y ddaear oedd o?

"Wyt ti'n clywed, Hefin?" gofynnodd llais ei fam wedyn a theimlodd ei llaw yn gafael yn ei law, nid yr un efo rhywbeth yn sownd ynddi ond y llall.

Ceisiodd ateb ei fam a chlywodd ryw sŵn fel griddfan anifail yn dod o rywle yn ei wddf.

"Well i ti fynd i chwilio am ddoctor, Bethan," clywodd ei fam yn dweud wedyn.

Clywodd sŵn cadair yn crafu ar lawr caled a sŵn traed ei chwaer yn cerdded ac yna sŵn drws yn agor a chau. Daeth yn ymwybodol o'r oglau, oglau ysbyty. Ceisiodd unwaith eto agor ei lygaid a chafodd gipolwg o siâp pen ei fam wrth ei ochr cyn i boen y golau llachar ei orfodi i'w cau nhw eto. Ceisiodd wenu ond doedd o ddim yn argyhoeddiedig ei fod o wedi llwyddo. Teimlodd ei hun yn cilio'n ôl i gwsg cynnes diolau.

Eiliadau wedyn, neu felly yr ymddangosai i Hefin, roedd rhywun yn gorfodi un o'i lygaid ar agor ac yn sgleinio torts bach efo golau gwyn, gwyn i mewn iddo fo. Rhoddodd Hefin sgrech, ond sgrech fach dawel oedd hi i mewn yn ei ben yn rhywle. Gollyngwyd yr amrant ar ei lygad a chafodd ennyd o dywyllwch hyfryd cyn i'r torts gael ei sgleinio i mewn i'r llygad arall. Ew, roedd o'n brifo. Be haru nhw'n trin claf fel hyn, meddyliodd wrth iddo lithro'n ddiolchgar yn ei ôl i'r düwch braf.

Pan ddadebrodd o nesa, llwyddodd i agor ei lygaid ychydig yn fwy a doedd y boen ddim mor erchyll. Ceisiodd droi ei ben rhyw fymryn. Camgymeriad! Doedd o ddim am drio hynny eto am dipyn. Ond roedd ei ymdrech i symud wedi dal sylw. Ymddangosodd siâp pen ei dad uwch ei ben.

"Wel, ngwas i," meddai hwnnw'n dyner. "Sut wyt ti?"

Ceisiodd Hefin agor ei geg eto a chafodd well llwyddiant na chynt. Teimlai ei geg yn drybeilig o sych.

"Isio diod," meddai. Neu dyna be oedd o'n feddwl roedd o wedi ei ddweud ond hyd yn oed i'w glustiau ei hun doedd y sŵn ddaeth ohono'n ddim byd tebyg.

Clywodd sŵn y drws eto a sŵn traed.

"Ydi o wedi deffro eto?" gofynnodd llais ei fam a gwelodd Hefin siâp ei phen hithau'r ochr arall i'r gwely i ble'r oedd ei dad. "Sut wyt ti, nghariad i?"

"Mae o'n trio dweud rhywbeth," meddai ei dad. "Ond alla i ddim ei ddeall o."

"Be sy, Hefin?" gofynnodd ei fam iddo. "Be allwn ni neud i ti?"

Rhoddodd Hefin gynnig arall arni.

"Isio diod," meddai a'r tro yma roedd ganddo fo'r mymryn lleia o lais

"Dw i'n siŵr dy fod ti," meddai ei fam. "Aros funud, mi a'i i chwilio am nyrs."

♦

Roedd y DI wedi gofyn i Mari fyddai hi'n fodlon aros ymlaen am ychydig iddyn nhw gael cyfarfod i goladu'r wybodaeth newydd oedd wedi dod i'r golwg. Golygai hynny y byddai eu swper teuluol yn gorfod bod yn hwyrach nag arfer. Wnaeth hi anfon neges yn y cyfri WhatsApp teuluol ac roedd ei thad a'i brodyr i gyd wedi ateb yn debyg iawn i'w gilydd. Eu byrdwn oedd iddi hi beidio â phoeni. Mi fasen nhw'n gwneud y bwyd, dim ond iddi hi allu dod i fwyta'r pryd efo nhw.

Roedd hi'n bwysig i Mari fod yn y cyfarfod. Wedi'r cwbl, hi oedd wedi newid trywydd yr ymchwiliad yn llwyr y bore hwnnw. Hi oedd wedi mynd i nôl Range Rover Gerwyn Evans a hi oedd wedi sylwi'r eiliad y camodd hi i'r car ar yr arogl cemegol cryf oedd ynddo fo, mor gryf nes iddo fo beri i'w llygaid ddyfrio. Teimlodd sedd flaen y teithiwr ac roedd honno'n wlyb. Ond o gefn y car y deuai'r gwaetha o'r arogl. Wedi iddi barcio tu ôl i orsaf yr heddlu, agorodd hi ddrws cefn y car i weld beth oedd achos yr arogl a gallai weld bod y carped yno yn wlyb iawn. Roedd rhywun wedi bod yn glanhau'n frwdfrydig iawn yno.

I mewn yn y stesion, dychwelodd y goriadau i Sarjant Davies.

"Mae 'na ogle *bleach* ofnadwy yn y car 'na," dywedodd wrtho. "Mae o'n amlwg wedi bod yn llnau'r cefn. Mae'r carped yn socian. Fasa hi'n syniad cael y bobl fforensig i daro golwg arno fo?"

"Syniad da," atebodd hwnnw. "Well i chi sôn wrth y DI pan gewch chi air efo hi, neu bwy bynnag sy wrth y llyw heddiw."

"Sarjant Rowlands sy i fod," meddai hithau. "Ydi o wedi cyrraedd eto?"

"Nac ydi," atebodd Davies. "Falle'i bod hi'n rhy gynnar ar fore Sul i fechgyn y Pencadlys."

Brasgamodd Mari i fyny i'r Ystafell Ddigwyddiad ar dân isio rhannu ei newyddion ond doedd neb yno. Roedd pawb nad oedden nhw allan yn holi trigolion Penllechwedd yn yr Ystafell Gwylio Fideos yn ufuddhau i orchymyn y DI. Doedd Hefin dal ddim yno a doedd o ddim yn ateb ei ffôn. A dyna pryd roedd hi wedi ffonio'r DI.

A rŵan roedd pawb yn ymgasglu yn y Ystafell Ddigwyddiad yn barod i gael cyfarfod unwaith y byddai DI Rhys yn cyrraedd yn ei hôl. Roedd y shifft brynhawn wedi cyrraedd am ddau ond doedd neb o shifft y bore am adael tan roedd y cyfarfod ar ben. Roedd rhyw drydan yn yr awyrgylch a phawb yn teimlo eu bod nhw'n dechrau dod yn nes at ddatrys yr achos.

Rhywbeth arall oedd wedi plesio Mari oedd bod Osian wedi dod ati hi am sgwrs fach cyn iddo fynd at ei ddesg ei hun.

Bellach roedd Mari ar binnau eisiau i'r DI gyrraedd. Doedd hi ddim yn gallu canolbwyntio o gwbl gan gymaint ei hawydd i'r cyfarfod ddechrau.

Ac yna, roedd DI Rhys yno, yn cerdded yn frysiog drwy'r stafell i gyfeiriad ei swyddfa.

"Fydda i efo chi mewn dau funud," meddai hi dros ei

hysgwydd wrth frysio heibio, "Dw i jest isio gwneud yn siŵr does 'na ddim byd o bwys yn fy e-byst i."

Digwydd edrych ar draws y stafell wnaeth Mari a gwelodd Osian yn gwneud ystum arni i ofyn iddi fasa hi'n licio paned. Gwnaeth hithau ystum i dderbyn y cynnig. A phan ddaeth o'n ei ôl efo dwy baned o de, eisteddodd wrth ei hochr hi eto.

Doedd Mari ddim yn siŵr iawn am hynny. Teimlai ei fod o'n gwneud rhyw sioe, fel tasai fo am ddweud wrth bawb mai fo oedd piau hi. Gallai weld Arwel wrth y ddesg drws nesa yn dangos cryn ddiddordeb yn y sefyllfa. Ac roedd Mari'n benderfynol na fyddai unrhyw beth iddo fo ei weld. Rhoddodd hanner gwên ar Osian wrth gymryd y baned o'i law a throdd ei sylw'n ôl at ei sgrin. Ond prin roedd hi wedi gwneud hynny, yn sicr cyn i Osian gymryd yr hint, roedd DI Rhys wedi galw am osteg ac roedd y cyfarfod wedi dechrau, ac Osian yn dal yno.

"Cyn i mi ddod at y datblygiadau yn yr ymchwiliad," dechreuodd hi, "mae gen i newyddion i chi am Sarjant Hefin Rowlands. Mae o yn Ysbyty Glan Clwyd ers neithiwr ar ôl iddo gael ei ffeindio ar y stryd ym Mae Colwyn. Doedd gynno fo ddim ffôn na waled arno fo felly doedd neb yn gwybod pwy oedd o. Mae'n debyg fod o wedi bod yn gwaedu yn ei ben ers iddo fo gael ei anafu fore Gwener ac erbyn neithiwr roedd y gwaedlyn yn pwyso ar ei ymennydd o. Mi fasa fo wedi gallu marw ond mi wnaethon nhw roi llawdriniaeth frys iddo fo neithiwr ac mae hi'n edrych yn debyg y bydd o'n gwella os eith popeth yn iawn o hyn allan."

Aeth murmur o gwmpas yr ystafell. Er nad oedd llawer ohonyn nhw wedi nabod Hefin tan ychydig ddyddiau ynghynt, roedd pawb wedi cymryd ato fo. A hyd yn oed tasen nhw ddim, roedd o'n dal yn un ohonyn nhw.

"Ydi hyn yn golygu na fydd Ed Parry-Jones yn cael ein gadael ni?" holodd Alun Jarvis.

"Mae o wedi mynd yn barod," atebodd Arwel Roberts. "Mi fu ei dwrnai a'i dad yma i'w nôl o bore 'ma a doedd gynnon ni ddim digon o reswm i wrthod ei ryddhau. Mi fydd o o flaen 'i well yn y bore. A rŵan mae hi'n bosib y gallwn ni ei gyhuddo fo o rywbeth mwy difrifol."

Llawer o nodio. Roedd pawb yn gytûn y dylai Ed Parry-Jones gael ei gosbi'n llym.

"Diolch, Arwel," meddai DI Rhys. "Mi fydd raid i ni ystyried ei alw fo'n ôl i mewn heno i osod cyhuddiad o geisio llofruddio o'i flaen o. A dw i am fynd i weld Hefin nes ymlaen a dw i'n siŵr y byddwch chi i gyd isio i mi ddymuno'r gorau iddo fo."

Mwy o nodio a murmur.

"Ond rŵan, dw i isio i ni i gyd roi ein sylw i'r ymchwiliad i lofruddiaeth Rhian Dodd. Ac rydan ni'n gwybod yn bendant erbyn hyn nad Ed wnaeth hynny."

Murmur siomedig.

"Beth bynnag, mae gynnon ni bellach ambell drywydd arall i'w ddilyn. I'r rhai ohonoch chi sydd heb glywed, dyma restr sydyn. Mi wnaeth Gronw Huws ddweud wrth PC Pritchard a PC Owens neithiwr fod Mrs Oldcastle o Primrose Cottage wedi awgrymu bod Gronw wedi sleifio i fyny'r ffordd efo'r mymryn lleia o olau yn oriau mân y bore. Ond dan ni'n gwybod nad Gronw oedd yno achos wnaeth o ddim gyrru'r Range Rover y noson honno. Ac roedd pawb adre yn Henglawdd Ucha ac yn eu gwlâu cyn hanner nos."

"Felly rhywun arall mewn car mawr du sy dan amheuaeth?" holodd y DI. "Dw i'n deall bod Brendan a

Callum wedi gallu croesi Stuart Hendricks oddi ar ein rhestr ni hefyd."

Teimlodd Mari ias yn mynd drwyddi. Gwyddai fod ei chyfle hi'n dod yn fuan.

"Sy'n dod â ni at Gerwyn Evans," aeth hi yn ei blaen. "Wn i ddim os ydi pawb yn gwybod ond mae o i lawr yn y celloedd y funud yma. Mi ddaeth PC Pritchard â fo i mewn neithiwr am fod yn feddw ac am fygwth y barman yn y Tarw. Y bwriad oedd iddo fo gysgu yn y gell dros nos a chael mynd adre bore 'ma. Ond pan aeth Sarjant Jones i weld sut roedd o jest cyn deg neithiwr mi wnaeth o ymosod yn gïaidd ar Glyn druan a dw i'n deall bod cwpl ohonoch chi wedi gorfod ei dynnu fo oddi ar y Sarjant druan cyn iddo fo gael ei gicio i farwolaeth."

Cododd dau o'r cwnstabliaid ifainc eu dwylo i gydnabod eu rhan yn y ddrama.

"Dach chi'n dystion felly bod gan Gerwyn Evans dipyn o demper!" meddai'r DI. "Ac mae o bellach wedi ei gyhuddo o Achosi Anafiadau Difrifol ac mi fydd o gerbron yr ynadon yn y bore. Maen nhw am fod yn brysur, tydyn? Ond, mae 'na fwy. Mari, wnewch chi ddweud wrthon ni be ddigwyddodd pan aethoch chi i nôl car Gerwyn Evans y bore 'ma?"

Teimlai Mari y dylai hi sefyll i roi ei thystiolaeth ond doedd neb arall wedi gwneud. Bodlonodd felly ar godi ei llais ac adroddodd hanes yr oglau *bleach* yn y car.

"Diolch, PC Pritchard," meddai'r DI gan wenu arni a gwneud i Mari deimlo'n hynod o falch ohoni ei hun. "Dw i wedi llwyddo i ddwyn perswâd ar ddau o'n cyfeillion o'r adran fforensig i ddod i mewn ac maen nhw wrthi'n archwilio car Gerwyn Evans y funud yma."

"Dipyn o gamp i'w cael nhw i mewn ar ddydd Sul," meddai PC Jarvis.

"Ydi," cytunodd y DI. " Ac mae'n siŵr y byddan nhw'n ein hatgoffa ni am eu cymwynas am fisoedd i ddod. Rŵan, ta, y ceir ar y camerâu. Dw i wedi trio nodi popeth o bwys ond stopiwch fi os dw i wedi drysu neu wedi methu rhywbeth. Dan ni wedi dod o hyd i lun o gar Rhian yn teithio tuag at ei chartre yng Nghefn Dolydd ychydig cyn hanner awr wedi saith. Tasa hi wedi bod yn mynd adre mi fasa hi wedi bod yno ymhen deg munud wedyn. Ond wnaeth hi ddim cyrraedd. Ond mae ei char hi'n ymddangos eto'n llawer hwyrach, am hanner awr wedi un ar ddeg, ymhellach ymlaen ar hyd yr un ffordd yn mynd i gyfeiriad Chwarel y Brain."

"Chwarel y Brain?" meddai Arwel. Trodd Mari i'w wynebu a gwelodd y syndod ar ei wyneb.

"Ie," atebodd DI Rhys. "Pam dach chi'n holi?"

"Wel," atebodd y Sarjant, "mae'n siŵr nad oes a wnelo fo ddim â'r achos yma ond mi fu yna gryn dipyn o helynt yno rhyw bum mlynedd yn ôl. Falle bod rhai ohonoch chi'n cofio. Roedd 'na griw o bobl ifanc o'r Llan 'ma wedi mynd i'r arfer o fynd yno i gael rêfs – chwarae miwsig swnllyd ac yfed a chymryd cyffurie a nofio yn nhwll y chwarel. Roedden ni wedi eu rhybuddio nhw droeon ei fod o'n lle peryg. Mae'r twll yn ddyfn ac mae 'na lawer o sbwriel dan yr wyneb. Ond doedd dim yn tycio. Roedden nhw'n gwybod yn well. Ac wedyn mi gafodd bachgen o'r enw Darren Hopkins ei ladd yno."

"Darren Hopkins?" gofynnodd PC Jarvis, gan estyn ei lyfr nodiadau a throi tudalennau'n wyllt. "Mae ei enw fo ar y rhestr o ffrindiau Tudur Huws wnaeth Guto ei sgwennu i ni. Criw gwyllt, yn ôl Guto."

"Wel, ar ôl iddo fo gael ei ladd, mi gafodd y lôn i'r chwarel ei chau ac mi symudodd y bobl ifanc ymlaen i rywle arall."

"Ydi'r lôn dal ar gau?" gofynnodd y DI i Arwel.

"Wn i ddim", atebodd yntau. "Mae'n rhaid bod yna ffordd i ffermwyr fynd at eu tir."

"Oherwydd," aeth DI Rhys yn ei blaen, "os gwelwyd car Rhian yn mynd y ffordd honno am hanner awr wedi un ar ddeg, nid hi fasai'n ei yrru o achos dan ni'n gwybod ei bod hi wedi marw cyn hynny. Ac os dw i'n iawn, dydy'r ffordd yna ddim yn mynd i unman ond i'r hen chwarel."

"Mi gafodd y camera yna ei osod adeg yr helynt bum mlynedd yn ôl," esboniodd Arwel. "Mae 'na sôn wedi bod am ei dynnu o i lawr ond dydi o ddim wedi digwydd."

"Diolch byth!" meddai'r DI wedyn. "Dan ni'n gwybod bod Rhian wedi marw rhwng wyth a deg ac mi welodd Mrs Oldcastle y car du wrth y traeniau am chwarter i un. Does dim modd gweld pwy sy'n gyrru'r car yn y llun o'r camera fel y mae o rŵan ond gawn ni weld pa wyrth all y bois yn yr adran dechnegol ei gwneud. Mi gân nhw hefyd edrych ar nifer o luniau sy gynnon ni o gar Gerwyn Evans y noson honno. Y tro cynta mae o i'w weld yn mynd i gyfeiriad Llan er ei fod o wedi dweud mai mynd at ei dir ger y chwarel oedd o i edrych ar y bustach oedd ag anaf i'w droed. Ond roedd o'n mynd i'r cyfeiriad arall. A pham oedd o yn y Range Rover os oedd o'n mynd i wneud gwaith fferm? Pam nad oedd o yn y Land Rover?

"Mae'r rhain i gyd yn gwestiynau dw i am eu gofyn i Mr Evans y pnawn 'ma. Mae ei dwrnai o wedi cyrraedd ac maen nhw'n cael sgwrs rŵan.

"Unrhyw gwestiwn?" gofynnodd hi, oedd yn arwydd bod y cyfarfod yn dod i ben. "Diolch i chi i gyd am eich gwaith."

Er nad oedd neb wedi gofyn cwestiwn, aeth nifer o aelodau o'r tîm ati hi am air wrth iddi gychwyn am ei swyddfa. Byddai hi'n dod heibio i lle'r oedd Mari ac Arwel

– ac Osian – yn eistedd yn y man ac roedd Mari'n gobeithio y byddai hi'n gofyn iddi hi ddod efo hi i gyfweld Gerwyn Evans, gan mai tystiolaeth Mari oedd wedi newid trywydd yr ymchwiliad. Teimlai'n euog am siomi ei thad a'i brodyr, wrth gwrs, ond roedd hwn yn gyfle rhy dda i'w wrthod.

"Mae hi'n edrych yn debyg ein bod ni wedi 'i gael o, tydi?" roedd Osian yn dweud.

"Ydi, wir," atebodd Arwel. "Pwy sa'n meddwl? Ti'n cofio sut oedd o pan aethon ni draw yno nos Iau, Mari? Faset ti byth wedi amau."

Gwnaeth Mari ryw fath o sŵn i gytuno. Ond roedd ei holl sylw hi ar DI Rhys oedd, o'r diwedd, yn cerdded tuag atyn nhw.

"Diolch am aros ymlaen tan rŵan, Mari," dywedodd efo'i gwên gynnes arferol. "Ond wna i ddim eich gorfodi chi i aros mwy. Wnes i feddwl gofyn i chi ddod i'r cyfweliad efo fi gan fod gynnoch chi wybodaeth leol ond dach chi wedi bod yma ers wyth felly dw i'n siŵr eich bod chi'n ysu am gael mynd adre."

A bu raid i Mari wenu'n ddiolchgar a llyncu ei siom.

"Traed i fyny heno?" gofynnodd Osian efo gwên. "Meddylia amdanon ni'n slafio yn fama."

"O, mi fydda i'n llawer rhy brysur i feddwl amdanoch chi," meddai Mari gan drio swnio'n gellweirus – a methu.

♦

Sychodd Cat Murray y blât ola a'i rhoi yn y cwpwrdd. Plygodd y lliain sychu llestri yn ei bedwar a'i osod yn ei le ar flaen y popty. Roedd popeth yn ei le a doedd 'na ddim mwy i'w wneud. Edrychodd ar y cloc. Roedd hi'n hanner awr wedi tri a byddai tad y genod yn eu danfon adre erbyn pedwar.

Doedd dim modd oedi mwy.

Cerddodd drwodd i'r stafell fyw lle'r oedd Manon yn gwylio rhaglen goginio ac yn gwneud rhywbeth ar ei ffôn ar yr un pryd.

"Manon!" meddai Cat, gan drio peidio â swnio'n flin.

Dim ymateb. Bu raid gweiddi felly a'r tro yma mi drodd Manon ei phen.

"Alli di ddiffodd hwnne am funud?" gofynnodd Cat.

Gydag ochenaid anferth, mi wnaeth hi rewi'r sgrin.

"Sori, Manon," dechreuodd Cat yn nerfus. "Mae gen i ofn bod rhaid i mi ddeud rhywbeth wrthot ti. A dw i ddim yn meddwl y byddi di'n licio ei glywed o ond sgen i ddim dewis rŵan. A rhaid i mi ddeud cyn i'r genod gyrraedd adre."

O leia roedd ganddi hi sylw ei merch bellach.

"Dau ddeg saith o flynyddoedd yn ôl, ro'n i newydd briodi dy dad ond doeddwn i ddim yn hapus. Ro'n i newydd gael gwybod ei fod o'n bocha efo dynes arall yn Llan – y gynta o lawer o ferched dros y blynyddoedd, ond doeddwn i ddim yn gwybod hynny ar y pryd, wrth gwrs. Wrth edrych yn ôl rŵan, mi ddylwn i fod wedi ei adael o bryd hynny cyn i neb arall gael eu brifo. Ond ro'n i'n ifanc ac yn wirion. Ac yn browd. Do'n i ddim isio cyfadde i neb mod i wedi gwneud camgymeriad mawr, bod fy mhriodas i'n rhacs ar ôl dim ond ychydig fisoedd."

Sylweddolodd Cat fod Manon ar fin siarad a chododd ei llaw i'w hatal. Gwyddai pe stopiai hi rŵan na fyddai hi fyth yn ailgychwyn.

"Beth bynnag," meddai'n frysiog, "dwyt ti ddim isio gwybod am hynny. Be sy raid i mi ddeud ydi be wnes i am y peth. A'r hyn wnes i oedd cael affêr fy hun. Talu'r pwyth i Brian. Roedd 'na ddyn oedd wedi bod yn ei thrio hi 'mlaen efo fi ers blynyddoedd, dyn hŷn, cyfoethog. Doedd o ddim isio fy mhriodi i – doeddwn i ddim digon da i hynny. Ond roedd o'n cynnig dipyn o hwyl a nosweithiau allan mewn llefydd neis ac anrhegion drud.

"Wnaeth o ddim para'n hir, ychydig o wythnose. Jest digon i mi allu rhwbio trwyn Brian yn yr hyn ro'n i wedi neud. Ac ro'n i'n iawn. Doedd o ddim yn ei licio fo o gwbl ac mi ddaeth at ei goed – am ryw hyd. Roedd ein priodas ni wedi ei thrwsio. Dyna oedd fy marn i ar y pryd, y ffŵl gwirion i mi. Ac yna, y peth nesa ro'n i'n disgwyl babi ac mi gest ti dy eni a dyna hapusrwydd mwya mywyd i."

"Dach chi'n trio deud nad Dad ydi fy nhad go iawn i?" gofynnodd Manon yn flin.

"Wn i ddim pa un oedd dy dad di, a dyna'r gwir. A dyna pam mae'n rhaid i mi ddeud wrthot ti rŵan. Y dyn ges i'r affêr efo fo oedd Tecwyn Parry-Jones felly mae hi'n bosib bod Ed yn hanner-brawd i ti. Ac os felly ddylet ti ddim bod yn geni ei fabi o."

Edrychodd Cat ar Manon gan ddisgwyl cwestiynau a chyhuddiadau. Ond roedd hi'n gwbl syfrdan a'r distawrwydd yn yr ystafell yn llethol.

"Yr unig ffordd i fod yn siŵr ydi i ti gael prawf DNA," ychwanegodd Cat. "Mi dala i am hynny, os mai dyna wyt ti isio."

Wnaeth Manon ddim siarad. Ond mi wnaeth hi ddiffodd y teledu.

PENNOD 16

Roedd Meira wedi estyn lliain bwrdd bach neis i osod y gacen geirios a'r cwpanau tseini arno, lliain main hardd efo tusw o flodau lliwgar wedi eu brodio ar bob cornel. Ond wedyn roedd hi wedi ailfeddwl. Ar gyfer pobl ddieithr roedd dyn yn estyn y lliain bwrdd a'r llestri tseini gorau. Nid ar gyfer ffrind. Ac roedd hi'n dechrau meddwl am Sandra Hendricks fel ffrind er ei bod hi'n ddigon hen i fod yn fam iddi. Plygodd y lliain a'i gadw yn nrôr y dresel a chadwodd y cwpanau yn y cwpwrdd gwydr yn y parlwr.

Yn ôl yn y gegin fawr, gosododd y gacen ar y bwrdd oedd rhwng ei chadair hi a'r soffa. Estynnodd gwpan a soser a phlât yr un i'r ddwy ohonyn nhw ac aeth i'r gegin gefn i ferwi tecell ar gyfer gwneud potiad o de. Yno'r oedd hi pan glywodd hi'r gnoc ar y drws.

Roedd Sandra wedi gwneud ymdrech i dwtio dipyn arni ei hun. Gwisgai'r un dillad llac, di-liw ond roedd hi'n amlwg wedi molchi a thynnu crib drwy ei gwallt. Ac roedd 'na fymryn o golur o gwmpas y llygaid chwyddedig.

"Dewch i mewn, Sandra fach," cyfarchodd Meira.

Edrychodd Sandra o'i chwmpas. Doedd Meira erioed wedi bod i mewn i Ellesmere House ond gallai ddychmygu ei fod yn wahanol iawn i Dyddyn Newydd. Ond nid beirniadaeth oedd yn llygaid Sandra ond pleser.

"O, am le braf!" meddai hi gyda gwên lydan. "Mor gartrefol."

"Mi fydda i'n meddwl weithie y basa hi'n neis cael ail-wneud y lle efo pethe newydd," cyfaddefodd Meira. "Ond dw i'n rhy hen i gyboli erbyn hyn."

Aeth Meira i'r gegin gefn a phan ddaeth hi'n ôl roedd hi'n cario tebot yn un llaw a jwg llefrith yn y llaw arall. Gwelodd fod Sandra'n brysur yn rhoi mwythau i Pero bach a hwnnw wedi gwirioni efo'r fath sylw. Ond unwaith roedd y paneidiau wedi eu tollti a'r gacen wedi ei thorri, eisteddodd Meira yn ei chadair a neidiodd Pero i'w le arferol ar fraich y gadair honno.

"Mae'r gacen 'ma'n lyfli," meddai Sandra.

"Wel, os dach chi'n licio hi, mi gewch chi fynd â dipyn go lew ohoni adre efo chi. Wna i ddim ei bwyta hi fy hun cyn iddi hi fynd yn sych ond mae gynnoch chi lond tŷ acw," oedd ymateb Meira. "Mi wnes i hi am mai honno ydi ffefryn Gwyndaf, y mab, ac roedd o yma ddoe. Ond roedd o ar ffasiwn frys na chafodd o amser am baned a phan wnes i awgrymu ei fod o'n mynd â hi adre ar gyfer ei deulu, ei ateb o oedd bod Philippa, ei wraig o, ddim yn caniatáu unrhyw beth efo siwgwr ynddo fo."

"Ella ei bod hi'n poeni am y plant yn magu pwysau," atebodd Sandra. "Dw i'n cofio adeg pan oedd Lisa 'cw'n rêl dwmplen fach ac mi wnes i drio ei chael hi i fwyta llai o sothach, heb fawr o lwc, cofiwch. Ond unwaith daeth hi'n llances ac isio edrych yn ddel yn y dillad 'ma maen nhw'n licio, mi wnaeth hi ddechre slimio nes i mi boeni nad oedd hi'n bwyta digon! Plant!"

"Dydi plant y dyddie yma ddim yn cael digon o redeg o gwmpas yn yr awyr iach," meddai Meira.

"Dw i'n gwybod!" cytunodd hi. "Roedd Stuart byth a hefyd yn trio cael y genod 'cw allan i gerdded a chanŵio ac ati. Ac mi oedden nhw'n mynd pan oedden nhw'n ifanc. Ond unwaith wnaethon nhw gyrraedd tua tair ar ddeg, mi gollon nhw bob diddordeb."

Roedd cyfeirio at ei gŵr wedi dod â'r olwg boenus yn ôl i'w llygaid ac roedd bygythiad dagrau yn ôl yn ei llais. Rhoddodd ei sylw i gyd i'w chacen a'i phaned tra'r oedd hi'n cael rheolaeth drosti ei hun. Roedd Meira'n ddigon doeth i beidio ag ymyrryd. Yfodd hithau ei phaned yn dawel nes iddi weld Sandra'n codi ei phen unwaith eto.

"Dach chi'n dechrau setlo yn y pentre 'ma erbyn hyn?" gofynnodd Meira.

"O, ydan" oedd yr ateb. "Mae pawb wedi bod mor glên! A rŵan mae'r dair ohonon ni wedi cael gwaith. Mi gafodd Lisa joban bron yn syth yn y lle trin gwinedd yn Llan ac mae Sara wedi dechrau ers dydd Llun dwytha yn y caffi 'na wrth ymyl y stesion. A dw i'n cael dechre wsnos nesa yn y siop gwylie ar y Stryd Fawr.

Dyna oedd fy job i, wchi, *cabin crew*."

Gwpl o flynyddoedd ynghynt, fyddai Meira ddim wedi gwybod beth oedd *cabin crew* ond roedd hi wedi gwylio rhyw raglen yn ddiweddar am bobl oedd yn gweithio i gwmni awyrennau felly doedd hi ddim yn y niwl erbyn hyn.

"Dyna sut wnes i gyfarfod Stuart ... " dechreuodd ac, unwaith eto, wedi yngan ei enw daeth dagrau i'w llygaid.

"Mae o wedi mynd, Meira," meddai hi wedyn gan droi ei hwyneb torcalonnus at yr hen wraig.

"Do, mae'n siŵr, nôl i'w farics," meddai honno heb ddeall. "Roeddech chi'n deud y basa fo isio mynd yn reit handi ar ôl cinio. Wnaethoch chi licio'r Groeslon?"

"Aethon ni ddim," atebodd Sandra, a'r dagrau'n llifo go iawn. "Ro'n i 'di edrych ymlaen, cofiwch. Mae Lisa a Sara wedi mynd i Lerpwl ers pnawn ddoe felly ro'n i am fwynhau jest fi a Stuart, bron fel dêt, wchi."

Doedd Meira erioed wedi bod ar ddêt ond mi wyddai am rheiny hefyd ar ôl gwylio rhaglenni ar y teledu oedd yn paru pobl ifainc nwydus efo'i gilydd.

"Ond wedyn mi ddoth y plismyn," meddai Sandra yn ddramatig, "a difetha'r cwbl."

"O?" meddai Meira eto gan na fedrai hi feddwl am ddim arall i'w ddweud.

"Maen nhw'n dal i chwilio am bwy bynnag laddodd yr hogan 'na. Ac isio dileu pob dyn yn y pentre oddi ar eu rhestr nhw. Wel, dydi Stuart ddim rîli'n rhan o'r pentre ond fama ydi ei gyfeiriad o rŵan felly roedden nhw isio ei holi fo."

"Ond roedd o yn Hereford," meddai Meira.

"Wel, oedd, ond roedden nhw wedi ffeindio nad oedd o yn y barics nos Fercher, dach chi'n gweld," esboniodd Sandra. "Wnaethon nhw ddim deud hyn o 'mlaen i ond ro'n i'n gwrando wrth y ffenest. Maen nhw'n deud, tydyn, na ddylech chi wrando ar sgwrs rhywun arall rhag ofn y clywch chi rywbeth wnewch chi mo'i licio. Wel, mae o'n wir.

"Wnaethon nhw fynd â fo i'r stydi, " esboniodd. "Wel, dyna dan ni wedi ei alw fo. Jest stafell fach wrth waelod y grisiau efo compiwter ynddi hi. Beth bynnag, aethon nhw â Stuart yno am air bach ac mi wnes inne gofio mod i isio nôl rhywbeth o'r cwt sy jest ar draws yr iard o'r stydi. Ac ro'n i'n clywed pob gair. Dw i'n difaru rŵan."

"Fasech chi ond wedi bod isio gwybod tasech chi heb wrando," cysurodd Meira ond doedd ei geiriau'n amlwg yn dod â dim cysur i Sandra.

"Roedden nhw wedi gwneud eu syms ac wedi gweithio allan y basa hi'n bosib iddo fo yrru yma o Hereford, lladd yr eneth fach 'na a rhoi ei chorff yn y traen a wedyn gyrru'n ei ôl cyn dechre 'i shifft am wyth. Doedd dim ots gynnyn nhw nad oedd gynno fo reswm yn y byd dros neud y fath beth. Ar bapur, roedd o'n bosib felly roedden nhw isio gwybod lle'r oedd o nos Fercher."

Roedd Meira bellach yn gegrwth. Iddi hi roedd Henffordd yn lle pellenig ac roedd dychmygu rhywun yn picio oddi yno i Benllechwedd ac yn ôl mewn un noson y tu hwnt i'w dychymyg.

"Mi roddodd o gyfeiriad iddyn nhw, cyfeiriad yn Hereford," aeth Sandra yn ei blaen, yn cynhesu iddi efo'i stori erbyn hyn. "Ac wedyn mi ofynnon nhw oedd 'na rywun fasai'n medru rhoi alibi iddo fo yn fanno ac mi ddwedodd o enw rhyw ddynes, rhyw Louise rhywbeth. Ac wedyn mi ofynnon nhw be oedd ei berthynas efo'r Louise 'ma ac mi ddeudodd o ei bod hi'n gariad iddo fo a'i fod o'n bwriadu ei phriodi hi unwaith y byddai o wedi setlo petha efo fi a'r genod."

"A chithe'n gwybod dim am hynny?" gofynnodd Meira, wedi dychryn yn arw.

"Dim. Roedd o wedi bod braidd yn surbwch ers iddo fo gyrraedd nos Wener ond ro'n i'n meddwl mai jest wedi blino oedd o. Ond roedd o'n siarad efo'r plismyn fel tasa fo mond wedi dod adre i sortio pethe efo fi cyn rhuthro nôl at ei gariad go iawn!"

Nid trist oedd Sandra rŵan. Roedd hi'n gandryll. A Meira hithau. Sut gallai o? Doedd creulondeb dynion ddim yn ddieithr iddi ond roedd y Stuart 'ma'n swnio'n waeth na Iorwerth.

"Wnaethoch chi ei holi o ar ôl i'r plismyn fynd?" holodd Meira.

"Wel," dechreuodd Sandra, "ro'n i mewn lle cas. Do'n i ddim isio cyfadde mod i 'di bod yn gwrando. Ond unwaith roedd o wedi eu hel nhw drwy'r drws, mi glywes i o'n mynd i fyny'r grisia ac yn stwyrian o gwmpas yn ein llofft ni reit uwchben lle ro'n i'n iste."

"Be oedd o'n neud yno?"

"Pacio. Mi ddoth i lawr y grisia 'mhen deg munud efo dau fag – y bag dros nos oedd gynno fo'n dod adre nos Wener a bag lot mwy efo popeth oedd o'n medru ffeindio oedd yn perthyn iddo fo."

"Naddo!" ebychodd Meira, oedd yn dechrau teimlo fel tasa hi wedi crwydro i mewn i rifyn o EastEnders.

"Do, wir i chi!" atebodd Sandra. "A dyma fo jest yn deud yn blwmp ac yn blaen mai'r rheswm y dôth o adre'r penwsnos yma oedd i ddeud wrtha i ei fod o isio difôrs am fod gynno fo rywun arall ac roedd o isio ei phriodi hi. Ac y basa fo'n cysylltu efo fi ar ôl i mi gael amser i feddwl. Ac off â fo. Mi wnes i drio 'i gael o i aros i siarad am y peth ond wnâi o ddim. Ac mi aeth."

"O, Sandra fach," meddai Meira, "am sioc ofnadwy i chi!" Yn fwy na dim roedd hi eisiau rhuthro ati a'i chofleidio, ei chysuro fel plentyn wedi cael codwm, ond wyddai hi na fyddai hynny'n iawn a hwythau prin yn nabod ei gilydd.

"O, Meira, wn i ddim be dw i'n mynd i neud," meddai

Sandra, a'r dagrau'n dychwelyd i'w llais. "Na sut dw i'n mynd i ddeud wrth y genod."

"Dach chi'n meddwl ei fod o'n debygol o newid ei feddwl?" gofynnodd Meira wedyn.

"Roedd o'n swnio'n bendant iawn. Alla i ddim maddau iddo fo am gario 'mlaen fel arfer nos Wener a thrwy'r dydd ddoe fel tasa 'na ddim o'i le ac wedyn ... jest cyn..."

Ac agorodd y llifddorau. Eisteddodd Meira'n dawel tra'r oedd Sandra'n beichio crio ac yna aeth i eistedd wrth ei hochr ar y soffa. Rhoddodd ei llaw yn dyner ar ei braich ac estyn hances iddi. Roedd yr ystum fach yna o garedigrwydd yn ormod i Sandra. Taflodd ei hun i freichiau'r hen wraig i wylo ar ei hysgwydd.

♦

Y tro diwetha bu Annest yn yr Ystafell Gyfweld yma roedd Ed Parry-Jones a'i dwrnai hunanbwysig wedi bod yr ochr draw i'r bwrdd. Ond golygfa wahanol iawn oedd wedi ei hwynebu hi wrth gerdded i'r un ystafell heddiw. Yn lle Carradoc Anwyl yn ei siwt ddrud a'r blodyn ar ei frest roedd 'na dwrnai bach tila yr olwg nad oedd hi wedi ei weld o'r blaen, y gorau roedd Gwasanaeth Amddiffyn y Goron yn gallu dod o hyd iddo fo ar brynhawn Sul, debyg. Roedd o'n gwisgo siwt rad oedd gryn dipyn yn rhy fawr iddo fo ac roedd hi'n amlwg o'r olwg ar ei wyneb y byddai'n well ganddo fod yn rhywle arall.

Am y cyhuddiedig, roedd hi wedi ei chael hi'n anodd adnabod Gerwyn Evans. Gallai gofio'r ffermwr talsyth balch roedd hi wedi siarad efo fo nos Iau yng Nghefn Dolydd a cheisiodd glymu'r atgof hwnnw efo'r creadur toredig o'i blaen. Roedd ei gefn yn grwm, ei ysgwyddau wedi sigo ac roedd ei lygaid pŵl yn gwibio o gwmpas y waliau a'r nenfwd gan na allai edrych arni hi nac ar Arwel.

Pan ofynnodd hi iddo nodi ei symudiadau nos Fercher gwnaeth ymdrech i sythu ei gefn ac ailadrodd ei stori wreiddiol.

"Ro'n i 'di mynd rownd y stoc fel y bydda i'n neud bob nos," meddai'n eitha heriol.

"Pam aethoch chi yn y Range Rover?"

"Ro'n i am fynd am beint wedyn fel y bydda i'n neud bob nos Fercher. Do'n i ddim yn disgwyl unrhyw helynt. Ond pan weles i'r bustach mor gloff, roedd rhaid i mi drio ei ddal o i edrych be oedd y broblem. Ac, fel y dudes i wrthoch chi o'r blaen, ges i gythraul o helynt ei ddal o."

"Ond mae ein camerâu ni'n dangos eich Range Rover chi'n mynd i gyfeiriad Llan cyn wyth o'r gloch, Mr Evans," dywedodd Annest.

"Ie, wel, ro'n i 'di drysu braidd ac mi wnes i gychwyn am y dre a wedyn mi gofies i mod i heb fod i daro golwg ar y stoc."

"Pam oeddech chi wedi drysu?" holodd hi.

Doedd ganddo ddim ateb. A doedd gynno fo ddim math o esgus i'w gynnig pam nad oedd ei siwrnai'n ôl wedi ymddangos ar y camera.

Yna, roedd hi wedi ei holi pam roedd o wedi llnau cefn ei gar mor drylwyr ac mi ddechreuodd baldaruo am orfod rhoi'r bustach ifanc yn y Range Rover ond mi redodd y stori honno allan o stêm yn fuan iawn. Wedi'r cwbl, fasa fo wedi bod yn fustach anhygoel o fychan i Gerwyn allu ei godi ar ben ei hun a hyd yn oed wedyn fasa fo byth wedi ffitio yng nghefn y car.

A phan ddywedodd Annest wrtho fo y bu ei ymdrechion

i lanhau ei gar yn ofer a bod y tîm fforensig wedi gallu adnabod gwaed dynol yn y carped ac ar sedd flaen y Range Rover, torrodd i lawr i wylo fel dyn gorffwyll. Gymaint felly bod Annest wedi cael ei gorfodi i roi amser iddo ddod ato'i hun cyn parhau efo'r cyfweliad.

A rŵan, a hithau ac Arwel wedi cael paned a sgwrs wrth ddisgwyl, roedden nhw'n ôl yn yr Ystafell Gyfweld a Gerwyn Evans, oedd yn sigledig ond bellach dan reolaeth, yn barod i siarad. Yn wir, roedd o'n amlwg yn ysu am gael bwrw ei fol. Ac roedd y twrnai wrth ei ochr wedi sbriwsio drwyddo wrth baratoi ar gyfer clywed cyffes llofrudd.

"Iawn, ta, Mr Evans," dechreuodd Annest. "Ga i'ch atgoffa eich bod yn dal dan rybudd a bod y peiriant recordio yn ôl ymlaen. Dw i'n deall eich bod chi erbyn hyn yn fodlon dweud wrthon ni beth ddigwyddodd nos Fercher."

"Ydw," atebodd, yn boenus o ddistaw.

"Mae'n ddrwg gen i, Mr Evans," dywedodd Arwel. "Mi fydd rhaid i chi siarad fymryn yn uwch er mwyn i'r meicroffon godi'ch llais chi."

"Iawn, sori," meddai o wedyn, yn uwch. "Mi wnes i adael adre rywbryd ar ôl hanner awr wedi saith. Dw i fel arfer yn mynd i'r Tarw am beint bob nos Fercher a phob nos Sadwrn."

"Ac ydech chi'n gyrru adre hefyd ar ôl y peintiau 'ma?" holodd Annest.

"Ydw," atebodd. "Dw i byth yn cael mwy na dau beint felly dw i'n iawn i ddreifio adre, tydw?"

Aeth Annest ddim ar ôl y sgwarnog honno. Wedi'r cwbl, doedd cyhuddiad o yfed a gyrru ddim yn debygol o'i boeni o rŵan.

"A beth ddigwyddodd i'ch stopio chi rhag cyrraedd y Tarw?" gofynnodd.

"Mi wnes i stopio i agor y giât i'r ffordd, a dreifio drwodd ac ro'n i wedi mynd allan o'r car i gau'r giât pan weles i gar Rhian yn troi i mewn. Wnes i ailagor y giât iddi fynd drwodd ac mi wnaeth hi agor ei ffenest. Tasa hi ond 'di mynd yn ei blaen, adre at ei mam ..."

"Ond wnaeth hi ddim, naddo, Mr Evans?"

"Naddo," atebodd a daeth rhyw arlliw o wên sur i'w wefusau. "Wedi ei magu'n rhy dda! Mi agorodd ei ffenest i lawr i'r gwaelod ac mi weles i'r holl waed. Roedd gynni hi ryw ddilledyn, rhywbeth efo llun Mickey Mouse arno fo, wedi ei lapio am ei phen a hwnnw'n llawn gwaed ac roedd 'na fwy o waed wedi diferu i lawr ar ei sgwyddau a'i brest. Mi wnes i ofyn iddi be oedd wedi digwydd a wnaeth hi ddeud ei bod hi wedi cael codwm. Ac mi wnes i ddeud wrthi fod arni angen pwythe a gofyn iddi hi ddod i'r Range Rover i mi ei danfon i'r ysbyty. Ac mi ddaeth. Roedd hi'n dechrau pigo bwrw erbyn hynny felly mi wnes i symud ei char hi i mewn trwy'r giât a mynd â hi i nghar i a'i chychwyn hi am yr ysbyty.

"A, wir i chi, dyna lle o'n i'n mynd, o leia ar y dechre. Ond hanner ffordd nôl am Llan, roedd hi wedi mynd i gysgu, neu wedi pasio allan neu rywbeth a fanno roedd hi, mor agos, mor ddel, mor ddiymadferth ..."

"Felly, mi wnaethoch chi benderfynu cymryd mantais o eneth ifanc oedd yn gwaedu'n ddifrifol," awgrymodd Annest. "Mi wnaethoch chi benderfynu ei threisio hi a'i lladd hi a'i thaflu hi fel rhyw ddarn o sbwriel i mewn i ryw ddraen."

"Nid ... nid fel 'na oedd hi. Mi wnes i stopio wrth y stad ddiwydiannol, yn y goedwig fach 'na wrth y fynedfa a jest eistedd yna ac edrych arni hi. Dach chi'm yn dallt pa mor anodd mae hi wedi bod i mi dros y ddwy flynedd ddiwetha 'ma efo Rhian dan yr un to â fi a gorfod cuddio 'nheimlade ..."

"Ond roedd hi wedi symud allan ers misoedd," mentrodd Arwel.

"Wel, oedd ond roedd hi adre bob wythnos ac yn dal i aros acw weithiau, a minnau'n gorwedd yn fy ngwely yn gwrando arni hi'n anadlu yn y llofft nesa. Roedd o fel cosb..."

"Ie," torrodd Annest ar ei draws. "Mi wnawn ni'ch credu chi. Ond beth ddigwyddodd nos Fercher, Mr Evans?"

"Do'n i ddim yn bwriadu ... Wnes i ond cyffwrdd ynddi hi. Ac roedd ei chroen hi fel sidan a'i hogle hi ... A chyn i mi wybod be o'n i'n neud ro'n i ar ei phen hi ac yn ... yn ..."

"Rhaid i chi ddweud er mwyn y recordiad," dywedodd Arwel mewn llais digon caredig.

Sythodd Gerwyn Evans yn ei gadair a gwelwyd arlliw o'r ffermwr balch unwaith eto.

"Mi wnes i gael rhyw efo hi," meddai mewn llais cryf. "Ond fel ro'n i wrthi, mi wnaeth hi ddeffro a sylweddoli be oedd yn digwydd a dechre sgrechian ac mi wnes i roi fy llaw dros ei cheg i'w thewi hi'n fwy na dim ond dal i sgrechian wnaeth hi tan i mi afael yn ei gwddw hi ... a ... a..."

"A'i thagu hi i farwolaeth i chi allu gorffen be oeddech chi wedi ei ddechre,"meddai Annest. "Dyna digwyddodd yndê, Mr Evans?"

Sigodd yr ysgwyddau a chrymodd y cefn eto. Amneidiodd.

"Er mwyn y tâp, wnewch chi gadarnhau mewn gair yn hytrach nag ystum, Mr Evans?" dywedodd Annest.

"Ie," atebodd yn dawel ond roedd yn ddigon uchel i nodwydd y recordiad ei nodi.

"Ac wedyn roedd yn rhaid i chi gael gwared arni hi, doedd?"

"Wnes i ddim meddwl am hynny ar y dechre. Ro'n i mewn sioc. Do'n i ddim yn gallu credu be o'n i wedi neud.

Fues i'n eistedd yn fanno am sbelan go hir a wedyn wnes i ddechre poeni y basa rhywun yn fy ngweld i yno. Felly, mi es i i Chwarel y Brain. Fasa neb yn fy ngweld i yn fanno. Fues i yno am oriau, ac mi wnes i edrych ar y gwartheg tra mod i'n pendroni be i'w neud. Ac mi oedd 'na fustach cloff ond wnes i ddim rhoi tendans iddo fo tan drannoeth – mi roddodd o esgus da i mi gadw draw o Gefn Dolydd."

Y wên fach sur 'na eto.

"Wnes i feddwl am daflu ... corff Rhian i dwll y chwarel ond ro'n i'n poeni y basa hi'n dod yn ôl i'r wyneb a Rol neu rywun yn dod o hyd iddi hi. Ac wedyn mi fasa hi'n rhy agos at adre. A dyna pryd ges i'r syniad o fynd â hi i rywle'r ochr arall i'r dre. Mi wnes i ei rhoi hi yng nghefn y car a dreifio'n ôl at giât Cefn Dolydd. Yna mi wnes i yrru ei char hi ryw hanner milltir i fyny at y chwarel a cherdded yn ôl a gyrru nghar i i'r un lle. A gneud yr un peth dair gwaith eto nes bod y ddau gar wrth y chwarel. Ac mi wnes i wthio car Rhian i mewn i dwll y chwarel."

"Faint o'r gloch oedd hi erbyn hynny, Mr Evans?" gofynnodd Annest.

"Roedd hi wedi hanner nos, dw i'n siŵr," atebodd.

"A be wedyn?"

"Mi wnes i fynd i Benllechwedd a rhoi ei chorff hi yn y draen ac yna mi es i adre i ngwely."

"Gysgoch chi'n dda?" gofynnodd Annest.

Edrychodd Gerwyn Evans i fyny i'w hwyneb a gwenodd.

"Yn rhyfedd iawn, mi gysges i'n well nag ydw i wedi ei wneud ers talwm iawn," atebodd. "Ac mi ddeffrais i'n llawn egni a mynd ati i llnau'r car a chael gwared o'r dillad ro'n i'n wisgo'r noson cynt a mynd i sortio troed y bustach. Ro'n i fel dyn newydd. Tan drannoeth pan fu raid i mi fynd i nabod y corff. A dyna pryd hitiodd o fi. Be o'n i wedi neud. Ac ers hynny, mae o wedi bod yn fy mwyta fi'n fyw. Sut allwn i fod wedi neud y fath beth?"

Edrychodd ar Annest, ar Arwel, ar y twrnai a dechreuodd wylo eto, yn dawel y tro hwn. Doedd dim mwy i'w wneud ond ei gyhuddo'n ffurfiol a'i anfon yn ôl i'w gell tan y bore.

♦

Roedd Hefin wedi llwyddo i ddwyn perswâd ar ei rieni i fynd i'w fflat o i orffwys am dipyn. Roedd ei chwaer eisoes wedi dychwelyd i Ddolgellau at ei gŵr a'i phlant gydag addewid y byddai'n dychwelyd drannoeth.

Caeodd Hefin ei lygaid yn y gobaith y gallai gael mymryn o gwsg cyn iddyn nhw ddod yn ôl. Roedd o'n hynod o falch o'u cael nhw yno ond roedd eu sgwrs di-baid yn ei flino ac yn gwneud ei gur pen yn waeth.

Roedd o ar fin disgyn i drwmgwsg hyfryd pan glywodd o lais cyfarwydd.

"Wna i ddim ei gadw o fwy na munud neu ddau, dw i'n addo," clywodd Annest yn ei ddweud.

Agorodd ei lygaid i ddangos ei fod yn effro. Doedd o dal ddim yn cael eistedd i fyny eto ond llwyddodd i droi mymryn ar ei ben.

"Rwyt ti wedi rhoi andros o sioc i ni i gyd," meddai hi wrtho ond roedd hi'n gwenu wrth ei ddweud. "Sut wyt ti'n teimlo?"

"Ddim yn grêt," llwyddodd i sibrwd, "ond yn well na neithiwr."

"Wel, paid â thrio siarad os ydi o'n brifo," dywedodd Annest. "Dw i ond yn cael bod yma am funudau!"

Ceisiodd Hefin wenu ond yn ofer.

"Mae pawb yn cofio atat ti, cofia," aeth hi yn ei blaen. " A dw i jest isio gadael i ti wybod dau neu dri o bethe. Yn gynta, mae Operation Black Grouse drosodd ac wedi bod yn llwyddiant mawr. Yn ail, dan ni wedi cyhuddo Ed Parry-Jones o geisio llofruddio ac mi fydd o yn llys yr ynadon ben fore fory."

"Wnaeth o ddim..." dechreuodd Hefin brotestio.

"Mi allet ti ddadlau bod taro pen rhywun yn erbyn postyn grisiau unwaith yn hanner damwain, er na faswn i'n ei gredu o. Ond roedd taro dy ben di yn ei erbyn o dair gwaith – ac yn galed hefyd, yn ôl Tina – yn dangos bwriad i achosi anafiadau difrifol iawn. Efo lwc, mi geith o fynd i'r carchar am sbel."

Oedodd Annest. Roedd hi'n edrych yn ddyfal arno fo i weld beth fyddai ei ymateb.

"A'r peth arall sgen i i'w riportio ydi bod Gerwyn Evans wedi cyffesu i ladd Rhian."

"Be?" Llwyddodd Hefin i gynhyrchu gwich o anghrediniaeth y tro yma.

"Mae'n debyg ei fod o wedi mopio efo hi. Os wyt ti'n cofio, roedd o wedi mopio efo Sioned pan oedd hi'r un oed ac wedi ei siomi pan ddewisodd hi briodi dyn arall. A phan fu farw ei gŵr hi mi welodd ei gyfle i wireddu ei freuddwyd. Ond ar ôl dros ugain mlynedd doedd Sioned ddim yr un un. Roedd hi wedi ei chaledu a'i chwerwi gan bopeth oedd wedi digwydd iddi. Wnaeth y briodas suro o fewn dim.

"Ond roedd Rhian yno. Yr un ffunud â'i mam ac yn dal yn ifanc ac yn rhadlon a phopeth nad oedd Sioned ddim mwy. A phan drodd hi i fyny wedi ei hanafu a throi ato fo am help, mi wnaeth o golli pob rheolaeth."

"Ofnadwy!" meddai Hefin ond roedd yr un gair yna'n cymryd cryn ymdrech.

"Felly," aeth Annest yn ei blaen, "mi fydd Ed a Gerwyn o flaen yr ynadon fory a dw i'n ffyddiog na chân nhw eu rhyddhau ond eu cadw yn y ddalfa nes byddan nhw'n mynd i Lys y Goron. Ges i bleser mawr o esbonio hynny wrth Tecwyn Parry-Jones gynnau. Ac ar ôl bod i'r llys, mi fyddwn ni'n mynd i Chwarel y Brain achos fanno, mae'n debyg, mae car Rhian."

A chofiodd Hefin ei fod o wedi bwriadu sôn am y chwarel wrth Annest ddoe. Ond roedd hi wedi cyrraedd yno heb ei gymorth o felly doedd dim rhaid iddo fo wastraffu ei wynt i drio esbonio rŵan. Er gwaetha ei ymdrechion i gadw'n effro i wrando mwy, teimlodd ei hun yn suddo'n hamddenol i'r cwsg 'na roedd o wedi bod ar fin ei brofi cyn i Annest gyrraedd.

PENNOD 17

Er ei bod hi'n sych ac, ar brydiau, yn heulog, roedd 'na wynt go fain yn chwyrlïo o gwmpas eu coesau wrth i Mari ac Arwel sefyllian yno'n edrych i gyfeiriad twll y chwarel lle'r oedd dau ddeifiwr rywle o dan y dŵr.

Daeth car heddlu arall i'r golwg a gwelodd Mari mai Osian oedd yn ei yrru efo DI Rhys wrth ei ochr. Rhaid ei bod hi wedi gorffen yn Llys yr Ynadon.

Teimlai Mari braidd yn euog wrth weld Osian yn cerdded tuag ati efo gwên lydan ar ei wyneb. Roedd hi'n ymwybodol ei bod hi wedi bod braidd yn ddi-serch efo fo ddoe am ei bod hi'n teimlo'n siomedig nad oedd y DI wedi cynnig iddi hi fynd i gyfweliad Gerwyn Evans. Gwenodd yn arbennig o ddel arno rŵan i wneud iawn am hynny.

"Wel," meddai Arwel wrth DI Rhys pan ddaeth hi'n ddigon agos i'w glywed yn y gwynt. "Sut aeth hi yn y llys?"

"Popeth yn dda," atebodd hithau'n galonnog. "Y ddau i'w

cadw dan glo tan fyddan nhw'n cael mynd i Lys y Goron. Sut mae pethe yma?"

"Dach chi'n gwybod sut maen nhw," atebodd o. "Mi fuon nhw am hydoedd yn cario'r holl gêr i lawr i fan'cw a hydoedd eto wedyn yn paratoi popeth a gwneud yn siŵr bod popeth yn saff. Ac maen nhw dan y dŵr ers tua ugain munud. Dach chi ddim wedi methu dim byd."

Ond prin roedd y geiriau allan o'i geg o pan ddechreuodd un o'r ddau ddyn oedd ar y lan chwifio'n gynhyrfus arnyn nhw. Dechreuodd y pedwar gerdded i lawr at ymyl y twll. Ond ddim yn rhy agos yn achos Mari. Roedd yn gas ganddi hi ddŵr dyfn. Tua phum llath go dda cyn cyrraedd y dynion a'r cyfarpar, wnâi ei choesau ddim mynd dim pellach.

Trodd Osian i edrych lle'r oedd hi.

"Ti'n iawn?" holodd. "Ti fel y galchen."

"Dw i ddim yn dda efo dŵr dyfn," esboniodd hi. "Dos di yn dy flaen. Mi arhosa i yn fama."

"Mi arhosa i efo ti," meddai a chamodd yn ei ôl i sefyll wrth ei hochr.

Eiliadau wedyn, ymddangosodd pen un deifiwr o'r dŵr a daeth y llall i'r wyneb bron yn syth ar ei ôl o. Gyda chymorth eu cymdeithion ar y lan, daethant o'r dŵr gan dynnu'r mygydau o'u hwynebau. Gwelodd Mari nhw'n siarad efo DI Rhys ac Arwel a bu llawer o bwyntio a nodio pen ac ati. Aeth hyn ymlaen am rai munudau a gallai Mari ddweud bod Osian bron â marw eisiau mynd yn nes er mwyn clywed ond wnaeth o aros wrth ei hochr hi serch hynny.

Ar ôl dipyn, trodd y DI a'r Sarjant a cherdded tuag at Mari ac Osian.

"Oes 'na rywbeth i lawr 'na?" gofynnodd Osian ond roedd DI Rhys yn edrych ar Mari.

"Wyt ti'n iawn, Mari?" holodd.

"Ydw, Bòs," atebodd hithau. "Jest dipyn o bendro. Mae o'n digwydd pan dw i'n mynd yn agos at ddŵr dyfn. Be maen nhw wedi ei ffeindio?"

"Wel, heblaw am lot o gyfarpar fferm a hen fath a dau droli Tesco, maen nhw wedi dod o hyd i gar Rhian. Ond mae 'na gar arall i lawr 'na hefyd ac mae 'na sgerbwd ynddo fo. Mi lwyddodd y deifiwr i gael rhif y car a dw i'n weddol siŵr mod i wedi clywed y rhif yna'n ddiweddar. Mi wna i wirio hynny'n ôl yn yr orsaf ond dw i'n meddwl ein bod ni wedi dod o hyd i gorff Tudur Huws."

"Na!" meddai Mari. "Be ddigwyddodd iddo fo, dach chi'n meddwl?"

"Wel," meddai Arwel, " synnwn i fawr ei fod o wedi gyrru yma yn ei hyll y noson wnaeth o adael a gyrru ar ei ben i'r twll. Fama oedd o wedi arfer dod efo'r criw gwyllt 'na roedd o 'di dechre mynd i boetsan efo nhw."

"Chawn ni byth wybod i sicrwydd ar ôl yr holl amser," ychwanegodd y DI, "ond dw i'n cytuno efo Arwel mai dyna'r esboniad mwya tebygol. Reit, well i ni ei throi hi a gadael i'r bobl 'ma gael llonydd i gael y ddau gar i'r lan. Waeth i chi eich dau ddod yn ôl hefyd. Mi anfona i bâr arall yma i rynnu nes ymlaen. Mae gen i brynhawn difyr o 'mlaen. Mi fydd raid i mi ymweld â Chefn Dolydd i esbonio be sy am ddigwydd i Gerwyn a rŵan mi fydd raid i mi alw yn Henglawdd Ucha hefyd."

Ar ar hynny, cychwynnodd am y car. Roedd Osian yn amlwg i fod i'w dilyn hi ond mi oedodd am ennyd.

"Mari," meddai, gan droi'r llygaid gwyrdd rhyfeddol yna tuag ati, "falle na cha i gyfle i siarad efo ti eto heddiw gan y bydda i'n mynd rownd y ffermydd."

"Wela i di'n nôl yn y stesion rywbryd, siŵr o fod," atebodd hithau, yn falch o gael troi ei chefn ar y dŵr.

"Ond dw i ddim yno ar ôl heddiw. Dw i'n cael fy anfon yn ôl i Fae Colwyn."

Edrychodd arni hi i weld ei hymateb. Ond ddywedodd hi ddim. Wyddai hi ddim am funud beth ddylai hi ei ddweud.

"Gawn ni gadw mewn cysylltiad?" gofynnodd o. "Ella y basai hi'n braf gallu mynd am noson allan yn y dre efo'n gilydd heb ein iwifforms na'n llyfrau nodiadau."

"Wn i ddim," atebodd Mari. "Dw i ddim yn siŵr ei bod hi'n syniad da i gael perthynas efo rhywun o'r gwaith ..."

"Ond fyddwn ni ddim yn gweithio efo'n gilydd," meddai o wedyn. "Mi fydda i ym Mae Colwyn a tithe yn fama. Wnei di feddwl am y peth?"

"Gwnaf, mi wna i feddwl am y peth," oedd ei hateb.

Ac mi ruthrodd o yn ei flaen i ddal i fyny efo DI Rhys. A phan ddychwelodd Mari at ei desg, gwelodd fod PC Osian Owen wedi gadael ei gerdyn wrth ei chyfrifiadur.

◆

PENNOD 18

Roedd Meira Preis wedi penderfynu nad oedd mwy o lol i fod. Roedd hi am gerdded i lawr y ffordd heibio'r traeniau. "Tyrd, ta, Pero," meddai wrth ei chi am hanner awr wedi un.

Anelodd yn llawn pwrpas am y ffordd arferai fod mor gyfarwydd.

Doedd neb o gwmpas. Dim sôn am yr holl brysurdeb fu yn y pentre wythnos yn ôl. Roedd Penllechwedd yn bentre bach distaw, diarffordd unwaith eto. Ac roedd hynny'n plesio Meira.

Yn ôl ei harfer, cerddodd i lawr ar yr ochr chwith. Gwelodd Gronw ar ei dractor yn y cae cynta basiodd hi. Cododd y llanc ei law arni a chododd hithau ei llaw yn ôl. Ychydig wedyn gyrrodd Mr Oldcastle heibio iddi a bu mwy o godi llaw.

Cyrhaeddodd Meira'r gornel hanner milltir o'i chartre a throdd i gerdded yn ei hôl. Cerddodd i ddechrau ar yr ochr arall i'r ffordd fel yr arferai wneud ond wedyn, pan ddaeth hi

at y cynta o'r traeniau, croesodd yn ei hôl. Un diwrnod, cyn
bo hir, mi fyddai hi'n cerdded dros y traeniau fel yr oedd hi
wedi gwneud ganwaith. Ond ddim eto.

Er iddi fod braidd yn fyr ei gwynt ar yr allt ola, teimlai
Meira'n hynod falch ohoni ei hun pan ddaeth o fewn golwg i
Dyddyn Newydd. Roedd hi wedi mwynhau ei thro yn yr awyr
iach ond rŵan roedd hi'n edrych ymlaen at gael hoe fach yn
ei chadair.

Ac wedyn am bedwar o'r gloch, roedd Sandra Hendricks
yn dod draw am baned. Roedd Meira wedi gwneud cacen
geirios eto.

♦

Roedd hi'n hanner awr wedi tri pan barciodd Annest ei char
y tu allan i Dyddyn Newydd. Doedd yna'r un car arall wedi
ei barcio ar ymyl y ffordd. Dim faniau teledu, dim ymwelwyr
yn sefyllian ac yn syllu ar fynd a dod y pentrefwyr. Doedd
dim enaid byw i'w weld.

Camodd Annest o'i char a cherddodd i fyny'r llwybr byr.
Roedd y ddau forder o boptu'r llwybr yn ddigon o sioe. Roedd
Pero'n cyfarth ymhell cyn iddi hi gyrraedd y drws ffrynt
felly doedd dim angen iddi hi gnocio.

Safai Meira Preis yn y drws efo'r ci bach wrth ei thraed. Yr
un olwg ddisgwylgar oedd ar wyneb yr hen wraig a'r ci.

"Do'n i ddim yn disgwyl eich gweld chi eto," oedd
cyfarchiad yr hen wraig.

"Ga i ddod i mewn am funud?" holodd Annest.

Cerddodd Meira'n ôl at ei chadair ac estynnodd y teclyn
i ddiffodd y teledu. Gwnaeth ystum ar Annest i eistedd ar y
soffa.

"Nid yma ar fater swyddogol ydw i," esboniodd hithau.

"O?"

"Mater personol ydi o. Mae gen i rywbeth i'w roi i chi."

Estynnodd y darn papur o'i bag ond wnaeth hi ddim ei roi o iddi eto.

"Dach chi'n cofio pan ddois i yma gynta? Mi wnes i ofyn i chi am eich mab hyna, Ithel. Roedden ni isio dod o hyd iddo fo er mwyn ei ddileu o o'n rhestr."

"Ac mi ddeudes i wrthoch chi nad ydw i wedi gweld Ithel ers iddo fo gerdded allan yn ddwy ar bymtheg oed. A dyna'r gwir."

"Dw i'n gwybod ei fod o'n wir, Mrs Preis. Ond roedd o'n rhan o ngwaith i i ddod o hyd iddo fo ac mi wnes i."

"Ithel? Dach chi'n gwybod lle mae Ithel?"

Roedd llais yr hen wraig wedi codi'n sylweddol a hithau'n hanner dringo o'i chadair.

"Ydi o'n iawn? Lle mae o? Pam dydi o ddim wedi dod adre?"

"Wel, mae 'na dri chwestiwn yn fanna. Mi wna i ngore i'w hateb nhw. Mae o'n berffaith iawn. Mae o'n byw ac yn gweithio ym Manceinion. Fanno mae o wedi bod ers iddo fo adael yma ond ei fod o'n cael ffrindie i bostio'ch cardie chi o wahanol lefydd bob tro."

"Ond pam? Dw i ddim yn deall!"

"Dw i'n cymryd eich bod chi'n gwybod nad oedd o'n hapus efo pethe fel roedden nhw cyn iddo fo adael?"

"Doedd o a'i dad ddim yn gallu cyd-dynnu. Roedd gan Iorwerth syniadau pendant am sut roedd dynion i fod i ymddwyn a doedd Ithel ddim yn ffitio'r syniadau yna o gwbl. Roedd o'n fachgen sensitif, yn hoff iawn o gerddoriaeth a barddoniaeth ac ati ..."

"Mymryn yn ferchetaidd falle, yn nhyb ei dad."

"Wel, oedd, falle, ond roedd o'n hoffus ac yn dalentog iawn ..."

"Roedd o'n ferchetaidd am mai merch oedd o isio bod, Mrs Preis. Roedd o'n un o'r bobl yna sydd yn teimlo eu bod wedi eu geni yn y corff anghywir."

"Dw i'm yn amau. Ond doedd pobl ddim yn deud pethe fel 'na dri deg mlynedd yn ôl! Wel, ddim yma ym Mhenllechwedd, beth bynnag."

"Wel, erbyn hyn, mae Ithel wedi cael gwireddu ei freuddwyd. Mae o wedi cael llawdriniaeth ac ers wyth mynedd bellach mae o wedi ei ailgofrestru fel merch. Thelma Preis ydi o rŵan. Neu 'ydi hi' ddylwn i ddweud. Mae hi'n gweithio ym Manceinion ac mae ganddi hi fflat neis iawn ac mae hi'n canu mewn côr merched. Mae ganddi hi fywyd dedwydd iawn heblaw bod ganddi hi hiraeth am Gymru ac am ei theulu. Mi fasa hi wrth ei bodd yn ail-gysylltu efo chi ond mae ganddi hi ofn na fasech chi'n gallu ei derbyn hi fel merch."

Roedd ceg Meira ar agor led y pen ond doedd dim sŵn yn dod ohoni. Rhoddodd Annest amser i'r holl beth suddo i mewn.

"Ond Ithel ydi o, yntê? Yr un un person ydi o."

"Hi."

"Wel, ie, hi. Mi gymith dipyn i mi arfer! Thelma, meddech chi?"

"Ie. Mae'r holl fanylion amdani ar y darn papur yma. Dw i 'di cytuno i'w rhoi nhw i chi. Mae o i fyny i chi ydech chi am gysylltu efo hi ta pheidio."

"Wn i ddim be i'w ddeud! Mae peidio gwybod wedi bod yn fy mwyta i'n fyw dros yr holl flynyddoedd 'ma. Alla i'm

dweud wrthoch chi mor falch ydw i o glywed ei fod o ... hi ...
yn fyw ac iach!"

Estynnodd Annest y darn papur i Meira a syllodd honno
arno efo'r fath lawenydd y basech chi'n taeru ei bod yn syllu
ar y Greal Sanctaidd.

"Diolch yn fawr i chi, mechan i," meddai hi wrth gau'r
drws. Daliodd i syllu ar y papur am nifer o funudau ac yna
aeth i'r gegin i ferwi'r tecell ar gyfer paned Sandra. Ei ffrind
newydd oedd yr union berson i'w chynghori be i'w wneud.